TE AMARÉ
HASTA EL AMANECER

Te amaré
hasta el amanecer

Johanna Lindsey

Traducción de Victoria Morera García

VERGARA

Título original: *Marry me by Sundown*

Primera edición: septiembre de 2019

© 2018, Johanna Lindsey
Publicado por acuerdo con el editor original, Gallery Books, una división de Simon & Schuster, Inc.
© 2019, Penguin Random House Grupo Editorial, S.A.U.
Travessera de Gràcia, 47-49. 08021 Barcelona
© 2019, Victoria Morera García, por la traducción

Printed in Spain – Impreso en España

ISBN: 978-84-16076-82-6
Depósito legal: B-13.004-2019

Compuesto en Infillibres, S. L.

Impreso en Romanyà Valls, S. A.
Capellades (Barcelona)

VE 7 6 8 2 6

Penguin
Random House
Grupo Editorial

1

—No creo que deje de llorar ni siquiera para la fiesta —le advirtió Sophie a Violet cuando regresó al dormitorio que las dos jóvenes compartían.

Violet Mitchell suspiró. Sabía que Sophie se refería a su tía Elizabeth, la madre de Sophie. Entonces rodeó los hombros de su prima con el brazo y apretó con suavidad. Era buena consolando, y también haciendo de madre, ya que intentó representar ese papel para sus dos hermanos cuando los tres todavía eran unos niños.

—No quiere que me vaya —observó Violet.

—¡Ninguno de nosotros quiere que te vayas!

—Tu madre no debería haber organizado esta fiesta, porque lo único que hará es recordarle que mañana por la mañana regresaré a América.

—¡Si la carta no hubiera llegado hace cuatro días! —declaró Sophie en tono malhumorado—. Si hubiera llegado la semana que viene, al menos habrías estado aquí para el primer baile de la temporada. ¡No me puedo creer que te los vayas a perder todos!

Violet, como su tía, iba a echarse a llorar en cualquier

momento. ¡Había anhelado tanto asistir a las fiestas de aquel verano junto con Sophie! Tanto ella como su prima habían cumplido dieciocho años aquel año; Violet el mes anterior y Sophie a principios de primavera. A lo largo del año, Violet había seguido creciendo y ahora medía un metro setenta centímetros de altura, mientras que Sophie era bastante menuda y solo medía un metro sesenta centímetros. Elizabeth no había reparado en gastos y había encargado unos vestidos preciosos para ambas.

Violet había vivido con su tía, su tío y su extensa prole los últimos nueve años, desde que tía Elizabeth viajó a América y, en concreto, a Filadelfia, que era donde ella y la madre de Violet habían nacido. Entró con paso decidido en la casa de los Mitchell e insistió en que Violet la acompañase a su vuelta a Londres y viviera con ella, lord Edmund Faulkner, su marido, y sus seis hijas. Charles, el padre de Violet, no protestó demasiado.

En realidad, Violet entendía que su padre se sintiera aliviado de que lo liberaran de hacerse cargo de ella. Seguramente, educar a una hija sin su mujer, quien había fallecido de tuberculosis pocos años después de nacer Violet, suponía demasiada responsabilidad para él. Daniel y Evan, los hermanos de Violet, tampoco protestaron. No estaban precisamente contentos de que los mangoneara. Sin embargo, ante la ausencia de una madre que guiara a aquellos niños tan traviesos, y a pesar de que eran dos años mayores que ella, Violet había adoptado un rol maternal hacia ellos. Pero no había nadie que le hiciera de madre a ella y, cuando tuvo alrededor de nueve años, sintió inequívocamente esa carencia. Esta fue la razón de que tampoco ella protestara demasiado cuando le comunicaron que iba a separarse de su familia más próxima y a mudarse a Londres. Hacer de madre no le había resultado fácil. Sin embargo, a aquellas alturas el rol ya estaba arraigado en ella, de modo que también mangoneó a sus primas de Inglaterra. ¡Pero al menos a ellas no les importó y lo atribuyeron al hecho de que era norteamericana!

—Deberías estar contenta por mí —observó Violet—. Será maravilloso volver a ver a papá y a mis hermanos. ¿Acaso crees que no los he echado de menos?

—Nunca lo mencionaste, así que no, no era consciente de ello.

—Si he aprendido algo de vosotros los británicos es a no revelar las emociones desagradables —dijo Violet medio en broma.

—¿Como hace ahora mismo mi madre, que está inundando de lágrimas su dormitorio?

Las dos primas sonrieron y luego Violet continuó:

—Ya sabes a qué me refiero. Y tú, querida, me has mantenido demasiado ocupada y entretenida como para amargarte con los ocasionales ataques de tristeza que experimentaba cuando pensaba en mi padre y mis hermanos. Pero les he estado escribiendo semanalmente y, aunque los chicos no han respondido mis cartas con la regularidad que yo habría deseado, comprendo que tienen otras cosas en las que pensar aparte de escribir cartas. Por otro lado, sé que mi padre odia escribir. Tengo suerte de haber recibido ocho cartas suyas durante los años que llevo aquí, aunque siempre se encargó de incluir unas cuantas líneas en las cartas que me enviaban los chicos. Y al menos me han visitado un par de veces.

—Deberían haber venido más a menudo.

—Teniendo en cuenta los terribles mareos que sufrieron papá y Evan durante el primer viaje, incluso me sorprende que me visitaran una segunda vez hace cinco años.

—¡Oh, me había olvidado de eso! Aun así, deberían haberse esforzado y haber venido a tu presentación en sociedad. Si no les hubieras enviado aquel retrato tuyo el año pasado, seguramente con mareo o sin mareo habrían venido a presenciar tu puesta de largo.

—Deja de sentirte molesta por mí cuando yo no lo estoy. Les dije que no volvieran y que, la próxima vez, iría yo a verlos. Habrían disfrutado visitando Londres, pero ya lo han hecho un par de veces y, aunque nunca lo confesarían, no creo que se sientan cómodos con las formalidades de la sociedad británica. Pero, sobre todo, el hecho de que mi padre y Evan lo pasaran tan mal durante el trayecto, tanto al venir como al volver, hace que me sienta realmente culpable. Además, ya tenía planeado visitarlos este año, solo que no tan pronto. Probablemente no debí mencionarles que pensaba hacerlo acompañada de mi futuro prometido. Esa idea no les alegró mucho.

—¿En serio les dijiste eso? —exclamó Sophie, divertida.

—¿Por qué no habría de decírselo? Tu madre lleva años hablándonos de esta temporada social, así que, efectivamente, creí que este año conocería a mi futuro marido y quise compartir la noticia con mi familia. Al fin y al cabo, tu madre esperaba que las dos nos prometiéramos durante esta temporada.

—¿Y qué dijo exactamente tu padre al respecto?

—De momento, nada. Ni la respuesta de mis hermanos ni la última e imprecisa carta que me han enviado incluyen palabras de mi padre. Pero papá querrá verme feliz, así que, cuando llegue el momento, confío en obtener su consentimiento para casarme con un inglés. En cualquier caso, lo resolveré cuando llegue a casa.

De repente, Sophie soltó un grito ahogado.

—¿Es por esto por lo que quieren que vuelvas enseguida a América? ¿Tienen miedo de perderte para siempre si te casas con un inglés?

Violet frunció el ceño durante un instante mientras consideraba esa posibilidad, pero luego negó con la cabeza.

—No, no utilizarían una artimaña como esa. En la carta, Daniel solo dice que se trata de algo urgente, y parece desesperado.

—Sin embargo, no explica en qué consiste la urgencia —le recordó Sophie con resentimiento.

Violet suspiró.

—Estoy convencida de que tenía la intención de explicármelo, pero en la carta también me comenta que Evan le advirtió que no me escribiera contándome lo que ocurre, sea lo que sea. Así que, probablemente, Daniel envió la carta a toda prisa para que Evan no se enterara. Se le podría haber ocurrido explicarse mejor y no decir, simplemente: «Se trata de algo urgente, Vi. Solo tú puedes arreglarlo.»

—Pero regresarás pronto, ¿no? Eres buena arreglando cosas, así que seguramente no tardarás mucho en arreglar lo que sea que va mal y podrás tomar el siguiente barco de vuelta a Inglaterra. De este modo, no te perderás toda la temporada social. Y podrías traer contigo a tus hermanos, y también a tu padre. ¡Al fin y al cabo ya han pasado cinco años y nosotros también somos familia suya!

—Se lo preguntaré, pero no puedo garantizar que esté de vuelta antes de que termine la temporada, sobre todo porque solo en cruzar el océano se tarda de tres a cuatro semanas. Esta noche debería terminar de empacar mis cosas en lugar de alternar en sociedad. ¿Vamos a ver si tu madre está lista para bajar? ¡Espero que no haya invitado a mucha gente a esta fiesta de despedida!

—No lo creo, prima, porque la temporada no empieza hasta la semana que viene. Por otro lado, buena parte de la alta sociedad vive en Londres, como nosotros, y otros de sus miembros vienen antes para asegurarse de que las anfitrionas sepan que están en la ciudad, así que, al menos, esta noche conocerás a unos cuantos.

Violet se echó a reír.

—¿Los conoceré, simplemente, para decirles adiós?

—No, no, puedes asegurarles que regresarás pronto. O no contarles que te vas. En las invitaciones, mamá no mencionó que se tratara, en concreto, de una fiesta de despedida. Ella quería que disfrutaras de al menos una fiesta antes de embarcar mañana. ¡Además, eres tan guapa, Vi! Estabas destinada a romper unos cuantos corazones este verano. Pero no, no siento celos de ti en absoluto. Al fin y al cabo, solo puedes tener un marido y habrá caballeros jóvenes de sobra. Quizá esta noche conozcas al que tú quieres. ¿No sería maravilloso? Entonces anhelarás regresar enseguida —terminó Sophie con una carcajada.

—Pero empacar mis cosas...

—Ya está casi todo empacado y las sirvientas terminarán de hacerlo mientras estamos en el salón. No puedes evitarlo, prima, esta noche estás destinada a pasártelo bien.

¿Pasárselo bien?, pensó Violet. Quizá podría haberlo hecho si no estuviera preocupada por sus hermanos y su padre desde que, cuatro días antes, recibió la carta de Daniel. Y, quizá, si no estuviera a punto de echarse a llorar como hacía su tía al tener que despedirse de su familia londinense a los que había llegado a querer tanto. Pero buena parte de esos sentimientos los había guardado para sí misma. Si algo había aprendido durante su estancia con los Faulkner, era a poner buena cara en cualquier circunstancia.

Esto es lo que hacía tía Elizabeth en aquel momento. Antes de que Sophie llamara a su puerta, se había enjugado las lágrimas y, mientras daba un vistazo a sus chicas favoritas, esbozó una amplia sonrisa. Sophie era rubia, tenía los ojos azules y vestía un traje de color azul verdoso muy claro.

Violet también era rubia, pero prefería el color lila, que era el que había elegido para la mayoría de sus trajes de fiesta nuevos, ya que combinaba muy bien con sus ojos violeta oscuro. El que vestía aquella noche estaba ribeteado de satén blanco y de su cuello colgaba una cinta con un camafeo que había sido de su madre. Hasta entonces no había tenido muchas ocasiones para lucir ninguna alhaja.

En su decimosexto cumpleaños, su padre le envió todas las joyas de su madre. Aquel año, Violet esperaba que él la sorprendiera visitándola por tercera vez, pero no fue así. Él, por su parte, esperaba que aquel año Violet regresara a casa definitivamente, ya que había terminado la escolarización y ya no necesitaba los cuidados maternales de Elizabeth. Al menos eso fue lo que le dijo a Violet el día que se marchó, pero no volvió a mencionárselo en las pocas cartas que le escribió personalmente, en las que, simplemente, le decía que la quería y la echaba de menos. Sin lugar a dudas, cuando los viera les daría a los tres una buena reprimenda por no escribirle más a menudo y en particular a Daniel por no explicarle lo que requería que regresara a Filadelfia con tanta celeridad. Ella creía que enseguida le enviaría otra carta con un relato completo de lo que ocurría, pero no había llegado ninguna en los últimos cuatro días y, aunque se le habían ocurrido todo tipo de situaciones, de ningún modo podría haber adivinado lo que le esperaba en la casa en la que había nacido.

2

Se llamaba Elliott Palmer..., de hecho, lord Elliott Palmer. Y aquella misma noche, en el elegante salón de los Faulkner, Violet decidió que algún día se casaría con él. Se enamoró locamente de él a primera vista, lo que la llevó a hablar con desenfreno, a reír tontamente y a sonrojarse una y otra vez, lo que no encajaba en absoluto con su forma de ser, pero no lograba controlar sus emociones en su presencia. Él, por su parte, monopolizó la atención de Violet durante la fiesta más de lo correcto, de modo que Violet estaba bastante segura de que él también se había enamorado locamente de ella.

Lord Elliott tenía el pelo rubio, los ojos verdes, era entre siete y diez centímetros más alto que ella y, además, era encantador, cortés y divertido. Le contó anécdotas de sus tres temporadas anteriores, lo que hizo que Violet riera tontamente, aunque normalmente algunas de aquellas anécdotas no le habrían parecido divertidas porque se centraban en los traspiés, errores y contratiempos sufridos por otras personas. Pero él parecía encontrar aquellos percances tan divertidos que Violet se rio con él. ¡Sencillamente, no pudo evitarlo!

—Este verano cumpliré veintiún años —le confesó Elliott en determinado momento. A continuación, se inclinó hacia ella y le susurró—: Supongo que ya es hora de que empiece a buscar una esposa.

¡Ella casi se desmayó de placer al escuchar una insinuación tan incitante!

Sophie intentó mantenerla circulando entre los invitados. Había acudido más gente de la que ninguna de las dos había imaginado. Violet conoció a todos los jóvenes caballeros que habían acudido a la fiesta, pero lord Elliott nunca la dejó sola durante mucho tiempo.

—Estás quebrantando todas las normas, lo sabes, ¿no? —le susurró Sophie mientras volvía a separarla de Elliott una vez más.

—Lo sé, pero cuando regrese, ya nadie lo recordará —replicó Violet.

—Supongo que es guapo —admitió Sophie de mala gana.

—Increíblemente guapo.

—Yo no diría tanto. Por el amor de Dios, Vi, ¡nadie esperaba que te enamoraras en la primera fiesta!

—No me he enamorado... Bueno, creo que no. —Pero enseguida rectificó—. ¿Y qué si lo he hecho?

—Simplemente, es socialmente inapropiado. —Pero al ver la sonrisa de Violet, Sophie levantó las manos en actitud condescendiente—. Bueno, al menos eso hará que regreses a toda prisa, ¿no?

—Absolutamente.

Su tía, al percibir la atención de la que era objeto Violet por parte de Elliott, le confesó:

—Conozco bien a su madre. A menudo afirma que ha perdido la esperanza de que su hijo siente la cabeza. Me alegrará informarle de que, después de todo, quizá no sea así.

Y su tío también le susurró en un aparte:

—Buena elección, querida. Algún día será vizconde.

Elliott le robó un beso, pero se trató de uno casto que le dio en la mejilla cuando se iba. Y, al hacerlo, se sonrojó. Quizá finalmente se había dado cuenta de que, aquella noche, había quebrantado más de una norma de etiqueta. Pero se fue sin saber que ella tomaba un barco para viajar a Norteamérica por la mañana. Después de conocerlo, Violet realmente ansió no tener que irse. Estuvo a punto de confesarle que se iba de Londres durante un tiempo, pero al final decidió no contarle nada que pudiera atenuar el interés que sentía por ella. Tenía la intención de resolver rápidamente lo que tuviera que resolver en Filadelfia y embarcar en otro barco de regreso a Londres antes de una semana.

Elliott Palmer dominó sus pensamientos durante el viaje a casa. Los emocionantes recuerdos que tenía de él evitaron que se preocupara demasiado por lo que podía encontrarse cuando llegara a Filadelfia. Además, Jane Alford, su nueva doncella, también la distrajo.

Cuando se relajó, la corpulenta mujer de mediana edad que Elizabeth había contratado para que la acompañara a Norteamérica se mostró bastante habladora. Violet habría preferido que, en lugar de ella, la hubiera acompañado Joan, la doncella que conocía tan bien, pero había compartido a Joan con Sophie durante todos aquellos años y no podía pedirle a su prima que renunciara a ella ni siquiera durante un par de meses. Claro que Joan tampoco habría accedido a ir. Su tía se había quejado de que la mayoría de las mujeres a las que había entrevistado para aquel puesto habían rehusado viajar a Norteamérica. Jane fue la única que estuvo dispuesta a hacerlo, pero solo cuando Elizabeth, que para entonces ya estaba desesperada, accedió a entregarle el importe del pasaje de vuelta por si, al llegar a Filadelfia, sentía nostalgia. Violet tuvo que asegurarle insistentemente a la doncella que Norteamérica era una nación civilizada y que Filadelfia era una ciudad tan refinada como Londres. Pese a los temores de Jane, a Violet le resultó difícil contener la excitación que experimentaba ante la perspectiva de volver a ver a su familia después de todos aquellos años.

Por fin llegó el día en que, con los baúles apilados a ambos lados, se encontró frente a la casa en la que había nacido. No llamó enseguida a la puerta, sino que se quedó allí, sonriendo debido a los recuerdos que afloraron en su memoria. La enorme casa había sido el campo de juego de sus hermanos. ¡Cuántas veces había tenido que perseguirlos para evitar que rompieran algo! A esas edades los niños podían ser muy revoltosos. Nunca le habló a su padre de sus travesuras menos cuando realmente rompieron algo. Charles no solía estar en casa durante el día y los sirvientes no se atrevían a regañar a los niños de la casa.

Su padre era rico, ya que había recibido una sustanciosa herencia de su padre, incluida la casa. Pudo disfrutar de una vida ociosa y dedicarse a sus aficiones e intereses personales. Violet no estaba segura de cuáles eran estos, solo recordaba que a su padre le gustaba apostar en las carreras y encontrar inversiones prometedoras de las que pudiera alardear delante de sus amigos.

Al final Violet se dio cuenta de que las cortinas de las ventanas de ambos lados de la puerta estaban corridas, lo que era extraño para un agradable domingo de junio como aquel. Aunque la familia no estuviera en casa, los sirvientes habrían descorrido las cortinas. Se acercó a la puerta, pero vio que estaba cerrada. Llamó, pero nadie respondió. ¿Dónde diantres estaba el mayordomo? Llamó más fuerte golpeando la puerta con el puño. Para entonces ya estaba realmente preocupada. Definitivamente, una casa cerrada no era lo que esperaba encontrar al final del viaje.

Se volvió, pero la vista de sus cuatro enormes baúles la intimidó. Había despedido al carruaje que había alquilado y no tenía ni idea de cuánto tardaría en encontrar otro. ¿Tendría que pasarse el día sentada sobre los baúles mientras esperaba a que su familia volviera a casa? ¡Si es que volvían! Una vez más se preguntó por qué ningún sirviente abría la puerta.

—¿Tendremos que entrar en la casa a la fuerza, señorita Violet? —le preguntó Jane.

¡Vaya solución más pragmática!

—Esperemos que no.

Violet desvió la vista a un lado, hacia las ventanas. No le seducía entrar arrastrándose por una de ellas con su elegante vestido de viaje, pero si estaban abiertas, al menos eso indicaría que había alguien en la casa. Pero las ventanas también estaban cerradas y las cortinas que cubrían los cristales por el interior estaban completamente inmóviles.

—¿No será una fiesta nacional y todo el mundo está fuera celebrándola?

Violet no sabía qué pensar salvo que alguien, aunque no fuera el mayordomo, debería estar a cargo de la puerta.

—¿Voy a la esquina a buscar un carruaje? Podemos ir a un hotel y esperar allí a que regrese su familia.

Violet estaba a punto de acceder cuando oyó que la puerta se abría. Se volvió de nuevo hacia ella, pero no se había abierto más que una rendija y lo único que pudo ver fue un ojo que la observaba. Entonces oyó:

—¿Violet?

Soltó un suspiro de alivio.

—¡Pues claro!

La puerta se abrió del todo para permitirle el paso. Al otro lado estaban sus dos hermanos y, aunque no solía costarle distinguir a los gemelos, aquel día no pudo hacerlo. Tenían el pelo castaño oscuro como ella, los ojos azul zafiro, eran fornidos en lugar de delgados como su padre y muy guapos. No se parecían en nada a los niños que había visto por última vez cinco años atrás. ¡Ahora eran unos hombres de veinte años y tenían la misma altura que su padre, que era medio metro más alto que ella! Dio un salto eufórico hacia delante para abrazarlos, pero enseguida el que estaba a la izquierda la abrazó y dijo:

—Soy Daniel.

Entonces la levantó en el aire y se la pasó a Evan, quien la hizo girar a su alrededor en un círculo completo. Cuando sus pies tocaron de nuevo el suelo, Violet estaba riéndose. Por fin consiguió rodear a sus hermanos por la cintura y abrazarlos a ambos al mismo tiempo.

¡Se había perdido tantas cosas durante los últimos cinco años! Cuando encargó su retrato, les pidió que ellos también encargaran los suyos y se los enviaran para que pudiera ver cómo habían cambiado, pero ellos no lo hicieron. ¡Sin duda estaban fantásticos! Mientras los miraba de arriba abajo, sintió algo parecido al orgullo maternal. ¡Resultaba difícil imaginar que alguna vez hubiera dado órdenes y regañado a aquellos dos hombres o que ellos se lo hubieran permitido!

Pero tenían muchas explicaciones que darle y, al recordarlo, Violet retrocedió un paso y declaró:

—Que uno de los dos avise a papá de mi llegada y haced que alguien entre mis baúles. Hablaremos en el salón. Tenéis mucho que contarme, hermanos.

Daniel y Evan pasaron junto a ella para entrar ellos mismos el equipaje.

—Papá no está en casa —declaró escuetamente Daniel.

—¿Hermanos gemelos? —susurró Jane mientras se reunía con Violet en el vestíbulo—. ¿Y no hay mayordomo?

Violet suspiró.

—Voy a hablar en privado con mis hermanos. Espere aquí en el vestíbulo. No creo que tarde.

—Buscaré la cocina y ordenaré que le preparen un té, señorita.

—Gracias.

Violet se dirigió al salón, que era la primera habitación situada a la izquierda del pasillo. Tenía la intención de abrir unas cuantas ventanas. La casa olía realmente a cerrada. Pero nada más cruzar el umbral, se detuvo repentinamente y no dio ningún otro paso. La última vez que estuvo allí, aquella habitación tenía un mobiliario precioso, pero ahora no quedaba nada salvo el sofá. El resto de los muebles había desaparecido. Los cuadros que colgaban de las paredes habían desaparecido. ¿Acaso los chicos la estaban esperando allí para conducirla a su nueva casa?

Violet oyó unos pasos que se aproximaban a su espalda.

—Espero que no me hicierais cruzar el océano solo para decirme que nuestro padre ha vendido la casa y se ha mudado a una más grande —declaró.

—No —respondió uno de sus hermanos—. Quizá quieras sentarte, Vi.

—¡No, sentaos vosotros! —ordenó ella sin volverse—. Evan a mi derecha y Daniel a mi izquierda. Quiero saber a quién le estoy gritando.

Cuando pasaron por su lado, les lanzó una mirada airada, y cuando se volvieron para sentarse en el sofá, vio que sus caras expresaban consternación.

—Es tan malo como parece —declaró Daniel avergonzado.

—¿En serio? —replicó con sarcasmo, pero el tono agudo de su voz no lo fue—. Si no os habéis trasladado, ¿dónde están los condenados muebles?

—Tuvimos que venderlos para pagar los plazos del préstamo que pidió nuestro padre y para guardar las apariencias —explicó Daniel—. Los cuadros se vendieron bien, pero el mobiliario no. Cada mes tenemos que devolver una importante suma de dinero.

Cuando terminó de hablar, Violet tenía los ojos muy abiertos.

—¿Por qué habría él de...? ¿Dónde está nuestro padre?

—No está aquí. Se marchó hace siete meses para hacer fortuna —explicó Evan—. No quería que te contáramos que se había arruinado, así que no lo hicimos, pero si no podemos devolver el préstamo, el señor Perry, el banquero, se quedará con la casa.

—¿Arruinado? ¿Cómo es posible?

—Realizó tres malas inversiones en otros tantos meses —prosiguió Evan—. Padre ni siquiera se había dado cuenta de que sus ahorros habían disminuido tanto hasta que fue al banco a retirar el dinero para los gastos domésticos mensuales. Entonces el empleado del banco le advirtió de que no podría seguir haciéndolo durante mucho tiempo más. Al volver a casa, padre despidió a algunos miembros del personal, pero no a todos porque no quería que nuestros vecinos y amigos supieran que estaba pasando por tiempos difíciles. Luego se emborrachó durante una semana, lo que, ahora que conocemos la causa, es totalmente comprensible, pero no lo supimos hasta que estuvo sobrio.

—Cuando se le pasó la borrachera, fue al banco, solicitó un préstamo y ofreció la casa como garantía —intervino Daniel.

—Quería que pudiéramos seguir viviendo como de

costumbre mientras él conseguía más dinero —continuó Evan—. Nos enseñó un folleto que anunciaba que habían encontrado más oro en el Oeste. No sabemos por qué se tragó ese bulo. Hemos visto folletos como ese desde que éramos niños y nunca nadie ha regresado rico. ¡Pero él estaba tan convencido de que la extracción de oro sería la solución a nuestro repentino problema!

—Créeme, Vi, los dos intentamos disuadirlo. Le advertimos que estaba apostando por una posibilidad entre un millón de encontrar oro y que debía elaborar un plan más realista. Pero no logramos convencerlo.

Ella volvió a recorrer la habitación vacía con la mirada y se le hundieron los hombros.

—Supongo que lo que vais a decirme a continuación es que después de siete meses no ha encontrado oro, ¿no?

—Peor —replicó Evan.

—¿Qué podría ser peor? —Entonces empalideció—. No me digáis que está... está...

No consiguió pronunciar la palabra «muerto», pero Daniel intervino.

—No, no se trata de eso. ¡Claro que no! Pero nos escribía con regularidad y, de repente, dejamos de recibir cartas suyas. Y se nos acabó el dinero. Ambas cosas ocurrieron hace dos meses. Por eso te pedimos que vinieras.

—Deberías dejar que te contáramos toda la historia, Vi. Así quizá no tendrías tantas preguntas —sugirió Evan.

Ella dudó que dejara de tener preguntas, por eso dio golpecitos con el pie en el suelo mientras asentía con la cabeza.

—Continuad.

—Padre nos dio la mitad del dinero del préstamo para que hiciéramos frente a los plazos mensuales y para nuestros gastos, y se llevó la otra mitad para financiar su aventura minera. —Daniel realizó una mueca—. Pero al cabo de cuatro meses, el importe de los plazos del préstamo subió vertiginosamente y, además, tenemos que liquidar el préstamo antes de un año. Padre nos aseguró que estaría de vuelta en un plazo de entre tres y cinco meses y que, por lo tanto, no teníamos por qué preocuparnos por el préstamo. Pero debido a la subida de las mensualidades, tuvimos que empezar a vender cosas.

—Y no hemos recibido más cartas de él. Aunque en la última que nos envió parecía optimista.

—Más bien entusiasmado —corrigió Daniel a su hermano gemelo—. Probó suerte en dos poblaciones del Oeste, pero resultaron ser una absoluta pérdida de tiempo. Sin embargo, en su última carta nos contó que acababa de reclamar la propiedad de una mina en Butte, Montana, cerca de una conocida mina de plata.

—Eso suena prometedor —señaló ella—. Sin duda está demasiado ocupado explotando la mina y no tiene tiempo de escribir.

—¿Durante más de dos meses? Ese es el tiempo que ha transcurrido desde que recibimos su última carta —declaró Evan con un tono de voz sombrío.

Los hombros de Violet volvieron a hundirse. O su padre había muerto..., no, se negaba a creerlo cuando había tantas alternativas que explicaran su silencio, incluido el hecho de que odiaba escribir cartas. Ella sabía, por propia experiencia, lo poco amigo que era de mantener una correspondencia.

En aquel momento se dio cuenta de lo terrible que era la situación.

—¿Entonces ya habéis perdido la casa? ¿Es incluso ilegal que estéis aquí? ¿Por qué me dijisteis que viniera? ¿Cómo se supone que voy a resolver esta situación?

Daniel levantó una mano para poner freno a sus preguntas.

—El banquero, el señor Perry, vino y aporreó la puerta hasta que le abrimos. Pareció disfrutar al ver que habíamos vendido la mayor parte de los muebles, como si eso significara que la casa pronto sería propiedad del banco. El único cuadro que no habíamos vendido era tu retrato. No soportábamos separarnos de él. El señor Perry lo vio colgado sobre la repisa de la chimenea y se sintió cautivado por él.

Violet desvió la mirada hacia la chimenea, pero el retrato ya no estaba allí.

—¿Dónde está?

—Se lo llevó como pago de la última mensualidad y... y... Daniel no pudo terminar. Evan resopló y lo presionó.

—Cuéntaselo.

—¡Cuéntaselo tú!

—Será mejor que uno de los dos me lo cuente y que sea deprisa —soltó Violet.

Evan bajó la vista hacia los pies de su hermana y luego declaró:

—Quiere casarse contigo. Nos dijo que, si accedes a casarte con él, cancelará la liquidación del préstamo. Le explicamos que ni siquiera estabas en el país y que, aunque vinieras, tardarías en llegar, y él contestó que aplazaría la ejecución de la garantía del préstamo hasta que llegaras.

Todo aquello era demasiado para asimilarlo. De hecho, incluso le estaba costando creérselo mínimamente. ¿No tenían dinero? Santo Dios, ¿ahora eran pobres?

—Y supongo que no será razonablemente joven y agradable.

Daniel abrió mucho los ojos.

—¿Considerarías su propuesta?

—No, pero quiero conocer mis opciones.

—Por si te interesa saberlo, no es ni joven ni agradable. Además, es gordo —respondió Evan rápidamente.

Y Daniel añadió:

—Pero muchas mujeres de nuestro círculo social celebran matrimonios concertados. Y, al menos, Perry es rico, vive aquí, en Filadelfia, y desea casarse contigo. Si te casaras con él, volverías a vivir aquí, Violet. ¡Nuestra familia volvería a estar unida y el problema de la casa quedaría resuelto!

—¿Así que esta es la razón de que me pidierais que volviera? ¿Para lanzarme a las fauces de un lobo gordo? ¡Ahora entiendo por qué vuestra carta era tan sumamente imprecisa!

Daniel realizó una mueca.

—Eso no es verdad. ¡Te echábamos de menos! Además, siempre supusimos que celebrarías un matrimonio concertado... aquí en América. No te imaginas lo angustioso que fue para nosotros cuando en primavera nos comunicaste que esperabas casarte en Inglaterra. ¡Eso significaría que no volveríamos a verte! Si padre hubiera estado aquí y hubiera leído esa carta, le habríamos convencido para que te lo prohibiera.

Violet miró a Daniel con los ojos entrecerrados.

—Claro que lo habríais hecho, ¿no es así?

Evan le dio un codazo a su hermano.

—Te dije que no accedería. —Entonces sonrió a Violet—. Pero estoy contento de que hayas regresado, Vi, aunque hayas tenido que encontrarte con una situación tan desesperada.

—Gracias, pero la opción Perry queda borrada de la lista.

—¿Acaso tenemos otras?

—Por supuesto —respondió ella, aunque de una forma algo prematura—. Dame un momento para ordenar mis pensamientos.

Se puso a caminar de un lado a otro delante de ellos. Evidentemente, y aunque no les gustara Inglaterra, podían ir allí con ella. Pero eso significaría perder la casa, la casa en la que todos ellos habían pasado la infancia, la casa en la que los chicos habían vivido durante toda la vida. Quizá su tío estaría dispuesto a liquidar el préstamo por ellos, pero enviar una carta a Londres y esperar la respuesta tomaría tiempo.

Levantó la vista hacia el techo con exasperación.

—¿Os dais cuenta de que, si me hubierais explicado algo de esto en la carta que me enviasteis, podría haber venido con el dinero suficiente para liquidar el préstamo y al menos así no tendríais que preocuparos por la pérdida de la casa?

—Consideramos esa posibilidad —respondió Daniel—, pero llegamos a la conclusión de que nuestro padre se pondría furioso si les pidiéramos dinero a los Faulkner. Por eso te escribí, con la esperanza de que estuvieras interesada en lo que el señor Perry... —Al ver la mirada iracunda de Violet, su voz se fue apagando. Entonces añadió—: Pero ahora que padre ha conseguido una mina, hay un rayo de esperanza. El único problema es que no sabemos dónde está exactamente esa mina... ni él.

Una mina que todavía no les daba rendimiento alguno, pero que podía hacerlo, aunque quizá no sucediera a tiempo. Quizá ella podría realizar el siguiente pago del préstamo con el dinero que su padre le había dado cuando se marchó con la tía Elizabeth. Nunca lo necesitó. Sin embargo, si lo utilizaba para realizar ese pago, no tendría dinero suficiente para resolver el otro problema que tenían: encontrar a su padre.

3

Se acercaba la hora de la cena, así que se trasladaron a la cocina para continuar allí la conversación. Ellos, o mejor dicho ella, habían elaborado un plan de acción razonable. Al menos Violet pensó que era la opción más razonable de todas las que se le habían ocurrido. Teniendo en cuenta lo desconcertada que se sintió al saber que ya no era una rica heredera sino una mujer pobre, era increíble que pudiera siquiera pensar. Pero entonces, cuando se detuvo en el vestíbulo y le explicó a la doncella adónde viajarían al día siguiente, Jane se negó rotundamente a acompañarla e hizo que su plan se tambaleara.

—Si no me hubieran dado el dinero necesario para regresar a Londres, no habría venido aquí. Y me alegro de haber insistido en que me lo dieran —declaró Jane con expresión obstinada—. Así que me voy. Tendrá que contratar a otra doncella, señorita.

¡No había tiempo para eso!

—El viaje en tren hasta Montana solo toma unos días, Jane. ¡Será interesante! ¿No quieres ver...?

—He leído un montón de novelas populares sobre el salvaje Oeste americano. Hay indios, osos y duelos en todas las esquinas. No, señorita, puede estar segura de que no voy a ir a ningún lugar salvo de vuelta a mi hogar.

La mujer agarró su bolsa de viaje y salió de la casa con determinación. Violet miró a sus hermanos con exasperación, lo que les advirtió de que no debían reírse. Pero tuvo un breve respiro de su problema cuando al entrar en la cocina sus hermanos se detuvieron y la miraron expectantes. Violet se dio cuenta de que esperaban que cocinara para ellos y se echó a reír.

—¿Realmente creéis que tía Elizabeth me dejaría acercarme a su cocina? No sé cocinar, pero si habéis vivido solos durante todos estos meses, seguro que a estas alturas vosotros sí que habéis aprendido a hacerlo.

—No mucho —contestó Evan—. Pero al menos comer nos quitará el hambre.

—Aunque la comida será muy insulsa —advirtió Daniel—. Y comer de pie no hace que sepa mejor.

Realmente lo habían vendido todo, incluso la mesa de la cocina, por lo que Violet sugirió:

—Podría invitaros a cenar en un restaurante.

—No podemos, no si queremos mantener en secreto tu llegada —señaló Daniel—. ¿Y si nos tropezáramos con el señor Perry?

No era probable, pero si realmente ocurría, entonces su plan habría acabado antes de empezar, así que, simplemente, asintió con la cabeza y dijo:

—La deserción de mi doncella no altera mis planes... Bueno, sí, pero solo implica que uno de vosotros tendrá que acompañarme a buscar a nuestro padre mientas el otro se queda aquí para convencer al señor Perry de que nos conceda otro mes de aplazamiento. ¿Queréis echarlo a suertes?

Ya habían hablado sobre esta cuestión. Le dirían a Perry

que ella les había escrito una carta explicándoles que necesitaba tiempo para decidir si quería o no casarse con él. Violet incluso la escribiría aquella misma noche por si él exigía leerla. De todos modos, ella estaba convencida de que regresaría de Montana antes de un mes, ya fuera con el dinero suficiente de su padre para salvar la casa o con su padre en persona, quien convencería al banquero para que modificara el préstamo.

Daniel fue el primero en hablar.

—Evan tiene que quedarse. Está cortejando a una rica heredera y no puede perder el empuje. Si se casara con ella resolvería nuestro problema, pero tiene que acelerar el proceso.

—La cortejan otros tres hombres, de modo que no es una solución segura, aunque tengo esperanzas. Pero estas cosas no pueden apresurarse.

—¿La quieres? —le preguntó Violet a Evan.

—No, todavía no, pero al menos es guapa, así que estoy dispuesto a hacer ese sacrificio, aunque tú no lo estés. Además, yo le gusto —añadió con una sonrisa de vividor.

Violet puso los ojos en blanco. Claro que le gustaba a la joven. Tanto Evan como Daniel eran muy guapos. Se suponía que nunca tendrían que sacrificarse a la hora de elegir una esposa. Claro que tampoco habían previsto que acabarían siendo pobres. Tendría que darle a su padre una buena reprimenda por malgastar su herencia y colocarlos en aquella situación.

Se volvió hacia Daniel, quien por defecto se había convertido en su compañero de viaje, pero él realizó una mueca y le confesó:

—Odio decirlo, pero yo también tengo un compromiso. Si no lo tuviera, habría ido yo mismo a buscar a nuestro padre. Pero estoy convencido de que está bien. Ya sabes lo carismático que es. Vaya donde vaya, hace amigos y seduce a la gente para que lo ayude.

—¿Y en qué consiste tu compromiso? —preguntó Violet, quien se sentía desalentada por tener que viajar a Montana sin la compañía de ninguno de sus hermanos.

—Se trata de una deuda con un amigo —respondió Daniel, y entonces se ruborizó—. Hicimos una apuesta. Realmente creí que podía ganar, pero perdí y no tenía dinero para pagarle. Si no fuéramos amigos, seguramente me habría denunciado y me habrían encerrado en prisión. Estaba dispuesto a esperar para cobrar la apuesta, pero entonces su hermana vino a la ciudad y él me ofreció cancelar la deuda si aceptaba acompañarla durante su visita. Le compensaba hacer ese intercambio para librarse de esa tarea. Y yo me sentí aliviado al no tener que confesarle que no podía pagarle la deuda. Se suponía que la tarea solo iba a durar unas semanas, pero su hermana decidió alargar la visita.

—¿Cuánto le debes? —le preguntó Violet.

Evan, que estaba cortando unas zanahorias, levantó la mirada.

—No te enfades con él, Vi. Si hubiera tenido suerte, las ganancias de la apuesta habrían cubierto la próxima mensualidad del préstamo. Además, padre nos indicó que siguiéramos como si nada hubiera cambiado. No ha sido fácil ocultar nuestro infortunio a nuestros amigos.

—¿Cuánto? —insistió ella con mayor firmeza.

Daniel suspiró.

—Solo cincuenta dólares, pero ahora que no tenemos nada de efectivo eso es mucho dinero.

Violet odiaba ver a sus hermanos pasando apuros de aquella manera, pero la cifra la tranquilizó.

—Yo puedo pagar esa deuda y así podrás acompañarme a Montana. —Al ver que Daniel empezaba a sonreír, añadió—: No estés tan contento, es probable que acabes trabajando en la mina para ayudar a nuestro padre.

Daniel soltó un gemido y Evan se rio mientras introducía un pedazo de carne en el horno para que se asara junto con las zanahorias. Pero Violet siguió dándoles órdenes:

—Evan, mientras estás aquí continuando con tu cortejo y tratando con el señor Perry, puedes intentar averiguar, con discreción, si alguien que conoces estaría interesado en comprar la casa. Por si se diera el caso de que no pudiéramos conservarla. Venderla os permitiría liquidar el préstamo bancario y cualquier otra deuda que tengáis y todavía os quedaría cierta ganancia.

—¿Te das cuenta de que ahora hablas como los británicos? —preguntó Daniel de repente.

Ella arqueó una ceja.

—¿Qué esperabas? He vivido en Londres tantos años como los que he vivido aquí, así que es lógico que haya adquirido el acento británico y utilice algunas expresiones con las que no estáis familiarizados.

—Hablas exactamente igual que la tía Elizabeth cuando vino a buscarte y se puso furiosa porque padre había permitido que te convirtieras en un marimacho —añadió Evan.

Ella se echó a reír.

—No, no era un marimacho. Además, si me quedara por aquí unos cuantos meses, seguramente volvería a hablar con acento americano.

—¿No te quedarás? ¿Ni siquiera si conseguimos traer a padre de vuelta a casa y todo vuelve a ser como debería?

Daniel parecía tan esperanzado que ella casi le respondió lo que él quería oír. Pero si todo volvía a ser como debería ser, su vida no tendría por qué cambiar y entonces podría volver a Londres y disfrutar de la temporada social, así que contestó amablemente:

—No, pero ahora que he terminado la escolarización empezaré a visitaros cada pocos años. No les pediré a padre ni a Evan que vuelvan a realizar ese viaje, pero tú sí que podrías ir a verme, ya lo sabes. En cualquier caso, no permitiré que vuelvan a transcurrir cinco años sin que nos veamos. Eso te lo prometo.

—¿Pero por qué quieres volver allí? —protestó Daniel.

—Justo antes de embarcar conocí al hombre con el que me voy a casar. Se llama Elliott Palmer y es un lord inglés. Y tengo la intención de regresar a Inglaterra lo antes posible para no perderlo a causa de alguna otra debutante. Y ahora centrémonos en nuestro plan. Evan, tú convencerás al señor Perry de que no nos embargue la casa. La carta que escribiré esta noche te ayudará. Daniel y yo regresaremos de Montana con buenas noticias... o traeremos a padre de vuelta.

—Enviadme noticias lo antes posible —pidió Evan—. Quiero asegurarme de que se encuentra bien.

Violet se dio cuenta de que estaba preocupado, y era probable que Daniel también lo estuviera; simplemente no querían que ella lo supiera y se preocupara también.

—Si a padre le hubiera ocurrido algo malo, alguien os habría avisado. Principalmente porque posee una propiedad en Montana; si es que la reclamación de una mina puede considerarse una propiedad. De modo que, el hecho de que no tengáis noticias suyas es algo bueno. Probablemente está demasiado ocupado trabajando en la mina para sacarnos de este aprieto y demasiado lejos de una población para enviar una carta. Y ahora..., ¿queda alguna cama en esta casa para que pueda dormir esta noche?

4

Cuando, a la mañana siguiente, Violet y Daniel salieron en dirección a la estación del ferrocarril, ella estaba un poco nerviosa. El día anterior, cuando Daniel fue a pagarle a su amigo el dinero que le debía por la apuesta, Violet le pidió que le comprara una maleta. Sería un engorro llevar uno de sus baúles en aquel viaje porque no esperaba estar en Montana más que unos días. Su hermano regresó con buenas noticias. Su amigo no quiso el dinero y le aseguró que soportar a su hermana durante el tiempo que lo había hecho era suficiente para compensar la totalidad del pago.

A Violet le preocupaban más los otros acreedores que sus hermanos habían mencionado, pero ellos le aseguraron que seguían gozando de buen crédito porque ninguno de aquellos comerciantes era consciente de sus dificultades financieras. Aun así, Violet le dejó a Evan algo de dinero. Deseó poder dejarle más, pero tenía que asegurarse de que les quedara el suficiente para vivir toda la familia en el caso de que su padre no hubiera tenido éxito en el Oeste. Sin embargo, tenía esperanzas y anhelaba volver a ver a su padre.

Consiguieron llegar a tiempo y comprar billetes para un

tren que estaba a punto de partir. Violet subió antes que su hermano, encontró dos asientos y acomodó su maleta en la estantería. Creía que Daniel estaba justo detrás de ella hasta que miró por la ventanilla y vio que seguía en la plataforma y que un policía se lo llevaba. Daniel gritaba e intentaba decirle algo a su hermana, pero ella no pudo escucharlo con claridad, ya que las ventanillas estaban cerradas. Corrió hasta la puerta y estuvo a punto de bajar a la plataforma, pero el tren empezó a moverse.

Oyó que Daniel gritaba:

—¡Es mi sastre! ¡Se cree que me voy de la ciudad sin pagarle lo que le debo! Lo solucionaré y te seguiré mañana. ¡No desperdicies el billete quedándote y esperándome!

Para entonces, ella no podía bajar del tren aunque lo hubiera querido. De hecho, sí que quería hacerlo, y consideró la posibilidad de saltar en marcha, pero tuvo miedo de fracturarse alguna extremidad, en cuyo caso no podría ir a ningún lugar. Pero realmente no quería viajar sola ni siquiera durante un día. Si Jane no hubiera tenido tanto miedo de realizar aquel viaje, al menos contaría con la compañía de una doncella. ¡Cielo santo, ahora ella tenía tanto miedo como Jane! Si Daniel conseguía que le reembolsaran el importe del billete, podría comprar otro y seguirla al día siguiente, pero iría un día por detrás de ella durante todo el trayecto a menos que ella lo esperara en la estación siguiente. Sin embargo, el tiempo era esencial y el vencimiento de la siguiente mensualidad del préstamo se aproximaba rápidamente.

Al final, después de dar un vistazo al interior del vagón, vio que el resto de los pasajeros iban bien vestidos y parecían respetables como ella, y dejó a un lado los miedos. Entonces ocupó su asiento y miró aturdida por la ventanilla. En la primera parada, le envió a Evan un telegrama comunicándole que esperaría a Daniel en Butte, aunque estuvo a punto de cambiar de opinión cuando, pasados unos días, el tren entró en lo que se consideraba el Oeste.

No contaba con que tardaría seis días en llegar a su destino, sobre todo porque sus hermanos habían alardeado de que realizaría la mayor parte del trayecto en el tren más rápido del mundo. Estaban mal informados. La línea de ferrocarril transcontinental utilizaba los mismos trenes que el resto de las líneas. Se consideraba el medio más rápido de atravesar el país simplemente porque no se detenía en todas las poblaciones para que subieran o bajaran los pasajeros. Sin embargo, ella tuvo que realizar dos transbordos antes de subir al tren expreso. Luego tuvo que volver a cambiar de tren en Utah para tomar la línea secundaria que seguía en dirección norte hasta Montana. Y, en cada transbordo, tuvo que pasar la noche en las distintas poblaciones mientras esperaba el siguiente tren. Esto supuso perder un día en cada transbordo y pagar el correspondiente hotel. Tendría que empezar a contar cada centavo.

Después del último cambio de trenes, Violet sintió como si hubiera entrado en otro mundo. Los pasajeros procedentes del Este que habían viajado con ella hasta entonces y habían hecho posible que mantuviera a raya los nervios, continuaron viajando hacia California, mientras que ella lo hizo hacia el norte. Cuando miraba por la ventanilla, veía amplios espacios abiertos, bosques primarios y lagos tan grandes que era imposible distinguir las orillas opuestas. Los paisajes le fascinaron y habría disfrutado del viaje si no estuviera viajando sola y no se hubiera convertido en una persona extravagante para los pasajeros. Estos eran vaqueros, granjeros y personajes variopintos que charlaban entusiasmados sobre la posibilidad de hacerse ricos en Butte. ¿Cuando su padre llegó al Oeste se sintió tan optimista y entusiasta como aquellos hombres? Seguramente sí, ya que debía de confiar en que tendría éxito.

Violet llegó por fin a su destino, aunque nunca habría imaginado una ciudad como Butte, en Montana. Su escolarización no la había preparado para el salvaje Oeste americano. Había estudiado la historia europea y las guerras que Gran Bretaña había luchado contra Norteamérica, pero los ingleses no estaban interesados en la mitad occidental de aquel país, ya que la consideraban primitiva e incivilizada. Ella se enteró, gracias a uno de sus compañeros de viaje, de que Montana ni siquiera era un estado, sino solo un territorio de Estados Unidos.

Sin embargo, tratándose de una ciudad fronteriza, Butte era mayor de lo que ella esperaba. Contaba con todo tipo de negocios, numerosos hoteles e incluso salas de espectáculos, aunque por lo que vio la mayoría de estas eran cantinas. No se parecía en nada a las dos ciudades en las que había crecido. Los edificios eran mayormente de madera y no superaban las dos plantas de altura. Como llegó a última hora de la tarde de un sábado, la ciudad estaba abarrotada de gente y lo peor de todo era que, con tanta gente caminando y montando a caballo por las calles, la atmósfera era sumamente polvorienta. La mayoría de los hombres vestía ropa de trabajo. Solo vio algún que otro bombín, pero aun así ningún hombre iba vestido con traje. Las mujeres vestían con sencillez salvo unas cuantas que, para sorpresa de Violet, lucían vestidos llamativos y escotados. Tenía tantas cosas que asimilar que ni siquiera intentó hacerlo. Simplemente se dirigió al hotel de aspecto respetable más cercano, pagó el coste de una habitación y, como estaba absolutamente agotada, se echó a dormir.

A la mañana siguiente, estaba ansiosa por iniciar la búsqueda de su padre. Después de tomar un ligero desayuno en el restaurante del hotel, le preguntó al recepcionista con quién tenía que hablar para encontrar a una persona desaparecida. Él le indicó el camino a la oficina del sheriff. Primero, Violet se detuvo en la oficina de telégrafos para ver si sus hermanos le habían enviado algún telegrama. Pero no había ninguno. Entonces les envió uno para comunicarles que había llegado a Butte y le indicó al telegrafista en qué hotel se hospedaba para que pudieran hacerle llegar cualquier posible respuesta.

A aquella hora temprana las calles no estaban tan concurridas. Solo había unos cuantos carros que repartían mercancías. Los mineros que abarrotaban las calles el día anterior debían de haberse ido de la ciudad o estaban durmiendo para recuperarse de la juerga nocturna. En dos ocasiones la habían despertado unos disparos durante la noche.

¿Cómo se las arregló su padre para desenvolverse en aquel lugar? Charles Mitchell era un caballero de casta y cuna y siempre se vestía con pulcritud. Ni el día anterior ni aquella mañana había visto a un solo hombre con traje. Los hombres que vio vestían ropa de trabajo o pantalones, camisa, sombrero de ala ancha y pistolera. Eran las pistoleras las que hacían que aquel lugar le resultara tan extraño y que deseara marcharse. Esperaba poder encontrar a su padre aquel mismo día y, al siguiente, tomar un tren de regreso a Filadelfia con buenas noticias para sus hermanos.

En el porche de la oficina del sheriff había un hombre sentado en una silla. Tenía la cabeza apoyada en la pared y llevaba el sombrero calado de forma que le cubría la cara, por lo que parecía estar durmiendo. Violet intentó no despertarlo cuando pasó por su lado y entró en la oficina.

—¿Es usted el sheriff? —le preguntó al hombre que estaba sentado detrás de un escritorio.

El hombre era de mediana edad e iba bien afeitado y correctamente vestido. Llevaba puesto un chaleco de piel sobre una camisa con las mangas arremangadas.

Levantó la mirada del periódico que estaba leyendo y lo dejó a un lado.

—No, señora. El sheriff está pescando con su hermano, como hace todos los fines de semana. Yo soy Barnes, su ayudante. ¿En qué puedo ayudarla?

—Mi padre, Charles Mitchell, ha desaparecido. Llegó aquí hace unos meses. La información que tengo es que reclamó una propiedad en esta zona. Lo denominan «reclamar una propiedad», ¿no?

—Exactamente. —El ayudante realizó una mueca—. ¿Y qué le hace pensar que ha desaparecido?

—Solía escribir a casa a menudo, pero no hemos recibido ninguna carta desde que nos comunicó que había llegado y que había encontrado una mina. Ha transcurrido demasiado tiempo desde entonces y tememos que esté herido... o algo peor.

La expresión del hombre se volvió solemne.

—Eso puedo averiguarlo inmediatamente —declaró.

Abrió un cajón del escritorio, sacó un libro de registro y pasó varias páginas antes de volver a mirarla. La nueva expresión de su cara hizo que a Violet se le encogiera el corazón.

—Normalmente es el sheriff quien se encarga de dar las malas noticias, pero es obvio que esto no puede esperar a que vuelva —declaró con extrema incomodidad—. Lo siento, señora, pero su padre murió hace quince días. Por aquí era conocido como Charley, aunque nadie lo conocía íntimamente. Ahora me acuerdo de que el doctor Wilson nos informó de su muerte. Él hace de suplente cuando el doctor Cantry no está. Tras sufrir un accidente en la mina, su padre estuvo bajo los cuidados del doctor Cantry durante más de un mes, pero no volvió a recuperar la conciencia. Otro minero, que fue también quien lo encontró, lo llevó a la consulta del doctor. Creo que sus minas están en la misma zona.

Violet empezó a sentirse mareada y el ayudante del sheriff la ayudó a sentarse. Ella había oído lo que le había dicho, pero todavía no había asimilado sus palabras. ¿Muerto? Sus hermanos se sentirían tan devastados como ella. ¡Estaba tan segura de que aquel mismo día vería a su padre! ¡No se podía creer que no volvería a verlo nunca más! ¿De verdad estaba muerto?

Alguien agitó un pañuelo frente a su cara y entonces se dio cuenta de que estaba llorando. ¡Hacía tanto tiempo que no veía a su padre! Aun así, tenía muchos recuerdos de él: paseos y picnics en los parques; imágenes de cuando les enseñaba, a ella y a sus hermanos, a nadar en el lago Springton; paseos en barca por el río Delaware, y los cuatro en el salón, donde él les leía cuentos mientras ella estaba reclinada sobre su hombro y los chicos, sentados a sus pies. Los recuerdos la abrumaron. La noticia de su muerte la abrumó. ¿Qué iba a hacer ahora?

—Callahan, el hombre que trajo a su padre a la ciudad, se interesaba por su estado cada vez que bajaba de las colinas —le explicó el ayudante del sheriff—. Incluso dejó dinero por si, llegado el caso, hubiera que celebrar un funeral. Volvió a venir pocos días después de que su padre muriera y lo enterraron en el cementerio que hay a las afueras.

¡Se sentía tan confusa! No podía estar muerto. Podía tratarse de un error..., quizá se trataba de otro hombre que se llamaba igual que su padre...

—Sin duda el doctor Cantry podrá contarle más cosas. Y Morgan Callahan... Bueno, olvídese de él.

—¿Por qué?

—Callahan es casi un ermitaño. Está siempre en las montañas, donde no vive nadie más que él, y baja poco a la ciudad. Cuando, el invierno pasado, apareció envuelto en un abrigo de piel de oso con el pelaje incluido y tan greñudo como un oso de verdad, la gente supuso que era un hombre de las montañas. Y, si quiere saber mi opinión, también se comporta como un oso. Por lo visto lleva tiempo explotando una mina, pero ha intentado mantenerlo en secreto. Lo que no es extraño, porque los grandes mineros de la zona compran las minas pequeñas tan pronto saben de su existencia. Pero corrió la noticia de que Morgan había encontrado un rico filón de plata y solo su padre consiguió averiguar dónde estaba. En cualquier caso, Morgan es demasiado rudo e insociable para que una dama como usted hable con él.

Violet asintió con la cabeza.

—¿Y las pertenencias de mi padre? ¿Dónde pueden estar?

—Probablemente sigan en su mina. Quizá también quiera cancelar la cuenta bancaria de su padre, si es que la tenía, pero eso tendrá que esperar hasta mañana, cuando el banco esté abierto.

—¿Dónde está el doctor?

El ayudante del sheriff la ayudó a levantarse y la acompañó afuera mientras decía:

—Si quiere puedo acompañarla a ver al doctor ahora. Seguramente también podrá recetarle algo para la conmoción que ha sufrido.

—¿Y dónde está la mina de mi padre?

—Tendrá que averiguarlo mañana en la oficina de reclamación de propiedades, aunque eso solo le servirá para confirmar que su padre reclamó una mina. Quizá le informen de la localización general, pero no le dirán mucho más. En cualquier caso, si realmente está cerca de la de Callahan, necesitará que alguien la conduzca hasta allí, aunque dudo que nadie sepa dónde es. Morgan parece bastante obsesionado en mantener en secreto la localización de su mina y siempre que sale de la ciudad toma una dirección diferente.

A pesar de las advertencias del ayudante del sheriff, Violet no pudo evitar preguntarle:

—¿Pero el señor Callahan podría guiarme hasta allí?

El ayudante suspiró.

—Seguramente es el único que sabe dónde está la mina con exactitud, pero sinceramente, señora, no le recomiendo que trate con él.

—¿Está ahora en la ciudad?

Él pareció alegrarse de la respuesta que le dio.

—No. Al menos, yo no he oído que esté por aquí y, si lo estuviera, me habría enterado. Cuando aparece, siempre circulan rumores, pero no viene a menudo. Y, cuando lo hace, solo pasa una noche en un hotel y se marcha al día siguiente. Pero puedo indicarle el hotel en el que suele hospedarse. Si quiere, puede dejarle un mensaje allí. Quizá él quiera trazarle un mapa y usted podría contratar a alguien más tratable que él para que la guíe hasta allí.

Esto último lo dijo sin la menor convicción. Si Morgan Callahan seguía queriendo mantener en secreto la localización de su mina, en ningún caso trazaría un mapa de dónde estaba, ni siquiera para la hija de su amigo. ¿Él y su padre habían sido amigos o solo conocidos? No, si Callahan pagó el funeral, debían de ser amigos, de modo que quizá sí que estaría dispuesto a trazarle un mapa..., si fuera necesario y solo en ese caso.

—¿Puede mostrarme primero el hotel?

—Por supuesto.

El recepcionista del hotel, que estaba situado en una zona de la ciudad más nueva que aquella en la que se hospedaba Violet, le dijo que hacía semanas que Callahan no iba por allí.

—En el fondo, me lo esperaba —declaró el ayudante Barnes. Entonces, al ver la expresión abatida de Violet, añadió—: Si está decidida a conocerlo, esa es una buena noticia, ya que significa que no tardará en aparecer; quizá lo haga en una o dos semanas. Preguntaré por ahí, pero estoy convencido de que la localización de la mina de Morgan sigue siendo un secreto bien guardado. Y con razón. La competencia feroz y la ocupación ilegal de minas constituían un grave problema en esta zona hasta que los grandes propietarios empezaron a comprar las minas pequeñas. Todos los mineros que ve ahora en la ciudad trabajan para ellos. No quedan muchas minas pequeñas cerca de la ciudad. Por eso supongo que la de Morgan está lejos de Butte y por eso viene con poca frecuencia. Pero venga, la consulta del doctor está a una manzana de aquí y el doctor vive en la planta de arriba, así que, aunque la consulta esté cerrada, él seguramente estará allí.

Violet se sintió desalentada por el tiempo que tendría que esperar a que llegara el tal Callahan y averiguar si su padre había encontrado un filón que mereciera la pena vender. Aunque también podía obtener esa información al día siguiente en el banco, cuando viera si en la cuenta de su padre había o no una cantidad considerable de dinero.

—Es impresionante que usted conozca las idas y venidas de todos los mineros de la ciudad —comentó camino de la consulta del doctor Cantry—. ¿Cómo lo hace?

El ayudante soltó una risita.

—En realidad no las conozco. Por aquí ha pasado gente de todo el mundo: irlandeses, galeses, alemanes, chinos..., incluso serbios, por nombrar algunos. Muchos de esos inmigrantes abandonaron la minería y abrieron otro tipo de negocios.

—¿Entonces cómo es que sabe tanto acerca del señor Callahan? —le preguntó Violet.

—Porque su familia es conocida. Los Callahan son los propietarios de un extenso rancho en Nashart, una ciudad situada más hacia el este. Solían proveernos de ganado hasta que la red de los Ferrocarriles del Pacífico Norte creció más allá de su ciudad y otros rancheros se instalaron en Bozeman, que está más cerca de aquí. Cuando Morgan llegó, el año pasado, circuló el rumor de que era la oveja negra de la familia y que, finalmente, lo habían expulsado de ella. Pero solo se trata de un rumor y, si llega a conocerlo, será mejor que no se lo mencione, porque el temperamento de Morgan ya es lo bastante malo de por sí.

¿Si llegaba a conocerlo? Efectivamente, en realidad, si el saldo de la cuenta bancaria de su padre era lo bastante cuantioso, no tendría por qué esperar la llegada de Callahan. En ese caso, ella podría regresar a Inglaterra y dejar que sus hermanos decidieran qué hacer con la mina de su padre.

El doctor Cantry no estaba en su domicilio, ya que había salido a atender a un paciente, pero Violet decidió esperarlo porque no tenía nada más que hacer aparte de comunicar a sus hermanos que lo que ninguno de ellos había querido considerar ni siquiera como una posibilidad remota era cierto: que su padre había muerto.

5

Los problemas con los que Violet se iba encontrando eran cada vez mayores. ¿Por qué creyó que podría manejar todo aquello sola? Ni siquiera se daba cuenta de lo desesperada que era su situación porque, por encima de todo, estaba de duelo.

La breve conversación que mantuvo con el buen médico le reveló algo que sus hermanos no sabían: cuando Charles se fue de casa, padecía del corazón. Poco después de llegar a la ciudad, visitó al doctor Cantry porque sentía un dolor en el pecho. El médico le advirtió que debía evitar cualquier actividad extenuante porque podía sufrir un paro cardíaco. ¿Aun así, al salir de la visita con el médico su padre subió a las colinas para excavar en una mina? ¿Algo tan sumamente extenuante? El doctor Cantry le explicó que, probablemente, un fallo cardíaco fue la causa de su caída y del subsiguiente trauma craneal del que Charles no se recuperó.

Lo primero que hizo Violet a la mañana siguiente fue acudir a la oficina de reclamación de propiedades. El empleado le confirmó que Charles Mitchell había reclamado la propiedad de una mina, pero iba en contra de la política de la agencia mostrar los mapas a otras personas, ni siquiera a los familiares de quienes hayan reclamado la propiedad. Sin embargo, cuando Violet se estaba yendo, le confió que ver el mapa no la ayudaría porque no contenía ningún punto de referencia concreto.

—Muchos de nuestros mapas no incluyen datos concretos. Si el minero está allí, esa es su mina, ese es su derecho y, por lo tanto, esa es su propiedad, y si surge una disputa por una parcela, quien la haya reclamado antes tendrá todas las de ganar. —Violet debió de parecer tan confusa como se sentía, porque el empleado añadió—: El sistema no es tan chapucero como parece, señora. Disponemos de un mapa extenso de la zona, pero, como le he dicho antes, no está disponible para el público en general. No estamos aquí para ayudar a nadie a encontrar un yacimiento, sino para llevar un registro de quienes lo encuentran.

Violet creyó entenderlo, pero se preguntó cómo había conseguido su padre encontrar un yacimiento. Al menos había logrado confirmar que era el propietario de una mina situada en aquella zona.

Decidió que, después de ir al banco, que era su próximo objetivo, enviaría un telegrama a sus hermanos. Quería poder comunicarles alguna buena noticia además de las malas. Pero no pudo hacerlo, porque su padre no tenía ninguna cuenta bancaria en la ciudad.

Cuando le pidió al empleado que revisara los registros por segunda vez, se enteró de una posible causa de aquel hecho.

—Tres meses atrás nos robaron —se lamentó el empleado—. De modo que no me sorprende que su padre decidiera no confiarnos su dinero. Ahora los mineros envían el dinero directamente a sus hogares o lo esconden. Y los comercios lo guardan en sus propias cajas de caudales. Si no recuperamos el dinero robado, podrían pasar años antes de que el banco supere este contratiempo.

Así que Violet no tenía buenas noticias que comunicar a sus hermanos. Sin embargo, ya no podía retener las malas durante más tiempo. En el telegrama les preguntó por qué Daniel todavía no había llegado a Butte como le había prometido e hizo hincapié en que seguía necesitándolo para que la ayudara a encontrar el dinero de su padre. A continuación, se quedó en la habitación del hotel durante dos días mientras esperaba la respuesta. Cuando se sintió menos aturdida, se dio cuenta de que debería haberse trasladado al hotel preferido de Callahan para asegurarse de que no se le escapaba cuando visitara la ciudad. Después de realizar el traslado, llevó flores a la tumba de su padre y volvió a llorar. Luego se propuso explorar la ciudad para pasar el tiempo, pero abandonó esa idea al ver que atraía demasiados silbidos y comentarios rudos e inapropiados de los hombres con los que se cruzaba en las aceras de tablones de madera.

A partir de entonces, se quedó en su nueva habitación durante la mayor parte del día y solo bajó al comedor del hotel para cenar. La primera noche conoció a Katie Sullivan, un alma afín a ella. Katie era una joven vital, pelirroja, de ojos verdes y muy guapa. Vivía con su familia en Chicago y había ido a Butte a visitar a su padre y presentarle a Thomas, su prometido, quien acababa de llegar a la ciudad y se hospedaba en el hotel.

Violet supuso que Katie la había invitado a sentarse con ella y Thomas por su vestimenta. En la ciudad se veía muy poca ropa de alta costura, de modo que Violet llamaba la atención, igual que Katie, y ambas se sintieron mutua y naturalmente atraídas por el hecho de disfrutar, aparentemente, de intereses compartidos, al menos en cuanto a la moda.

Pero por lo visto tenían más cosas en común, según averiguaron cuando Violet se presentó y mencionó el nombre de su padre.

—¿El amigo de Morgan Callahan? —preguntó Katie.

—¿Así que conoces al señor Callahan?

—¡Cielos, no! Nunca me acercaría a un tipo tan ordinario. Pero, a estas alturas, todo el mundo ha oído hablar de él. Según dicen, se trata de un antiguo vaquero que luego se convirtió en trampero y, más tarde, en minero, y se rumorea que se ha vuelto loco por vivir tanto tiempo en soledad. En cualquier caso, todo el mundo está de acuerdo en que es intratable. A mi padre no le cae bien. Dice que es el idio..., que es más tozudo que una mula. Mi padre, Shawn Sullivan, no tardará en reunirse con nosotros. Siempre llega tarde. Será mejor que no le comentemos que conoces al señor Callahan.

Su advertencia sonaba amenazante.

—¡Pero si no lo conozco! —le aseguró—. Y, por lo que veo, prefiero no conocerlo. Sin embargo, me han informado de que, posiblemente, sea la única persona que pueda guiarme hasta la mina de mi padre. Confío en que, simplemente, me trace un mapa de la localización y no sea necesario que me conduzca hasta allí.

—¿Un mapa? Sí, eso sería perfecto, ¿no? Cuanto menos tiempo tengas que pasar con él, mejor.

Violet siguió el consejo de Katie y, después de que Shawn Sullivan llegara, no volvió a mencionar el nombre de Callahan. Sullivan era un hombre de mediana edad, astuto, corpulento y hablaba con un marcado acento irlandés. Cuando se relajaba, resultaba ser un hombre sociable. Durante la mayor parte de la cena, el padre de Katie acribilló a su yerno en potencia con preguntas acerca de su familia, sus contactos y los medios económicos de los que disponían. Pero después de darle su bendición y bromear sobre el hecho de que todavía podía poner más condiciones, tanto Thomas como Shawn se relajaron y disfrutaron amigablemente del final de la cena.

Fue entonces cuando el señor Sullivan volvió sus ojos verdes hacia Violet.

—Así que una Mitchell, ¿eh? —comentó—. Ese apellido me resulta familiar.

—Mi padre vivió por esta zona durante unos meses antes de morir —explicó ella, y añadió esperanzada—: ¿Quizá lo conoció?

—Si era un minero, es posible que trabajara para mí.

—No, él poseía una mina propia, aunque todavía no sé dónde está situada.

—Vaya, eso no es bueno.

Durante un instante, pareció sentirse apenado por ella, como si no creyera que pudiera encontrarla. Esto hizo que Violet se sintiera realmente abatida, de modo que solo prestó una atención vaga al resto de la conversación, que se centró en la parte de la familia de los Sullivan que vivía en Chicago.

Pero por lo visto, más tarde, Katie debió de contarle a su padre que Violet tenía la intención de conocer a Morgan Callahan y por qué, ya que, por la mañana, Violet recibió una nota de Shawn Sullivan en la que le decía que, si conseguía el mapa de la localización de la mina de su padre, estaría encantado de proporcionarle una escolta armada para que la acompañara hasta allí. ¡Qué amable!

Como Katie regresó a Chicago al día siguiente para planificar su boda, Violet volvió a pasar la mayor parte del tiempo en su habitación y se dedicó a bordar. El pequeño bastidor y la colección de hilos eran los dos únicos artículos no imprescindibles que había metido en la maleta, porque bordar era uno de sus pasatiempos favoritos. No salía del hotel salvo para visitar la tumba de su padre, que es donde solía llorar, y para ir dos veces al día a la oficina de telégrafos. Aunque los empleados le habían asegurado que cualquier telegrama que llegara para ella se lo enviarían al hotel.

No recibió la respuesta de sus hermanos hasta pasados unos días, y no fue la que ella esperaba. Le indicaron que les resultaba imposible ir a Butte pero que confiaban en que ella encontraría la mina de su padre, que era donde probablemente había escondido el dinero. Ella ya había llegado a la conclusión de que, si Charles había ganado algún dinero, estaría en la mina, y sabía que tenía que hacer lo posible para averiguarlo. ¡Lo que no esperaba era tener que continuar con aquella misión sola! ¿Cómo podría hacerlo? ¿Y durante cuánto tiempo más podrían sus hermanos contener al señor Perry? Casi hacía dos semanas que había salido de Filadelfia y ya llevaba una esperando la llegada de Callahan. No podía esperarlo indefinidamente o en el siguiente telegrama que recibiera de sus hermanos le informarían de que habían perdido la casa. Esperaría, como mucho, otra semana y después se iría. Decidió que, a partir de aquel momento, lo esperaría en el vestíbulo del hotel, ya que, si finalmente aparecía, no podía permitirse el lujo de que se le escapara.

Aquel día se registraron en el hotel unas cuantas personas, incluida otra mujer que iba vestida a la moda. ¿Acaso procedía también del Este? Violet consideró la posibilidad de presentarse, pero entonces vio que la joven hablaba enojada con uno de los caballeros que la acompañaban y luego subía las escaleras con determinación.

A la mañana siguiente, lo primero que hizo Violet fue dirigirse directamente a la recepción del hotel para preguntar por Callahan una vez más, que es lo que debería haber hecho durante toda la semana. No podía dejar aquella cuestión en manos del azar o confiar en que, cuando llegara, los empleados del hotel se acordaran de entregarle la nota que había dejado para él. Aquel día había un recepcionista que ella no conocía, así que tuvo que explicar, una vez más, quién era ella, que era de suma importancia que hablara con Morgan Callahan en cuanto llegara y que la nota que había dejado para él estaba guardada allí, en el mostrador. El recepcionista abrió varios cajones hasta que la encontró.

—¿Sabe de quién estoy hablando? —le preguntó ella.

—Todo el mundo ha oído hablar de él, señora. El hombre de las montañas. Al menos eso creíamos que era, un ermitaño arisco y poco hablador. Y, si me lo permite, le diré que, de hecho, parece más malo que un demonio. Pero luego corrió la voz de que había encontrado una mina rica en plata en algún lugar de esta zona. Aunque eso no hizo que se volviera más amigable. ¿Está segura de que quiere hablar con un hombre así?

Violet se preguntó cuántas veces le formularían esa pregunta.

—La verdad es que no tengo elección —contestó—. Dígame, por favor, qué aspecto tiene porque cuando lo vea, quiero reconocerlo. ¿O acaso lo identificaré de inmediato porque sigue teniendo el aspecto de un oso?

El hombre sonrió abiertamente.

—No, señora, con el calor que hace no llevará puesto su apestoso abrigo de piel de oso. Se trata de un hombre de veintitantos años, alto, de pelo negro y, sea cual sea la época del año, lleva una pistola colgando de la cadera.

Todo el mundo en la ciudad salvo los mineros llevaban pistola, pero la descripción del recepcionista le resultaría útil, así que le dio las gracias. Luego se sentó al lado de un hombre mayor en el sofá que había frente al mostrador de la recepción para estar pendiente de si Morgan llegaba o no. El hombre se volvió hacia ella.

—Es el revólver más rápido del Oeste —le comentó entusiasmado.

Ella le lanzó una mirada.

—¿A quién se refiere?

—Al famoso pistolero Degan Grant. Según he oído, se aloja en este hotel.

Mientras el hombre hablaba sin cesar del increíble pistolero, Violet perdió el interés en lo que le decía y volvió a recorrer el vestíbulo con la mirada. Dos hombres salieron del comedor y se dirigieron con rapidez a la puerta principal. Uno de ellos era bajo, llevaba puesto un abrigo de color tostado y un sombrero de ala ancha calado hasta las orejas. El otro era alto, tenía el cabello negro y llevaba un cinto con un revólver en la cintura. ¿Se trataba de Callahan? ¿Se registró la noche anterior y el recepcionista nuevo no lo sabía? Violet deseó que no se tratara de él, ya que aquel hombre resultaba bastante intimidante. Iba vestido de negro desde el sombrero hasta las botas y parecía estar muy enojado. ¡Además, por lo visto, ya se marchaba!

Se levantó para detenerlo, pero el hombre mayor tiró de ella y la hizo sentarse otra vez.

—¡Ese debe de ser él! Y no lo mire boquiabierta. Si lo mira fijamente durante mucho tiempo le disparará.

¿Le disparaban a uno por mirar boquiabierto? Menuda tontería. Además, el anciano solo suponía que se trataba del pistolero cuando, en realidad, podía tratarse del hombre que ella estaba esperando. ¡Y se marchaba sin hablar con ella!

Siguió a los dos hombres fuera del hotel y vio que caminaban con paso enérgico por el centro de la calle. Ya estaban a una distancia de tres tiendas y ahora tendría que gritar para detenerlo, lo que era socialmente inapropiado. Era incapaz de quebrantar esa regla de oro de la etiqueta. Al menos, no en público, así que lo siguió por la acera con paso rápido.

Casi había llegado a la altura de los dos hombres y estaba a punto de preguntarle al que iba vestido de negro si era Morgan Callahan cuando oyó que una mujer gritaba:

—¡Degan Grant, vuelve aquí!

Violet volvió la vista hacia el hotel con los ojos muy abiertos y vio a la joven dama a la que estuvo a punto de dirigirse el día anterior. Seguía vistiendo con elegancia, y aquella mañana llevaba puesto un conjunto que combinaba tres tonos de azul; incluso su pequeño tocado, que era como el de Violet, era azul. La guapa joven se había colocado en mitad de la calle y llamaba a gritos al pistolero. ¡Afortunadamente, no se trataba de Morgan Callahan!, pensó Violet.

El pistolero no hizo caso a la mujer; ni siquiera volvió la vista atrás, lo que provocó que ella gritara todavía más fuerte:

—¡Degan, detente! ¡Tienes que escuchar lo que tengo que decirte!

Entonces él se detuvo, pero no a causa de la mujer. Más allá del pistolero, otro hombre se había colocado en mitad de la calle y avanzaba lentamente hacia él. Violet no necesitaba ser del Oeste para darse cuenta de que se iba a producir un tiroteo, sobre todo cuando vio que la gente salía rápidamente de las tiendas más cercanas y corría por las aceras alejándose de los dos hombres. Violet sabía que debería hacer lo mismo, pero estaba paralizada. Se sentía demasiado impactada por lo que estaba ocurriendo como para moverse.

Se encontraba lo bastante cerca de los dos hombres para oír que el compañero de Grant le advertía:

—Hay un hombre apostado en el tejado de enfrente y te apunta con un rifle. Es una emboscada.

—Lo sé. Ya he localizado a otros dos tiradores.

—Pero ese está fuera de tu alcance, mientras que tú no lo estás del de él.

—Quizá no importe si primero mato a Jacob. Al fin y al cabo, esta es su pelea, no la de ellos.

—Quizá lo mejor sería ponerse a cubierto, ¿no crees? —sugirió el hombre más bajo.

—Tú sí que debes ponerte a cubierto —replicó Degan Grant—. Regresa al hotel y hazlo rápido.

A Violet le sorprendió que aquel hombre hablara con tanta tranquilidad de matar a otras personas. El hombre más bajo, o el muchacho, ya que de hecho ella no le había visto la cara, corrió de vuelta al hotel. Se detuvo para decirle algo a la mujer, quien parecía más preocupada por no pisar heces de caballos que por el inminente tiroteo. Pero entonces ella también corrió de vuelta al hotel. Violet se dispuso a hacer lo mismo, pero, de repente, alguien tiró de ella hacia el interior de la tienda que tenía a la espalda.

—¡Pero, qué demonios, señora! —exclamó el tendero en tono desdeñoso—. ¿No se ha dado cuenta de lo que ocurre ahí fuera?

—Sí.

—Entonces quizá no sepa que, en los duelos como este, hay balas perdidas que matan a personas inocentes y ajenas a la pelea.

Violet empalideció un poco.

—No, no era consciente de eso. Gracias.

—Agáchese por debajo de la ventana. No sería la primera vez que una bala impacta en ella en un tiroteo. En esta parte de Butte ya no suelen celebrarse duelos. Normalmente tienen lugar en la zona más turbulenta de la ciudad.

Mientras hablaba, miraba hacia fuera por el borde de la ventana. Violet echó una ojeada al sucio suelo de la tienda y se negó a sentarse en él. En lugar de ello, se refugió detrás del tendero, cuyo robusto torso le proporcionaba una buena protección, y oteó por encima de su hombro. Desde aquel ángulo, tanto Degan Grant como el hombre al que él mismo se había referido como Jacob quedaban a la vista. Le sorprendió ver al muchacho del abrigo largo pasar apresuradamente por delante de la ventana de la tienda. Así que, al fin y al cabo, no había ido a refugiarse.

Después de tirar de ella al interior de la tienda, el tendero no había cerrado la puerta y Degan Grant estaba lo bastante cerca para que Violet oyera que le decía al otro pistolero:

—La última vez no te maté porque estabas de duelo por la muerte de tu hermano, pero ya has tenido tiempo suficiente para superar el duelo.

Al oírlo, Jacob se echó a reír con confianza, pero Violet estaba demasiado lejos de él para oír lo que le contestó, si es que lo hizo. Entonces Degan Grant desenfundó el revólver y disparó. Y lo hizo con una rapidez increíble. El otro hombre disparó segundos después, pero su bala debió de desviarse de su objetivo, porque cuando apretó el gatillo ya estaba cayendo al suelo. Si su bala impactó en algo, no fue obvio, pero ahora Jacob yacía inmóvil en el suelo, muerto o gravemente herido.

Entonces se oyeron más disparos calle abajo. Debía de tratarse de la emboscada que el compañero de Grant había mencionado, y ahora Grant no estaba a la vista. Seguramente había ido a ocuparse de los tiradores que le habían preparado la emboscada.

Se produjeron más disparos seguidos de varios minutos de silencio.

—¿Ahora puedo regresar a mi hotel con seguridad? —preguntó finalmente Violet.

El tendero se volvió hacia ella, la miró largamente y sonrió.

—Es usted una jovencita muy valiente. La última vez que una mujer se refugió en la tienda fue cuando una bala perdida rompió la ventana. Después del impacto, ella estuvo llorando durante más de una hora y no quiso salir hasta que retiraron los cadáveres de la calle para llevarlos al sepulturero.

No había nada de valiente en la reacción de Violet ante aquel acto de violencia, simplemente no podía permitir que Callahan se le escapara. Temía que hubiera llegado al hotel mientras se había producido aquella tragedia. ¡Incluso podía estar registrándose en la recepción en aquel mismo momento!

—Estaré bien —replicó ella—. Me alojo en el hotel que está a pocas casas de aquí.

—Como usted quiera, señorita.

Él fue el primero en salir. De hecho, muchas personas a lo largo de la calle salían de los lugares en los que se habían refugiado para ver el cadáver que estaba en el suelo. Había tanta gente alrededor de él que ahora Violet no pudo verlo, cosa que agradeció. Pero sí que vio que el doctor Cantry corría por la acera hacia la multitud, de modo que quizá aquel hombre no estaba muerto. Se volvió de espaldas a la macabra escena y regresó al hotel para reemprender la vigilancia.

Conforme los días pasaban, Violet se convirtió en un elemento fijo del vestíbulo del hotel.

Empezó a identificar a todos los huéspedes, veía cómo se registraban cuando llegaban y cómo pagaban cuando se iban. Y por mucho que los empleados de la recepción le aseguraran que la informarían en cuanto Morgan Callahan llegara, ella siguió preguntándoselo al menos un par de veces al día. Incluso declinó amablemente la invitación de Shawn Sullivan y su hermana a cenar en su casa, en la misma Butte, porque temía estar fuera del hotel durante tanto tiempo arriesgándose a que Morgan llegara sin que ella se enterara. Sin embargo, cuando se sintió desesperada por estirar las piernas y salir del hotel durante unos minutos, pasó por delante de su casa dando un paseo y la encontró impresionante.

A mitad de su segunda semana en Butte, recibió otro telegrama de sus hermanos en el que le comunicaban que habían conseguido que el señor Perry les aplazara el pago de aquella mensualidad al mes siguiente. Esta noticia la relajó, aunque sus hermanos insistieron en que todavía no podían reunirse con ella. Le molestó que no le explicaran la razón y supuso lo peor: que Daniel estaba en la cárcel, que no tenían dinero para sacarlo de allí y que ahora Evan creía que casarse con la heredera era su única esperanza; lo que no decía mucho de su confianza en que ella resolviera el problema. Y quizá tenían razón, quizá la mina de Charles era improductiva, lo que significaría que no había escondido allí ningún dinero y que ella estaba pasando por aquella espera infernal para nada.

Entonces, a finales de su segunda semana en Butte, él apareció. Violet acababa de tomar una comida rápida en el comedor y, cuando regresó al vestíbulo, el recepcionista de turno la llamó para informarla de que Morgan Callahan acababa de registrarse y que había vuelto a salir inmediatamente.

—Probablemente, como suele hacer cuando llega a la ciudad, habrá salido en busca de diversión, señora.

—¿Adónde suele ir?

La pregunta incomodó al recepcionista y su respuesta fue vaga.

—A lugares a los que usted no puede ir. Es mejor que espere a mañana por la mañana para hablar con él. Podrá hacerlo antes de que se marche..., eso si accede a hablar con usted.

—Llevo esperando dos semanas —le recordó ella—. Ahora no puedo arriesgarme a perderlo. ¿Le ha entregado mi nota?

—Intenté entregársela junto con todas las otras notas que tenemos para él, pero de momento no ha querido leer ninguna.

—Por favor, dígame que al menos le dijo que es imperativo que hable con él.

—Así lo he hecho y con esas mismas palabras, pero no pareció sentir ninguna curiosidad y ni siquiera preguntó por qué, solo asintió, cogió su llave y se fue.

El recepcionista no la miraba a los ojos y Violet estaba convencida de que le escondía algo. Incluso su postura parecía reflejar culpabilidad.

—Me está ocultando algo, ¿no? —le preguntó Violet—. ¿Y qué ha querido decir con «si accede a hablar conmigo»? ¿Por qué no habría de querer hacerlo?

—No puedo decirle nada más —contestó él con frialdad, pero finalmente añadió—: Si necesita la ayuda del señor Callahan, creo que no debería haber cenado con su peor enemigo.

¿Con Katie? No, sin duda no se refería a Katie..., entonces debía de tratarse de su padre.

—¿Con el señor Sullivan?

—Ya le he dicho todo lo que puedo decirle, señora. Ahora váyase o llamaré al director.

Ella tomó aire con indignación y volvió a sentarse en el vestíbulo. ¿Qué diantres pasaba? Se acordó de que Katie le había dicho que a su padre no le gustaba Morgan. Pues bien, por lo visto a Morgan tampoco le gustaba el padre de Katie.

Pero eso no explicaba que, posiblemente, Morgan no quisiera hablar con ella. Si había conocido a su padre y había reconocido su nombre, ¿por qué no habría de querer hacerlo?

6

Poco antes de la cena, el director del hotel se acercó a Violet. Se presentó y realizó una leve reverencia, pero el tono de su voz fue firme.

—Debo pedirle que abandone el vestíbulo, señorita Mitchell.

Ella lo miró y frunció el ceño.

—¿Por qué?

—Porque molesta a los huéspedes.

Eso no era verdad, pero la expresión del director le indicó que no estaba dispuesto a discutir sobre ello. Al oír sus siguientes palabras, ella se sintió humillada.

—También le pido que, mañana por la mañana, deje libre la habitación. Tampoco pienso permitir que siga acosando a mis empleados. Tengo muchas quejas de ellos y, en esta ciudad, es más difícil encontrar buenos empleados que huéspedes, así que no tengo más remedio que insistir en que se vaya.

Violet subió furiosa las escaleras y se dirigió a su habitación. Incluso cerró la puerta de un portazo esperando que el horrible director lo oyera desde la planta baja. No tenía la menor duda de que, de algún modo, Morgan Callahan había orquestado su expulsión y era evidente que, a la mañana siguiente, no podría esperarlo confortablemente en el vestíbulo. Él se había encargado de ello. Pero podía esperarlo fuera del hotel. Se negaba a que sus indignas maniobras la desmoralizaran.

Aquella misma noche empacó sus cosas. Si no podía ver a Morgan al día siguiente, antes de que se fuera de la ciudad, no tendría más remedio que regresar a Filadelfia. No podía permitirse esperar durante semanas a que volviera a Butte en una de sus raras visitas. Si se le escapaba, sus hermanos perderían la casa familiar y ella sabía que no querrían mudarse a Inglaterra con ella. De hecho, si no lograba su objetivo, ella tampoco podría regresar allí. Los Faulkner la querían, pero no quería vivir con ellos como la pariente pobre. Además, no podía pedirle una dote a su tío cuando él ya tenía seis hijas a las que proveer de una dote.

Se sentó en la cama. Se sentía bastante impactada por las circunstancias a las que se enfrentaba. ¡Tenía que encontrar la mina de su padre! Deseaba, fervientemente, que tuviera una fortuna escondida allí. De no ser así, ella y sus hermanos tendrían que encontrar la manera de explotar la mina para procurarse una fortuna propia. Y si esto tampoco lo lograban, ella tendría que estudiar y trabajar de maestra en Filadelfia y sus hermanos tendrían que encontrar un empleo. Serían personas distinguidas venidas a menos y vivirían unas vidas grises. O podía casarse con el señor Perry... Al pensar en esta posibilidad, empalideció.

¿Estaba dispuesta a quedarse en Butte más tiempo arriesgándose a quedarse sin dinero? No, y la idea de trabajar en aquella ciudad le resultaba espantosa. Pero tenía el dinero suficiente para regresar a casa y pagarle el viaje a Butte a uno de sus hermanos para que continuara la búsqueda. Eran los propietarios de una mina situada en algún lugar de aquel territorio y ella conocía el nombre del hombre que podía guiarlos hasta allí. Quizá Daniel o Evan tuvieran mejor suerte que la que ella estaba teniendo. De todas maneras, fuera cual fuera el que acudiera, tendría que trabajar en Butte para permanecer allí.

Cuando se dio cuenta de que tanto su futuro como el de sus hermanos dependían de un hombre que ni siquiera se tomaba la molestia de averiguar qué quería de él, volvió a experimentar rabia. Pero todavía tenía una última oportunidad para arrinconarlo por la mañana, y esperaba no estar tan furiosa con él como para hacer que no quisiera tener ningún trato con ella. Eso si no se escabullía del hotel por una salida trasera o se iba de la ciudad aquella misma noche. ¡Entonces ella ni siquiera sabría que se había ido!

¡Aquellos pensamientos la enfurecieron todavía más! Estaba tan enfadada que le costó conciliar el sueño. De hecho, tardó horas en dormirse, ya que la rabia no le permitía relajar su mente. Al final, el agotamiento pudo con ella, aunque no supo a qué hora se durmió.

Cuando alguien interrumpió el sueño que tanto le había costado conseguir volvió a enfurecerse..., pero solo durante un instante.

La mordaza fue la primera pista que tuvo de que estaba en apuros. Tenía un sabor salado. ¿A sudor, quizá? Gritó a través de la tela, pero el sonido que emitió no fue más que un patético maullido incluso a sus oídos. Entonces alguien la sacó de la cama y volvió a tumbarla en ella encima de la manta. Una sombra enorme se cernió sobre ella y Violet volvió a gritar. La espantosa idea de que fueran a violarla acudió a su mente y, de repente, se sintió aterrada. ¡Pero no la estaban agrediendo, sino que la estaban enrollando en la condenada manta! A continuación, alguien la colocó sobre su hombro y la sacó de allí.

Entonces lo entendió todo: ni siquiera le permitían irse del hotel por su propio pie. ¡La estaban echando! En aquel momento se acordó de que le había lanzado al director una mirada ligeramente furiosa; bueno, muy furiosa. Quizá él creyó que se negaría a dejar libre la habitación y pensaba que solo tenía esa opción. O quizá Morgan Callahan había pagado para que la echaran. ¿Pero de aquella manera? ¿Como si estuvieran echando la basura? ¡Y en mitad de la noche, para que nadie se diera cuenta de aquel acto despreciable!

Esperaba que la sacaran del interior de la manta en la acera, delante del hotel, y que, aunque no le exigieran que pagara por la habitación, al menos le entregasen sus pertenencias. Pero no fue eso lo que ocurrió, porque estuvo sobre aquel hombro durante demasiado tiempo. ¿Acaso la llevaban a otro hotel? ¿Lo habían preparado todo con antelación?

Cuando, finalmente, el hombre que la transportaba se detuvo, Violet esperó poder sostenerse de pie a pesar de la apretada envoltura, pero no tuvo la oportunidad de averiguarlo porque sus pies no llegaron a tocar el suelo. La bajaron del hombro y, a continuación, la tumbaron boca abajo sobre el lomo de un caballo todavía envuelta firmemente en la manta.

Aquella posición fue lo que la alertó de que podían estar secuestrándola. ¡Incluso la ataron al caballo con unas correas que apretaron contra su espalda para que no se cayera del animal! ¡Qué acto tan sumamente innoble! Pero un pensamiento aterrador condujo a otro hasta que, finalmente, llegó a la conclusión de que la culpa la tenía su ropa. Debido a su forma de vestir, alguien en la ciudad había creído que era rica y que podría conseguir un rescate cuantioso. ¿Cuánto tiempo pasaría hasta que pudiera desengañar a su raptor? ¿La creería siquiera cuando le dijera que no era rica? Bueno, su familia inmediata no lo era, pero su tío de Inglaterra sí. ¡Pero su dinero tardaría dos meses en llegar! Otra idea aterradora acudió a su mente. ¿Y si el raptor se negaba a esperar la llegada del rescate y decidía matarla?

Resultaba exasperante tener que aguardar para obtener las respuestas, y cabalgar de aquella forma era tan incómodo que el tiempo se le hacía eterno. Aunque el caballo avanzaba a ritmo lento, le dolía el estómago. Y también le dolía la espalda de tanto intentar librarse de las correas para bajar de la montura y escapar corriendo. De vez en cuando, notaba cierta presión en la espalda. ¿Se trataba, quizá, de la mano de su raptor, quien quería asegurarse de que ella seguía allí?

Cuando por fin el caballo se detuvo, alguien desató las correas que la sujetaban a la montura y sus pies tocaron el suelo, Violet tuvo la sensación de que había pasado una hora al menos, o incluso dos o tres. Le quitaron la manta, la echaron a un lado y le arrancaron la mordaza. Violet estaba sumamente sedienta, le dolía todo el cuerpo y, como solo llevaba puesto un camisón fino, sintió frío. No apartó la mirada de su raptor y tuvo la impresión de que se ataba la mordaza alrededor del cuello, pero no estaba segura porque lo único que percibía era una sombra enorme junto a ella. De todos modos, le preguntó:

—¿Quién es usted y por qué me ha secuestrado? ¡Le exijo que me devuelva de inmediato al hotel! —Él la oyó, porque la estaba mirando directamente a la cara, pero no le contestó, por lo que ella añadió—: Tiene una idea equivocada de mí. No soy rica y le advierto que nadie le pagará un rescate por mí.

—Nunca pensé que nadie pagaría un rescate para recuperarla y no es el dinero lo que me interesa.

Su ruda respuesta la asustó, pero, aparentemente, él no pensaba añadir nada más, porque le dio la espalda. Detrás de él, el cielo del este empezaba a clarear, lo que hacía que Violet solo lo vislumbrara como una forma oscura, de modo que, poco a poco, giró alrededor de él para que la luz del amanecer le permitiera ver quién la había secuestrado.

Se trataba de un hombre grande como un oso, con un bigote y una barba negros y poblados. Su cabello también era negro y lo llevaba largo, desaliñado y cubierto con un sombrero de vaquero, y sus ojos eran feroces y de color azul claro. Vestía un abrigo marrón claro al que le había cortado las mangas, lo que hacía que pareciera un chaleco largo. No llevaba puesta camisa alguna y se sujetaba el abrigo con el cinto del revólver. Era exageradamente alto y también exageradamente ancho de pecho, y sus brazos desnudos se veían muy musculosos. Sus pantalones eran de color azul oscuro y sus botas, rayadas y con espuelas, eran marrones. Debajo de todo aquel pelo facial podía haber un hombre guapo o uno monstruoso, pero a la tenue luz del amanecer Violet no pudo percibirlo. Sin embargo, por la descripción que le habían dado el recepcionista del hotel y Barnes, el ayudante del sheriff, estaba convencida de que estaba mirando a Morgan Callahan.

Al acordarse de Barnes, Violet llegó a la conclusión de que debía de ser él quien, el día anterior, le contó a Morgan lo que ella necesitaba de él, ya que los empleados del hotel no sabían cuál era su objetivo. Entonces Morgan decidió ayudarla, pero no quería que nadie lo viera salir de la ciudad con ella. ¡Podría haber llamado a la condenada puerta de su habitación y habérselo dicho!

Entonces él le lanzó bruscamente la maleta a los pies.

—Si quieres, cámbiate de ropa. A mí me da igual siempre que no tardes demasiado.

Ella estaba tan contenta de que él hubiera cogido su maleta que estuvo a punto de agradecérselo. Se inclinó rápidamente para abrirla y, gracias a Dios, vio que su monedero estaba dentro. Todo el dinero que tenía estaba en aquel monedero. Y Morgan también había metido en la maleta la ropa que ella había dejado fuera para ponérsela aquel día. Entonces llevó la maleta al otro lado de una de las seis mulas que estaban atadas al caballo de Morgan para disponer de cierta privacidad mientras se cambiaba de ropa. Pero primero se acercó rápidamente a un arroyo que había cerca y bebió un par de sorbos de agua que cogió en el hueco de las manos. Dedujo que era potable porque los animales la estaban bebiendo. De todos modos, tenía demasiada sed para que eso le importara.

—Este es el trato —oyó que él decía al otro lado de la mula—. Puedes montar erguida y sin la manta, pero si emites algún sonido, volverás a montar sobre el estómago. Y si intentas escapar, volverás a montar sobre el estómago.

—Eres tú, ¿no? —preguntó ella con frialdad—. No intentes negarlo. Sé que eres Morgan Callahan.

—De nuevo sobre el estómago.

—¡No seas ridículo! —soltó ella—. Al menos dime por qué me has secuestrado.

—Te hiciste amiga de la gente equivocada. ¿Cuánto te han pagado por suplantar a la hija de Charley?

¿Suplantar? ¿Lo decía en serio?

—¡Yo soy la hija de Charles Mitchell!

—No, no lo eres, aunque supongo que Shawn no podía imaginar que yo lo sabría.

Lo que decía no tenía sentido. Quizá estaba realmente tan loco como Katie había sugerido. Entonces él añadió:

—Y ya te he advertido acerca de emitir sonidos.

Ella inhaló hondo y luego exclamó:

—¡Permaneceré callada!

—Sabia elección —contestó él—. Además, nada de lo que digas me hará cambiar de opinión y, cuando lleguemos a nuestro destino, ambos averiguaremos la verdad.

—¿Adónde vamos?

En lugar de contestarle, él dio un paso hacia ella y Violet levantó una mano rápidamente.

—¡Está bien!

Realmente no podía seguir montando sobre el estómago. Además, cuando llegaran a su destino, sabría adónde la llevaba. Sin embargo, era consciente de que él no había confirmado que era Morgan Callahan y eso la ponía nerviosa. ¿Y si no lo era? ¡Pero tenía que serlo! No podía haber dos hombres que fueran tan similares en cuanto a aspecto y comportamiento. Y él conocía a Katie Sullivan y a su padre. ¿Acaso eso no confirmaba que se trataba de él?

Se puso la blusa y la falda y, entonces, se le ocurrió comentar:

—Si al menos me confirmas que me estás llevando a la mina de mi padre, no diré ni una palabra más. Por eso quería hablar contigo. Es lo único que quería pedirte.

—¿Estás intentando negociar conmigo? —preguntó él con un tono de voz amenazador.

Violet frunció el ceño.

—Lo único que he hecho es formularte una simple pregunta.

—Una pregunta que implica muchas cosas más. La cuestión es que no voy a creer nada de lo que digas hasta que confieses la verdad y admitas que trabajas para Sullivan, así que no te esfuerces.

—¿Entonces, por qué me has secuestrado?

—Para averiguar exactamente qué pretendéis tú y Sullivan. Y ya se te ha acabado el cupo de tiempo y de palabras.

—¡Espera, no he terminado de vestirme!

—Entonces para de hablar y vístete —gruñó él.

No le resultó fácil ponerse las medias y las botas sin sentarse, pero lo logró apoyándose ligeramente en el costado de la mula. Sacó su chaqueta de la maleta, la sacudió y se la puso, porque todavía hacía frío. Entonces vio que su sombrero había quedado aplastado debajo de la chaqueta y resopló. ¡Estaba totalmente plano! ¿Acaso aquel hombre no sabía hacer nada mejor que poner un sombrero bonito debajo de un montón de ropa y unas botas? Intentó volver a darle forma antes de ponérselo.

Sin embargo, no podía hacer nada con su cabello. Como de costumbre, se lo había trenzado para acostarse, pero la trenza empezaba a deshacerse. Y todavía era demasiado oscuro para comprobar si él había metido los alfileres del cabello en la maleta. Claro que tampoco podía peinarse adecuadamente sin un espejo. Si Morgan no quería dejar ningún rastro de ella en la habitación para que pareciera que se había ido por voluntad propia, los habría cogido. En ese caso, nadie formularía preguntas. Claro que podían informar al sheriff de que se había ido sin pagar la factura del hotel..., a menos que Morgan la hubiera pagado.

De hecho, él podía haber dejado la llave de la habitación y el dinero de la factura sobre el mostrador de la recepción para que lo encontrara el recepcionista cuando se despertara. En tal caso, nadie formularía ninguna pregunta y el sheriff tampoco la buscaría.

Salió de detrás de la mula y comentó con sarcasmo:

—Me has arruinado el sombrero.

Él la miró fijamente y Violet se dio cuenta de que, tanto si estaba sonriendo como si fruncía el ceño, ella no lo percibiría porque su bigote era tan largo que se entremezclaba con su barba. Pero resultó obvio que no le importaba en absoluto su sombrero, porque lo único que dijo fue:

—Monta conmigo.

¡De ningún modo! ¿Montar tan cerca de él durante el tiempo que tardaran en llegar a su mina que, por lo que ella sabía, podía tratarse de días?

—Eso es impensable. Una dama no monta a caballo con ningún caballero que no sea su prometido o un miembro de su familia. Y mucho menos con un desconocido que la ha secuestrado.

—¡Ahórrame las lecciones de protocolo, distinguida dama! Si no quieres sentarte detrás de mí, puedes montar en una de las mulas de carga, aunque irás un poco apretada.

¿Apretada? Él tenía seis mulas y todas iban sumamente cargadas con sacos, cajas, barriles pequeños, cestos e incluso fardos de heno. Aunque se dignara hacerlo, en ninguna había espacio suficiente para ella. ¿Montar en una mula? ¡Santo Dios, sus opciones eran insufribles! Pero eso era mejor que montar pegada a aquel hombre.

Él no esperó su respuesta. Se dirigió hacia una de las mulas y empezó a desplazar hacia atrás, hacia la grupa, los tres fardos de heno que transportaba para que Violet pudiera montar delante. Después recuperó la manta que había echado al suelo y la dobló para que pudiera sentarse encima. Pero ella no sabía cómo subir a lomos de la mula. Esta no tenía una silla de montar normal, con un pomo o con estribos, solo un armazón en la grupa con numerosas correas para sujetar la carga. ¿Podría subirse agarrándose a ella?

—Todas son buenas chicas siempre que estén bien alimentadas. Y, en este momento, lo están —le explicó Morgan cuando se puso a su lado—. No te derribarán. Esta, que se llama Carla, lleva la carga más ligera, de modo que podrá con tu peso. Además, como va al frente de la caravana, no tragarás tanto polvo.

—¡Estupendo! —exclamó ella con sarcasmo.

—También puedes ir a pie —replicó él con sequedad.

De repente, le rodeó la cintura con las manos, la levantó en alto y la dejó sobre la mula. Como no la advirtió con antelación, ella chilló. Pero él, simplemente, se quedó allí mirándola con los pulgares en el cinto.

Violet sintió que se sonrojaba por la forma en que la había tocado, aunque lo hubiera hecho para ayudarla, y él parecía estar esperando algo.

—¿Acaso esperas que te dé las gracias? ¡Pues eso no va a suceder!

Pero él solo dijo:

—Si lo que pretendes es ir sentada de lado, supongo que te habrás dado cuenta de que se trata de una silla de carga y que carece de un pomo para ayudarte a mantener el equilibrio, ¿no?

—Me las arreglaré —respondió ella con actitud estirada.

Él sacudió la cabeza.

—Lo dudo. Además, a Carla probablemente no le guste la desigual distribución del peso. Incluso podría dar algún brinco para intentar equilibrarlo.

—Pero me habías asegurado...

—Eso fue antes de ver la forma absurda en la que pretendes montar en ella —la interrumpió él—. Además, aunque te sientes adecuadamente, nadie te verá.

—Tu idea de lo que es adecuado no coincide con la mía. Me las arreglaré —repitió ella.

—Como quieras —repuso él—. Pero luego no digas que no te advertí.

Cuando se volvió para dirigirse a su caballo de pelo negro, ella le lanzó una mirada iracunda. Pero entonces él arreó al animal para que avanzara seguido de la caravana de mulas y Violet tuvo miedo de resbalar de la montura y caer al suelo, que estaba a mucha distancia. A diferencia de los burros, las mulas eran casi tan grandes como un caballo de alzada normal, aunque no tanto como el de Morgan.

Se agarró a la crin de Carla por un lado y al borde de uno

de los fardos de heno por el otro, e intentó deslizarse un poco hacia atrás para conseguir una posición más estable... y calmar a la mula. Pero entonces su maleta empezó a resbalar de su regazo, de modo que soltó el fardo de heno, agarró la maleta y se movió un poco más hasta que su regazo quedó lo bastante plano para evitar que la maleta resbalara.

Sintió ganas de echarse a reír de una forma histérica. ¡Santo cielo, aquello era ridículo! Además, seguía experimentando la necesidad imperiosa de doblar la pierna derecha para apoyarla en el inexistente pomo. Había aprendido a montar con Sophie en Inglaterra, y allí las mujeres solo montaban al estilo amazona, el cual era totalmente cómodo y apropiado. Pero en aquel momento no se sentía nada cómoda y lo único que agradecía era no estar en la ciudad, donde avanzar lentamente por las calles a lomos de una mula habría constituido un espectáculo. ¡Dios santo, se habría sentido sumamente avergonzada!

7

Como ya era de día y se había sentado recta, Violet pudo ver el paisaje con claridad. Le pareció interesante porque era muy diferente al de Inglaterra y al de la mitad oriental de Estados Unidos con la que ella estaba familiarizada. La brisa mecía y doblegaba la hierba, que era verde y dorada y de distintas alturas. Había árboles de formas y tamaños diversos, colinas a ambos lados del camino y, a lo lejos, unas montañas preciosas. También había muchas flores silvestres amarillas y moradas. Deseó inhalar hondo para ver si el aire estaba impregnado de su fragancia, pero no se atrevió porque, justo delante de ella, el esbelto caballo de Morgan levantaba polvo con las patas.

La mañana se iba volviendo más y más cálida. Desde que estaba en Montana, todos los días habían sido sumamente calurosos. Volvía a tener sed. Y también estaba sudando. Deseó quitarse la chaqueta, pero temía que, si soltaba la crin de Carla, resbalaría de la montura.

Empezó a arrepentirse de las decisiones que había tomado desde que regresó a América. Estaba enfadada con sus hermanos por el hecho de que no hubieran ido a buscar a su padre antes, y sobre todo con Daniel por no haberse reunido con ella en Montana como le había prometido. Y también estaba enfadada consigo misma por creer que aquel sería un viaje rápido, solo ir y volver, y que podría solucionar todos los problemas de la familia. Incluso estaba enfadada con su padre por malgastar su herencia, incluida su dote, y morirse antes de rehacer su fortuna. ¡No debería ser ella quien estuviera allí montada a lomos de aquella condenada mula!

Ya había asimilado que no era una heredera y tenía claro hasta qué punto su futuro dependía de que encontrara el dinero que su padre había conseguido con la minería. Y, lo que era peor, encontrar la mina de su padre quizá no resolviera nada. Quizá el filón que había encontrado no era rico, quizá no había guardado el dinero en la mina y quizá ni siquiera valiera la pena venderla.

Debería atreverse a preguntarle a Morgan cuál era el valor de la mina, pero ¿podía confiar en su respuesta? Eso si se dignaba contestarle. Probablemente, no. Morgan había mantenido en secreto la localización de su mina y, si la de su padre estaba cerca de la de él, también querría mantener en secreto su localización. Sin embargo, la estaba conduciendo allí, ¿no? De repente, se quedó helada y se preguntó si él no la habría sacado a escondidas de la ciudad porque tenía la intención de que no regresara nunca. ¿Acaso planeaba matarla para guardar su secreto? En ese caso, ¿no la habría matado ya cuando se detuvieron en el arroyo?

Le resultaba difícil percibir algún signo de esperanza en aquella situación, pero supuso que, el hecho de que todavía no la hubiera matado, en sí ya era esperanzador. Se aferró a esta idea hasta que, de repente, él se detuvo en mitad del camino. A Violet se le puso todo el cuerpo rígido. ¿Acaso se le había ocurrido una idea tardía? ¿Había recordado que tenía que matarla?

Morgan desmontó y le lanzó una mirada mientras desataba algo de su silla.

—Teniendo en cuenta que vas a pasar todo el día al sol, ¿estás segura de que quieres cubrirte con ese sombrerito ridículo?

Violet soltó el aire que había estado conteniendo. Desde luego sus palabras no sonaban a amenaza de muerte. El susto que acababa de llevarse hizo que pareciera más indignada de lo que en realidad se sentía.

—¡Mi sombrero no tiene nada de ridículo!

—¿Aparte de que no evita que el sol te dé en la cara? —replicó él.

En eso tenía razón, pero ella tenía una solución y, como de momento Carla estaba quieta, se la mostraría. Pero primero, y aprovechando que la mula no se movía, Violet se quitó rápidamente la chaqueta, pero no intentó sacar la abultada cola de la chaqueta sobre la que estaba sentada. Tampoco intentó desmontar de Carla, lo que requeriría que Morgan la levantara en volandas. Eso le gustaría a él tan poco como a ella. Entonces hurgó en la maleta y sacó el único parasol que había llevado consigo desde Filadelfia. Deslizó la mano por el mango, lo abrió y lo colocó de forma que la protegiera de los rayos del sol. Morgan se echó a reír y Violet se enfureció. Sinceramente, aquel corpulento oso no le gustaba en absoluto.

Morgan se acercó a ella con paso tranquilo y cogió su maleta.

—No tienes por qué llevarla todo el día sobre el regazo. Pero sí que necesitarás esto.

Le tendió su cantimplora. Ella la cogió con tanta rapidez que sus dedos rozaron los de él. Violet se ruborizó avergonzada y estuvo a punto de dejar caer la cantimplora, pero él no pareció darse cuenta y ató la maleta a las alforjas traseras de Carla.

Violet bebió un trago largo del agua de la cantimplora, que estaba caliente, y luego le preguntó:

—¿Y tú? ¿Interrumpirás el viaje para beber de la cantimplora cada vez que tengas sed?

—No será necesario.

Se acercó a otra mula, abrió uno de los cestos que cargaba y sacó otra cantimplora.

—En verano, siempre llevo dos, y ahora estamos justo en mitad de la temporada más calurosa que se vive en este territorio. —Regresó junto a Violet, pero mantuvo la mirada fija en el largo camino que se extendía frente a ellos mientras decía—: La diligencia de Billings utiliza esta ruta y los conductores suelen ponerse muy desagradables si algo les obstaculiza el paso. Lo único que les importa es cumplir los horarios. De todos modos, levantan una nube de polvo considerable, así que los veremos venir desde lejos y tendremos tiempo de salir del camino. —Entonces volvió a fijar los ojos en los de ella y su tono conversador se volvió bruscamente frío—. Sin duda, Sullivan ya sabe que, fingieras quien fingieras ser, yo nunca te guiaría hasta mi mina. ¿Qué excusa pensabas utilizar para convencerme de que te condujera hasta allí?

—Barnes, el ayudante del sheriff, me contó que tu mina está cerca de la de mi padre y que, probablemente, eres el único que podría llevarme hasta allí.

—¿Y él cómo demonios lo sabe?

El repentino tono malhumorado de su voz hizo que Violet decidiera no explicarle que por la ciudad corrían muchos rumores sobre él..., y que ninguno era halagador, así que dijo simplemente:

—Porque, después de que mi padre sufriera el accidente en la mina, fuiste tú quien lo llevó al médico. —Él la miró con el ceño fruncido y entonces ella se armó de valor y añadió—: Gracias por eso. ¿Ahora me estás llevando a su mina?

Él la miró fijamente durante largo rato y, a la brillante luz de la mañana, ella le devolvió la mirada, pero siguió sin poder discernir qué había debajo de tanto pelo enmarañado. Pero pronto se sintió sumamente incómoda al ver que él parecía estar valorando sus atributos. Además, no había respondido a su pregunta y, en lugar de hacerlo, él le formuló otra:

—¿Qué te hizo pensar que podrías convencerme? ¿El hecho de ser guapa? Ya contaba con que Shawn elegiría cuidadosamente a su espía. ¿Eres una actriz o... una ramera? ¿Cuál de las dos?

¡Cielo santo, lo que él sugería era más que vergonzoso! ¡Y provocador! ¿Acaso quería que le respondiera a gritos y que le proporcionara una excusa para abandonarla en aquel camino polvoriento?

Violet no le gritó, pero sin duda el tono de su voz reflejó hasta qué punto se sentía insultada.

—Antes de conocer al señor Sullivan yo ya te buscaba porque soy exactamente quien te he dicho que soy y tengo un derecho legítimo sobre la mina de mi padre y sus ganancias. Pero, para responder a tu pregunta, te diré que no se me había ocurrido ninguna razón por la que no quisieras guiarme hasta allí.

—¿Ah, no? Pues yo puedo darte unas cuantas, pero ninguna es adecuada para los oídos de una dama... si es que realmente lo eres. —Ella se sonrojó todavía más—. Según me han contado, la semana pasada había una bruja elegantemente vestida gritando por las calles. ¿Eras tú?

Ella resopló.

—¡Por supuesto que no!

—No creo que haya más de una bruja elegantemente vestida en la ciudad —replicó Morgan sin creerla tampoco en esto.

—Te aseguro que esa no era yo. Yo nunca gritaría en público. Eso estaría más allá de los límites.

—¿Más allá de qué límites?

—De los límites del comportamiento socialmente aceptable.

—¿Entonces por qué no lo has dicho así desde el principio?

Violet rechinó los dientes. Aquel hombre era insoportable, y su desconfianza todavía más.

—¿Por qué estás tan seguro de que no soy la hija de Charles Mitchell?

—Él nunca mencionó que tuviera una hija, solo hijos.

Le dolió que su padre se hubiera olvidado de ella. No debería sorprenderle, porque «ojos que no ven, corazón que no siente», pero aun así le dolió.

—¿Ahora te vas a echar a llorar?

Ella parpadeó varias veces y luego frunció el ceño.

—En absoluto. He tenido dos semanas para enjugar mis lágrimas. Y el duelo se pasa en privado o con los familiares, pero en ningún caso con desconocidos como tú.

—¿Fue Sullivan quien te facilitó las frases o te las inventas sobre la marcha?

—¿No te crees que haya estado de duelo por la pérdida de mi padre, a quien quería muchísimo?

—Ya te he dicho, distinguida dama, que no me creo que seas una Mitchell —replicó él—. Ni siquiera hablas correctamente. Me cuesta creer que Shawn no pudiera permitirse contratar a una actriz mejor.

—Yo no soy actriz y hablo perfectamente bien para alguien que ha vivido en Inglaterra durante los últimos...

Él la interrumpió con dureza.

—Si persistes en esa farsa, hemos terminado de hablar.

¡Bien, porque hablar con él le resultaba enervante! Era

evidente que no le contaría nada de lo que ella quería saber y, desde luego, nada acerca de la mina y su localización, así que ¿para qué insistir?

Entonces él añadió:

—Ahora aceleraremos el paso.

Sus palabras fueron música para los oídos de Violet, hasta que él volvió a montar sobre su caballo y la caravana de mulas empezó a trotar para seguir el ritmo. Violet estaba tan segura de que iba a caerse que estuvo a punto de gritar. Aquello no tenía nada que ver con llevar al trote a la propia montura mientras una iba sentada en una silla de montar cómoda. Aquellos rebotes contra el lomo duro de la mula eran más que simples sacudidas y empezaban a ser dolorosos.

Además, la cola de su chaqueta y la manta doblada habían amortiguado un poco los golpes cuando iban despacio, pero no a aquel ritmo. Ir sentada a la amazona sin la ayuda de un pomo ya era bastante incómodo y, debido a ello, empezaba a dolerle la espalda, pero ahora también le dolería el trasero.

Ya no tenía sentido resistirse. Abandonó el sentido del decoro y desplazó una pierna por encima de la cabeza de la mula para sentarse a horcajadas. Sintió la calidez del aire en sus piernas desnudas, justo por encima de las botas, pero no se atrevió a inclinarse para bajarse la falda y tapárselas. Eso si el borde llegaba hasta allí. ¡Santo Dios, se imaginó lo que su tía Elizabeth diría si la viera en aquel momento!

—¿Qué tal te va este ritmo? —oyó de repente.

—Yo... ¡me las arreglaré! —gruñó ella.

Él no se volvió para ver cómo estaba. Probablemente, el muy despreciable se estaba riendo y no quería que ella lo viera.

8

—¡Tengo hambre! —gritó Violet.

Gracias al infame secuestro perpetrado por Callahan no había desayunado y la hora de comer ya debía de haber pasado, pero él no parecía estar dispuesto a parar por nada, ni siquiera para comer. Violet supuso que llevaba víveres entre los suministros. ¿O acaso esperaba cazar algún animal? ¿O pensaba comer cuando llegaran a la mina?

Todavía no habían abandonado el camino y se dirigían mayormente hacia el este. La bonita cordillera que vio cuando salieron de Butte había quedado atrás y, aunque ella pensaba que era allí adonde se dirigían, era evidente que no. Cruzaron arroyo tras arroyo y muchos de ellos estaban secos. Durante un rato, siguieron el curso de un río y, más tarde, salieron del camino para dejar paso a la diligencia que él había predicho que pasaría. Al norte del camino, la tierra seguía siendo verde y estaba cubierta de hierba y árboles verdes, pero hacia el sur y hasta donde alcanzaba la vista, solo se veía tierra, hierba seca y matorrales. Violet no podía dejar de pensar en la bonita cordillera que le había parecido tan encantadora. ¡Seguro que allí se estaba más fresco!

—¿Me has oído?

—Gritas como una vieja bruja, ¿cómo no iba a oírte? —contestó él sin volverse.

—¿De modo que tienes la intención de dejarme morir de hambre?

Él no le contestó. ¡Claro que no, porque esa era su intención! Violet nunca se había sentido tan dolorida en toda su vida. Ni siquiera durante la gripe que pasó el primer año que estuvo en Inglaterra, y durante la cual le dolió todo el cuerpo, se sintió tan mal. Morgan mantuvo la marcha al trote durante una hora larga antes de reducirla al paso, y siguieron avanzando a ese ritmo durante las horas siguientes, lo que le permitió a Violet reclinarse contra el gran fardo de heno que tenía detrás. Pero lo hizo con suavidad, pues de ninguna manera quería que el fardo resbalara de las ancas de Carla y cayera al suelo.

Para entonces, Violet lloraba en silencio, pero el calor secaba sus lágrimas tan deprisa que, probablemente, no dejaban rastro alguno en sus polvorientas mejillas. En varias ocasiones creyó que iba a desmayarse, y en muchas de ellas deseó hacerlo. Cualquier cosa con tal de poner fin, aunque fuera brevemente, a aquel tormento. ¡Cómo deseaba estar de vuelta en Inglaterra, viajando en el carruaje cómodo y elegante de sus tíos! Además, al menor atisbo de hambre dispondrían de un cesto con bollos y pastelitos. ¡Estaba hambrienta!

—¡Si no me dices cuándo vamos a comer, desmontaré aquí mismo! —amenazó.

Estaba dispuesta a hacerlo, pero titubeó el tiempo suficiente para darse cuenta de que a él no le importaría. Probablemente, incluso se alegraría de que tomara la decisión de quedarse allí, en medio de la nada. Y de que se muriera. Refunfuñó para sus adentros y se negó a darle la satisfacción de poner fin a su problema tan fácilmente. Nunca había sentido tanta antipatía hacia nadie. Y ese sentimiento era tan intenso que más bien parecía odio.

Entonces él se dirigió hacia el norte, hacia una zona montañosa. Minutos después, disparó su arma y Violet profirió un grito. El disparo la pilló por sorpresa y el sonido sonó fuerte y cercano. Morgan desmontó del caballo y cogió una serpiente larga y gruesa que había junto a sus pies. Tenía rayas negras, blancas y naranjas. Entonces sacó un cuchillo y le cortó la cabeza.

Violet se estremeció y oyó que él decía:

—Estaba demasiado cerca de mis chicas. Ellas habrían dado coces para matarla y tú habrías acabado con el trasero en el suelo. No les gustan las serpientes.

¿Así que la había salvado de caer al suelo? ¡Sí, claro! Lo más probable era que estuviera disfrutando del susto que le había dado. Pero en lugar de lanzar lejos el reptil muerto, Morgan lo introdujo en uno de los cestos. ¿Se llevaba el trofeo a casa? Al pensarlo, Violet realizó una mueca.

Morgan se acercó a Carla y le tendió una tira de cecina a Violet, pero ella no le dio las gracias. ¡Podría habérsela dado horas antes! Seguramente, no la saciaría durante mucho tiempo, pero el primer bocado que tomó de la tira de carne seca calmó la intensidad del hambre que sentía. Luego reemprendieron la marcha.

Conforme avanzaban hacia el norte, el paisaje se volvió más verde. La hierba era más alta y encontraron algunos pinos y más flores silvestres, sin embargo, el calor seguía siendo abrasador. Violet no tenía ni idea de la hora que era. ¿Quizá se aproximaba el final de la tarde? La última vez que había mirado hacia el sol para calcularla, se había quedado sin ver durante un buen rato, de modo que no volvió a intentarlo. Posiblemente, su dolorido cuerpo hacía que le pareciera que llevaban cabalgando más tiempo del que lo habían hecho realmente. ¿Dónde diantres estaba la mina? ¡Entonces volvieron a avanzar al trote! Pero en esta ocasión no durante mucho tiempo.

—Dejaremos que los animales descansen durante un rato —declaró Morgan mientras se detenía a la sombra de un árbol de gran porte.

Violet contempló, embelesada, el lago que había cerca. Carla ya se había dirigido hacia allí para beber y Morgan se acercó a Violet.

—Deja que te ayude...

Ella no esperó a que terminara la frase, bajó sola de la mula y cayó de rodillas, lo que no era su intención, pero las piernas, simplemente, no la sostuvieron. Él sacudió la cabeza y le tendió una mano para ayudarla a levantarse, pero ya que estaba en el suelo, ella aprovechó para sentarse y quitarse las botas.

—No te recomiendo... —empezó él, pero no terminó su advertencia.

Con las piernas aún temblorosas, Violet se dirigió a tropezones hasta la orilla del lago, se sentó en la hierba e introdujo los pies en el agua. Aunque no estaba tan fría como habría deseado, la sensación fue sublime. Deseó sumergirse en el agua y nadar, que era lo que él debía de suponer que iba a hacer, pero Violet no quería mojarse la ropa y, desde luego, no pensaba sacársela con aquel oso merodeando tan cerca. Su educación se lo impedía. De todos modos, aunque intentara nadar, sin duda sus piernas no colaborarían. Probablemente, sentarse a horcajadas había evitado que saliera disparada del lomo de Carla cuando avanzaban al trote, pero presionar constantemente los costados de la mula con los muslos y las pantorrillas para no perder el equilibrio había empeorado el dolor que sentía en las piernas.

Se inclinó hacia delante para echarse agua a la cara, lo que provocó que se le mojara el extremo del cabello. Luego intentó darse un discreto masaje en los muslos para calmar el dolor que sentía, pero le resultó demasiado doloroso, así que dejó de hacerlo.

Se dio cuenta de que su aspecto debía de ser horroroso. La trenza se le había deshecho del todo y el pelo, largo y dorado, le caía sobre los hombros y por la espalda. Al no ir peinada como de costumbre, seguramente su encantador sombrerito se veía ridículo sobre la desaliñada melena que lucía ahora. Pero estaba demasiado cansada y dolorida y se sentía demasiado desgraciada, y también un poco temerosa de su raptor, para que su aspecto le importara. ¿Y si no se trataba de Morgan Callahan? Al fin y al cabo, él no le había confirmado que lo fuera. De todas maneras, aunque se tratara de él, eso no significaba que estuviera a salvo.

Oyó un chapoteo a la derecha y dirigió la mirada en aquella dirección. Se quedó paralizada al ver que Morgan sumergía la cabeza en el agua y después volvía a sacarla de una sacudida para evitar que el cabello mojado le cubriera la cara. Unas gotas de agua la salpicaron, pero Violet apenas se dio cuenta.

Era la primera vez que lo veía sin el sombrero. Ya había deducido que el negro cabello le llegaba por debajo de los hombros, pero, como en aquel momento lo llevaba mojado y echado hacia atrás y su larga barba también estaba mojada, sus facciones quedaron un poco más definidas. Violet llegó a la conclusión de que incluso podía considerarse terriblemente guapo. Entonces también se dio cuenta de que no era tan mayor como creía. Debía de tener menos de veinticinco años. Claro que nada de aquello cambiaba las cosas. Él seguía siendo un oso detestable.

Morgan se había arrodillado para mojarse la cabeza, pero

entonces se levantó y, una vez más, introdujo los dedos pulgares en el cinturón..., el cinturón de los pantalones, no el del revólver que seguía colgando de sus caderas.

—Te agradezco que hayas permanecido casi en silencio mientras cabalgábamos.

El «casi» la enfureció.

—Hacía demasiado calor para esforzarme y decirte lo que pienso de la forma despreciable en que me estás tratando —replicó ella con indignación—. Además, no me habría servido de nada, ¿no?

Él se rio entre dientes y se alejó sin responder, claro que el hecho de que aquello le resultara divertido era respuesta suficiente. Violet refunfuñó para sus adentros y no lo siguió con la mirada. Se contentó con quedarse allí sentada, en la sombra, con los pies en el agua e ignorando a aquel hombre odioso. Pero sí que volvió la vista cuando oyó el crujido de una hoguera. Morgan estaba asando algo en ella y había utilizado cuatro palos para sujetar la carne y mantenerla alejada de las llamas. Pero cuando se dio cuenta de que estaba asando la serpiente los ojos le ardieron de indignación. ¡Dios santo!, ¿de verdad creía que ella se comería a ese animal? Por mucha hambre que tuviera, era incapaz de comer carne de serpiente.

Cerró los ojos con fuerza e intentó contener las lágrimas. Si bien de pequeña le encantaba estar en la naturaleza, nunca se imaginó que alguien pudiera hacer que resultara tan duro. O que fuera tan poco previsor como para que tuvieran que comer carne de serpiente.

—La he dejado enfriar para que puedas cogerla —declaró él poco después.

Ella bajó la mirada y vio que él le ofrecía un filete largo de carne asada por encima del hombro. ¡Oh, cielos, sin plato y todavía con la piel, aunque al menos había abierto el cuerpo del animal a lo largo!

Violet volvió la cabeza hacia el otro lado.

—No, gracias.

—Creí que habías dicho que tenías hambre. ¡De hecho, incluso lo expresaste a gritos!

—Sí, tengo hambre, pero solo los salvajes comen serpientes.

—¿Acaso ves algún restaurante por aquí cerca? En este territorio, comemos lo que tenemos a mano y, aunque la carne de serpiente es dura, tiene muy poco sabor.

—¡Pues en Inglaterra no se considera adecuada para el consumo humano!

—¿Acaso ves a Inglaterra por aquí cerca?

¿Estaba bromeando? Se acordó de una exposición que se presentó en el museo de Londres sobre los habitantes de un territorio lejano que comían carne de serpiente. Sophie le susurró que los salvajes la comían para aumentar su virilidad. Desde luego, aquel hombre no necesitaba ayuda en ese sentido. ¡Ya era lo bastante viril tal como era!

Violet ignoró los rugidos de su estómago y repitió:

—No, gracias.

Apretó los ojos con fuerza para no ver cómo comía él, pero poco después Morgan le dio nuevamente unos golpecitos en el hombro. Ella se volvió y vio que le ofrecía un pedazo de pan. Lo tomó y luego dijo:

—¿Así que lo de la serpiente solo era para demostrar lo salvaje que eres?

—Tan salvaje que intenté darte de comer algo que te alimentara hasta la comida siguiente. Necesitas comer carne.

Sin duda, ella no necesitaba comer aquel tipo de carne, pero era inútil discutir con él. Mientras masticaba el pan seco, fijó la mirada en el lago. Cuanto menos tuviera que ver a aquel hombre y su cuerpo fornido, mejor. Su corpulencia todavía la asustaba. Era como un oso tanto de aspecto como de trato. Era rudo, grosero y carecía de refinamiento y encanto, todo lo que ella consideraba censurable en un hombre.

Entonces vio que un oso enorme, uno de verdad, avanzaba tranquilamente hacia el agua en la orilla opuesta del lago, y sus ojos se encendieron y se abrieron como platos. Horrorizada, ignoró el dolor intenso de sus músculos, se incorporó de un salto y corrió a esconderse detrás de Morgan. ¿Por qué no había empuñado el rifle? Dio una ojeada más allá de su hombro y vio que el oso se erguía sobre las patas traseras para olisquear el aire. Luego volvió a ponerse a cuatro patas para beber del lago. Violet estaba fascinada y no pudo apartar los ojos del animal.

—No va a venir hacia aquí —la tranquilizó Morgan.

—Pero ¿y si lo hace?

—Entonces me llevaré a casa carne de oso.

—¿Así que también eres un cazador?

—Cuando es necesario, cualquier hombre es un cazador. Yo no dejo pasar de largo la comida gratis, aunque reconozco que no soy muy aficionado a la carne de oso. A menos que este solo haya comido bayas y frutos secos.

Carne de oso, carne de serpiente... ¿Los habitantes de aquel lugar tan incivilizado realmente comían todo lo que estuviera a su alcance? ¡Cielos, probablemente sí! Como él le había hecho notar, el restaurante más cercano estaba a medio día cabalgando.

Morgan ignoró al oso y se desplazó hasta otro de sus cestos. Cuando regresó, sorprendió a Violet ofreciéndole un pastelito esponjoso y cubierto de azúcar. Ella estaba tan contenta que, en esa ocasión, incluso le dio las gracias. Luego fue a sentarse junto al agua para disfrutar del pastel y se alegró al ver que el oso se alejaba con paso calmado en la dirección opuesta. Pocos minutos después, cuando ya se sentía satisfecha, deseó tumbarse y dormir durante el resto del tiempo que estuvieran allí, pero temió que, si lo hacía, no podría volver a levantarse. Entonces dio una ojeada al cielo, que estaba totalmente despejado.

—¿En este territorio llueve alguna vez o acaso el calor seca la lluvia antes de que llegue al suelo?

Él se echó a reír.

—Nunca había considerado esa posibilidad, aunque no me sorprendería que ocurriera. Pero por supuesto que llueve, solo que no muy a menudo. Sin embargo, en invierno nieva mucho.

Esto a ella no le importaba, porque, afortunadamente, cuando llegara el invierno ella ya no estaría allí.

Empezaba a sentir terror de nuevo por tener que volver a ponerse de pie, por no hablar de volver a montar en la mula.

—¿Cuánto falta para llegar a las minas? —le preguntó a Morgan.

—Depende. —Ella supuso que dependía de si los animales fueran al trote o al paso. Pero entonces él añadió—: Pero no será hoy.

Violet se sintió consternada. ¿Lo decía en serio? Además, si no llegaban a su campamento antes del anochecer...

—¿Entonces dónde dormiremos?

—En el suelo. Por supuesto.

La idea le pareció sumamente horrorosa.

—Yo nunca he dormido en ningún sitio que no fuera una cama. Sencillamente, no podré conciliar el sueño.

Creyó oír una risita ahogada.

—Sí que podrás.

Probablemente sí que podría, pero quiso señalar:

—Sería de lo más inapropiado que durmiera cerca de ti.

—Bueno, si no quieres que esté cerca para protegerte, dormiré en otro lugar.

Los ojos de Violet despidieron chispas y se le llenó la

cabeza de cosas posibles de las que él tuviera que protegerla. ¿Tenía que mostrarse de acuerdo precisamente en esto cuando había por los alrededores manadas de osos y de serpientes que podían atacarlos?

—Bueno, puedes dormir cerca pero no demasiado —rectificó ella.

—No había planeado compartir tu cama, distinguida dama. Esperaré a que me invites.

Violet soltó un respingo y volvió a apartar la mirada de él para ocultar su rubor. Oyó que Morgan se aproximaba a las mulas, miró hacia allí de reojo y vio que hurgaba en los cestos, hasta que encontró un puñado de zanahorias. Luego las partió en dos, le dio una mitad a cada una de las mulas y una entera a su caballo. ¿Estaba dando de comer a los animales? No, porque ella los había visto comiendo hierba. Les estaba dando un obsequio. Definitivamente sentía debilidad por ellos.

Violet supuso que eso podía considerarse un buen rasgo en un hombre. Su sentido del humor también. Cuando algo le parecía divertido no dudaba en reírse y, aunque de momento solo se había divertido a su costa, Violet pensó que dos rasgos buenos eran mejor que ninguno. Aun así, resultaba sorprendente que un secuestrador de mujeres tuviera algún rasgo bueno.

De repente, las botas de Violet aterrizaron junto a ella. Violet suspiró y, cuando terminó de ponérselas, vio que Morgan estaba frente a ella y que le tendía una mano. Mientras se ponía de pie ayudada por él, Violet gimió en voz alta.

—Probablemente mañana te dolerá más —le advirtió él.

—Imposible.

—Tenía planeado quedarnos más tiempo y dormir mientras hiciera tanto calor, pero con ese oso merodeando por aquí, es mejor que nos vayamos. Volveremos a parar en el próximo lugar en el que haya agua.

Ella asintió con la cabeza, pero cuando dio el primer paso hacia Carla, soltó un respingo de dolor y se vio incapaz de dar otro, lo que seguramente fue la razón por la que Morgan la tomara en brazos y la dejara sobre su caballo.

—No... —empezó a decir ella.

—No te lo he preguntado —replicó él con firmeza mientras montaba en el caballo delante de ella—. O montas conmigo o te pasarás la próxima semana en la cama llorando de dolor, y prefiero no tener que pasar por eso, así que ignora que estoy en el caballo contigo e intenta olvidar que me tocas.

A aquellas alturas, el hecho de que aborreciera estar tan cerca de él no tenía nada que ver con las normas sociales, sino con quién era él. ¡Su torturador! ¡Su secuestrador! ¡El hombre que había intentado obligarla a comer carne de serpiente!

Pero entonces él añadió:

—Si quieres dormir un poco, puedes apoyarte en mi espalda. Te aseguro que no me importa.

Ella resopló y él emprendió la marcha... ¡a un trote endiablado!

9

Violet nunca había estado tan cerca de un hombre. De hecho, estaba tocando a Morgan. Sus muslos tocaban los lados de sus caderas y, cuando él incitó al caballo a trotar, instintivamente, ella se agarró a su cintura. Aquella proximidad física le resultaba sumamente embarazosa, pero no podía hacer nada al respecto. Al cabo de un rato, soltó la cintura de Morgan y se agarró a su largo chaleco hasta que él redujo la marcha de su montura al paso. Aunque, en opinión de Violet, esto ocurrió demasiado tarde para su gusto.

Incluso después de que pudiera apartar con seguridad las manos de su cuerpo, siguió sintiéndose incómoda por tener que ir montada tan cerca de aquella bestia de hombre. Era demasiado grande, demasiado masculino y todo en él la ponía nerviosa. Pero había actuado bien en un sentido y ahora ella no tenía que utilizar sus doloridos músculos para seguir cabalgando. Ahora estaba perfectamente equilibrada y firmemente sentada.

Otro inconveniente de cabalgar con Morgan era que, debido a las dimensiones de su espalda, no podía ver lo que había delante. Ya no sabía adónde se dirigían. Durante un rato, Morgan pareció deambular tomando distintas direcciones. Probablemente para evitar las vertientes más escarpadas de las colinas que estaban atravesando.

Cuando debían de llevar unas dos horas cabalgando, cruzaron un río. Violet miró hacia abajo para ver si se le iban a mojar las botas, pero en aquel punto, el río era poco profundo y eso no ocurriría. ¿Se detendrían? Él le había dicho que pararían cuando volvieran a encontrar agua, pero Morgan continuó avanzando y siguió el curso del río hasta que llegaron a un árbol solitario que crecía en la orilla. Alrededor de ellos, en todas las direcciones, había bosques, la mayoría a lo lejos, y también a lo lejos pero solo en tres direcciones había montañas.

Morgan desmontó y, sin pedirle permiso, deslizó las manos por debajo del largo cabello de Violet, que le llegaba a la cintura, para bajarla del caballo.

—Puedes dormir hasta el anochecer.

Eso si podía moverse. Solo con estar allí de pie le dolía todo tanto que dudaba que pudiera andar. Pero al menos en esa ocasión las piernas no le habían fallado. Dormir durante las horas que quedaban de aquel espantoso calor le sonaba a gloria. ¡Si al menos dispusiera de una cama!

—Ya te he dicho que no puedo dormir en el suelo, pero sí que me gustaría hablar de mi padre.

—Yo no conozco a tu padre. Si te refieres a Charley, especifícalo.

Violet rechinó los dientes, pero insistió.

—¿Cómo era su vida por aquí? ¿Se acostumbró a las privaciones de la vida salvaje?

—Charley contó con ayuda.

—¿La tuya?

—Todo lo relacionado con él no te incumbe.

—Por favor.

Morgan la miró con dureza.

—No sé por qué habría de interesarle a Shawn esa información. ¿Estás improvisando, distinguida dama? ¿Crees que tus preguntas harán que tu farsa resulte más creíble? ¿Así que, después de todo, eres una actriz? Lástima, confiaba en que, en realidad, fueras una ramera.

Ella resopló.

—Ya estoy harta de tus insultos.

—Y yo estoy harto de tu parloteo. Puedes dormir o no, a mí no me importa, pero los animales necesitan descansar, así que nos quedaremos aquí hasta el anochecer.

¿Y luego qué?, se preguntó Violet.

—¿Eso significa que pretendes cabalgar de noche? —Él, simplemente, asintió con la cabeza, lo que llevó a Violet a preocuparse y formular la siguiente pregunta—: ¿Pero eso no es peligroso?

—Siempre que el cielo siga tan despejado como durante el día no tiene por qué ser peligroso. Por aquí, la luz de la luna suele ser muy brillante.

Su falta de preocupación debería de haberla tranquilizado, pero no lo hizo. Violet lo siguió con la mirada mientras él iba hasta donde estaba Carla, cogía la manta de Violet y la extendía debajo del árbol. Después, fue a desensillar a su caballo.

Al menos ahora Violet no estaba hambrienta. La última comida había sido bastante saciante y gustosa..., salvo por lo de la serpiente. Al pensar en qué consistiría la siguiente, Violet se estremeció y no tuvo ganas de que llegara la hora de averiguarlo. Entonces, casi al mismo tiempo que Morgan, vio que había un ciervo a unos cien metros de distancia.

Morgan cogió el rifle y Violet dejó el parasol a un lado para taparse los oídos antes de que disparara. En lugar de mirar a su próxima cena, Violet fijó la vista en Morgan y, al ver que bajaba el rifle sin disparar, frunció el ceño. Supuso que el ciervo había huido, pero miró alrededor y vio que seguía allí. Además, su presencia le resultaba tan indiferente a Morgan que incluso se tumbó en la orilla del río.

—¿Lo dejas vivir? —preguntó ella sorprendida.

—Para que su carne no sepa ni huela fuerte hay que dejar que se desangre, y eso requiere mucho tiempo. No me gusta la carne de sabor fuerte.

A Violet le sorprendió que un hombre que comía serpientes fuera tan escrupuloso. Pero no le dijo lo que pensaba ni cuánto aborrecía depender de él para cada bocado de comida. Aunque no lograra dormir, quería descansar un poco. En verano, anochecía tarde, pero por lo que ella sabía, podían faltar pocas horas para ello. En Butte, ella acababa de cenar mucho antes de que empezara a oscurecer.

Decidió ignorar a Morgan y empezó a avanzar, centímetro a centímetro, hacia la manta. Cada paso que daba le resultaba doloroso, pero no claudicó. Cuando finalmente logró sentarse a la sombra, sobre la manta, volvió a fijar la vista en Morgan, porque no se fiaba de él ni un pelo. Cuando vio que se alejaba, se tumbó para descansar la espalda. Tenía pensado volver a sentarse cuando lo oyera regresar, pero no lo oyó, porque a pesar de sus doloridos músculos y de no disponer de una cama, se durmió de inmediato.

La despertaron los crujidos de una hoguera y le sorprendió que, después de todo, hubiera podido conciliar el sueño tumbada sobre el duro suelo. Además, no empezaba a anochecer, sino que ya había oscurecido por completo. Se sintió decepcionada. Esperaba ver ponerse el sol para orientarse. En aquel momento, tenía el parasol delante de la cara, pero no recordaba haberlo abierto ni colocado sobre la manta. ¿Lo había hecho Morgan para que disfrutara de más sombra? Dudaba que fuera tan considerado, debía de haberlo hecho ella.

El calor diurno ya había cesado y, aunque no tenía ni idea de cuánto tiempo había dormido, se sentía recuperada. Y de nuevo hambrienta. Y con frío. Además, cuando se sentó, todos los dolores se reactivaron. ¿Cómo había conseguido dormir cuando el menor movimiento le resultaba tan doloroso?

No creía que pudiera llegar hasta Carla para coger su chaqueta, pero detestaba la idea de pedirle a Morgan que lo hiciera por ella. No era una inválida. Además, sus maltratados músculos no mejorarían si no los utilizaba. Entonces notó que su chaqueta se deslizaba desde sus hombros a su regazo. ¡Gracias a Dios, por fin algo le salía bien! Seguramente Morgan se la había lanzado y al caer la había cubierto. De ningún modo lo creía capaz de taparla cuidadosamente con ella. En cualquier caso, introdujo los brazos en las mangas.

Morgan la observaba desde el lado opuesto de la hoguera. Llevaba puesta una chaqueta de color beige confeccionada con la piel suave de algún animal. Debajo de esta, Violet vislumbró el largo chaleco, pero seguía sin llevar puesta una camisa.

Había hecho la hoguera a los pies de la manta de Violet. Ella quiso levantarse, pero sus doloridas piernas le recordaron, brutalmente, que no podía. Él había predicho que lloraría de dolor y Violet escondió las lágrimas enfadada... con ella misma. ¿Por qué era tan endiabladamente tozuda? Podría haber montado en el caballo de Morgan desde el principio y así habría evitado buena parte de aquellas molestias y dolores. Él se lo ofreció, pero entonces ella estaba demasiado furiosa para aceptar su oferta.

Consiguió girar el cuerpo hacia la hoguera sin abandonar la manta. Entonces vio dos peces, ya cocinados, sobre unas ramitas y también un pedazo de pan y una manzana.

No volvió a intentar incorporarse, sino que permaneció allí tumbada sobre el estómago y los codos y con la comida al alcance de la mano.

—¿Has cambiado de idea acerca de continuar la marcha de noche? —le preguntó a Morgan.

—No.

—¿Entonces por qué no me despertaste antes del anochecer?

—Quizá porque me gusta verte dormir.

Su afirmación era absurda, porque su aspecto debía de ser horrible, con la cara sucia de polvo y tierra y el cabello totalmente enmarañado, de modo que le formuló otra pregunta para ponerlo en evidencia.

—¿Por qué?

—¿Por qué no? A pesar de todas tus mentiras, sigues siendo una mujer condenadamente atractiva. Además, ¿qué otra cosa podría mirar?

Ella siguió la mirada de Morgan, que se había dirigido hacia las mulas, y estuvo a punto de echarse a reír porque solo sus ancas estaban a la vista. Se trataba de una broma. ¿Quién habría pensado que un oso podía bromear?

Violet volvió a mirar la comida y preguntó:

—¿La mitad de esta comida es para mí?

—Toda —respondió él—. Lo que no te comas, lo guardaré.

¿Así que él ya había comido? Y, además, había pescado los peces, lo que le hizo preguntar:

—¿Tú no has dormido nada?

—Dormiré después —contestó él y se levantó para volver a ensillar su caballo—. Date prisa, distinguida dama. Estamos perdiendo el tiempo.

Ella desmenuzó y se comió solo uno de los peces y luego todo el pan y la manzana, pero como había comido sin cubiertos, ahora sus dedos estaban muy pegajosos. Miró con anhelo hacia el río y entonces él dijo:

—Toma.

Ella se volvió y vio que él le tendía su cantimplora. Ella extendió rápidamente las manos y Morgan vertió sobre ellas el resto del agua que le quedaba. Luego se dirigió al río para volver a llenarla e hizo lo mismo con la de Violet mientras ella sacudía las manos para secárselas.

Entonces Violet se sintió apurada y fue consciente de que todavía no podía emprender la marcha. Miró alrededor en busca de un arbusto. Y tendría que hacerlo sola. No podía contárselo al oso. Él la levantó en volandas.

—¡Espera! Todavía no estoy preparada. ¡Bájame!

Al ver que no la soltaba, Violet empezó a forcejear con él, hasta que vio que no la llevaba al caballo. Morgan la dejó en el suelo, esperó un instante para que se estabilizara y luego se alejó.

Violet se sintió agradecida por el arbusto que los separaba y, al mismo tiempo, sumamente avergonzada, y le costó reconciliar aquellos dos sentimientos tan intensos que experimentaba. Su único consuelo fue que era de noche y él no vería lo rojas que tenía las mejillas. Se regañó por ser tan tonta. Era ridículo que se aferrara a sus costumbres civilizadas cuando estaba en plena naturaleza salvaje. Pero las convenciones sociales estaban muy arraigadas en ella y no estaba segura de poder desprenderse de ellas.

Morgan regresó para llevarla al caballo, pero Violet sabía que solo lo hacía porque estaba impaciente por reemprender la marcha, de modo que, a pesar de que estaba reclinada contra su pecho y le rodeaba el cuello con un brazo, se vio impulsada a advertirle:

—El hecho de que me ayudes no cambia en absoluto la opinión que tengo de ti. No deberías haberme sacado a la fuerza del hotel. Deberías haberme dado la oportunidad de comprar un caballo y contratar a sirvientes para que pudiera ir a la mina de mi padre de una forma civilizada. Y debo añadir que esto habría supuesto menos trabajo y problemas para ti.

—Tú no eres un problema..., bueno, déjame que reformule la frase: no eres un problema cuando mantienes la boca cerrada. ¿Qué tal si me dieras las gracias cerrándola ahora? ¿O también necesitas ayuda para esto?

Se había detenido y la estaba mirando. Su cara estaba excesivamente cerca de la de ella. ¿Se refería a una mordaza o a un beso? Ella no quería ni una cosa ni la otra de él, así que guardó silencio y negó vigorosamente con la cabeza. Ya había terminado de quejarse por el momento y ahora tocaba volver a sonrojarse.

Una vez a lomos del caballo, vio que él ya había apagado el fuego y empacado sus cosas. Antes de montar, Morgan le tendió la manta del hotel. Ella todavía no la necesitaba, pero conforme avanzara la noche, seguramente la necesitaría, porque su chaqueta estaba diseñada para ser bonita y no para proteger del frío. De todos modos, teniendo en cuenta que él no había dormido durante la última parada supuso que aquel trayecto nocturno no duraría mucho.

El cielo estaba plagado de estrellas, la luna brillaba intensamente y los grillos cantaban con sonoridad, pero un rugido en la distancia hizo que Violet rodeara a Morgan con los brazos. Él no hizo ningún comentario y ella no los retiró porque le permitían mantenerse más estable.

Siguieron avanzando hacia el este, al menos eso dedujo ella, porque no volvieron a cruzar el río junto al que habían acampado. El frondoso paisaje se volvió árido de nuevo y Violet dejó de buscar ningún tipo de referente en la oscuridad.

Dos o tres horas más tarde, Morgan volvió a detenerse.

—Necesito dormir un poco —declaró, y desmontó repentinamente.

Antes de que la ayudara a desmontar, Violet pudo ver, brevemente y sin obstáculos, el contorno oscuro de una montaña que estaba bastante cerca, delante de ellos, y el de otra que estaba más lejos y a la izquierda. Entonces Morgan volvió a rodearle la cintura con las manos, pero en esta ocasión la bajó del caballo más despacio y Violet sintió que su cuerpo rozaba el de él. Morgan se había quedado demasiado cerca de la montura. ¿Acaso estaba ya medio dormido y no había extendido totalmente los brazos para mantenerse más firme?

Él no se disculpó. Probablemente no era consciente de que sus cuerpos se habían rozado de una forma tan íntima. Cuando los pies de Violet tocaron el suelo, Morgan se apartó, así que ella no le dio más importancia. Violet no se movió; no pensaba hacerlo hasta ver dónde encendía él la hoguera. Dedujo que encendería una aunque solo fuera para que pudieran calentarse, ya que en aquel momento hacía mucho más frío. Violet lo notó incluso envuelta en la manta, con la que se cubría como si se tratara de una capa.

Siguió a Morgan con la mirada y dedujo que, mientras ella dormía en el campamento anterior, había recogido un montón de ramas secas y las había cargado en una de las mulas. Se alegró de que lo hubiera planificado con antelación, porque ahora no había árboles a la vista, solo unos cuantos arbustos poco tupidos y mucha hierba seca. Y tampoco vio ninguna fuente de agua.

Cuando Morgan hubo encendido la hoguera, ella se desplazó poco a poco hacia allí y se sentó. Él le lanzó otra manta y luego desensilló su caballo y extendió la manta con la que cubría el lomo del caballo en el lado opuesto de la hoguera. Entonces se tumbó rápidamente y utilizó la alforja como almohada.

Todo esto lo hizo sin dirigirle la palabra a ella. ¿No le hablaba porque creía que era una impostora o era así como se comportaba con todo el mundo? Probablemente era verdad que se había convertido en un ermitaño y por eso estaba acostumbrado al silencio. ¿O quizá estaba demasiado cansado para hablar?

Ella no lo estaba, así que afirmó con énfasis:

—Debo reiterar que soy quien digo que soy. Y sé que conocías a mi padre.

—Yo conocía a Charley, que no es lo mismo.

—Entonces háblame de Charley. Tú trabajabas con él y debía de caerte bien, porque cuando sufrió el accidente lo llevaste a la ciudad a que lo visitara el doctor. ¿Era feliz aquí? Por favor, solo lo vi dos veces durante los últimos nueve años. Cuéntame algo acerca..., acerca de sus últimos días.

Morgan se incorporó, y la mirada que le lanzó a Violet desde el otro lado de la hoguera le produjo escalofríos.

—Lo que te voy a contar es que estoy cansado. De no ser así, te aplaudiría. ¿Cuánto tiempo tardaste en aprenderte este papel?

Su pregunta la enfureció.

—¡Dieciocho años, ese es el tiempo que llevo siendo Violet Mitchell!

—Sin embargo, apareces justo después de que Charley haya muerto. De no ser así, él también te habría tratado de mentirosa. Buen intento, distinguida dama, pero si no duermo un poco, mañana no te caeré bien.

Se trataba de una amenaza evidente, aun así, ella murmuró lo bastante alto para que él la oyera:

—Ahora ya no me caes bien.

A pesar de que era cierto, Violet enseguida se arrepintió

de haberlo dicho. Se trataba de un comentario grosero y no era típico en ella ser grosera. Además, ponerlo todavía más en su contra no la ayudaría a obtener las respuestas que quería, de modo que utilizó una observación neutra como bandera blanca.

—No lejos de aquí había agua. ¿Por qué no hemos acampado allí?

Él volvió a tumbarse dándole la espalda.

—El agua atrae a los animales.

¡Y él no estaría despierto para enfrentarse a ellos! Empezó a imaginarse todo tipo de criaturas avanzando pesadamente o arrastrándose hacia ellos camino de la última fuente de agua por la que habían pasado. ¡Aquellos animales tenían que dirigirse al agua desde algún lugar!

Agarró el parasol cerrado como si se tratara de un arma y miró alrededor. Entonces oyó:

—No voy a atarte, pero si molestas a mis chicas me despertaré. Si sales huyendo, no me importará. Podrías sobrevivir unas cuantas horas a pie, pero lo dudo.

Ella no dijo nada, pero miró su espalda con furia. Aquel hombre no tenía corazón. Decidió que prefería su silencio que sus advertencias de mal gusto.

10

Violet no consiguió volver a dormirse. Simplemente se quedó acurrucada y envuelta en la manta el resto de la noche. El hecho de que Morgan estuviera cerca no aplacó el miedo que sentía ahora que sabía que podía morderle una serpiente, un lobo podía llevársela a rastras o un oso podía comérsela. Y eso podía ocurrir antes de que tuviera tiempo de despertar a Morgan para que matara al animal. En aquel territorio había demasiados animales salvajes, demasiada poca gente y los pueblos estaban demasiado lejos unos de otros. Cualquier sonido, por leve que fuera, incluso el que producían las mulas al sacudir la cola, la sobresaltaba y le hacía dar un respingo.

Parecía increíble que solo unos meses antes le estuvieran tomando medidas para confeccionarle bonitos trajes de fiesta. ¡Estaba tan emocionada por la llegada de la temporada social! ¡Tenía tantas esperanzas y posibilidades maravillosas a su alcance! Gracias al apadrinamiento de sus tíos, ella, una norteamericana, iba a debutar en Londres. Además, incluso antes de que la temporada social empezara, ya había encontrado el marido que quería, pero al día siguiente tuvo que abandonar todo aquello... por esto.

En Inglaterra, todos sus sueños se iban convirtiendo en realidad, pero no podría regresar a aquel mundo de la alta sociedad si la empresa minera de su padre no tenía éxito. Aquel futuro, el futuro que quería, dependía de que encontrara la mina y de que esta fuera lucrativa.

Siguió alimentando la hoguera con las ramas que quedaban. Conforme avanzaba la noche, volvió a tener hambre, aunque después de la advertencia de Morgan, no pensaba hurgar en el cargamento de las mulas en busca de comida. Pero en cuanto amaneciera lo despertaría, de modo que estuvo observando el cielo en todas direcciones a la espera del amanecer.

—¿De modo que sigues aquí?

Violet dio un respingo, volvió la vista hacia la hoguera y vio que Morgan estaba allí de pie. Se preguntó qué lo había despertado, porque todavía no había salido el sol. Entonces él se alejó unos tres metros..., para hacer sus necesidades. Ella puso los ojos en blanco, se levantó con esfuerzo y se dirigió al arbusto más cercano para hacer lo mismo. En esta ocasión no experimentó vergüenza y, como se había estado masajeando los muslos durante toda la noche, caminar no le resultó tan doloroso como el día anterior. Sin embargo, los músculos de las piernas todavía le dolían. Probablemente pasarían días antes de que volvieran a la normalidad... o antes de que ella estuviera de vuelta en Butte.

La verdad es que ansiaba volver allí, lo que era sorprendente porque no la consideraba una ciudad civilizada, pero al menos allí podía tomar un baño, una comida decente y hacer que le lavaran la ropa. ¡Y comprarse un sombrero nuevo! El suyo debió de caérsele el día anterior con tanto trote y no se dio cuenta hasta la noche. Morgan ya se lo había estropeado, de modo que perderlo solo la entristeció levemente. Sin embargo, vestir la misma ropa durante dos días seguidos era un auténtico escándalo y merecía que se echara a llorar, pero no podía cambiarse sin tomar antes un baño, y no podía hacerlo en aquel lugar. ¡Se sentía tan sucia después de la cabalgada del día anterior!

Cuando regresó a la hoguera vio que Morgan estaba ensillando su caballo. Tuvo la impresión de que no iba a darle nada para desayunar antes de emprender la marcha, al menos nada que no pudiera tomar mientras cabalgaban. Su presentimiento quedó confirmado cuando, antes de apagar el fuego, él le dio dos tiras de cecina. Violet cogió el parasol y la cantimplora y deslizó la mano por las correas de ambas para llevarlas colgando de la muñeca. Luego intentó arrancar con los dientes un pedazo de cecina, pero no le resultó fácil. Si no estuviera tan salada, creería que le había dado un trozo de cuero para que lo mordisqueara.

—Ponte esto.

Cuando vio que Morgan le tendía un saco pequeño y vacío, Violet frunció el ceño.

—¿Que me lo ponga?

—Sí, en la cabeza. No puedes ver el resto del camino.

Ella se sintió humillada. Pero había un lado positivo en aquello. Si no quería que viera cómo se llegaba a la mina desde allí, significaba que en algún momento la dejaría libre. Así que, después de todo, no tenía la intención de matarla. Pero ella no estaba dispuesta a taparse la cabeza con un saco y se negó a cogerlo.

—Si hoy hace tanto calor como ayer y llevo la cabeza tapada con eso, me desmayaré —le advirtió—. Sin embargo, si me vendas los ojos tampoco veré nada, ¿no?

Él no respondió. Y tampoco se movió. Si insistía, ella se resistiría y lucharía con uñas y dientes, aunque estaba segura de que perdería, porque él era endiabladamente robusto. Al final Morgan se quitó el pañuelo que llevaba atado al cuello y le tapó los ojos con él. ¡Una concesión! ¿Así que era capaz de razonar?

Él volvió a tomarla en brazos y la subió al caballo, pero en esta ocasión él montó detrás de ella. Violet dedujo la causa de que hubiera tomado esa decisión: para poder vigilarla y ver si intentaba quitarse el pañuelo. Aquella táctica extrema indicaba obsesión en su empeño por que ella, o quizá nadie, supiera dónde estaba su mina. Lo que la llevó a preguntarse por qué no había matado a su padre cuando apareció cerca de la mina. ¿O quizá las dos minas no estaban tan cerca la una de la otra como ella creía? También había otra posibilidad: que la única persona que Morgan no quería que se acercara por allí fuera Shawn Sullivan. Pero a ella aquel hombre le había parecido agradable, y su hija todavía más. ¿Qué pasaría exactamente si Sullivan averiguara dónde estaba la mina?

De verdad que no le gustaba cabalgar sentada delante de Morgan. Notaba demasiadas partes de su cuerpo pegadas a su espalda y, cada vez que movía las riendas, sus antebrazos le rozaban la cintura. Pero no dijo nada porque temió que, si se quejaba demasiado, él se negara a llevarla hasta las minas. ¡Cielo santo, detestaba que su futuro dependiera precisamente de aquel hombre!

Cuando la mañana se hizo más calurosa, Violet se desprendió de la manta sacudiendo los hombros y abrió el parasol sin darse cuenta de que bloquearía la visión de Morgan. Pero lo averiguó rápidamente porque él se lo arrebató de la mano. ¡Pero no lo cerró, simplemente, lo colocó sobre su cabeza como si se tratara de un sombrero!

—Si lo levantas, lo tiraré —gruñó mientras volvía a colocar el mango del parasol en la mano de Violet.

Ella suspiró y de nuevo fue consciente de que su aspecto debía de ser ridículo. Pero ya no le importaba. Al fin y al cabo, ¿frente a quién tenía que guardar las apariencias en aquel lugar?

—¿Cuánto tiempo más durará esta cabalgada de pesadilla antes de que lleguemos a tu mina?

—Depende.

Ella resopló.

—Empiezo a creer que no lo sabes.

Él se echó a reír y, una vez más, oírlo emitir aquel sonido de humor genuino la sorprendió. Entonces se planteó que quizá no fuera siempre un oso rudo y salvaje. En el pasado, había sido un ranchero, y procedía de una familia de rancheros del Este. ¿Qué opinarían ellos si lo vieran ahora? ¿Y por qué había abandonado su hogar? ¿Lo habían expulsado por ser la oveja negra? ¿Había cometido tantas fechorías que había agotado la paciencia de su familia?

Como había pasado la noche en vela e inquieta, cuando dejaron de trotar, Violet sintió mucho sueño. Para sujetar las riendas, Morgan la rodeaba con los brazos, lo que unido al movimiento lento y regular del caballo le produjo somnolencia. Se quedó dormida sin darse cuenta de que se estaba reclinando en el hombre que tenía detrás.

El disparo de un rifle la despertó bruscamente. ¿Otra serpiente? Bajó un lado del pañuelo que le tapaba los ojos, pero no vio ningún animal muerto cerca, de modo que volvió a taparse el ojo antes de que Morgan se diera cuenta.

—¿A qué le has disparado esta vez? —le preguntó con curiosidad mientras él desmontaba.

—Al puma que corría hacia aquí. Le he dado justo cuando se abalanzaba sobre nosotros. Se creía que había encontrado su cena.

¿Le había disparado cuando se abalanzaba sobre ellos? ¿Había estado a punto de morir? Se estremeció levemente y se alegró de no haber visto al puma. Se habría puesto histérica y Morgan podría haber errado el tiro. ¡Qué idea tan aterradora! ¡Dios, cómo odiaba estar allí en plena naturaleza salvaje y que solo hubiera aquel hombre para protegerla! Deseó saber disparar, deseó tener el coraje de disparar si supiera hacerlo, pero sobre todo deseó no sentirse tan agradecida de no tener que hacerlo…, agradecida hacia él.

—¿Acamparás para cocinarlo? —le preguntó al ver que no volvía a montar enseguida.

—No. Es uno de los felinos salvajes más grandes. Por aquí, algunos lo consideran exquisito porque el sabor de su carne se parece a la del cerdo, pero supongo que tú no querrías ni probarlo, como hiciste con la serpiente.

—Supones bien.

—Aun así, tengo que llevármelo a casa para deshacerme de él —añadió Morgan.

—¿Por qué?

—Porque atraería a los buitres y estos pueden verse desde lejos. Eso haría que muchos hombres vinieran para averiguar qué es lo que los atrae.

Violet supuso que, si esto le preocupaba, era porque debían de estar cerca de su campamento. Volvió a dar una ojeada levantando el pañuelo y vio que Morgan estaba atando el puma sobre el lomo de una de las mulas. Por lo visto, a estas no les gustaba el olor de la sangre, porque varias de ellas estaban inquietas. Morgan murmuró algo que debía de tener como objetivo tranquilizarlas. Realmente apreciaba a aquellos animales y, por cómo se refería a ellas, denominándolas «sus chicas», Violet supuso que debía de considerarlas sus mascotas.

Cuando Morgan volvió a montar en el caballo, depositó una manzana en la mano de Violet y ella sonrió. Sabía que no tenía por qué alimentarla, porque no se moriría por saltarse unas cuantas comidas. Cuando había sentido hambre, se había quejado y, por supuesto, seguiría haciéndolo, pero aun así él no tenía por qué complacerla.

Tampoco tenía por qué permitirle reclinarse en él y dormirse entre sus brazos, sin embargo, eso era lo que ella estaba haciendo cuando él mató al puma. Quizá él no se había dado cuenta o no le importaba siempre que estuviera callada, de modo que Violet no le dio más vueltas a aquel asunto y decidió no sentirse avergonzada por ello.

Durante mucho rato, avanzaron en zigzag mientras subían una pendiente. Violet oyó el golpeteo de los cascos del caballo contra el suelo rocoso. También percibió el gorgoteo de una corriente de agua en la distancia, por lo que dedujo que estaban siguiendo el curso de un arroyo o un riachuelo. Definitivamente, no se trataba de un camino fácil y, como seguían ascendiendo, a Violet le costó mantenerse erguida y tuvo que volver a reclinarse en Morgan.

Estuvo tentada de dar otra ojeada, pero en esta ocasión Morgan vio que se llevaba la mano a la cara y dijo secamente:

—No.

Ella refunfuñó para sus adentros y profirió todo tipo de insultos contra él... en silencio.

11

Cuando, algo más tarde, Morgan por fin le destapó los ojos, Violet estuvo segura de que habían llegado a la mina, pero se equivocó. Él le quitó el pañuelo porque estaban rodeados de pinos y, más allá de ellos, no se veía nada. Siguieron subiendo lentamente por la pendiente. Violet continuó oyendo el gorgoteo de una corriente de agua cercana, pero siguió sin verla.

Cuando estaba en Butte, que se encontraba rodeada de colinas, pudo ver muchos campamentos mineros a lo lejos gracias a las tiendas de campaña. Había tantas, que los campamentos parecían ciudades pequeñas. Violet había supuesto que la mina de Morgan también estaba en una colina, pero llevaban tanto rato ascendiendo que se dio cuenta de que, en realidad, estaban en la ladera de una montaña.

Conforme avanzaban, los árboles de la izquierda empezaron a ser más escasos. Entonces Violet vio una ladera rocosa muy empinada que se iba volviendo más y más escarpada hasta parecer un acantilado. A cierta distancia, a la derecha, había una ladera menos empinada. Entonces se dio cuenta de que avanzaban por un barranco o un valle estrecho.

Más adelante, los árboles escasearon todavía más y pronto llegaron a una valla que les bloqueaba el paso. Era la típica del Oeste, simplemente dos tablones horizontales clavados a estacas. Morgan desmontó, pero esta vez no la ayudó a bajar del caballo. Violet se quedó momentáneamente atónita cuando vio que, un poco más arriba, en la ladera, había una cabaña. Incluso tenía un porche cubierto. Nunca se imaginó que Morgan viviera en una construcción de madera, ya que, en los alrededores de Butte, todos los mineros dormían en tiendas. Bueno, todos menos los acomodados propietarios de las minas, como Shawn Sullivan. Lo sabía porque ella había pasado por delante de su enorme casa.

Morgan estaba abriendo la puerta de la valla junto a la que había un letrero que decía: SE DISPARARÁ A LOS INTRUSOS. Si no estuviera tan cansada y dolorida, se habría echado a reír, porque durante el día y medio que habían tardado en llegar allí no habían visto ni un alma.

—Aparte de ti, ¿alguna vez ha subido alguien hasta aquí a quien puedas considerar un intruso?

—Charley Mitchell lo hizo. Me siguió hasta aquí. Tenía un jodido catalejo, lo que le permitió permanecer lo bastante lejos para que yo no lo viera.

Sin duda se trataba de una queja, pero Violet no pudo evitar soltar una risita.

—Eso fue muy inteligente por su parte.

—Se trató, más bien, de un acto suicida.

Violet recordó la advertencia del letrero y soltó un respingo.

—¿Le disparaste?

Él la miró con el ceño fruncido.

—¡Claro que no! Le concedí tiempo para que se fuera de mi montaña.

Era evidente que no debió de gustarle que su padre excavara una mina en aquella zona, pero con el tiempo debió de aceptarlo como vecino. Su padre era un hombre encantador. Si alguien podía domesticar y convencer de algo a aquel oso, sin duda era Charles. Aquella idea la hizo sonreír.

Cuando Morgan abrió la puerta de la valla, se oyeron unos tintineos y toques de campana, y fue entonces cuando Violet vio las campanillas y los cencerros que colgaban de la valla. El tintineo de las campanillas era melodioso, pero el sonido de los cencerros no lo era.

—¿Y esas campanas?

Morgan cogió las riendas del caballo para conducir a este y a la hilera de mulas al interior de la zona vallada. Después regresó para volver a cerrar el candado de la puerta. Solo entonces se dignó contestarle.

—El año pasado, un par de usurpadores de minas entraron en mis tierras furtivamente y realizaron varios disparos al azar. No podrán volver a entrar sin ser oídos. Es la única desventaja de trabajar en una mina situada en un lugar tan aislado. Si algo me sucediera aquí, nadie se enteraría.

A Violet la inquietó saber que había hombres peligrosos merodeando por aquel territorio salvaje y aparentemente despoblado y señaló:

—Los agentes de la ley de Butte saben que vives en esta zona. Si, transcurridas varias semanas, no te vieran por la ciudad, ¿no te buscarían?

—¿Por qué habrían de hacerlo? Los mineros cambian de zona a menudo o regresan a casa y nadie los busca.

—Pero tú eres una persona conocida, Callahan. Casi todas las personas con las que hablé reconocieron tu nombre, y cada una de ellas me contó un rumor diferente acerca de ti. Por lo visto eres una importante fuente de cotilleos en Butte.

Le complació ver que Morgan fruncía el ceño. El hecho de que llevara siempre las riendas en todo era para ella una píldora difícil de tragar, de modo que poder provocarlo con algo, aunque fuera algo ínfimo como aquello, equilibraba un poco la balanza.

Y fue por esta razón que continuó diciendo:

—Aparte de que el ayudante del sheriff sabía que llevaste a mi padre a la ciudad cuando tuvo el accidente, lo que, por cierto, fue sorprendentemente amable por tu parte, deduzco que le explicaste a alguien más que tu mina está cerca de la de mi padre. ¿O quizá fue él quien se lo contó a alguien cuando estuvo en la ciudad?

—Fue Charley quien lo hizo cuando lo acompañé a Butte para que registrara la propiedad de su mina —refunfuñó él poniendo énfasis en el nombre de su padre—. Estaba encantado de que le hubiera permitido quedarse.

—¿Permitido?

—No abras la caja de los gusanos, distinguida dama —replicó él.

—Insisto en que me aclares ese comentario. ¿Acaso eres el propietario de toda la montaña?

—No estás en posición de insistir en nada. ¿O la dama va ahora a ponerse a gritar en público?

—¿Tu respuesta va a hacer que grite?

—El tono de tu voz sugiere que estás a punto de mostrar quién eres en realidad. Y lo que está claro es que no eres una dama.

¿Tan evidente era que estaba exhausta y que le dolían todas las extremidades? A juzgar por la posición del sol, que estaba justo encima de ellos, llevaban más de medio día cabalgando. ¡Pero aquel hombre era tan condenadamente frustrante! Parecía dispuesto a hablar de todo... menos de las dos minas, porque creía que ella era una impostora. Sin embargo, ahora una de las minas era de ella. Pero hasta que no le enseñara dónde estaba exactamente la mina no podría tomar ninguna decisión respecto a ella, de modo que no podía permitirse el lujo de enfrascarse en una discusión a gritos con él ni decirle lo absurdos que eran sus razonamientos. Todavía no.

Morgan los condujo hacia el interior del cercado, donde el terreno se iba nivelando. Más adelante, junto a la cabaña, este era prácticamente plano. Pasaron junto a un agujero grande y oscuro practicado en la pared del acantilado, que estaba situado a la izquierda, y Violet dedujo que se trataba de la mina de Morgan. En la entrada, había un montón de vigas de madera. Más cerca de la cabaña, en la misma pared rocosa, vio una puerta de hierro o de acero y supuso que era la entrada de otra cavidad y que debía de ser allí donde Morgan almacenaba los suministros. Cerca de esa puerta había una estructura estrecha de unos dos metros de alto coronada por una cúpula de ladrillos y, al lado, había una especie de polea.

Antes de llegar a la cabaña, Violet le preguntó:

—¿Por qué viniste a excavar aquí, tan lejos de la ciudad y de las minas de Butte?

—Porque quería trabajar en paz. Si no hubiera encontrado un filón enseguida, me habría trasladado a otro lugar. El verano pasado estuve explorando esta cordillera durante casi un mes antes de establecerme aquí.

—¿Pero por qué a una altitud tan elevada?

—Este lugar no es muy elevado. La cordillera tiene una altitud de tres mil metros y aquí solo estamos en las estribaciones.

Ella supuso que tenía razón, ya que habían podido llegar hasta allí a lomos del caballo. Y siguió preguntándole, presa de la curiosidad:

—¿Y por qué excavaste exactamente aquí? ¿Sabías que aquí encontrarías un filón?

—Por el camino me crucé con un explorador del ejército retirado. Era de ascendencia crow, los indios que vivían en esta región. Me contó que todas las montañas de esta zona son ricas en minerales. Su pueblo siempre lo supo, pero no necesitaban los metales brillantes para nada. Me recomendó esta cordillera por encima de las que están más cerca de los superpoblados campamentos mineros de Butte y Helena. Me dijo que, cuando llegara, lo comprendería.

—¿Eso significa que, en esta zona, el oro estaba a la vista? —le preguntó ella.

—Encontré rastros de oro en los arroyos y ríos de alrededor, pero no vine aquí para cribar oro.

—¿Por qué no? ¿Eso no sería más fácil?

—Desde luego, pero no tan provechoso como un filón de ese mineral. Cuando vine, percibí rastros de oro en la pared del acantilado. También me gustó este lugar porque es razonablemente plano, lo bastante amplio para acampar y hay un riachuelo cerca. Incluso hay una poza que podría resultar útil en el caso de que, a finales de verano, el riachuelo se secara. Además, el acantilado es lo bastante alto para poder excavar en él sin tener que preocuparme por los derrumbamientos.

Violet miró alrededor en busca del riachuelo y vio que numerosas flores crecían a lo largo del extremo derecho del cercado. No logró ver el riachuelo, pero supuso que la vegetación lo ocultaba a la vista. Las vistosas flores hacían que aquella zona, que sin duda él había limpiado de maleza, se viera muy bonita.

—Bueno, está claro que no tuviste que trasladarte a otro lugar —comentó ella mientras volvía a mirarlo.

—No, definitivamente, tuve mucha suerte. En los primeros metros que excavé había un montón de oro y después encontré algo de plata. Seguí excavando con la esperanza de encontrar más oro, pero un metro y medio más adentro había una veta madre de plata y todavía no se ha agotado.

Violet estaba impresionada. Si había estado trabajando en la mina desde el verano anterior, ya debía de ser rico. Aunque, realmente, eso no podía deducirse de su forma de vestir o de vivir. Sin embargo, aunque había visto muchos árboles por el camino, la cabaña no estaba construida con troncos. De algún modo, Morgan había transportado hasta allí tablones de madera e incluso los cristales para un par de ventanas. Observada desde el frente, la cabaña se veía pequeña, lo que hizo que Violet se preguntara cómo estaban dispuestas las camas. Esperaba que hubiera más de un dormitorio. ¡Compartirlo con él constituiría un escándalo y arruinaría su reputación! Razón de más para que encontrara rápidamente la mina y el dinero de su padre y persuadiera a Morgan para que la llevara de vuelta a Butte.

Por el camino, no habían pasado junto a la mina de su padre. O quizá lo hicieron mientras tenía los ojos tapados. Pero también era posible que estuviera en un barranco cercano. Cuanto antes averiguara si su padre había guardado allí su dinero, antes podría regresar a casa.

—¿Me llevarás ahora a la mina de mi padre? —le preguntó a Morgan.

—No.

—Pero...

—Distinguida dama...

—Deja de llamarme así —lo interrumpió ella—. Tal y como lo dices, suena como un insulto. Si no quieres llamarme señorita Mitchell, tienes mi permiso para utilizar mi nombre de pila, que es Violet.

—¿Por qué habría de llamarte por tu nombre de pila? —replicó él—. No somos amigos, no eres quien dices ser y quizá tenga que recurrir a medidas extraordinarias para averiguar qué pretendes en realidad.

Los ojos de Violet despidieron chispas y, a continuación, los entrecerró y miró fijamente a Morgan.

—No harás nada de eso y ambos lo sabemos. Me has alimentado. Incluso me has permitido dormir reclinada en tu pecho, por lo que me disculpo, pero me lo has permitido. Sea quien sea quien crees que soy, nunca me torturarías, así que no pronuncies amenazas que no piensas cumplir.

Morgan se volvió hacia ella y sus ojos azul claro recorrieron su figura durante unos instantes. Luego esbozó una sonrisa relajada.

—¿Quién ha dicho nada de torturarte?

Dio un paso hacia ella con los brazos extendidos. ¡Había ido demasiado lejos y ahora él iba a refutar todo lo que ella había dicho de una forma física y horrible!

12

Los horrores que cruzaban por su mente hicieron que Violet soltara un grito ahogado y se deslizara por el otro lado del caballo para escapar de Morgan. Pero entonces, debido a la forma abrupta en que tocó tierra, un dolor agudo recorrió sus piernas y Violet soltó un gemido. Si no hubiese seguido agarrada al pomo de la silla, se habría caído al suelo.

Morgan giró alrededor del caballo y soltó las manos de Violet del pomo.

—¿Por qué has desmontado de esta forma? ¿Acaso tienes prisa?

—No, yo...

Violet se interrumpió al ver que él la tomaba en brazos y la llevaba hacia la cabaña. Entonces pensó que, probablemente, pretendía ayudarla a subir al porche, ya que este estaba a medio metro del suelo y el escalón que permitía acceder a él se había construido pensando en las largas piernas de Morgan, no en las de una mujer. Además, no había ningún pasamanos en el que apoyarse para subir aquel escalón tan alto. Si hubiera intentado hacerlo por sí misma, probablemente sus piernas no se lo habrían permitido.

Aun así, estaba muy nerviosa por lo que había imaginado que él iba a hacerle y soltó:

—Tanto si piensas cumplirlo como si no, no quiero volver a oír que me amenazas. Me encuentro al límite de mi resistencia. ¡Estoy cansada, hambrienta y necesito un condenado baño!

Él olisqueó. ¡Dos veces!

—Sí que lo necesitas.

Al oír aquel insulto, Violet resopló.

—¡Y tú también! —replicó sin titubear.

—¿Estás sugiriendo que nos bañemos juntos?

Esto la enfureció todavía más.

—No estoy sugiriendo eso en absoluto.

Percibió un brillo en los ojos de Morgan. ¿Estaba intentando no reírse? ¡Era una bestia! Pero entonces, cuando finalmente la dejó en el porche, le dijo:

—Tendrás tu baño cuando haya descargado las mulas.

La dejó allí y empezó a hacer lo que había dicho. La puerta de la cabaña estaba cerrada y, sin el permiso de Morgan, ella no pensaba abrirla, de modo que se sentó en una de las dos sillas toscas que había en el porche confiando en que no se clavaran astillas en su falda de brocado. Se preguntó por qué había dos cuando él le había indicado que nunca subía nadie hasta allí, pero supuso que su padre debía de visitarlo de vez en cuando. Le resultaba difícil imaginarse a su elegante padre, quien frecuentaba las casas nobles y los clubs de caballeros de Filadelfia, sentado en el porche de aquella cabaña en medio de la nada. Incluso le costaba creer que ella estuviera allí.

El día todavía era muy caluroso y agradeció poder disfrutar de la sombra del porche mientras observaba a Morgan. Él dejaba todo lo que descargaba de las mulas allí mismo, en el suelo. Por lo visto su objetivo era liberarlas de la carga y soltarlas, y luego colocar las cosas en su lugar. Las mulas que ya estaban sueltas se desplazaron hacia el riachuelo, que serpenteaba a un lado y otro de la valla.

Morgan estaba lo bastante cerca como para que pudieran hablar. Después de su rotunda negativa a llevarla hasta la mina de su padre, Violet decidió formularle preguntas acerca de la cabaña para luego desviar la conversación al tema que más le interesaba. Tía Elizabeth le había dicho que era una conversadora muy hábil.

—¿Por qué construiste la cabaña a varios centímetros del suelo?

—Llegué aquí el verano pasado, mucho después de la época de deshielo, de modo que no sabía si, esta primavera, la escorrentía de la capa de hielo provocaría un aluvión de agua en esta zona.

Violet pensó que él podía estar sonriendo burlonamente, pero con aquel bigote tan poblado resultaba difícil decirlo, así que le preguntó:

—¿Y fue así?

—No, al menos este año no, pero en algún momento de la historia de esta cordillera la erosión del agua formó este desfiladero. Y la primavera pasada, el riachuelo se desbordó cerca de un metro y medio por este lado y todavía más por el otro. En cualquier caso, el año pasado no sabía lo que podía suceder y pensé que era posible que el aluvión de agua arrastrara la cabaña ladera abajo, así que, cuando me harté de dormir en una tienda, decidí construirla tomando la precaución de elevarla varios centímetros sobre el suelo.

—Debiste de tardar meses en construirla.

—No, solo tardé unos días.

—Eso es imposible.

—No con la ayuda de unos amigos.

Ella habría comentado que eso, el hecho de que tuviera

amigos, también era imposible, pero habría constituido un insulto y quería tranquilizarlo con una charla banal antes de volver a mencionar la mina de Charles, así que le preguntó:

—¿Unos amigos de Butte?

—No, avisé a unos amigos con los que crecí en Nashart; hombres que sabía que no revelarían la localización de la mina. Antes de pedirles que vinieran, encargué y almacené en la ciudad todas las cañerías, los tablones de madera, los ladrillos y el resto del material que necesitaría. Justo entonces, si alguien me hubiera visto salir de la ciudad con materiales de construcción, me habría seguido, pero no a ellos.

—¿Por qué dices «justo entonces»?

—La mayoría de los mineros de la ciudad trabajan para un puñado de propietarios, quienes son poderosos y avariciosos. Pero la mayor parte de sus minas empezaron a producir más cobre que oro o plata, así que ahora se concentran mayormente en la producción de cobre..., todos salvo tu amigo Sullivan. Sus minas de plata todavía no se han agotado.

—Él no es mi amigo. Además, ¿por qué Shawn Sullivan o cualquier otra persona se tomaría tantas molestias para averiguar la localización de tu mina? Por lo que he oído, en las colinas y montañas de toda esta zona hay mucho oro y plata.

—Sí que los hay, pero Sullivan no quiere que nadie más venda plata. Cuando él era el único proveedor en la zona, obtenía precios muy elevados por su plata. Pero cuando los precios bajaron y sus compradores le dijeron que, si no estaba satisfecho con lo que le pagaban se buscara otros compradores, no le gustó nada. No sabía de dónde procedía la otra plata y envió espías a todas partes para averiguarlo. Pero no consiguió nada. Entonces uno de sus hombres sintió curiosidad por mí. Antes de que los precios bajaran, nadie me había prestado atención. Creían que yo iba a la ciudad, vendía algunas pieles y volvía a irme.

Seguía hablando con calma, pero cuando mencionó a Shawn Sullivan el tono de su voz se volvió un poco despectivo. Violet comprendió, entonces, por qué sospechaba de ella y por qué había llegado a la conclusión errónea de que estaba confabulada con su peor enemigo. Pero quería saber más.

—¿Cómo averiguó el señor Sullivan que eras el misterioso vendedor de plata?

—Porque seguía exigiendo respuestas a sus hombres y, un día, estos forzaron los cajones de embalaje en los que la transportaba antes de que los cargaran en el tren. Luego, Sullivan me abordó y me ofreció un buen precio por la mina. Sin duda no se esperaba que le respondiera que se fuera al infierno. A partir de ese momento, obligó a sus hombres a seguirme cada vez que salía de la ciudad. Fue algo realmente irritante. Como tenía que despistarlos, tardaba el doble en llegar aquí. La segunda vez que me siguieron, los asalté y los dejé en medio del camino atados de pies y manos como a los cerdos, y con sendas notas prendidas en el pecho que decían: ¡VETE AL INFIERNO!

Violet consideró que se trataba de una reacción muy agresiva, pero como quería que él creyera que estaba de su lado, observó con voz suave:

—Me imagino que eso no tuvo buenas consecuencias.

—No, después de aquello, no les caí muy bien a los habitantes de la ciudad. Bueno, nunca les había caído bien, pero empezaron a mantenerse a distancia de mí. Y, la siguiente vez que fui a Butte, el sheriff Gibson me amonestó. No lo dijo muy en serio porque ya había tenido que investigar incontables quejas de los propietarios de minas pequeñas sobre amenazas, palizas e incluso muertes que se habían producido después de que se negaran a vender sus minas a propietarios ricos como Sullivan.

Tenía que estar exagerando o, sencillamente, estaba equivocado. Pero no quería contrariarlo defendiendo a Shawn Sullivan, lo que reforzaría sus sospechas de que ella trabajaba para su enemigo. Así que dijo simplemente:

—Bueno, sin duda le dejaste claro al señor Sullivan lo que sentías.

—Él no acepta un no por respuesta. Incluso cambié de compradores y traté directamente con dos hermanos plateros que trabajan en Nueva York. Y, después de aquello, empecé a salir de Butte por rutas diversas, pero Sullivan seguía localizándome cada vez que iba y elevaba su oferta por la mina. Así que dejé de ir tan a menudo e incluso empecé a entrar furtivamente y en plena noche en la ciudad. Y dejé de recoger las notas que me deja en el hotel. Él sigue queriendo comprar mi mina, pero no se contenta con eso y también quiere saber dónde están las dos minas, la mía y la de Charley. Para empezar, se contentaría con cualquiera de las dos porque sabe que, al final, se quedará con ambas.

¿Sullivan también quería la mina de su padre? ¡Eso lo solucionaría todo! Cuando averiguara dónde estaba, se la vendería por mucho dinero y luego regresaría a Londres, donde retomaría la vida social y conquistaría a lord Elliott antes que cualquier otra debutante. Emocionada al disponer de la solución perfecta a sus problemas, tuvo que cubrirse la boca para que Morgan no viera que estaba sonriendo. Pero ¿la venta de la mina les proporcionaría el dinero suficiente para ella y sus hermanos o les resultaría más provechoso contratar a varios hombres para que trabajaran en la explotación? No lo sabría hasta que la viera, pero al menos ahora disponía de dos buenas opciones.

Cuando terminó las labores de descarga, Morgan propinó una palmada a la grupa de la última mula y luego empujó los cajones y las cestas hasta la barandilla del porche.

—Pero tú ya sabías todo esto acerca de Shawn Sullivan, ¿no?

Después de dejar un cajón de embalaje en el porche, se detuvo y levantó la vista hacia Violet.

Ella suspiró con enfado.

—La noche que lo conocí, apenas intercambiamos dos palabras. Katie, su hija, me invitó a cenar con ellos y él acudió al hotel para conocer a su futuro yerno, no a mí.

—Seguro que sí.

Su escepticismo encendió la llama. ¡Puede que mantener las emociones negativas ocultas tras varias capas y poner buena cara en todas las ocasiones estuviera arraigado en ella, pero nunca la habían puesto a prueba de aquella manera! Estaba cansada, hambrienta, sucia y aquel hombre la sacaba totalmente de quicio.

Le lanzó una mirada demoledoramente iracunda y señaló:

—¡Me sacaste a la fuerza de mi confortable hotel, me has acusado de ser una mentirosa, me has obligado a cabalgar a pleno sol durante un día y medio, has intentado que coma carne de serpiente y me has obligado a dormir en el duro suelo! ¡Lo menos que puedes hacer ahora es llevarme a la mina de mi padre!

—Si sigues pidiendo algo que no va a suceder, tu estancia aquí no te va a gustar.

El tono de su voz fue cortante, pero eso a ella ya no le importó porque estaba harta de ir con cuidado. Se puso de pie de un salto y agarró la barandilla del porche con las manos.

—¡Si no me contestas, es a ti a quien no te va a gustar mi estancia aquí! ¡Es de mi condenada mina de la que te niegas a hablar! Ahora nos pertenece a mí y a mis hermanos, y te exijo que me conduzcas a ella ahora mismo.

—Las hijas de mentira no pueden exigir nada.

¿Otra vez estaba eludiendo la pregunta? ¡Aquello era la gota que colmaba el vaso! Enfurecida, introdujo la mano en la cesta que tenía a los pies y le lanzó un puñado del contenido. Pero cuando vio que no eran más que zanahorias, soltó un grito de frustración. Entró en la cabaña corriendo para buscar algo más pesado para lanzarle mientras gritaba:

—¡Nos has robado la mina! La has ocupado ilegalmente o como quiera que lo llaméis aquí. ¡Por eso no quieres decirme dónde está!

Él la siguió al interior de la cabaña mientras refunfuñaba:

—¡Te has vuelto loca!

—¡Tienes razón, y es por tu condenada culpa!

Cogió latas de una estantería y empezó a lanzárselas. Y no se detuvo a comprobar si alguna daba en el blanco antes de coger la siguiente. Entonces unos brazos musculosos la rodearon, la sujetaron con fuerza y la levantaron en el aire, y Violet rompió a llorar debido a la frustración.

—¡Bien por tu intento de fingir que eres una dama! —exclamó él mientras la dejaba encima de una cama.

—¡Vete al infierno! —gritó ella.

Se volvió de cara a la pared y lloró todavía más.

13

—¡Estamos tan contentos de que estés de nuevo en casa, Violet!

Sophie estaba sentada junto a ella sobre una manta. Habían salido al parque a tomar el fresco. Algunas de las muchachas más jóvenes cogían flores silvestres. Pero en su parque favorito no había flores silvestres. Intentó advertírselo, pero nadie la escuchaba. Una de sus primas introdujo una mano en el cesto del picnic y le preguntó:

—¿Quieres bollos o carne de gato?

Violet, horrorizada, miró alrededor temiendo ver un puma, pero en lugar de eso vio a lord Elliott, que se dirigía hacia ellas. ¡Estaba tan atractivo con los pantalones de montar y la fusta en la mano! Todas las jovencitas lo rodearon emocionadas. Él le besó la mano a Sophie, dio una palmadita en la cabeza de cada una de las jovencitas y luego le lanzó una mirada a Violet. Después levantó un poco la barbilla y se marchó. ¿Le estaba haciendo un desaire? Sophie dejó de reír tontamente el tiempo suficiente para decirle:

—Ha oído decir que ahora eres pobre. ¡Debería darte vergüenza haber permitido que eso suceda, Vi!

Violet se echó a llorar y se puso a lanzar zanahorias a la espalda, cada vez más lejana, de Elliott. Pero él debió de perdonarla, porque de repente estaba bailando con ella en un bonito salón mientras ella se reía de sus ingeniosas ocurrencias. El mundo volvía a ser como debería ser. Hasta que él se apartó de ella horrorizado.

—¡Una serpiente se está deslizando fuera de tu bolso!

Fue la imagen de la serpiente lo que la despertó. Durante unos instantes, miró alrededor con frenesí para asegurarse de que no hubiera una con ella en la cama y que se hubiera colado en su sueño; aunque más bien se trataba de una pesadilla. Cuando, por lo que pudo ver, no había ninguna serpiente en la cabaña, se estremeció levemente.

Observó con atención el entorno. Las dos únicas ventanas, que estaban situadas en la pared frontal, dejaban entrar la luz diurna, aunque los cristales eran tan gruesos que apenas pudo ver nada a su través. Casi no había mobiliario. En lugar de armarios, Morgan había cubierto una de las paredes con estantes bastante profundos. En uno de ellos había ropa doblada de vestir y de cama; en otro, platos y cacerolas; y en el resto había suministros, algunos de los cuales estaban guardados en cestos. Morgan había apilado varias cajas de embalaje junto a otra de las paredes. En el centro de la habitación había una mesa rectangular y, alrededor de esta, tres sillas. Por lo visto, recibía visitas. No había cocina, solo una chimenea con dos parrillas situadas encima del hogar. En la superior había una olla, y en la inferior, dos cacerolas. Un fuego débil ardía debajo. En cualquier caso, se trataba de una chimenea digna, construida en piedra y con una repisa en la que descansaban un quinqué y varios chismes. La austeridad de la vivienda la decepcionó. Ningún sofá, ni siquiera un sillón confortable, solo dos camas situadas en lados opuestos. ¿Dos?

Morgan entró con un saco de cereales sobre el hombro. Violet se dio cuenta de que se había bañado. Todavía llevaba una toalla larga colgada del cuello y no había acabado de vestirse. Su torso estaba desnudo y húmedo, y su cabello también. Teniendo en cuenta que todavía no estaba despierta del todo, aquello fue demasiado para ella: toda aquella musculatura al descubierto la dejó traspuesta, impidió que los pensamientos fluyeran por su mente y le cortó la respiración...

—El mobiliario lo he construido yo, pero como no soy un carpintero, sin duda es tan burdo como cabría esperar. La mesa cojea, pero ignóralo. Yo lo hago.

Violet inhaló hondo y apartó la mirada de él. Debía de haber visto que examinaba la habitación y por eso había hecho aquel comentario. Pero ella decidió ignorarlo a él y a sus explicaciones acerca de su casa. ¿Acaso intentaba calmarla con una conversación trivial? ¡Eso no iba a suceder!

Observó las dos camas alternativamente. La ropa de una de ellas estaba toda arrugada, pero aquella en la que ella estaba sentada, estaba bien hecha.

—¿Quién más vive aquí contigo?

Él dejó el saco en uno de los estantes y luego se volvió hacia ella.

—Ahora nadie.

—¿Mi padre vivía contigo? ¿Su mina está realmente tan cerca de la tuya?

—¿Tengo que prepararme para otro ataque de histeria?

Normalmente, Violet se habría sentido avergonzada por haber permitido que él viera su peor faceta. ¡Cielo santo, si incluso le había lanzado cosas! Pero él se lo había ganado. ¡Entonces se dio cuenta de que había vuelto a eludir su pregunta!

—Creo que, si ahora mismo tuviera una pistola, te dispararía —declaró ella con voz neutra.

—Y fallarías.

—Probablemente —reconoció ella—, pero sería un placer intentarlo. No puedes seguir haciéndome esto. Esa mina es demasiado importante para mi familia.

—Bueno, esa es la cuestión, suplantadora de Violet Mitchell, que no dices la verdad. La mina es importante para Sullivan, y lo que es importante para ti es cumplir sus órdenes. Yo me di cuenta de tus intenciones e hice tambalear tu plan, pero por lo visto tenías un plan secundario por si eso sucedía. En resumen, la mina de Charley no es de tu incumbencia, así que haznos un favor a los dos y deja de darme la lata con ella.

—Esto es totalmente ridículo. Dedujiste toda esa historia absurda de que soy una impostora solo porque Katie Sullivan entabló amistad conmigo en la ciudad, pero eso no es cierto. Yo soy exactamente quien digo ser.

—Pasé suficiente tiempo con Charley para saber que era del Este. De Filadelfia, creo que dijo. Sin embargo, tú no eres de allí. Sullivan ha sido bastante estúpido al contratar a una extranjera para representar el papel de la hija de Charley.

Ella suspiró. De repente entendió por qué él se negaba a creerla. Incluso lo había comentado anteriormente. Se debía a su acento. Sus hermanos también se lo habían comentado.

—Durante el trayecto intenté explicarte que he vivido los últimos nueve años en Inglaterra con mis tíos. Esta puede ser la causa de que mi padre no te hablara de mí y es la razón por la que hablo con acento inglés. Incluso mis hermanos me tomaron el pelo porque decían que ahora hablo como los ingleses.

—¿Tus hermanos son unos niños?

—¿Qué importancia tiene eso?

—¿Entonces lo son?

—No, son dos años mayores que yo.

—En ese caso nunca habrían permitido que su hermana viniera aquí sola. Lo único que haces es proporcionarme más pruebas de que no eres una Mitchell.

Violet refunfuñó con frustración.

—Por el camino insinuaste que, cuando llegáramos a tu mina, sabríamos la verdad. Pues bien, ¿qué prueba tienes de que lo que tú defiendes es cierto y lo que yo digo no lo es?

—No te irás de aquí hasta que reconozcas la verdad —replicó él—. Esto es lo único que insinué y me importa un carajo el tiempo que tardes.

Violet se sintió consternada. ¡Sus hermanos necesitaban ayuda de inmediato!

—Eso es inaceptable. Mi visita a este territorio responde a una cuestión extremadamente urgente. Además, puedo demostrar quién soy. Solo tienes que enviar un telegrama a mis hermanos. Pero el tiempo es esencial. Puedo darte su dirección, pero podrías pensar que lo habíamos planeado de antemano. También puedo darte sus nombres, pero también podrías pensar que colaboran en la conspiración. Así que, simplemente, envíalo a los hijos de Charles Mitchell. Nuestra familia es muy conocida en Filadelfia. Recibirán el telegrama y te confirmarán que he venido aquí en busca de nuestro padre. Uno de ellos iba a venir conmigo, pero lo detuvieron. Se suponía que me seguiría después, pero me envió un telegrama y me informó de que no podía. Dependen de mí para encontrar el dinero de nuestro padre. ¿Lo tienes tú?

—Estás demasiado interesada en ese dinero —señaló él—. ¿Por qué?

—Porque mis hermanos y yo lo necesitamos.

Él la miró durante un buen rato y, luego, añadió:

—¿Los hermanos que en realidad no son tus hermanos?

Considero más probable que Sullivan te haya prometido que puedes quedarte con el dinero de Charley que encuentres por aquí.

—¿Te das cuenta de lo exasperante que eres? Acabo de explicarte cómo puedes comprobar quién soy de verdad. ¡Te exijo que me lleves de vuelta a la ciudad para comprobarlo!

—Pues eso no va a suceder. No hasta que yo necesite volver. Quizá ni siquiera entonces. No permitiré que le indiques a nadie el camino hasta aquí, y lo único que conseguiré si te llevo de vuelta a la ciudad es que corras a encontrarte con Sullivan para hacer eso exactamente.

La frustración que había sufrido Violet se desvaneció y, simplemente, suspiró.

—Dado que eres la única persona que puede ayudarme, no pienso separarme de ti. Mis hermanos cuentan conmigo para solucionar el problema en el que nos metió nuestro padre.

—Has mencionado que no dispones de mucho tiempo. Aparte de la maldita impaciencia de Sullivan, ¿qué otro motivo podrías tener para tener tanta prisa?

—Yo no sé nada de ese hombre, pero si no nos das inmediatamente el dinero de nuestro padre, mis hermanos y yo perderemos la casa familiar. Nuestro padre pidió un préstamo bancario y utilizó la casa como garantía. Últimamente, el importe de las devoluciones ha aumentado vertiginosamente. Si no quieres llevarme a la ciudad para que te demuestre quién soy, entonces ve tú solo. Esperaré aquí. Además, si vas solo, podrás recorrer esa distancia en la mitad de tiempo.

—No.

—¿Por qué eres tan condenadamente tozudo en este asunto?

Él se enderezó.

—Quizá porque disfrutaré teniéndote por aquí. Quizá

porque creo que eres tan buena en tu trabajo que previste todas las contingencias y, antes de venir aquí, fuiste a Filadelfia para averiguar todo lo que pudieras acerca de Charley. Puedes haberte preparado de incontables maneras para llevar a cabo esta estafa, distinguida dama.

14

Violet lanzó una mirada furibunda a Morgan. Si creía que su comentario acerca de que disfrutaría teniéndola allí la volvería más dócil y acabaría confesándole lo que él creía que era la verdad, tenía que ser un idiota. Se le ocurrió que quizá había extraído toda la plata que había podido de la mina de su padre antes de que sus familiares llegaran y la reclamaran. Por eso no quería enseñarle dónde estaba e insistía hasta la saciedad en que ella no era una Mitchell.

—¿Qué harás cuando descubras que estás equivocado y que no trabajo para Shawn Sullivan? —le preguntó.

—Prefiero pensar que admitirás la verdad y que me darás una razón para matar a ese hijo de puta.

—Los hombres de por aquí no parecen necesitar muchas razones para hacer eso —replicó ella mientras recordaba el terrible duelo que presenció en Butte—. ¿Acaso eres un ladrón? ¿Has estado explotando la mina de mi padre desde que murió? ¿Es por eso que te muestras tan evasivo?

—Si quieres verme enfadado, ten por seguro que vas en la dirección correcta.

Su voz no sonó a enfado. De hecho, el oso parecía estar divirtiéndose.

—¿Realmente tienes su dinero?

—No.

Se trataba de una respuesta concreta, pero no la que ella esperaba.

—Si no eres un ladrón, ¿por qué no quieres hablar de mi padre o de su mina? Yo tengo derecho...

—Esa es, exactamente, la cuestión —la interrumpió él—: que no tienes ningún derecho. ¿Crees que no sé que le contarás a Sullivan todo lo que te cuente? Así que deja de intentarlo porque estoy jodidamente cansado de recordarte que no es de tu incumbencia.

Ella suspiró. El estómago le rugió, pero él todavía no había hablado de comer y ella prefería darse un baño primero, de modo que le preguntó:

—¿Dónde está la poza que mencionaste? Dijiste que había una.

Él se echó a reír.

—¡Demonios, no! La poza es para tener agua para beber y cocinar en el supuesto de que el riachuelo se seque. Pero en determinado lugar, el riachuelo va más lento y se ha formado una charca. Es ahí donde me baño cuando tengo ganas.

Eso implicaba que no se bañaba a menudo. Violet realizó una mueca y se levantó con cuidado. Las piernas todavía le dolían, pero confiaba en que, al sumergirlas en agua fría, la tensión de sus músculos disminuiría. Abrió la maleta que él había dejado junto a la cama y sacó ropa limpia. Ropa limpia y muy arrugada. Pensó en preguntarle si tenía una plancha, pero sin duda eso provocaría que se riera otra vez.

—¿Estás decidida a bañarte? —preguntó él mientras la observaba.

—Por supuesto.

—La charca está al otro lado de la valla, de modo que no es seguro que vayas sola.

—Me arriesgaré.

—Aun así, necesitarás una pistola..., si es que sabes utilizarlas. —Al ver que ella fruncía el ceño, Morgan suspiró y añadió—: Te acompañaré, siempre que vayas rápida. Y no te preocupes, lo único que verás de mí es la espalda. Vamos, el sol no tardará en ponerse.

—Entonces coge un quinqué.

—He dicho que vayas rápida, pero debería haber añadido que es rápida o nada. Tú eliges.

Ella empezaba a pensar que llevar la contraria formaba parte de su naturaleza, pero antes de que saliera de la cabaña le preguntó:

—¿Tienes jabón?

Él se volvió, se dirigió a la pared de los estantes, hurgó en una cesta y le lanzó una pastilla de jabón enorme. Además, se trataba de un tipo de jabón realmente áspero. Probablemente le arrancaría la piel de las manos cuando se las frotara con él.

—¿Tienes una toallita para el jabón?

—¿Acaso esto te parece un hotel, distinguida dama?

De todos modos, le lanzó una toalla pequeña. Luego, como si hubiera recapacitado, también le lanzó la que colgaba de su cuello. Ella se dispuso a pedirle una que estuviera limpia, pero él le leyó el pensamiento.

—Esta es la única que tengo, o la tomas o la dejas.

Violet cerró los ojos durante un instante y se preguntó qué pensaría Sophie si la viera en aquel momento. Su prima se desmayaría o se reiría. Seguramente lo segundo. Le encantaba decir que, cuando las situaciones eran absurdas, se volvían cómicas. Pero Violet, a pesar de estar en una situación realmente absurda y teniendo que tomar decisiones tan primarias, todavía no había alcanzado ese punto.

Siguió a su anfitrión al exterior. Él la esperó en la plataforma superior y Violet supuso que quería ayudarla a bajar. Entonces vio una carretilla llena de rocas que antes no estaba allí.

—¿Has estado trabajando en la mina? —le preguntó sorprendida.

—¿Por qué no? —replicó él—. Aunque tú no lo hagas, yo aprovecho la luz del día.

¡Vaya, encima le recordaba que había dormido buena parte del día cuando esa nunca fue su intención! Además, sin lugar a dudas, el tono de su voz reflejaba diversión.

—Supuse que dedicarías el resto del día a desempacar los suministros.

—Yo no desempaco nada hasta que lo necesito.

Y, por lo visto, tampoco se había quedado allí esperándola para ayudarla a bajar, pero el comentario que hizo mientras bajaba los escalones la desconcertó.

—¡Dos buenas vigas echadas a perder!

Violet no tenía la menor idea de a qué se refería..., pero entonces lo comprendió. ¡Mientras ella dormía, él había construido sendos pasamanos a ambos lados de los escalones! Él no los necesitaba, sino ya estarían puestos. Los había colocado solo para ella y ahora lo lamentaba. Le pareció increíble que hubiera tenido aquel detalle y no pudo evitar sonreír.

—Gracias —declaró.

Él se detuvo para esperarla y, al ver que ella había apoyado una mano en el pasamanos, asintió brevemente con la cabeza.

Violet vio que las mulas pastaban a ambos lados del riachuelo y entonces vio que la valla se extendía por el otro lado del riachuelo, entre los árboles.

—Supongo que en esa parte de la valla también habrás colgado campanas. —Él asintió con la cabeza y ella reflexionó en voz alta—: Yo diría que alguien podría quitar las campanas y saltar la valla sin hacer ruido. ¿Un perro no te sería más útil para saber si alguien se acerca?

Él, como respuesta, silbó muy alto. No ocurrió nada. Solo fingía que tenía un perro en broma. Morgan recorrió la explanada en dirección a la puerta que atravesaron al llegar.

Violet lo siguió y, al pasar junto al caballo, que era el único animal que había en la explanada, le preguntó:

—¿Por qué no está con las mulas? ¿O acaso se trata de un semental?

—Si lo fuera, sembraría el terror en este lugar. No, simplemente, no quiero correr riesgos con la única forma que tengo de salir de aquí. Por la noche, encierro a César en la mina. También excavé una zona para que las mulas tuvieran un lugar donde protegerse durante la época más dura del invierno. No puede considerarse un establo ideal, pero evita que se congelen.

Entonces Violet entendió por qué había traído balas de heno desde Butte a pesar de que, en aquel lugar, había mucha hierba. Entonces se oyeron unos ladridos en la distancia.

—¿Así que es verdad que tienes un perro?

El animal todavía no había aparecido, pero Morgan dijo:

—En primavera, cuando terminó el deshielo, salí a cazar. Estaba asando un conejo para comer cuando Bo se acercó gruñendo a mi campamento. No sé cuánto tiempo llevaba perdido por ahí, pero cuando lo vi no era más que piel y huesos. Tenía tanta hambre que supuse que iba a atacarme, pero en lugar de pegarle un tiro, le lancé lo que quedaba del conejo. Fue sumamente divertido. Se lo zampó de un bocado y me miró expectante mientras agitaba la cola. Me lo había ganado así de fácil, de modo que dejé que me siguiera de vuelta a casa. Resulta muy útil para acabar con las sobras, pero cuando me voy vagabundea por ahí y suele alejarse bastante.

—¿Las vallas no impiden que se vaya?

—Ahora que goza de buena salud, las salta sin problemas —respondió él.

Esto quedó demostrado unos instantes más tarde cuando un perro de gran tamaño y pelo negro saltó la sección de valla más cercana y se abalanzó sobre Morgan para saludarlo. Luego, casi inmediatamente, le gruñó a Violet. Ella no retrocedió.

—Podías haberme advertido que no es manso.

—Sí que lo es, es manso como un gatito.

—Ese no es un buen ejemplo, señor. Yo tenía una gata y era el felino más malo del mundo. Bufaba y arañaba a todos los que se acercaban a ella.

—¿Salvo a ti?

—Sobre todo a mí —le corrigió ella sin apartar la mirada del perro, que seguía gruñendo—. Yo creo que sabía que prefiero a los perros y me odiaba por eso. Mis hermanos tenían perros y yo tenía la gata mala. —Entonces le dijo al perro con firmeza—: Tú, para ya. Vamos a ser amigos.

Morgan se rio entre dientes y solo tuvo que dar una palmadita al perro en la cabeza para que dejara de gruñir.

—Bo solo protege su territorio. Pero dime, ¿cómo es que no te has puesto a gritar ni has echado a correr hacia la casa? ¿No es eso lo que hacéis las damas cuando os sentís amenazadas?

Ella lo miró con indignación.

—Ya te he dicho que me gustan los perros. El tuyo no tardará en darse cuenta.

Violet siguió a Morgan, quien abandonó la explanada de la casa y descendió unos diez metros por la pendiente. La charca que le había mencionado estaba en la zona más densa del bosque, pero no le había explicado lo acogedora que la había hecho. Unas rocas lisas la bordeaban y permitían entrar y salir del agua con facilidad, y había algunas flores como las que crecían cerca de la cabaña.

Fiel a su palabra, Morgan se apoyó en un árbol de espaldas a Violet. Aun así, ella apenas apartó la vista de su espalda mientras se desnudaba hasta quedarse en ropa interior y se sumergía en el agua. Se lavó deprisa, pues no quería darle otra excusa para que se enfadara.

Vio que había otra pastilla de jabón junto al riachuelo y estuvo a punto de echarse a reír. ¿Acaso creía que no querría utilizar su jabón? Se secó, se puso detrás de otro árbol y se vistió con ropa interior seca y una blusa y una falda limpias; la primera blanca y la segunda de color lavanda. Después de envolver la pastilla de jabón y su ropa interior mojada en la toallita, enrolló la toalla grande de Morgan alrededor de su cabello mojado. Se imaginó lo doloroso que le resultaría peinar su melena, que estaba muy enredada.

Recogió sus cosas y se dirigió a donde estaba Morgan para regresar a la cabaña. Él se apartó del tronco del árbol en el que se había apoyado y se cernió sobre ella. Debido a su altura, esa fue la impresión que le dio a Violet.

—Ahora es un buen momento para intentar seducirme. —Ella se quedó sin habla. Morgan la atrajo hacia él con sus musculosos brazos y la besó. Su bigote le hizo cosquillas, su lengua la excitó y las ardientes sensaciones que recorrieron su cuerpo la sobresaltaron. Todo fue demasiado intenso y demasiado rápido. Instintivamente, lo empujó para separarse de él, pero entonces tropezó con la raíz de un árbol y se tambaleó hacia atrás en dirección a la charca.

15

Morgan impidió que se cayera, aunque Violet habría preferido que no lo hiciera. Se sentía tan conmocionada por el beso que le había dado que no le habría importado darse otro chapuzón. Su desfachatez merecía una reprimenda, así que de ningún modo le dio las gracias por evitar que cayera en la charca.

Estaba sumamente indignada y le lanzó una mirada airada.

—¡Soy una dama correcta y formal y considero que la libertad que te has tomado es escandalosa! ¡No se te ocurra volver a insinuar que soy una ramera porque no es verdad!

—Lo sé. Eres una actriz. Y muy buena. Normalmente, las mujeres no reaccionan así cuando las beso.

¡Qué arrogante! Al menos no se había atrevido a afirmar que a ella le había gustado el beso y que lo había encontrado hasta cierto punto fascinante, ya que eso le habría resultado sumamente embarazoso. Pero seguía insultándola con aquel sinsentido de que era una actriz.

—Yo no soy una ac...

—Protestas demasiado, ¿o es que empiezas a lamentar el papel que te han adjudicado? —la interrumpió él—. Ya sabes que puedes improvisar, ¿no? De modo que no seas demasiado dura contigo misma por la oportunidad perdida porque estoy seguro de que tendrás otra.

¿Oportunidad?

—Esto no volverá a suceder —insistió ella.

—¿Eso significa que la próxima vez tendré que ser yo quien te aparte de mí?

Violet jadeó y resopló.

—¿Eso debo tomármelo como un sí? —añadió él—. Bien, como es evidente que has ensayado durante mucho tiempo, no volveré a interferir en tu papel.

¿Le estaba asegurando que no volvería a besarla? No estaba del todo segura, pero él ya se estaba alejando, así que lo siguió. Sin embargo, no pudo evitar preguntarse cómo habría reaccionado si él no la hubiera insultado antes de besarla. ¿Lo habría empujado para apartarlo de ella? Sí..., no..., quizá. ¡No lo sabía! En cualquier caso, para tratarse de su primer beso había sido memorable, aunque ella no habría elegido al oso para aquella experiencia.

Cuando llegaron a la cabaña, Violet colgó la ropa mojada en la valla situada en el lateral de la vivienda para que nadie la viera al entrar o salir de esta. Al doblar la esquina del porche, vio que Morgan conducía al caballo al interior del almacén, volvía a salir sin él y cerraba la enorme puerta de acero. Sin embargo, le había dicho que guardaba al caballo en su mina...

Su mirada enseguida se desplazó hacia el otro gran agujero que había en la pared rocosa, el que ella había deducido, erróneamente, que era la mina de Morgan, del mismo modo que había deducido, erróneamente, que la puerta de acero conducía a un almacén. ¿La mina de su padre estaba tan sumamente cerca de la de Morgan? ¡Por supuesto! Las dos sillas del porche y las dos camas lo confirmaban.

—¿Por qué no me habías dicho que la mina de mi padre

está justo aquí, en tu terreno? —le preguntó con los brazos en jarras.

Él se estaba acercando a ella, pero no llegó a detenerse.

—Estoy seguro de haberte advertido que no abrieras esa caja de gusanos —refunfuñó cuando pasó junto a ella—. No vuelvas a mencionarlo, joven dama.

¡Bueno, por supuesto que hablarían de ello! Pero quizá después de la cena, cuando no estuviera de tan mal humor. ¿Por qué aquel tema siempre era motivo de discusión con él?

Lo siguió al interior de la cabaña para guardar la pastilla de jabón en el cesto y le sorprendió ver que en el interior de este había utensilios de afeitar como navajas, correas para afilarlas, una elegante taza para el jabón espumoso y unas tijeras pequeñas. Era un milagro que no estuviera todo oxidado por el desuso. Cuando se volvió, vio que Morgan introducía los brazos en las mangas de una camisa blanca. Luego encendió un quinqué y llevó las dos cacerolas de la chimenea a la mesa. ¡La mesa de madera! Y no había ningún salvamanteles para ponerlas encima.

—¡Espera! —Cogió rápidamente una toallita de la estantería, la dobló y la colocó sobre la mesa—. Ahora. Así no estropearás la madera.

Oyó que él resoplaba, pero no esperó a oír su sarcástica respuesta, sino que cogió su cepillo y se sentó en la cama para desenredar su enmarañado cabello. Estaba tan mal como había imaginado y, además, estaba húmedo, lo que lo hacía más difícil.

De repente, Morgan se sentó a su lado y le arrebató el cepillo. Ella se echó hacia atrás mientras daba un respingo.

—¿Qué estás haciendo? No necesito tu ayuda.

—En lugar de ponerte en plan cursi, ¿por qué no esperas y después me lo agradeces?

Ella cerró la boca para no soltar lo que iba a decir. ¿Realmente la consideraba una cursi? Bueno, ¿qué esperaba cuando todo lo que había experimentado con él era nuevo y sumamente extraño para ella? Incluido aquello: un hombre cepillando su cabello. Solo su doncella, tía Elizabeth o Sophie habían hecho algo así.

Creía que se echaría a llorar cuando le arrancara el pelo de raíz para deshacerle los nudos, pero solo sintió el roce de sus dedos en el cuello mientras él separaba su melena en mechones y los presionaba contra su cabeza para no darle ningún tirón. A Violet le sorprendió que alguien como él pudiera ser tan atento, pero no pensaba compartir ese pensamiento con Morgan. Cuando ya no quedaba ningún enredo y él le pasó el cepillo por toda la longitud del cabello, Violet estuvo a punto de suspirar de placer.

Entonces él se levantó y regresó a la mesa.

—Gracias —murmuró ella.

Él la miró a los ojos y repuso:

—Ha sido un placer. Es como cepillar la cola de una mula.

¿La estaba comparando con sus mulas? Decidió no responder y se sentó a la mesa mientras él llenaba dos cuencos grandes y, a continuación, dos pequeños. En los grandes había servido un guiso espeso acompañado de zanahorias, y, en los pequeños, alubias.

—El guiso no está hecho con el puma que cazaste, ¿no? —preguntó ella titubeante antes de coger la cuchara.

—No, esta carne no es tan tierna como la del puma. La carne de venado ahumada nunca lo es. Lástima que seas tan remilgada.

Partió un pedazo de pan para ella, pero en la mesa no había mantequilla para untarla en él. Probablemente, era lo que quedaba de la hogaza de pan fresco que había comprado en la ciudad. Aunque después de dos días no debía de estar tan fresco. ¿Prepararía más pan? ¿Sabía cómo hacerlo? El guiso era una prueba de que tenía alguna idea de cómo cocinar.

Lo observó mientras él introducía el pan en el guiso para mojarlo en la salsa antes de morderlo. Ella lo imitó y le sorprendió lo bueno que estaba.

—¿También eres buena trazando mapas o lo único que se supone que vas a hacer es deslumbrarme con tu belleza? —le preguntó él al cabo de un rato.

Aquel piropo encubierto no la impresionó, pero sí que la desconcertó un poco. Él la había estado observando mientras comían y Violet tuvo la sensación de que pretendía hablar sobre el beso que le había dado o que se estaba preparando para insultarla otra vez.

Sin embargo, ella había evitado mirarlo durante toda la comida. ¡Todavía no se había abotonado la camisa! Entonces levantó la vista hacia él y cambió bruscamente de tema.

—Después de comer quiero visitar la mina de mi padre.

—No hay nada en la mina de Charley para una impostora —replicó él.

—¿Está allí su dinero?

—¿Sin una puerta para protegerlo?

Se trataba de una buena observación. La mina de Morgan, sin embargo, era tan segura como la cámara acorazada de un banco y, si él y su padre eran amigos, Charles bien pudo pedirle a Morgan que le guardara el dinero. Pero no, él ya le había dicho que no tenía el dinero de Charles. ¡Cielo santo, aquello era realmente frustrante y sus negativas rotundas a hacer lo que ella le pedía eran más que exasperantes!

Morgan se levantó y le comunicó que iba a lavar sus cuencos en el riachuelo. Ella lo siguió para hacer lo mismo. Estaba enfadada con sus piernas porque todavía le dolían mucho, enfadada con Morgan y enfadada con el mundo. Entonces tropezó y cayó de bruces sobre el lecho de flores.

—¡Pero qué diantres! —gritó mientras volvía a ponerse de pie.

Él se volvió y la miró.

—¿No has visto el cercado?

—Podrías haberme avisado.

—No creí que fueras a caminar entre las flores.

—¡Sabías que lo haría! —le acusó ella.

—Sí, pero yo nunca lo haría sin pasar por encima del cercado.

—¿Pero qué cercado?

—Utiliza esos ojos violeta tuyos, Violet.

Ella entrecerró los ojos y miró hacia atrás hasta que vio una cuerda tendida entre unas estacas a unos treinta centímetros de altura. En realidad, no cercaba todas las flores, ya que estas se extendían por el otro lado.

—Al menos sirve para mantener alejados a los animales —continuó él—. Gracias a la cerca y a unos cuantos gritos, aprendieron rápido.

Entre los árboles situados más abajo, Violet vislumbró una intensa luz naranja y se dio cuenta de que se trataba de la puesta del sol. Se alegró de contar con esa confirmación sobre dónde estaba el Oeste. Pero no sabía si aquella cordillera estaba al norte o al sur del largo camino que habían recorrido el día anterior..., o al este, en el caso de que hubieran rodeado la cordillera durante el trayecto.

Dio una ojeada a las flores y se dio cuenta de que no se parecían en nada a las flores silvestres que vio el día anterior.

—Estas no son naturales de aquí, ¿no?

—Una noche soñé que mi madre me visitaba. Algo que no va a suceder nunca, aun así la primavera pasada encargué unas semillas y las esparcí por aquí. No paran de brotar nuevos ejemplares y el jardín se ve un poco descuidado, pero creo que a mi madre le gustaría.

Era la primera vez que hablaba de su familia. Violet deseó preguntarle más cosas sobre ellos, pero Morgan ya se estaba alejando, lo que indicaba que no quería continuar aquella conversación. De todos modos, le sorprendió que hubiera plantado flores simplemente porque a su madre le gustaban. A menos que lo hubiera utilizado como excusa para no reconocer que era a él a quien le gustaban. ¿Acaso creía que eso le haría parecer menos masculino? ¡Vamos! ¡Nada podía hacerlo parecer menos masculino!

Cuando regresaron a la cabaña, Morgan encendió varios quinqués que colgaban de las paredes. Después, partió una manzana por la mitad para que Violet y él se la tomaran de postre y se sentó para comer su mitad. Violet se preguntó si intentaría detenerla si ella iba a inspeccionar la que ahora era su mina. No necesitaba su permiso..., salvo por el hecho de que él no estaba de acuerdo en que fuera de ella.

Pero lo que él dijo a continuación le resultó difícil de creer.

—Sé que Charley escondía sus ganancias en los alrededores. Muchas personas contaban que no habían recuperado el dinero del robo en el banco. Por eso Charley no quería ingresar allí su dinero y lo escondió por aquí.

—¿Tu perdiste todos tus ahorros en aquel robo?

—No, nada digno de mención. Yo utilizo los bancos de Nueva York y Nashart. No me he preocupado en buscar el dinero de Charley. Si quieres, puedes buscarlo tú, pero no podrás quedártelo. Si lo encuentras, se lo enviaré a sus hijos.

De hecho, eso sería perfecto..., si es que había dinero suficiente para devolver el préstamo.

—¿Cuánto dinero tenía?

—Ahora estás siendo ridícula. ¿Se te han acabado los cartuchos?

—¿Disculpa?

—La prueba que me sugeriste antes para demostrar tu identidad implica enviar un telegrama, lo que no puedo hacer de forma inmediata. ¿Qué más tienes para respaldar tu supuesto derecho?

Violet nunca creyó que él aceptara información personal de su padre como prueba de que era la hija de Charles Mitchell y quizá todavía no la aceptara, pero la larga siesta y el baño la habían revitalizado y estaba preparada para reemprender la lucha.

—Tienes razón, la prueba que te ofrecí no es inmediata y tardaría días en confirmarse. Pero tengo más pruebas aquí. —Señaló su cabeza—. Puedo contarte más cosas acerca de mi padre de las que tú puedas contarme a mí. Su pelo era un poco más rubio que el mío. Tenía los ojos azul oscuro y un bigote de puntas retorcidas, al menos la última vez que lo vi. Medía un poco más de un metro ochenta. De joven, se rompió la pierna derecha y le quedó una leve cojera que no era perceptible a menos que estuviera sumamente cansado, así que muy poca gente lo sabía. Tenía un gran sentido del humor y le gustaba contar chistes. Podría contarte alguno que quizá te contara a ti, pero soy mala recordando chistes aunque los haya oído docenas de veces. Sin embargo, solía contar uno sobre dos marineros y otro sobre una princesa y su relojero... En el chiste, la princesa citaba constantemente al pobre relojero a palacio para que le arreglara un reloj que no estaba estropeado. Y el cumpleaños de Charles era el catorce de mayo. ¡Ah, y mis hermanos son gemelos! Y quizá en algún momento te confesó que nunca llegó a distinguirlos.

—¿Tú los distingues?

—Cuando éramos pequeños sí, pero cuando hace tres semanas los vi después de cinco años, debo reconocer que no, no los distinguí. —Se alegró de que él ya no se mostrara escéptico—. Por fin me crees, ¿no?

—Ha sido por lo de los chistes. Eran horribles.

Ella se echó a reír.

—Cuando éramos niños, nos encantaban.

16

El hecho de que Morgan no se creyera que era la hija de Charles Mitchell había angustiado a Violet más de lo que ella había creído. Ahora que la creía, Morgan ya no la ponía tan nerviosa. Seguía pareciéndole un oso greñudo, pero había vislumbrado indicios de su faceta amable y ya no le parecía tan sumamente irracional. Además, a partir de ese momento ya no tenía ninguna excusa para no responder a sus preguntas.

—¿A qué te referías cuando dijiste que permitiste que mi padre se quedara? —le preguntó para empezar.

—La respuesta podría no ser buena para hacer la digestión —le advirtió él.

—Te aseguro que mi salud es excelente.

—Me refiero a la mía.

—Así que la respuesta te enoja —contestó ella. Y luego le recordó—: Pero de momento he disipado tus recelos, ¿no?

Él se rio entre dientes.

—Sí, supongo que sí. En fin, un día me desperté y vi que tu padre estaba picando en la pared de la montaña a pocos metros de mi mina. Y eso no me gustó nada.

—Te enfureciste, ¿no? —supuso ella.

—Se podría decir que hice algo más que enfurecerme. Le grité que se largara de mi montaña inmediatamente. Él, simplemente, me saludó con la mano y sonrió, como si no me hubiera oído, lo que hizo que me enojara todavía más. Me acerqué a él y vi que había clavado una estaca prácticamente pegada a la mía. Pero todavía no había realizado ninguna hendidura en la roca, de modo que le dije que su reclamación de propiedad no era válida y que tenía que marcharse antes del anochecer.

Violet empalideció.

—¿Lo que le dijiste era cierto?

—Sí, dos minas no pueden estar tan juntas a menos que el propietario de una compre la otra o los dos mineros sean socios. Tu padre debería haberlo sabido. Entonces lo miré atentamente. El sol todavía no había aparecido por encima de la montaña, pero él ya estaba sudando. A aquella hora tan temprana, hacía un frío infernal y...

—¿Te das cuenta de que «un frío infernal» es un oxímoron? —lo interrumpió ella.

—¿Te das cuenta de que has hecho que me olvide de lo que estaba diciendo?

Ella se sonrojó levemente.

—Continúa, por favor.

—Era evidente que no iba a durar más de unas pocas horas. ¡Si es que llegaba a eso! De modo que regresé a la cabaña, preparé café, me senté en el porche y me dispuse a esperar hasta que se diera cuenta de que no era un minero. Puede que no fuera demasiado viejo para trabajar en una mina, pero indudablemente su estado físico no le permitía realizar grandes esfuerzos. Yo tenía razón. Al cabo de una hora, se colapsó.

Los ojos de Violet echaron chispas.

—¿Qué quieres decir con eso?

—Exactamente lo que he dicho. Charley se llevó las manos al pecho y cayó al suelo. Cuando llegué a su lado, estaba inconsciente, de modo que lo llevé al interior de la cabaña, lo tumbé en mi cama y esperé a que recuperara la consciencia y me diera una explicación.

—¿Qué explicación querías que te diera? Padecía del corazón. El doctor Cantry me lo contó cuando hablé con él.

—Entonces yo no lo sabía... Y hay otras razones por las que alguien podría desmayarse. Algunas personas no toleran la altitud y les cuesta respirar. Pero sí, cuando Charley recuperó la consciencia, me habló de su cardiopatía. Él mismo acababa de enterarse y, además, me dijo que se trataba de algo grave. Pero me aseguró que no tenía otra opción. Tenía que excavar una mina aunque muriera en el intento y me contó la razón. Empecé a considerar que podías estar diciendo la verdad cuando mencionaste el préstamo bancario que tenían que devolver tus hermanos. Él me habló de ese préstamo aquella mañana y también me contó que sus hijos dependían de él para que la familia volviera a enriquecerse.

Violet se estremeció. ¡Sonaba tan descabellado cuando él lo contaba! Una causa perdida. Aun así, su padre tenía una mina que ahora pertenecía a sus hermanos y a ella. ¿Una mina ilegal? Evidentemente no, porque ya había sido excavada, delimitada con estacas y registrada en las oficinas de la ciudad..., con el permiso de Morgan. Él lo había permitido. ¿Por qué lo había hecho si, como acababa de explicarle, aquel día se enfureció con su padre?

Pero ella tenía muchas cosas de las que preocuparse. Tenía que averiguar cómo extraer la plata de la mina; cómo devolver el préstamo lo antes posible; cómo enfrentarse a los ocupantes ilegales de minas; cómo contratar a unos mineros para que trabajaran en su mina. Aunque también podía venderla. Morgan le había dicho que el señor Sullivan estaba interesado en comprarla, pero tenía la sensación de que Morgan armaría un escándalo si se decantaba por esta alternativa, de modo que, de momento, decidió no mencionarla.

—¿Debería preocuparme por los ocupantes ilegales de minas? ¿Te han molestado otra vez?

—El año pasado, cuando volví de la ciudad en cierta ocasión, descubrí signos de que alguien me había robado plata de la mina y que incluso había hecho algunos agujeros en la pared. En consecuencia, cuando compré los materiales para construir la cabaña, también encargué la puerta de acero. En otra ocasión, a finales del invierno pasado, encontré señales de que habían entrado intrusos en mi campamento, pero no estoy seguro de que se tratara de los ocupantes de minas que me dispararon.

—¿Los ocupantes de minas trabajan para el señor Sullivan?

—Esa es una pregunta ingenua. Si trabajaran para él, seguramente a estas alturas yo estaría muerto. No, ellos vinieron antes, cuando la gente de la ciudad creía que yo era un trampero y que vivía de la venta ocasional de pieles. Ellos debían de deambular ya por estas montañas y se tropezaron con mi campamento. O me siguieron hasta aquí antes de que, al ver lo atroz que puede ser la minería por estos andurriales, incluso en un lugar tan apartado como este, me volviera más cauteloso.

Ahora que estaba segura de ser la propietaria de una mina, Violet se sintió intranquila. Morgan ya le había contado que los propietarios de minas pequeñas se habían quejado al sheriff de que los grandes propietarios los habían amenazado y ahora acababa de insinuar que Sullivan quería matarlo. Después de conocer a Shawn Sullivan y a su hija, Violet no creía que él pudiera hacer algo así. Morgan estaba equivocado respecto al señor Sullivan, pero no pensaba intentar convencerlo de su error porque esa cuestión era lo que él había denominado una «caja de gusanos».

De modo que Violet pasó a la pregunta que más despertaba su curiosidad.

—¿Por qué le permitiste quedarse a mi padre?

—Me advirtió que, para impedir que siguiera excavando aquí, tendría que dispararle.

—No, no es cierto —repuso ella indignada y en defensa de su padre.

—Sí, sí que me lo dijo. Pero después de que me contara por qué estaba tan desesperado, sentí lástima por él. Estaba dispuesto a morir para ayudar a su familia. Que alguien se preocupe tanto por sus familiares es algo que puedo comprender. —De repente, se puso de pie—. ¿Más postre?

—Después de visitar la mina.

—¿No quieres esperar hasta mañana?

—¿La luz del día penetra en el interior de la mina?

—No mucho —admitió él—. Entonces será mejor que cojas un quinqué.

Violet cogió el que estaba encima de la mesa y él uno que colgaba de la pared. Después la condujo a través de la explanada hasta el enorme agujero que había en la pared rocosa. Una vez en el interior del túnel, Violet se fijó en que los postes de soporte del techo eran tan altos como Morgan. Cualquier persona que fuera más alta que él, tendría que encorvarse.

—¿Por qué el suelo es tan suave? —preguntó Violet.

—Porque lo he pulido.

Violet se sorprendió, bajó el quinqué para observar el suelo de cerca y vio que la roca tenía vetas brillantes.

—¿Estamos caminando sobre plata?

—El túnel transcurre a lo largo del filón. Lo encontramos después de excavar durante seis días. No se trata de plata pura, nunca lo es. Hay que procesarla. Esa es la función del horno que hay junto a la entrada. Pero se trata de un filón rico. Tiene un ochenta por ciento de plata y rastros de cobre y oro.

Violet abrió mucho los ojos y se dio cuenta de que todos sus problemas estaban resueltos. Aquellas vetas brillantes no solo estaban en el suelo, sino también en las paredes y el techo.

—Aquí están las cosas de tu padre —declaró Morgan cuando se detuvo. No habían llegado al final del túnel, pero estaban lo bastante cerca para que Violet viera la pared del fondo a la luz del quinqué—. Utilicé su caballo para llevarlo al médico y, cuando me dijeron que había muerto, no fui a recogerlo, de modo que es probable que los del establo ya lo hayan vendido. Esto es todo lo que Charley llevaba consigo cuando llegó.

Violet pasó al otro lado de Morgan y vio un jergón, un rifle, unas alforjas llenas de utensilios de minería y de cocina..., todo lo que su padre podía necesitar para sobrevivir allí solo. Pero no acabó solo, sino que entabló amistad con un oso. La maleta de su padre también estaba allí. Violet se arrodilló para abrirla. Detrás de ella, Morgan dijo:

—No hablaba mucho de su hogar. Parecía avergonzarle admitir que, en determinado momento fue rico, pero que ahora no lo era. Sin embargo, por su forma de hablar y sus modales era evidente que era un caballero. Yo tenía la intención de contratar a alguien para que les llevara todo esto a sus hijos. Él nunca mencionó sus nombres, pero como entre sus pertenencias no hay nada de valor, no vi ninguna razón para darme prisa en hacerlo.

—Mis hermanos se llaman Daniel y Evan. Al menos podrías haberles comunicado que había fallecido.

—Antes verás nevar en el infierno que a mí dar una noticia como esa. Pronto recibirán noticias mías. En este último viaje, pensaba darle su dirección al doctor Cantry para que les enviara un telegrama, pero antes de hacerlo te encontré a ti.

Violet solo lo escuchaba a medias porque estaba escudriñando el interior de la maleta. El quinqué que había dejado en el suelo no proporcionaba mucha luz en la oscuridad del túnel, así que no distinguía bien su contenido. Entonces introdujo la mano para sacar algunas de las cosas. Encima de la ropa había un puñado de cartas atadas con un cordel. Eran todas de sus hermanos y en ellas debía de haber encontrado Morgan su dirección.

A continuación, sacó una de las chaquetas de su padre y la sostuvo frente a su cara. Su olor hizo que los ojos se le llenaran de lágrimas. Le sorprendió acordarse de ese aroma después de tantos años, pero se trataba de la colonia favorita de su padre. «Oh, papá, ¿por qué fuiste tan descuidado con tu herencia hasta el punto de tener que recurrir a estas medidas tan drásticas?»

—¿Estás llorando?

Ella dio unos toques en sus ojos con el puño de una de las mangas de la chaqueta y luego dijo:

—Pues claro que no. Gracias por traerme hasta las pertenencias de mi padre. Es increíble que consiguiera excavar hasta aquí a su edad.

—No lo hizo él, sino yo.

Ella miró alrededor.

—No lo entiendo. Esta es su mina, ¿no es así?

—No exactamente.

Estaba demasiado emocionada por toda la plata que había en la mina para discutir con él, de modo que solo destacó lo obvio.

—Él reclamó la propiedad de la mina y tú se lo permitiste, así que ahora pertenece a sus herederos. Y ya no es necesario que nos ayudes trabajando en ella porque puedo contratar a algunos mineros para que hagan...

—¡No sigas! —gruñó él con furia—. Excavé este túnel para Charley solo porque sentía lástima por él, pero puedes estar segura de que no siento lástima por ti. Y de ningún modo tomarás decisiones respecto a lo que yo he excavado. No fue tu padre quien encontró plata aquí, sino yo. Él quebrantó todas las reglas al reclamar una mina situada tan cerca de la mía. Si no hubiera decidido asociarme con él, habría tenido que trasladarse a otro lugar. Si intentas traer aquí a otros mineros, puedes estar segura de que pondré fin a esa asociación y conseguiré que invaliden su reclamación de propiedad.

—¡Eres un hombre horrible!

—¡No, tengo el corazón de oro, pero no contigo!

Ella nunca lo había visto tan enfadado. Se sintió aterrada porque apenas lo conocía y no sabía de lo que era capaz en aquel estado. ¿Había realizado todo aquel trabajo por otra persona cuando disponía de su propia mina? Nadie podía ser tan generoso. Debía de estar mintiendo. Todo lo que le había contado debía de ser mentira. ¡Pero había insinuado que la única forma que tenía de librarse de los intrusos era matarlos!

Sin pensárselo dos veces, cogió el rifle de su padre y apuntó al pecho de Morgan.

—¿Tú lo mataste, no? Solo cuentas con tu palabra para demostrar que estaba inconsciente cuando lo encontraste. Todo lo que me has contado podrían ser mentiras para encubrir lo que ocurrió de verdad.

—Si hubiera querido matarlo, distinguida dama, lo habría hecho cuando apareció por primera vez y habría terminado el trabajo en lugar de llevarlo inconsciente a la ciudad.

Nadie, ni siquiera el doctor, sabía que no iba a recuperar el conocimiento y hablar antes de morir. ¡Ahora me has cabreado! Como vuelvas a apuntarme con un rifle, será mejor que aprietes el gatillo. No vuelvas a contar conmigo para nada.

¿Decía que ahora ella lo había hecho enfurecer? No, él ya estaba furioso, ella simplemente había hecho que enfocara su rabia hacia ella. Dejó resbalar el rifle de sus manos mientras veía que Morgan se alejaba con su quinqué por el poco extenso túnel. Entonces desapareció... y la puerta de la cabaña se cerró de golpe en la distancia, como si se tratara del tañido de una campana que anunciara su funesto destino. Estaba horrorizada por lo que acababa de hacer cuando él acababa de confesarle que su padre y él eran socios. El pánico que experimentó al verlo tan enfadado no era una excusa. Acababa de enfurecer a un oso y él no la perdonaría.

Disponía de un quinqué, pero este no le proporcionaría calor durante la noche. Desató el jergón de su padre y lo extendió en el suelo. Luego se acurrucó en él mientras apretaba la chaqueta de su padre contra su pecho. Las lágrimas volvieron a resbalar por sus mejillas, pero, en esta ocasión, las derramó por ella. Morgan la había abandonado en aquella mina fría y oscura.

17

Morgan estaba tumbado en la cama mientras miraba hacia el techo con expresión ceñuda. Todavía estaba furioso. ¡Estúpida mujer! No acababa de entender que nadie podía conocer la localización de su mina porque entonces Sullivan utilizaría métodos turbios o incluso recurriría a la violencia para apropiarse de su productiva mina. No quería tener que matar a nadie para proteger su propiedad. No, a ella no le importaba el infierno al que lo sometería, lo único que le importaba era lo que podía obtener de una mina que creía que ahora era de ella. Pero no lo era. Él se había asociado con Charley y habían firmado la asociación con un apretón de manos. No disponía de ningún documento que lo confirmara. ¡Y desde luego, ese acuerdo no implicaba que tuviera que asociarse con los herederos de Charley o con una mujer que acababa de intentar matarlo!

Si no hubiera sabido que el rifle de Charley estaba descargado, se lo habría arrebatado aun a riesgo de recibir un tiro. Pero ella no sabía que estaba descargado. En su mente, amenazarlo con dispararle debía de tener sentido, pero la causa era ridícula.

Aquella mujer era ingeniosa, lista y excesivamente guapa, y había utilizado todo aquello para impresionarlo y conseguir que confiara en ella. Él, por su parte, no había podido resistirse a su belleza y, desde que le mencionó el préstamo del que Charley también le había hablado, se había sentido culpable. De hecho, había empezado a pensar que podía estar equivocado respecto a ella desde antes, ya que era cabezota como su padre y tenía un refinamiento natural que procedía de un lugar profundo y que iba más allá que cualquier papel que pudiera representar. Deseó poder seguir creyendo que era una impostora. De este modo, ahora le resultaría mucho más fácil tratar con ella, pero no creía que lo fuera.

En cualquier caso, tanto si era una Mitchell como si no, lo que estaba claro era que no se asociaría con una víbora que ahora tenía una muy buena razón para quererlo muerto: así se quedaría con las dos minas y podría hacer con ellas lo que quisiera. Pero eso no iba a suceder.

Se incorporó y miró fijamente la puerta, que estaba cerrada. ¿Ni siquiera le iba a pedir si podía volver a entrar? ¡Estaba dispuesta a pasar la noche en aquel frío túnel con el único fin de hacerle sentir más culpable! ¡Y una mierda...!

Salió de la cabaña, entró en la mina y se dirigió hacia el resplandor del quinqué, que estaba al final del túnel, en el mismo lugar en el que había dejado a Violet. Ella se incorporó.

—Yo me... —empezó ella.

—Cállate —gruñó él.

Cogió el quinqué, agarró a Violet de la mano, la llevó de vuelta a la cabaña y, después de entrar, cerró la puerta de un portazo.

—Si sabes lo que es bueno para ti, no digas ni una maldita palabra —le advirtió. Después regresó a la cama y se quedó mirando al techo con expresión ceñuda mientras ella se tumbaba en la suya.

Ella no dijo nada. «¿Por fin me hace caso?», pensó Morgan mientras resoplaba para sus adentros. Seguía estando furioso. Y no podía dormir. Y saber que, después de haber dormido durante todo el día, ella tampoco podría dormir no le servía de consuelo.

—El acuerdo que tenía con Charley era solo temporal, para ayudarlo a salir del aprieto en el que se encontraba, y terminó el día que murió —declaró con frialdad al cabo de una hora—. Sin el establecimiento de un nuevo acuerdo, lo que de ningún modo estoy dispuesto a hacer, esa mina, por el hecho de estar donde está, es ilegal, de modo que aquí no tienes nada que explotar ni vender. Si lográis encontrarlo, tú y tus hermanos podéis quedaros con el dinero que Charley obtuvo de la explotación de la mina, pero en ningún caso toleraré que informes a nadie de la localización de las minas. ¿Lo has entendido?

—Siento haberte apuntado con una pistola. En realidad, no creo que mataras a mi padre, pero tu enfado me asustó y reaccioné mal.

¿Aquella voz temblorosa era real o solo una actuación? ¡Maldición, lo estaba haciendo otra vez! ¡De nuevo intentaba que sintiera lástima por ella!

—¿Has venido al Oeste sin saber diferenciar una pistola de un rifle?

—Sí que sé diferenciarlos, pero acabo de vivir una situación traumática y me he expresado mal. ¿Tenemos que hablar de esto ahora? Ya me he disculpado y lo he hecho sinceramente.

—Las palabras no quitan valor a los hechos, así que déjalo correr y duérmete.

No tendría que haber estado en Montana ni haber conocido a esa mujer. Había planeado regresar a Nashart en primavera. Tenía dinero más que suficiente para hacer lo que quería hacer, pero había comprado aquellas malditas semillas de flores y, además, Charley apareció al día siguiente de que regresara de la ciudad con ellas. Y, cuando Charley murió, tampoco se marchó. Siguió imaginando excusas para no regresar a casa sencillamente porque no tenía prisa en que su padre lo intimidara para que volviera a trabajar en el rancho.

Pero eso no sucedería. Tenía otros planes para la fortuna que había extraído de aquellas montañas y no tenían nada que ver con cuidar ganado. Y nada de lo que Zachary dijera haría que cambiara sus planes. Llevaba pensando en ellos demasiado tiempo. Además, lo que tenía planeado haría feliz a su madre. Sin embargo, cuando regresara a casa tendría que enzarzarse en una auténtica pelea con su padre, y discutir con él nunca fue fácil. No hacer lo que Zachary Callahan quería era ir contra lo establecido.

A sus hermanos les pasaba lo mismo. ¡Maldición, incluso Hunter, su hermano mayor, iba a casarse aquel verano con una mujer a la que no conocía solo porque su padre se lo había ordenado! Se suponía que aquel matrimonio pondría fin a una enemistad entre familias que debería haber concluido mucho tiempo atrás pero que no lo hizo. Hunter odiaba tener que celebrar un matrimonio concertado, pero, aun así, lo haría. ¡Demonios, quizá la boda ya había tenido lugar! Sin embargo, en la carta que su madre le envió a principios del mes anterior, le informaba de que la joven llegaba con retraso. Por otro lado, durante su última visita a la ciudad, no había podido pasar por la oficina de correos... por culpa de la remilgada señorita Violet Mitchell.

La rabia seguía atormentándolo. No se oía ningún ruido procedente de la cama que había en el lado opuesto de la habitación. Él sabía que Violet se movía mientras dormía.

La había visto hacerlo cuando pararon durante el camino y también aquella tarde, cuando entró a preparar la cena. Pero aquella noche todavía no había dado ni una vuelta, lo que le indicó que estaba planeando su siguiente paso. En ningún momento pensó que renunciaría a la mina. Era tozuda como su padre. Nunca imaginó que Charley tuviera una hija, y mucho menos una tan exasperante... y sumamente atractiva.

Se levantó y fue abriendo cajas hasta que encontró la que estaba llena de botellas de whisky. Al percibir los vapores que surgieron de la caja, realizó una mueca. A pesar del cuidadoso embalaje, al menos una botella no había sobrevivido al viaje.

Se llevó una de las botellas a la cama y, después de beber un cuarto del contenido, le preguntó a Violet:

—¿Dijiste que eran mayores que tú?

—¿Quién?

—Tus hermanos, ¿quién si no? Sinceramente, si no hubiera creído que eran unos niños pobres y desvalidos que esperaban que su padre regresara a casa con algo de dinero, no creo que hubiera sentido lástima por Charley. Debería haberle preguntado por su familia, por la edad de sus hijos..., entonces tú no estarías aquí y él quizá siguiera con vida.

—¿Así que está muerto porque no le formulaste una pregunta cuya respuesta era muy evidente? ¿Entonces reconoces que fue culpa tuya?

Él miró en dirección a Violet y vio que estaba apoyada en un codo, que lo miraba fijamente y que tenía aspecto de estar tan malhumorada como su voz había reflejado. Debería haber apagado los quinqués. Verla en la cama, aunque estuviera vestida, le impactaba. No podía ignorar el hecho de que, a pesar de ser la fémina más tozuda y exasperante que había conocido nunca, era una mujer guapa y atractiva.

—No es eso lo que he dicho. En realidad, si durante el

mes que estuvo aquí yo no hubiera excavado la mina y hubiera tenido que hacerlo él solo, Charley habría muerto antes de una semana. De modo que podríamos decir que le proporcioné unas cuantas semanas más de vida. Pero lo que está claro es que si hubiera sabido que sus hijos eran hombres adultos que podían cuidar de sí mismos, no le habría ayudado. Y tú, por tu elegante forma de vestir, es evidente que no necesitas el dinero.

—Sí que lo necesito. Para una dote.

—¿Una dote? —Morgan soltó un bufido—. ¿Quién demonios aporta dotes hoy en día?

—Si vas a casarte con un lord inglés, que es lo que tengo planeado hacer, se espera que aportes una dote. Incluso conocí al candidato perfecto justo antes de embarcar para volver a casa... Fue entonces cuando me enteré de que ya no soy una heredera. De modo que no me digas lo que necesito o no porque no sabes nada acerca de mis planes para el futuro.

—¿Así que se trata de eso? ¿Estás aquí volviéndome loco por una maldita dote?

—No solo por eso. Mi prioridad es la casa familiar. Nuestro padre vino aquí para rehacer su fortuna, y tú le diste esperanzas de que podría conseguirlo.

—Así que Charley murió con esperanzas. No es una mala forma de morir.

Violet resopló.

—Eres tan insufrible cuando estás entonado como cuando no lo estás. Y si no sabes lo que significa «entonado», te lo diré, quiere decir que estás borracho. Y deja de referirte a mi padre con ese nombre. Se llamaba Charles, y ninguno de sus amigos ni conocidos lo llamó nunca Charley.

—Yo sí que lo llamaba por ese nombre y a él nunca pareció importarle, así que, ¿qué tal si dejas de quejarte por tonterías que no tienen nada que ver contigo? Y no estoy borracho.

—¡Desde luego que lo estás, pero estás demasiado obnubilado para darte cuenta!

Él se incorporó, y ella, sabiamente, se volvió de espaldas a él. Al menos la niñita asustada que podía conmoverlo había desaparecido.

18

Violet se despertó al amanecer. Le sorprendió incluso haber podido conciliar el sueño. Morgan seguía tumbado en la cama y de espaldas a ella. Solo quedaba un quinqué encendido y su luz titilaba porque casi se le había acabado el combustible. La chimenea se había apagado y en la habitación hacía bastante frío.

Cogió la manta de la cama, se la echó sobre los hombros y, sin importarle si el ruido que hacía despertaba a Morgan, salió de la cabaña. Luego bajó por la pendiente dispuesta a saltar la valla. El día anterior, había estado buscando un orinal en la cabaña sin que realmente esperara encontrar uno y, efectivamente, no lo encontró. La valla ya la había saltado anteriormente. En concreto, después de ver que Morgan lo hacía y que, posteriormente, cruzaba el riachuelo de un salto y desaparecía entre los árboles para volver a aparecer minutos más tarde. Se alegró de no haberle pedido un orinal, porque estaba convencida de que se habría burlado de ella.

Él había hecho que saltar la valla pareciera fácil, pero a ella le resultó bastante complicado. Sin embargo, el campamento era tan primitivo que no tenía otra elección. Por suerte, encontró la parte estrecha del riachuelo por la que él había saltado, aunque al hacerlo, a ella se le mojaron los talones de las botas porque sus piernas no eran tan largas como las de él.

Le resultaba difícil no pensar en la noche anterior. Había pasado de la euforia por lo productiva que era su mina y el hecho de que todos sus problemas se fueran a resolver, al enfado y la desconfianza cuando Morgan le dijo que la mina no le pertenecía ni a ella ni a sus hermanos, y a una desesperación total cuando él la abandonó en aquel frío túnel. Al verse sola, se sintió angustiada. Pero él regresó. A pesar de lo furioso que estaba, tenía una especie de instinto protector que no le permitió dejarla en el túnel toda la noche. La opinión que tenía de él mejoró un grado.

Pero todavía le costaba creer que ella y sus hermanos no tuvieran ningún derecho sobre la mina y que su padre no fuera el propietario legítimo solo porque estaba muy cerca de la de Morgan. Al fin y al cabo, ella había comprobado que la reclamación de propiedad estaba registrada. ¿Acaso eso no la convertía en oficial? ¿Si no eran socios, la localización de la mina podía realmente invalidar el título de propiedad? Morgan había sido muy generoso al realizar la mayor parte del trabajo en la mina de su padre, pero ella dudaba que le hubiera contado toda la historia. Deseó poder consultar a un abogado.

De todos modos, se sentía mal por haberle dicho que estaba entonado la noche anterior cuando era probable que no lo estuviera. También se sentía mal por pensar, aunque solo fuera durante un instante, que había matado a Charles. Si todo lo que le había contado acerca de la relación de trabajo que había mantenido con su padre era cierto, no tenía palabras para definir lo generoso que era aquel hombre. Él le dijo que tenía un corazón de oro, pero eso no era suficiente para explicar que excavara la mina y compartiera el producto de su trabajo con otra persona cuando nada lo obligaba a hacerlo.

De regreso a la cabaña, se detuvo en el riachuelo para lavarse la cara, pero antes de levantarse la falda para secársela, echó una ojeada alrededor. La falda que se había puesto el día anterior. Le disgustaba haber tenido que dormir otra vez vestida, como si todavía estuvieran acampando al aire libre. Esperaba que aquella noche fuera más tranquila. Tenía que modificar las condiciones en las que dormían y así poder retomar sus hábitos civilizados, que incluían dormir en camisón. Primero tenía que conseguir un espacio de intimidad para ella en la cabaña.

Cuando se dirigía al porche, después de haber saltado de nuevo la valla, su vista se vio atraída hacia la cima de la pared rocosa. Allí arriba, la luz del amanecer era más intensa y la silueta de un hombre con un rifle en los brazos destacó con claridad. Violet soltó un grito.

La puerta de la cabaña se abrió de golpe y Morgan bajó precipitadamente los escalones con la pistola en la mano.

—¿Qué pasa? —preguntó.

Violet, que estaba paralizada, solo pudo señalar en dirección al hombre. Entonces oyó que Morgan decía:

—No te inquietes por él. Se trata de Texas, un gran colega mío. —Bajó la pistola—. Vino con mis otros amigos para ayudarme a construir la cabaña y accedió a quedarse por aquí.

—¿Entonces es un vigilante?

—Sí. Monta guardia por las noches y duerme durante el día mientras yo trabajo.

Violet recordó lo que había comentado anteriormente acerca de las desventajas de trabajar solo en una mina y en un lugar tan aislado.

—Te quejaste de que, si te ocurría algo estando aquí nadie se enteraría y eso es mentira.

Él se encogió de hombros.

—Se suponía que no debías ver a Tex. Además, no está aquí siempre. Nos turnamos para ir a la ciudad a comprar suministros de forma que siempre haya uno de los dos custodiando la mina. Cuando Charley vivía, era él quien montaba guardia y Tex me escoltaba en la distancia para asegurarse de que nadie me seguía a escondidas.

¡Cuántas precauciones y qué disparatadas! Realmente, Morgan era un maniático en cuanto a mantener en secreto la localización de la mina.

Entonces él le gritó a Texas:

—¡Baja a desayunar y así conocerás a mi indeseada invitada!

—Ese comentario ha sido grosero —señaló Violet.

—No, no lo ha sido. Grosero habría sido utilizar palabras que te hicieran sonrojar. —La miró como si esperara algo y, finalmente, le preguntó—: ¿Ninguna réplica?

—¿Estás buscando otra pelea?

—Lo que nosotros hacemos no es pelear, querida, simplemente eres tú haciendo lo posible por enfurecerme.

—Eso no es... —empezó ella, pero él ya estaba camino de la cabaña. Violet corrió tras él y le preguntó—: Si va a venir a desayunar, ¿no tienes que abrirle el candado de la valla?

—No, cuando estoy aquí, normalmente la dejo abierta. Ayer cuando cerré el candado debía de estar trastornado por tu culpa, pero volví a abrirlo mientras tomabas tu larga siesta.

¡Podría habérselo dicho antes de que tuviera que saltar la condenada valla! Pero no le dijo a Morgan lo que pensaba. Realmente no quería seguir peleándose con él. Lo que necesitaba era llegar a un acuerdo con él. Le había dado permiso para que buscara el dinero de su padre, pero ¿y si no lo encontraba? Por otro lado, aunque lo encontrara y hubiera la cantidad suficiente para devolver el préstamo bancario, eso no resolvería por completo el problema que ella y sus hermanos tenían. Necesitaban mucho más dinero para conservar su estilo de vida. Tenía que persuadir a Morgan para que convirtiera la sociedad que había creado con su padre en una sociedad con ella.

Al darse cuenta del reto que eso suponía, soltó un gemido. Tenía que conseguir caerle bien y que quisiera ayudarla. Por supuesto se acordó de que la noche anterior, cuando la besó, parecía caerle bien. ¿Pero él pensaba que estaba besando a Violet Mitchell o a una actriz? Además, teniendo en cuenta que dormían en la misma habitación, utilizar la atracción que sentía por ella podía constituir una estrategia peligrosa. No actuaría con osadía, simplemente, sería más como era habitualmente: encantadora. Tía Elizabeth le decía a menudo que era encantadora. Además, su tía les había dado a Sophie y a ella consejos sobre cómo podía una dama conseguir que un hombre cayera rendido a sus pies. Solo tenía que estar atenta por si surgía la oportunidad de domar al oso.

Morgan ya había entrado en la cabaña, pero ella se sentó en el porche. Todavía hacía frío, ya que el sol seguía oculto detrás de las montañas, pero en la explanada había más claridad y el aroma a pino resultaba agradable.

Morgan no tardó mucho en volver a salir y le tendió una taza de café, lo que significaba que había encendido la chimenea. Violet estuvo tentada de entrar en la cabaña, pero no lo hizo. Había algo hermoso en estar en el porche a aquella hora tan temprana, rodeada de naturaleza salvaje y viendo a las mulas pastar en la otra orilla del riachuelo. Se preguntó si el rancho de su familia en Nashart se parecía a aquello.

Bebió un sorbo del café y descubrió que él lo había endulzado con algo que hacía que resultara delicioso.

—¿No tienes té? —bromeó. Él simplemente la miró arqueando una ceja, de modo que ella añadió—: Era una broma.

—Casi me lo trago.

Violet dejó la taza en el suelo y él entró en la cabaña, pero volvió a salir enseguida con un cajón de embalaje. Lo dejó junto a la silla y cogió la taza de Violet para depositarla en él. ¿Cómo podía un hombre tan irascible como él ser tan considerado... ocasionalmente?

—¿De cuánto tiempo dispongo para buscar el dinero de mi padre antes de que me lleves de vuelta a la ciudad?

—Tienes dos semanas como mínimo.

—¿Y si lo encuentro hoy?

—Si tienes tanta suerte, vuelve a preguntármelo. Pero no puedes buscarlo fuera de la valla sin algún tipo de protección.

Violet estaba segura de que no le estaba ofreciendo escoltarla.

—Puedo llevarme el rifle de mi padre.

—No está cargado. A Charley se le acabaron las balas mientras intentaba cazar y me pidió que le consiguiera más, pero no le vi el sentido porque tenía muy mala puntería.

—¿Entonces por qué te enfadaste tanto ayer...?

—Tú no sabías que el rifle estaba descargado y no pienso discutir contigo sobre cuáles eran tus intenciones —la interrumpió él con voz malhumorada—. Las galletas de avena estarán listas enseguida.

Le dio la espalda y volvió a entrar en la cabaña. No tenía nada más que decir. Violet suspiró. Una vez más, lamentó haberlo hecho enfadar tanto la noche anterior, lo que hacía que hubiera perdido cualquier influencia que pudiera tener sobre él. Si al menos pudiera dejar de pensar en él como un oso y dejar de detestar aquel entorno, sin duda su encanto natural resurgiría.

Todavía no se percibía ningún signo de su amigo en la ladera. Probablemente, tardaría un rato, ya que tenía que bajar desde la cima del acantilado hasta donde empezaba la ladera rocosa y, luego, subir la colina de Morgan.

Antes de entrar a desayunar, Violet decidió ir a buscar la maleta de su padre. Se sentía mal dejándola en la mina y, después, quería examinar su contenido más concienzudamente. Como era de día y la mina no era muy profunda, podía entrar sin la ayuda de un quinqué.

Una vez cumplida su misión, entró en la cabaña con cautela y confiando en que Morgan se hubiera tranquilizado. En aquel momento, él estaba dejando un frasco abierto de confitura encima de la mesa, y también un recipiente de barro con mantequilla. Durante un instante, sus miradas se encontraron. La de él era inescrutable, y el bigote y la barba ocultaban casi toda la parte inferior de su cara, de modo que le resultó imposible saber si seguía enfadado.

Violet guardó la maleta de su padre debajo de la cama y luego se sentó en el borde para trenzar su cabellera mientras era consciente de que Morgan había interrumpido su actividad y la estaba observando. Entonces oyó que soltaba un bufido y que se volvía para ir a buscar el resto de la comida. ¿Simplemente lo había distraído o él se sentía fascinado por su cabellera?

Morgan apiló varias galletas de avena en un plato. Había puesto una plancha de metal encima del fuego, la había colocado lo bastante alto para que las llamas no la alcanzaran y había cocido las galletas en ella. «Muy ingenioso», pensó Violet.

Morgan dejó el plato sobre la mesa y ella tomó asiento rápidamente. Él llenó dos platos más y luego se sentó a comer. Por lo visto no pensaba esperar a que llegara Texas.

—¿Tu amigo dormía en la cama que yo utilizo? —le preguntó para averiguar cuál era su estado de ánimo.

—No, esa la construí para Charley. Tex tiene su propio campamento más arriba, en la montaña. Compartimos lo que cazamos y, de vez en cuando, baja para cenar. Aparte de eso, le gusta estar solo ahí arriba, donde puede componer sin que yo lo interrumpa continuamente o me queje del ruido.

—¿Componer?

—Toca la armónica y le encanta componer su propia música. Es muy bueno tocando, pero, sin que quiera hacer un juego de palabras, su armónica no suena nada armónica cuando se pone a componer. Por otro lado, baja a la ciudad en semanas alternas para jugar al póquer y emborracharse.

Violet se dio cuenta de que esto podía rebajar a la mitad el periodo de dos semanas que Morgan le había dicho que tendría que quedarse en su campamento, ya que Texas también podía llevarla a la ciudad. Pero de momento era mejor no comentar esa posibilidad, ya que Morgan le había dicho que, si tenía suerte y encontraba el dinero, volviera a preguntárselo.

—¿Y recorre un trayecto tan largo solo para eso?

—Es una costumbre. Los vaqueros están acostumbrados a dejarse caer por las cantinas todos los fines de semana en busca de jaleo. Tuve que discutir con él para convencerlo de que solo fuera dos veces al mes.

—¿Tú eras un vaquero o te considerabas un ranchero porque tu familia es la propietaria de un rancho?

—Hasta que me fui de casa, yo llevaba el ganado a pastar, así que sí, ambas opciones son ciertas.

—¿Tu familia es numerosa?

—Como crecí con tres hermanos, a mí me lo parecía.

Una de las pistas que les había dado tía Elizabeth era que a los hombres les gustaba hablar de ellos mismos, así que una dama podía lograr que un hombre la mirara con buenos ojos si le preguntaba cosas acerca de él. Pero Morgan solo respondía a sus preguntas de una forma concisa. ¿Era él la excepción con la que tía Elizabeth no se había tropezado nunca?

De nuevo intentó encontrar un tema del que él quisiera hablar.

—¿Por qué no te gustaba ser un vaquero?

—Nunca he dicho que no me gustara. La verdad es que me encantaba trabajar en el rancho con mi familia. Pero ahora quiero hacer otras cosas que considero más importantes.

No se extendió en su explicación y, a pesar de la curiosidad que experimentaba, Violet se acordó de otro de los consejos de su tía: «Cuando le preguntes a un hombre acerca de sí mismo, nunca te pongas pesada ni te entrometas en sus asuntos», de modo que Violet retomó el tema del póquer.

—¿Tú no sientes la misma necesidad que tu amigo de dejarte caer por las cantinas, como tú lo llamas?

—Yo también solía hacerlo, hasta que Sullivan se enteró de que poseía una mina de plata y empezó a acosarme para que se la vendiera. Entonces dejé de frecuentar los lugares en los que podía encontrarme. Ahora, si quiero beber, bebo aquí y, si tengo ganas de jugar una partida de póquer, subo montaña arriba. Pero no me divierte jugar con Tex. A él le encanta ese juego, pero no es bueno yendo de farol ni descubriendo los de los demás, de modo que es como robarle el dinero.

—¿Ese juego es complicado?

—No, pero ciertos detalles hacen que resulte más interesante. ¿Tú sabes jugar?

Morgan arqueó las cejas y esperó su respuesta con una expresión esperanzada en la cara. Violet casi deseó poder responderle afirmativamente.

—¿Se parece al whist?

—¿Al qué?

—No importa. Quizá le pida a tu amigo que me enseñe a jugar durante su visita.

Morgan soltó un bufido.

—Si de verdad quieres aprender a jugar, pídemelo a mí.

Violet deseó sonreír, pero no lo hizo. ¿El hecho de que no quisiera que nadie le enseñara algo que él podía enseñarle indicaba que sentía celos? ¿O solo quería que fuera lo bastante buena jugando para que a él le resultara interesante jugar con ella? Supuso que la verdadera causa era la segunda y casi se echó a reír.

—Quizá te lo pida cuando no estés ocupado —comentó Violet—. Por cierto, ¿dónde está Bo? ¿No le permites dormir en la cabaña?

Como la cuestión de que contara con protección mientras buscaba el dinero de su padre todavía no había quedado resuelta, aquel día había planeado buscarlo por el interior del cercado. Charles podía haber enterrado el dinero cerca de la cabaña mientras Morgan estaba trabajando en una de las minas, y si Bo sabía olfatear un rastro, podía ayudarla a encontrarlo.

—Le gusta vagar por ahí y todavía es lo bastante joven para perseguir a todo lo que se mueve, incluso a los pájaros. Además, prefiere dormir debajo de la casa, donde esconde los huesos. Aunque suele venir a la hora de comer.

—¿Te importa si lo invito a entrar?

—¿Por qué?

—¿No te comenté que los perros me encantan?

—Estoy seguro de que solo dijiste que te gustaban. Y ahora me toca preguntar a mí.

—¿Preguntamos por turnos?

Él ignoró su comentario.

—¿Por qué no me has pedido que colocara un biombo entre las dos camas?

—¿Tienes uno?

—No.

—Eso creía. Puedo ser pragmática, ¿sabes?, y no quejarme de lo que no tiene solución..., por muy incómodo que me resulte. En realidad, a veces me quejo por frustración, aunque contigo lo hago más a menudo.

—¿Intentas hacer que me sienta especial?

Ella se echó a reír, pero entonces se dio cuenta de que se estaba riendo y dejó de hacerlo. ¿Desde cuándo se había vuelto él divertido?

—Sin embargo —continuó ella con voz resuelta—, he decidido que esto sí que tiene solución. Y como has sido tú el primero en mencionar el tema, deduzco que tú ya la tienes.

—¿Qué quieres, que haga salir un biombo de la nada?

—¡No, pero tendrás que improvisar!

19

Violet sabía que debería hacerle compañía a Texas Weaver en el porche mientras desayunaba. Los buenos modales lo exigían y Morgan ya se había ido a trabajar en la mina. Pero encontrar el dinero de su padre era prioritario. Examinó el contenido de su maleta con más meticulosidad con la confianza de encontrar una pista sobre dónde lo había escondido, pero no encontró nada. ¡Él había llevado tan pocas cosas consigo! Nada que tuviera un valor sentimental, ni siquiera el reloj de bolsillo que tanto le gustaba. ¿Realmente había sido capaz de dejarlo en casa?

Al final, convenció a Bo, que estaba en el porche —al menos él sí que le hacía compañía a Texas—, para que entrara y olisqueara la chaqueta de su padre. Cuando Violet salió al porche, él la siguió, pero también se detuvo cuando ella lo hizo. ¡Bien por su interés en seguir rastros!

Violet vio que Texas había terminado de desayunar, así que le sugirió:

—¿Quiere dar una vuelta conmigo por el recinto, señor Weaver?

—¿Se refiere a caminar un rato con usted?

—Sí, mientras charlamos.

Él bajó los escalones detrás de ella. A Violet le dio la impresión de que se trataba de un hombre agradable. Era guapo, tenía el pelo negro, bigote y buenos modales. Cuando Morgan la presentó como la señorita Mitchell, él simplemente arqueó una ceja, lo que llevó a Violet a pensar que los dos hombres habían hablado en algún momento del día anterior, cuando Morgan todavía dudaba de su verdadera identidad.

—Me preguntaba si Morgan se ha desviado alguna vez de su plan de ir a Butte cada quince días —le comentó mientras lo conducía hacia el prado donde pastaban las mulas.

—El objetivo es comprar suministros, señorita, así que, o va él o voy yo.

Eso no respondía exactamente a su pregunta.

—Pero usted también va a la ciudad a jugar al póquer, ¿no? ¿Piensa ir antes de dos semanas?

Él abrió la puerta del cercado de las mulas.

—Creo que sí, pero si espera que la lleve, no podré complacerla sin el visto bueno de Morgan. Él está empecinado en hacerse rico; está totalmente obsesionado con la mina. Es lo único que le preocupa, y a usted la ve como a una espina realmente molesta, y las espinas tienen que extraerse cuanto antes.

Violet frunció el ceño.

—No me gusta que me comparen con una espina, pero deduzco que con «extraerse cuanto antes» usted se refiere a llevarme de vuelta a la ciudad lo antes posible.

Él sonrió levemente.

—Sí, señorita.

Esa era la respuesta que esperaba, aunque podría haberlo dicho de una forma menos insultante. Pero ella no quería seguir siendo una espina clavada en el costado de Morgan y presionarlo de esa forma para que la llevara de vuelta a la ciudad antes de quince días. Necesitaba mucho más de él que la mera posibilidad de encontrar el dinero que su padre había escondido. Realmente no podía irse de allí sin que Morgan accediera a continuar, con ella y sus hermanos, la sociedad que había establecido con su padre. Entonces, se sintió impulsada a comentar:

—Ayer por la noche, nos llevamos bien brevemente.

—¿Brevemente? ¿Eso cuenta para algo?

Ella suspiró y se preguntó si hablar con los vaqueros resultaba siempre tan frustrante. Cuando Morgan le presentó a Texas, ella le preguntó con amabilidad:

—¿Así que es usted de Tejas?

—No, señorita —contestó él escuetamente.

Y no se mostró dispuesto a dar más explicaciones, aunque Morgan añadió:

—Su madre sí que lo es.

Pero ahora Texas le advirtió:

—Morgan no es un hombre al que se deba importunar. Solo se le puede presionar hasta cierto punto antes de que se revuelva. Así que le aconsejo que deje de fastidiarlo.

Eso no era del todo cierto; después de todo, ella lo había presionado y había conseguido el biombo. Estaba muy contenta. Después de desayunar, Morgan había apilado unas cajas a los pies de la cama y había sujetado la esquina de una manta a la caja superior con un clavo. Después había extendido la manta a lo largo de la cama y había hecho un gancho con otro clavo para sujetar el otro extremo a la pared. Violet estaría encajonada, pero al menos dispondría de cierta intimidad durante la noche.

Pero Texas no se refería a eso, así que le contestó:

—Ahora que está convencido de que soy una Mitchell, he dejado de fastidiarlo.

—Entonces creo que, cuando esté preparado, la llevará a la ciudad. Solo se asegurará de que no sepa encontrar el camino hasta aquí.

¡No, por supuesto que no! ¡Había que proteger la localización de la mina a toda costa!

Texas no parecía tener ninguna prisa en regresar a su campamento en lo alto de la colina, de modo que, cuando salieron del cercado de las mulas, Violet se dirigió con él a la parte trasera de la cabaña. Se alegró de tener compañía al inicio de la búsqueda, aunque no esperaba encontrar el dinero tan cerca de la cabaña. Morgan se habría dado cuenta si algo hubiera cambiado en las proximidades.

—¿Morgan se llevaba bien con mi padre? —le preguntó a Texas.

—No pasé mucho tiempo con ellos porque mis horarios son diferentes. Yo duermo durante el día y vigilo la mina durante la noche. Pero pude disfrutar de la agradable compañía de Charley y creo que él disfrutaba cuando yo tocaba la armónica. Pero sí que puedo decirle que se reían mucho juntos. Los oía desde la parte alta de la colina y eso me hacía sonreír. Siento que su padre haya fallecido. Durante el poco tiempo que estuvo aquí, fue bueno para Morgan.

Violet desvió la vista a un lado antes de que sus palabras la hicieran llorar. Habían rodeado la cabaña y entonces vio la poza. No era tan profunda como había imaginado, pero el agua era muy clara. Señaló el largo montón de piedras que había al lado de la poza.

—¿Qué es eso? —preguntó.

—Morgan lo llama escoria. Son los residuos del proceso de fundición. En realidad, son valiosos porque se utilizan como grava en la fabricación del cristal y del hormigón, pero Morgan no tiene tiempo de transportarlos a la ciudad. Se centra más en la plata.

La longitud del montón de residuos indicaba cuánto había trabajado Morgan. El extremo del montón que estaba junto al acantilado debía de medir casi dos metros de altura e iba decreciendo a lo largo de tres metros hasta el camino. Más allá del montón de escoria, el barranco se estrechaba todavía más. En aquella dirección se veía poco terreno plano y no creyó que su padre se aventurara por allí para esconder el dinero. Tampoco creyó que se dirigiera hacia el norte ya que por allí era donde vivía Texas. Pero todavía podía buscar por el resto de la montaña.

Mientras regresaban a la explanada frontal, le preguntó a Texas:

—¿Usted regresará a Nashart cuando..., o mejor dicho, si algún día Morgan regresa allí?

—Yo no tengo ninguna duda de que volveré a Nashart algún día —contestó él mientras se sonrojaba ligeramente—, porque Emma, mi amor, vive allí.

—¿A Emma no le importó que aceptara este trabajo tan lejos de donde ella está?

—No está tan lejos, además voy a visitarla cada dos meses. Pero sí que le importó..., hasta que le conté la cantidad de dinero que gano aquí. Nunca creímos que ahorraría el dinero suficiente para comprarnos una casa. Yo trabajaba para Zachary, el padre de Morgan, y nos habría dejado vivir en una de las cabañas que construyó en las colinas para los trabajadores del rancho que tenían esposa. Pero a Emma le gusta la ciudad. Gracias a Morgan, quien, por vigilar el campamento, me paga más en un mes de lo que ganaba durante un año cuidando el ganado, cuando nos casemos podremos comprarnos una casa propia en la ciudad.

—¿Usted no quiere trabajar en la mina?

—¡Cielos, no! Yo soy un vaquero y no quiero tocar un pico para nada. Morgan me ofreció colaborar en la mina.

Incluso me tentó diciéndome que a Emma le gustaría cómo se desarrollarían mis músculos si trabajaba con él en la mina. —Resopló levemente—. Pero a Emma le gusto tal y como soy ahora, o sea, delgado, de modo que rechacé su oferta.

Violet sonrió, y no pudo evitar preguntarse hasta qué punto se habían desarrollado los músculos de Morgan después de trabajar él solo en las dos minas.

—¿Cuándo será la boda?

—Cuando Morgan esté listo para regresar a casa.

—¿Y si nunca lo está?

—Entonces cuando Emma se canse de esperar. Pero Morgan regresará a casa. Echa demasiado de menos a sus hermanos y a sus amigos. Nunca tuvo la intención de extraer hasta la última onza de plata de la mina, solo la suficiente para lo que él quiere hacer.

—¿Y qué es lo que quiere hacer?

—No me corresponde a mí contárselo.

Por lo visto, había abordado un tema sobre el que Texas no podía hablar, porque entonces él rozó el ala de su sombrero como despedida y regresó al cercado de los animales. Una vez allí, silbó y su caballo se acercó inmediatamente. Pero lo mismo hicieron César y una de las mulas. Violet decidió que tenía que averiguar dónde guardaba Morgan las zanahorias, porque a César no le gustó que no le ofrecieran una e incluso le propinó un golpe a Texas con el morro.

Pero Violet no quería despistarse cuando era imperativo que dedicara su tiempo a buscar el dinero que podía librarla a ella y a sus hermanos de la penuria. Morgan no le había contado cuánto dinero podía haber escondido su padre, aunque ella estaba convencida de que conocía la cantidad exacta, ya que había sido él quien había extraído la plata de la mina y la había vendido. Se preguntó qué más no le estaba contando. En cualquier caso, supuso que debía comunicarle que iba a salir del cercado para continuar la búsqueda, así que había llegado la hora de otro enfrentamiento. Curiosamente, experimentó una sensación expectante, como si lo estuviera deseando...

20

Violet se puso su camisa rosa más bonita y encontró una cinta para su trenza que hacía juego con ella. Estaba decidida a tener un aspecto presentable antes de hablar con Morgan. Sin embargo, cuando llegó adonde él estaba, en el interior de su mina, estaba jadeando. Había estado acertada al llevar consigo un quinqué, porque cuando entró en el túnel apenas pudo vislumbrar la luz del fondo. Comparado con aquel, el túnel de su padre era apenas un arañazo en la roca.

—¡Cielo santo, esto tiene cientos de metros de largo! —exclamó—. ¿Por qué no excavas túneles secundarios más cerca de la entrada en lugar de excavar uno tan largo?

—Eso había planeado, pero primero quise averiguar hasta dónde llegaba este filón. Creía que alcanzaría el final mucho antes, pero todavía no se ha acabado.

No se volvió para hablar con ella, sino que siguió picando en la pared de roca que tenía delante. Llevaba el torso desnudo y su espalda relucía a la luz de los dos quinqués que colgaban detrás de él de las vigas de sujeción. A Violet le fascinó el movimiento ondulante de los músculos de sus brazos y de su espalda. Morgan representaba la imagen primitiva del hombre cavando en la tierra. Pero la pregunta que le formuló a Violet rompió el hechizo con el que la había cautivado.

—¿Has venido por alguna otra razón aparte de la de molestarme?

—No seas desagradable. Quería pedirte consejo sobre qué zona explorar para encontrar el dinero que escondió mi padre o, para ser más precisa, qué pistas buscar aparte de tierra removida. He examinado la explanada delantera y también el cercado de las mulas, pero no he encontrado nada.

—Estoy convencido de que no lo escondió allí, porque mis chicas lo ponían nervioso.

Su comentario la hizo sonreír y se acordó de que a su padre tampoco le gustaba montar a caballo. A ella y a sus hermanos sí que les gustaba, pero su padre siempre se desplazaba en calesa u otro tipo de carruaje. Debió de odiar tener que viajar por el Oeste a lomos de un caballo.

—¿Hay algo más que deba saber antes de buscar al otro lado de la valla?

—Lo que está claro es que el dinero no estará expuesto al aire libre. Podría estar enterrado debajo de una roca o escondido en el interior del tronco de un árbol.

—¿Y en la copa de un árbol?

—No, en un hueco que esté cerca del suelo. Charley no era lo bastante ágil para escalar árboles. Me imagino que debió de esconderlo en algún lugar que esté entre varios minutos y unas cuantas horas caminando desde aquí y en cualquier dirección. El día que me dijo que había escondido el dinero, yo había trabajado en la mina unas cuatro horas. Tendrás que aprender a disparar un rifle y llevarte uno contigo. Ve a buscar el de Charley.

Finalmente, se volvió y Violet no pudo evitar fijarse en

que su pecho también relucía de sudor. Sabía que no debía fijar la mirada en su torso desnudo, pero no podía evitarlo.

—¿No deberías estar de camino?

De una forma repentina, Violet fijó su mirada en la de él.

—Me dijiste que el rifle no estaba cargado.

—Me reuniré contigo en la explanada con una caja de munición y te enseñaré a cargar el rifle y a disparar. No te irás hasta que des en el blanco.

Violet soltó un gemido. Aprender a disparar podía tomarle el resto del día. Si se mantenía a una distancia a la que se oyeran sus gritos, ¿realmente era necesario que aprendiera a disparar? En cualquier caso, se fue a buscar el rifle. Una lección de tiro podía ofrecerle la oportunidad de hablar sobre la posibilidad de establecer una nueva sociedad con él.

Cuando salió del otro túnel con el rifle, Morgan ya estaba en la explanada con una caja junto a los pies. Le cogió el rifle de las manos y le explicó:

—Este es un rifle de repetición Spencer. El cargador contiene siete balas y, después de cada disparo, tienes que tirar de esta palanca. Después del séptimo disparo tienes que volver a cargarlo.

Mientras hablaba, le fue demostrando cómo se hacía, pero seguía con el torso desnudo y los ojos de Violet no paraban de desviarse del rifle que él sostenía en las manos a la fina capa de vello que cubría la zona alta de su pecho.

—Inténtalo —oyó que él decía, y lo miró con los ojos en blanco. Él soltó una risita ahogada.

—No es divertido. Podrías haberte vestido de una forma más apropiada para enseñarme a disparar —se excusó ella.

—¿Vestirme cuando tengo que volver directamente a la mina? ¿Tengo que repetirte la explicación?

Ella suspiró.

—Sí, por favor.

Él se lo volvió a explicar y, en esta ocasión, ella prestó más atención, de modo que cuando él volvió a indicarle que lo intentara, ella supo cómo cargar el arma.

—La posición es muy importante.

Él se colocó detrás de ella, pero ella se volvió para seguir estando cara a cara con él.

—Quería hablar contigo de la asociación que me comentaste ayer por la noche —declaró con rapidez.

—Ya te dije que la asociación se ha terminado, así que no hablaremos de eso.

—Compláceme, por favor. Al menos cuéntame los detalles del acuerdo.

—No tiene sentido que lo haga.

—Por favor.

Él la miró fijamente durante tanto tiempo que ella estuvo a punto de decir «Olvídalo», pero entonces él le explicó:

—Como Charley sabía que no podría contribuir mucho, me sugirió una repartición del ochenta por ciento para mí y el veinte por ciento para él. Pero el día del acuerdo yo me sentía generoso, de modo que lo cambié a un setenta por ciento para mí y un treinta por ciento para él.

Ella frunció el ceño.

—Ofrecerle un treinta por ciento en lugar del cincuenta no me parece un acuerdo justo.

—¿Teniendo en cuenta lo poco que él excavaba, no te parece justo? ¿Realmente quieres adoptar esta actitud?

—¿Tú podrías haber extraído plata de su propiedad sin su consentimiento?

—No, legalmente yo no puedo excavar más allá de la estaca que delimita mi mina. Si no hubiera restricciones, una sola persona podría reclamar la propiedad de todo.

—De modo que, aunque la compartierais, la plata que extraías de su mina era algo extraordinario para ti, ¿no?

Si quieres saber mi opinión, me parece que él estaba contribuyendo mucho.

—Yo no te he pedido tu opinión. Y aunque sí que lo pensé, en realidad yo no necesitaba excavar otra mina. Hay más plata en la mía de la que podré extraer nunca. Además, es mía al ciento por ciento, de modo que la plata extra que obtendría de la mina de Charley fue un incentivo de poca importancia a la hora de aceptar su oferta.

—¿La idea fue suya?

—Sí. —Morgan asintió con la cabeza—. Como te he dicho, aquel día Charley estaba desesperado.

—¿Y qué me dices del dinero que escondió? ¿Merece el esfuerzo de buscarlo?

—Después de liquidar el primer préstamo que solicitamos para nuestra asociación, le quedaban alrededor de mil trescientos dólares. En realidad eran mil ochocientos, pero insistió en darme una cuarta parte de esa cantidad como aportación al coste de los suministros y por el derecho a utilizar mi horno. Era demasiado, pero no conseguí convencerlo para que cambiara de idea. Creo que su orgullo se interpuso en su camino.

A Violet le costaba creer que la participación del treinta por ciento de su padre supusiera tanto dinero.

—Si logro encontrarlos, esos mil trescientos dólares nos permitirán mantener alejado al banquero al menos durante unos meses. Lo que no entiendo es por qué mi padre no envió ese dinero a mis hermanos inmediatamente. O por qué no les escribió cuando volvió a la ciudad.

Morgan podía estar poniendo una expresión de concentración, pero Violet no estaba segura debido al bigote.

—Porque después de reclamar la propiedad de la mina, no volvió a ir a Butte. Ese día lo atracaron. Lo encontré en un callejón. Le habían dado una paliza e intentaba ponerse de pie. Yo lo saqué de la ciudad rápidamente. Tenía múltiples moretones, pero aparte de eso, estaba bien. No sabía quién se lo había hecho, pero antes de atacarlo, aquellos hombres le preguntaron dónde estaba su mina y él rehusó decírselo. No tengo la menor duda de que eran un par de tipos de la pandilla de Sullivan.

—¿Pero cómo sabían lo de la mina?

—Tu padre me esperó en una cantina mientras yo terminaba mis gestiones y, por lo visto, alardeó de que tenía una mina de plata cerca de mi propiedad. Yo le había advertido que no comentara lo de la mina con nadie, pero él estaba tan contento que se emborrachó y se fue de la lengua. Por eso no volvió a la ciudad hasta un mes más tarde, cuando lo llevé después de que sufriera el accidente. Tu padre estaba vigilando el campamento mientras Texas y yo habíamos ido a Butte. Cuando lo encontré en el suelo de la mina, temí que los ocupantes de minas lo hubieran asesinado, pero no vi huellas frescas en el exterior y había sangre en la viga de soporte más próxima adonde había caído.

—¿Qué hacía mi padre en la mina mientras tú no estabas aquí? —le preguntó Violet.

—Día sí día no, intentaba excavar en el túnel al menos un par de horas. Le dije que no tenía por qué hacerlo, pero era tozudo y quería contribuir. Desgraciadamente, nunca hizo muchos progresos.

—Pero Texas y tú volvisteis a la ciudad después de que a mi padre le dieran aquella paliza. Podrías haber enviado un telegrama en su nombre.

—Sí, podría haberlo enviado, pero él nunca me pidió que lo hiciera. Quizá quería tener el dinero suficiente para liquidar definitivamente el préstamo antes de comunicárselo a tus hermanos.

—Supongo que no seguiste excavando en su mina después del accidente.

—No, volví a trabajar en la mía.

Violet suspiró.

—Respecto a la clase de tiro...

—Sí, ya es hora de que sigamos —declaró él, y volvió a ponerse detrás de ella.

Cuando sus brazos la rodearon, Violet jadeó suavemente, aunque sabía que él solo lo estaba haciendo para colocar adecuadamente sus manos en el rifle y levantar sus brazos a la altura apropiada.

—Tienes que presionar la culata del rifle contra tu hombro, si no el retroceso podría hacerte caer de cu..., esto..., sobre el trasero y te resultaría muy doloroso. De modo que no dispares a menos que la culata esté firmemente apoyada. Así. Ahora veamos si puedes darle a algo antes de que la caja de la munición se vacíe. Intenta darle a uno de los cencerros de la valla.

Si el pecho de Morgan no siguiera presionado contra su espalda, lo que le provocaba una gran agitación, su sarcasmo la habría hecho enojar.

—¿Necesito explicarte que tienes que presionar el gatillo?

Más sarcasmo, pero esta vez él retrocedió un paso, lo que le permitió a Violet volver a respirar con normalidad y apuntar al blanco.

—Los animales salvajes que podrían hacerme daño no son tan pequeños como ese cencerro. Al menos, indícame un blanco del tamaño de un animal pequeño.

—De acuerdo, sígueme.

Morgan recogió la caja, abrió la puerta de la valla y siguió caminando otros siete metros antes de volver a dejarla en el suelo. Ella lo siguió y cerró la puerta por él. Entonces se dio cuenta de que el rifle ya empezaba a resultarle pesado. ¿De verdad pretendía que cargara con él mientras buscaba el dinero?

Antes de comentar algo en ese sentido, se fijó en la pistola que colgaba del cinto de Morgan. Le sorprendió que la llevara encima incluso mientras trabajaba en la mina.

—¿No me resultaría más fácil disparar con una pistola?

—Si lo que quieres es darle al blanco, no —declaró él mientras colocaba las manos en los hombros de Violet y la volvía de espaldas a él para ayudarla a sujetar el rifle de nuevo—. Para disparar con un rifle, tienes que mantenerlo en alto y mirar a lo largo del cañón para apuntar al blanco. Tengo un Colt extra, pero con los revólveres se dispara desde la cintura y se requiere mucha más práctica para acertar en el blanco.

Colocó el rifle en el hombro de Violet y luego dispuso su mano izquierda debajo del cañón para que le sirviera de apoyo. Violet ladeó la cabeza, miró a lo largo del cañón y vio que estaba apuntando al letrero que prohibía la entrada a los intrusos. Estaba a punto de apretar el gatillo cuando sintió el aliento de Morgan en su oreja. Un estremecimiento delicioso recorrió su espina dorsal y estuvo a punto de dejar caer el rifle, pero antes de que le resbalara de las manos, bajó el cañón hacia el suelo. Morgan retrocedió, ella se volvió lentamente y solo entonces se dio cuenta de que él se había inclinado sobre ella para comprobar si la dirección a la que apuntaba el rifle era la correcta.

—¿Has cambiado de idea acerca de aprender a disparar? —le preguntó Morgan.

—No, yo... —¡Santo cielo, adónde se habían ido sus desbocados pensamientos!—. Me has explicado cómo disparas tú con un Colt, pero yo soy una mujer. ¿No sería igual de efectivo si levantara el revólver a la misma altura que el rifle y mirara a lo largo del brazo?

Él la miró fijamente durante un instante y, luego, rio entre dientes.

—Podrías estar en lo cierto. Espera mientras voy a buscarlo.

¿Qué tenía Morgan Callahan que era capaz de ponerla de los nervios y, al mismo tiempo, excitarla hasta dejarla sin aliento? Dejó el rifle en el suelo y se dio aire en las mejillas con las manos hasta que vio que él regresaba. Todavía con el torso desnudo. Todavía alardeando de un físico que debía de ser la cúspide de la belleza masculina y de la tentación. ¿Sabía él lo atractivo que era físicamente? Quizá sí que lo sabía, y por eso escondía su fea cara detrás de aquella barba terriblemente peluda, para que no restara valor a su magnífico cuerpo. ¡Y ella seguía sin poder pensar con claridad!

—No tengo un cinto extra para el revólver —comentó Morgan cuando llegó al lado de Violet—, así que tendrás que idear una forma de llevarlo.

—¿No puedes prestarme el tuyo?

—No.

El revólver medía unos treinta centímetros de largo, por lo que no cabía en su bolso ni en el bolsillo de su falda, pero supuso que podría atarlo a su cintura con una cinta larga. Pero tendría que asegurarse de que Morgan no la viera llevando el revólver de aquella manera. Ya le provocaba bastante risa sin aquel detalle. Pero cuando él depositó el arma en la mano de Violet, ella se dio cuenta de que era tan ligera en comparación con el rifle que seguramente podría llevarla en la mano.

—Todo esto es para protegerme de animales que, probablemente, huirán de mí antes de que yo huya de ellos, ¿no es así? —preguntó Violet.

—Nunca se sabe —contestó él mientras le demostraba cómo se cargaba el revólver haciéndolo con el suyo propio—. Es inusual tropezarse con gente en estas montañas, pero he oído decir que, además de los ocupantes de minas, muchos forajidos huyen por estos derroteros y también he visto a alguaciles y cazadores de recompensas recorrer esta zona en su busca. También hay más buscadores de minas por estas montañas. El mayor peligro con el que te puedes encontrar son los animales salvajes, pero aun así tienes que saber protegerte de cualquier desconocido con el que te encuentres.

A ella le preocupaban más los animales salvajes.

—¿Y qué hay de los osos? ¿Llegan hasta aquí?

—El año pasado me tropecé con uno que estaba pescando en el río de más abajo. Me hice un abrigo con su piel. Pero no he visto ninguno tan arriba. Ahora veamos si tu idea tiene fundamento. Dispara al letrero.

Violet levantó el arma, miró a lo largo de su brazo y apretó el gatillo. La pistola pareció dar un salto en su mano y apuntó hacia arriba como si tuviera voluntad propia. Texas gritó desde el acantilado.

—¡Estoy intentando dormir aquí arriba!

Morgan se echó a reír.

Entonces se colocó detrás de ella otra vez, presionó su pecho contra la espalda de Violet y declaró con voz áspera junto a su oído:

—Te has olvidado del apoyo. —Levantó la mano izquierda de Violet y la colocó debajo de su antebrazo derecho—. Sujétalo con firmeza como hiciste con el cañón del rifle para mantenerlo estable. Ahora inténtalo.

Entonces, su aliento rozó la mejilla de Violet. Lo estaba haciendo otra vez, intentaba comprobar por sí mismo si el arma apuntaba al objetivo. ¿Realmente creía que podía concentrarse cuando se sentía como si estuviera rodeada completamente por él y en lo único que podía pensar era en besarlo?

—¿A qué estás esperando? —le preguntó él.

Violet apuntó con el arma hacia el suelo y se volvió mientras él seguía rodeándola con los brazos. Morgan ya se había enderezado, de modo que tuvo que levantar la vista para mirarlo a los ojos. Pretendía decirle claramente que constituía una distracción demasiado grande para ella para que aquello funcionara y quería proponerle que, en lugar de él, le enseñara a disparar su amigo. Pero las palabras no se materializaron.

El beso empezó suavemente. Como ella había supuesto, el bigote de Morgan le hizo cosquillas en el labio superior y no pudo evitar empezar a reírse tontamente, pero se le cortó la risa casi al instante cuando él colocó una mano en su nuca, la presionó contra él y sus labios separaron los de ella. O quizá fue cuando ella jadeó que sus labios se entreabrieron. En cualquier caso, el beso se volvió profundo, increíble y sumamente excitante, y despertó en ella múltiples sensaciones maravillosas al mismo tiempo. Notó un revoloteo en el estómago, el pulso se le aceleró, un cosquilleo subió por su espalda y, cuando la lengua de Morgan se deslizó junto a la de ella, sintió una necesidad urgente e irrefrenable de rodearlo con los brazos.

Gimió de placer. Por desgracia, él no lo identificó como un sonido de placer y se apartó de ella. Por una vez, Violet se dio cuenta de que él estaba frunciendo el ceño. Por una vez, no deseó que lo hiciera.

—Esto ha sido... —empezó Violet.

—Necesario para aclararte la mente —la interrumpió él—. Estabas distraída. Ahora concéntrate y sigue practicando. Dentro de unas horas, vendré para comprobar hasta qué punto has progresado. —Se alejó, pero se volvió de nuevo hacia ella—. Y nada de hacer trampas acercándote al letrero.

Ella estaba dispuesta a admitir que el beso había sido estupendo, pero quizá fuera mejor que él no supiera que le había gustado tanto. Eso podría hacer que quisiera más cuando, teniendo en cuenta que ni siquiera se caían bien, ella creía que no debían besarse. Sin embargo, sin el insulto previo, en esta ocasión no podía negar que el hecho de que el oso la besara había sido emocionante.

Sintiéndose ligeramente orgullosa de sí misma por el beso, levantó el arma, apoyó el brazo en la otra mano y realizó varios disparos. Contempló con incredulidad los impactos que había realizado en el letrero y le gritó a Morgan antes de que desapareciera en el interior de la mina:

—¡Ya soy una experta disparando!

—¡Y una mierda!

—He disparado tres tiros y he realizado tres impactos en el letrero. Yo creo que disparar es mi punto fuerte.

Él soltó un bufido y siguió caminando mientras gritaba:

—¡Vuelve antes de la cena o te quedas sin cenar!

A ella no le molestó su amarga reacción. Sonrió y supuso que su enfado no iba dirigido a ella. Estaba enojado consigo mismo porque deseaba besarla y lo había hecho.

21

Violet regresó al campamento exactamente a las cinco de la tarde. Antes de emprender la búsqueda, había cogido el reloj de bolsillo que guardaba en la maleta para asegurarse de que regresaba mucho antes de la puesta del sol. Sin embargo, como se había pasado la mayor parte del día caminando por terreno irregular, estaba cansada y decidió echarse una corta siesta antes de la cena.

Pero se olvidó de la siesta cuando vio que Morgan estaba echando las rocas que transportaba en una carretilla en un tipo de artefacto. Morgan hizo girar una manivela para elevar una pieza grande y cuadrada de metal cubierta por una redecilla y luego la dejó caer en el contenedor que había debajo. Cuando vio que echaba los guijarros del contenedor en unos cajones que había en el suelo, Violet dedujo que el artefacto era una trituradora.

—¿Estás guardando rocas? —le preguntó mientras se acercaba a él.

—Es mena de plata —la corrigió él—. La estoy preparando para fundirla.

—¿Así que eso es un horno? —comentó ella al ver que Morgan señalaba la cúpula de ladrillo con la cabeza.

—Lo enciendo más o menos cada cuatro días y solo de noche, ya que expulsa mucho humo y este podría verse desde lejos durante el día. Normalmente, el viento sube por el barranco o por la ladera y se lleva el humo lejos de la cabaña. El humo apesta como el infierno y, si inhalas mucho, incluso podría hacerte vomitar, así que no lo enciendo a menos que sople una buena brisa.

—¿Lo construiste tú?

Él asintió con la cabeza.

—Está hecho de simples ladrillos de barro. No podía subir uno prefabricado de metal por la montaña porque esos trastos son enormes. Y las trituradoras de rocas también lo son, así que también construí esta. Solo tuve que encargar un bloque de acero y las redes para sostenerlo. Cuando funda la mena tendrás que entrar en la cabaña, porque el humo podría desviarse hacia la explanada.

—Parece mucho trabajo extra. ¿No sería más sencillo vender directamente la mena?

—Sencillo, sí, pero no tan conveniente. Durante los primeros meses, lo hice así, por eso compré tantas mulas, para transportar la mena hasta la ciudad. Pero es más fácil transportar barras de plata que la voluminosa mena.

—¿Si la fundes primero, ganas más dinero?

—Mucho más. Todavía no es plata pura, pero tiene una pureza de un ochenta por ciento, lo que se considera una concentración alta. Y si los plateros del Este quieren plata de ley, pueden procesarla más. Eso requiere utilizar muchos productos químicos que yo no tengo y máquinas enormes que generan más calor que los hornos pequeños como el mío. —Por fin volvió la vista hacia ella—. Mientras estabas fuera, no he oído ningún disparo. ¿No has visto ningún animal?

—Solo animales pequeños, pero Bo los hacía huir antes de que yo llegara.

—No me gusta que vayas lejos sola.

¿Su instinto protector volvía a salir? Violet tuvo deseos de sonreír. Quizá los consejos de tía Elizabeth estaban funcionando. Quería oírlo decir que se preocupaba por ella, de modo que le preguntó:

—¿Por qué?

—Si te ocurriera algo, tendría que malgastar tiempo buscando tu cadáver. —Entonces se fijó en la cinta que rodeaba las caderas de Violet—. Tienes un bonito cinto para la pistola.

Las mejillas de Violet se encendieron con enojo por sus dos comentarios. Sabía que diría algo sarcástico sobre la cinta, pero lo que había dicho acerca de malgastar el tiempo era la gota que colmaba el vaso. Se dirigió con paso decidido a la cabaña, pero estaba demasiado agitada y sucia para dormir una siesta, de modo que pocos minutos después salió con la pastilla de jabón marrón y su último conjunto de ropa limpia. Cruzó la explanada hasta la puerta de la valla y gritó:

—¡Tengo la pistola, así que no necesito que me escoltes durante este baño!

Lo único que hizo él fue gritarle:

—¿Otra vez vuelves a bañarte? ¡Si lo hiciste justo ayer!

Ella gruñó entre dientes. ¿Realmente había creído que él se preocuparía por ella, por la espina que tenía clavada en el costado? ¡Por supuesto que no! En cualquier caso, lo que probablemente había deseado era que se perdiera y no regresara jamás.

Cuando salió de la charca, se estaba riendo de sí misma. Nada como una buena zambullida en agua fría para ver las cosas con perspectiva. No necesitaba caerle bien a aquel hombre; lo único que necesitaba de él era que admitiera que la sociedad que había establecido con Charles debería continuar y de hecho continuaría con los herederos Mitchell. Las razones por las que se había asociado con Charles seguían siendo válidas y todavía no habían quedado resueltas.

¡Cielo santo, durante un brevísimo tiempo después de que por fin aceptara que ella era Violet Mitchell, se habían reído y se habían llevado bien! Ella quería recuperar eso. Entonces podría explicarle el plan que había elaborado para salvar de inmediato el domicilio familiar. Necesitaba que Morgan liquidara el préstamo. De este modo, ella y sus hermanos podrían devolverle el dinero a él en lugar de al banco. Para ello, tendría que engatusar al oso para que volviera a ser generoso. ¿Le resultaría difícil conseguirlo? Él le había confesado que tenía un corazón de oro. Pero no podía pedirle nada hasta que su estado de ánimo mejorara, y este no mejoraría si ella seguía discutiendo con él. ¿Por qué no conseguía seguir los consejos de tía Elizabeth?

Una vez en la cabaña, descolgó la improvisada separación para poder sentarse en la cama y hacerse la trenza sin que la manta dificultara sus movimientos. Ansiaba poder dormir en camisón aquella noche. ¿Se atrevería a hacerlo estando Morgan en la cabaña? ¿Se pondría él a fundir la mena de plata una vez que hubiera oscurecido? No lo había precisado con claridad.

Fue lo primero que le preguntó cuando entró a preparar la cena.

—No, ya te he dicho que solo enciendo el horno cada cuatro días. Trituro rocas todos los días, pero necesito disponer de una cantidad de mena suficiente para que merezca la pena encender el horno. ¿Hoy no te has lavado el pelo?

Violet se sonrojó levemente. No se lo había lavado porque no quería que Morgan insistiera en desenredarle el cabello y volviera a turbarla como había ocurrido durante la lección de tiro, de modo que respondió:

—Prefiero no lavármelo tan tarde porque, si me lo trenzo antes de que esté seco, al día siguiente estará todo ondulado.

—Pues entonces no te lo trences.

—Estoy acostumbrada a hacerme una trenza antes de acostarme para que no me moleste durante la noche.

—Teniendo en cuenta lo mucho que te mueves y las vueltas que das mientras duermes, me parece una buena idea.

Aquellos comentarios tan íntimos sobre ella la desconcertaron. ¿Acaso la había estado observando mientras dormía?

—¿Y eso cómo lo sabes?

—No pude evitar darme cuenta cuando paramos durante el trayecto de Butte hasta aquí.

¡Ah, eso! Violet se relajó, hasta que él añadió:

—Y también hablas mientras duermes.

Violet soltó un respingo. ¡Ella no hablaba mientras dormía! Pero, aunque sus comentarios la empujaran a ello, de ningún modo quería enzarzarse en otra discusión con él, así que cerró la boca y apartó la mirada de su pecho desnudo. ¿Por qué no se ponía una camisa cuando salía de la mina? Quizá quería lavarse primero, pensó Violet. De hecho, Morgan salió de la cabaña con ese fin después de dejar la comida cociéndose en el fuego.

Mientras él no estaba, Violet estuvo contemplando el fuego e intentó tranquilizarse. No debía permitir que aquel hombre y sus costumbres la pusieran tan nerviosa. Y, aparentemente, lo consiguió, porque, cuando él regresó, le sonrió; sobre todo porque se había puesto una camisa.

Morgan llevó la comida a la mesa y Violet sonrió para sus adentros al ver que, antes de dejar las cacerolas calientes sobre la mesa, la protegió con una toalla. Una de las cacerolas contenía carne en salsa y la otra, zanahorias cocinadas con manteca. El pan que puso en la mesa olía a fresco y Violet supuso que lo había cocido el día anterior, mientras ella dormía la siesta.

—¿Quién es Elliott? —le preguntó Morgan cuando empezaron a comer.

Violet casi se atragantó. ¿Era verdad que hablaba en sueños? Para hacerlo, debía de estar más que exhausta..., claro que el día anterior lo estaba. Si hablara en sueños con regularidad, sin duda Sophie, con quien había compartido la habitación durante todos aquellos años, se lo habría comentado.

Morgan la miraba expectante, de modo que Violet carraspeó y dijo:

—Es el lord inglés del que te hablé; el hombre con el que tengo planeado casarme cuando regrese a Londres.

—¿Ya te ha pedido en matrimonio?

—No, pero la temporada londinense, durante la que se celebran un sinfín de fiestas, estaba a punto de empezar cuando tuve que volver a casa. Hace años que ansío la llegada de esta temporada y todavía me cuesta creer que me la esté perdiendo. Y los bailes..., me encanta bailar. Cuando lord Elliott y yo nos conocimos, él enseguida mostró interés por mí. ¡De hecho, quebrantó unas cuantas normas sociales porque no pudo apartarse de mi lado! ¡Es tan cortés y encantador! Incluso me dijo que estaba buscando una esposa y sé que, si yo estuviera allí disfrutando de la temporada con él en lugar de estar aquí intentando solucionar el lío en el que nos ha metido nuestro padre, me habría pedido en matrimonio.

—¿Culpas a Charley de haberse muerto?

—¡No, claro que no!

—Pues a mí me lo parece —declaró él mientras se encogía de hombros—. Y ese Elliott al que le vas a pagar para que se case contigo me parece un idiota.

—Ya te lo dije. Entre la aristocracia, se espera que las mujeres aporten una dote al casarse, algo de lo que está claro que no tienes ni idea. Así que haznos a los dos un favor y acaba de comer en silencio, que es lo que yo pretendo hacer también.

Cuando terminó de hablar, le lanzó una mirada airada. ¿Por qué sonrió él a continuación? ¿La había provocado deliberadamente y estaba satisfecho de haberlo conseguido? Pero se negó a dirigirle la palabra mientras estaba tan sumamente dolida. Si lo hiciera, sin duda diría algo de lo que después se arrepentiría.

Terminó de cenar rápidamente y se retiró detrás de la manta de separación para no tener que verlo ni un minuto más. El nuevo arreglo realmente le proporcionaba cierta intimidad. Ahora estaba mucho mejor. Pero, aunque no lo viera, seguían estando en la misma habitación y no consiguió desnudarse y ponerse el camisón. A veces deseaba que el comportamiento correcto no fuera tan sumamente incómodo.

22

—¿Qué has encontrado, Bo? —gritó Violet cuando el perro, que iba por delante de ella, se puso a ladrar.

Corrió hacia él mientras confiaba en que por fin hubiera entendido que quería que rastreara el olor de su padre. Todos los días, antes de iniciar la búsqueda, le hacía oler la chaqueta de su padre. Pero cuando llegó junto a él, vio que lo único que había encontrado era una familia de conejos y que no sabía a cuál de ellos perseguir.

Violet se aseguró de que el perro solo quería jugar con su presa en lugar de devorarla y siguió caminando. Después de buscar durante cuatro días por todos los rincones de aquellas colinas y no encontrar nada, empezaba a sentirse frustrada. El día anterior, exploró la ladera de la colina en dirección oeste y lo que vio cuando llegó al límite inferior de la zona boscosa la decepcionó enormemente, pues se trataba de una extensión interminable de prados verdes y dorados. Mientras descendía por la ladera, examinó todos los pinos de la zona, pero estaba muy enfadada porque ninguno tenía las raíces expuestas ni ningún hueco en el tronco que pudiera utilizarse como escondrijo, de modo que, aquel día, lo consideraba perdido.

Además, la angustia que sentía últimamente no desaparecía. Pedirle a Morgan un préstamo para salvar la casa familiar le producía terror. ¿Pero cómo si no podrían sus hermanos viajar al Oeste para trabajar en la mina de su padre? Aunque encontrara el dinero y se lo enviara para que pudieran pagar el plazo siguiente, cuando el señor Perry descubriera que habían abandonado la ciudad sin liquidar la totalidad de la deuda, seguramente se quedaría con la casa.

Además, Violet tenía que llegar a un acuerdo con Morgan en nombre de sus hermanos sin poder consultarlo con ellos previamente. ¿Y si sus hermanos rehusaban trabajar en la mina? Al fin y al cabo, se trataba de un trabajo realmente duro. Cuando, gracias al préstamo de Morgan, ya no corrieran el peligro de perder la casa, quizá quisieran encontrar otra manera de devolverle el dinero. Entonces él quizá se enfureciera y, si no le devolvían el dinero enseguida o empezaban a trabajar de inmediato para devolvérselo, podía hacer que los encarcelaran.

Tantas posibilidades negativas ocupaban su mente que, durante los últimos tres días, no había conseguido nada aparte de no enojarse con Morgan ni discutir con él. Pero el hecho de que no se sintiera capaz de abordar un tema tan importante no hacía más que aumentar su nerviosismo. Por otro lado, si Morgan se negaba a prestarles el dinero, todos sus sueños y esperanzas de futuro se irían al traste.

Aunque había conseguido no enfadarse con Morgan, tenía la impresión de que él no se mostraría receptivo a su propuesta. De hecho, sus ademanes y acciones, como poner los platos sobre la mesa a golpetazos o salir de la cabaña para ir a trabajar dando fuertes pisotones al suelo, sugería que seguía estando de malhumor. Su estado de ánimo parecía haber empeorado desde la cena de tres días atrás, cuando le preguntó quién era Elliott. Quizá se había explayado demasiado alabando las virtudes de Elliott y quejándose de tener que perderse las bonitas fiestas de la temporada londinense. Al hablar demasiado de sí misma, había quebrantado una de las normas de tía Elizabeth para encandilar a un hombre. Además, la noche anterior lo había hecho enfadar tanto que salió de la cabaña dando un portazo y durmió en el porche.

¡Pero aquello no fue culpa de ella! No podía dormir porque las piernas le dolían de tanto caminar y tenía calambres en las pantorrillas, de modo que se levantó el camisón para frotárselas. Al final se había dado por vencida y ahora dormía con el camisón, que le resultaba más cómodo.

Morgan debió de oír sus gemidos y le preguntó:

—¿Qué te pasa?

Cuando se lo contó, el oso de pecho desnudo apartó a un lado la manta de separación y lanzó un botellín de linimento sobre su cama. Violet soltó un respingo porque se había arremangado el camisón, de modo que le proporcionó una visión clara de sus doloridas piernas. Pero él lo único que hizo fue fruncir el ceño, volver a colocar la manta de separación y regresar a su cama.

Todavía había brasas encendidas en la chimenea y estas arrojaban algo de luz en la cabaña, pero el interior de su cubículo estaba a oscuras, lo que le impedía leer la etiqueta del botellín.

—¿Para qué sirve esto?

—Para todo tipo de cosas. Una de ellas es los músculos doloridos.

A Violet se le encendieron los ojos.

—¿Tenías este remedio y no me lo ofreciste cuando llegamos y apenas podía caminar?

—Cuando mis amigos regresaron a Nashart, se dejaron algunas cosas aquí. Yo me había olvidado del botellín, lo encontré justo ayer cuando estaba buscando la sal.

Apaciguada por su respuesta, Violet empezó a aplicar el linimento en sus pantorrillas mientras suspiraba de alivio y murmuraba:

—Esto funciona realmente rápido. Lo probaré también en los muslos.

Segundos después, mientras volvía a suspirar de alivio y placer, la sobresaltó oír que Morgan salía de la cabaña pisando fuerte.

A Violet no le gustaba pensar en todo aquello, ya que lo único que hacía era confirmarle que Morgan no estaba listo para «La Charla». ¡Qué frustrante! Su padre había encontrado exactamente lo que había ido a buscar al Oeste, una nueva fortuna, y ahora dependía de ella asegurarla para su familia.

Aquel día, regresó al campamento más tarde de lo habitual, alrededor de las seis de la tarde, y encontró a Texas en lugar de a Morgan en la cabaña. Acababa de prepararse un café y señaló:

—Morgan vuelve a trabajar hasta tarde en la mina. Los últimos días ha trabajado como un demonio.

Ella no lo sabía porque también había estado buscando el dinero como un demonio.

—No he tenido suerte en la búsqueda del dinero de mi padre y, por lo visto, sigo siendo una molestia para Morgan.

—Se diría que a los dos os iría bien un descanso. Seguramente, no le molestarías tanto si jugaras al póquer con él. ¡Le encanta ese juego! —Luego se rio—. Aunque no es tan bueno como dice. ¡Podrías acabar ganando algo de dinero!

Antes de que se fuera, Violet le dio las gracias por el consejo. La emocionó disponer de un nuevo recurso para continuar la ofensiva de seducción del oso. Aquella noche, la quinta en el campamento de Morgan, esperó a que él terminara de cenar y le propuso:

—¿Me enseñas a jugar al póquer o estás demasiado cansado?

Como respuesta, él cogió una cajita de una de las estanterías y la dejó en la mesa delante de Violet.

—Reparte las pepitas mientras lavo los platos —le indicó.

Violet abrió la caja, sacó una baraja de cartas y se quedó mirando con sorpresa la capa de pepitas de oro que había en el fondo. Volcó con cuidado las pepitas sobre la mesa, las dividió en dos montones de treinta pepitas cada uno y, la que sobraba, la volvió a dejar en la caja.

Cuando Morgan regresó con los platos limpios, ella le preguntó:

—¿Este es el oro que encontraste en los arroyos cuando llegaste a esta cordillera?

—Sí, lo que queda de él.

—¿Cuánto vale?

Él se encogió de hombros mientras se sentaba frente a ella.

—Unos mil doscientos dólares aproximadamente.

Violet resopló.

—¿Y por qué no lo has vendido?

—Porque le dije a mi familia que venía aquí para encontrar oro y llevaré a casa las pepitas que queden para demostrárselo. Mientras tanto, cuando a Tex y a mí nos apetece jugar al póquer, le doy un par de pepitas a cambio de cuarenta dólares porque yo no guardo efectivo aquí, pero él sí. Además, a él le encanta jugar con pepitas en las partidas en las que participa cuando va a la ciudad. Eso siempre llama la atención y así consigue una chica guapa para pasar la noche. ¿A ti te pusieron el nombre por el color de tus ojos?

Ella parpadeó un par de veces al oír su pregunta y se alegró de que esta evitara que se sonrojara por su comentario de «una chica guapa para pasar la noche».

—No, me dijeron que, cuando nací, tenía los ojos azul claro. Pero en aquel momento las violetas estaban en floración y mi padre le llevó un ramo a mi madre. Cuando vio las violetas, a mi madre se le ocurrió ponerme ese nombre. Según me contó mi padre, mis ojos no se volvieron de color violeta hasta que tuve más o menos seis meses. Cuando ocurrió, mis padres se echaron a reír. Claro que mi madre también tenía los ojos de color violeta, de modo que seguramente esperaba que los míos se volvieran de ese color algún día. No lo sé, porque falleció antes de que yo fuera lo bastante mayor para preguntárselo.

—Lo siento.

—Yo también. Su ausencia fue la causa de que yo asumiera el papel de madre con mis hermanos.

—¿Cuándo fue eso?

—Cuando tenía cinco años.

Él se echó a reír.

—No, no lo hiciste.

—Sí que lo hice, y ellos me siguieron la corriente, aunque probablemente les habría ido mejor si no lo hubieran hecho, porque mejoré.

—¿Haciendo de madre?

—No, manteniéndolos a raya. ¡A esa edad eran tan revoltosos! ¿Y qué pasa con la partida de póquer?

Él le explicó las reglas. Incluso realizó varias tiradas para mostrarle las distintas combinaciones con las que podía ganar, desde la carta más alta, hasta una escalera real y todas las posibilidades intermedias. Luego, barajó las cartas y repartió cinco a cada uno.

—¿Y qué hay de los faroles que me comentaste?

—Digamos que tienes tres ases. Es probable que resultes ganadora. Pero no quieres que nadie lo sepa, así que, en lugar de apostar a los tres ases, renuncias a apostar y confías en que otro jugador apueste porque, como no has apostado, cree que abandonarás la partida. Entonces, cuando el otro apueste, puedes ser considerada e igualar su apuesta o ir a por todas y subirla. En ese caso, el otro tendrá que poner más dinero para poder ver tus cartas, o se retirará y tú te quedarás con el bote.

—Tengo tres ases.

—No, no los tienes, además, mentir sobre lo que tienes no es lo mismo que ir de farol. El farol se basa en tu forma de apostar, en si tu apuesta es alta o baja, no en mentir sobre lo que tienes o en la expresión de tu cara. Además, ir de farol no es obligatorio, solo hace que el juego resulte más interesante.

Eso era lo que Morgan quería, que la partida fuera interesante, de modo que Violet sonrió con dulzura y le preguntó:

—¿Va contra las normas decir las cartas que uno tiene?

—No, simplemente, no es una forma inteligente de jugar y no se considera un farol.

—¿Por qué no? De todas formas, tú tienes que decidir si estoy diciendo la verdad o no, lo que, por tu definición del póquer, sería lo mismo que decidir si estoy yendo de farol o no. Además, aunque fuera verdad que tengo tres ases, para verlos, tú tendrías que pagar, ¿no?

Él arqueó una ceja, cubrió la apuesta de Violet e incluso la subió con dos pepitas más. Ella vio su apuesta y la subió tres pepitas más.

—¿Podría haber subido tu apuesta con todas mis pepitas? —preguntó Violet.

Él puso los ojos en blanco.

—Sí, pero esta es una partida de prueba, y si te quedas sin pepitas en la primera mano, se acaba la partida. Además, si yo veo tu apuesta pero no la subo más, se acaba la mano.

Ella extendió sus cartas sobre la mesa con aire de suficiencia y él, cuando vio que tenía tres ases y una pareja de nueves, rompió a reír. Violet estaba encantada, pero no por haber ganado, sino porque había conseguido que Morgan se lo pasara bien.

Jugaron durante una hora más y Violet perdió todas sus pepitas. Esto pareció poner a Morgan de buen humor. Sin embargo, era tarde y él ya había bostezado varias veces. Entonces Violet decidió que, al día siguiente, tanto si llovía como si tronaba, le pediría el préstamo y le explicaría su propuesta de asociación.

23

A la mañana siguiente, justo después de desayunar, Violet se dirigió con determinación en dirección sur decidida a encontrar el dinero. Exigiría a Morgan que se lo enviara a sus hermanos de inmediato. Ya había buscado en esa dirección dos días antes, pero solo había explorado las laderas que eran fáciles de recorrer. Aquel día, como se sentía más cómoda en la naturaleza salvaje, se aventuraría en terrenos más escabrosos en los que abundaban las paredes altas y rocosas.

Encontró tierra removida y se emocionó. Entonces apartó la tierra con una piedra afilada. El hecho de que Bo gimiera, debería de haber constituido una pista, pero cuando lo único que desenterró fue un hueso que Bo había enterrado, se sintió decepcionada. Él lo cogió enseguida y se alejó trotando. Violet exhaló un suspiro y se sentó en la hierba durante unos minutos mientras miraba alrededor. Estaba junto a una pared rocosa que solo medía un metro y medio de alto. Su inicio estaba a menos de cien metros atrás y, más adelante, vio un agujero negro en su base. Entusiasmada por haber encontrado un escondrijo en potencia, se levantó de un salto y corrió hacia allí, pero cuando vio al animal que salía gateando del agujero, se quedó boquiabierta.

—¡Vaya, pero si eres adorable! —exclamó mientras estrechaba al cachorro entre los brazos. Tenía el vientre de color crema, pero la mayor parte de su pelo era marrón con motas negras, y la parte inferior de su cara era blanca—. Tú y yo vamos a ser grandes amigos y, cuando nos hayamos casado, lord Elliott también te adorará. Insistiré en que lo haga.

Estaba tan encantada de tener, por fin, un perro propio y de poder criarlo y educarlo personalmente, que ni siquiera dio un vistazo al agujero, sino que regresó al campamento a toda prisa para enseñarle a Morgan lo que había encontrado. Le gritó que saliera de la mina. Él salió rápidamente con la pistola en la mano, y Violet, con la cara iluminada por una amplia sonrisa, sostuvo al cachorro en el aire para que lo viera. Pero él apenas lo miró, ya que miraba detrás de ella.

—No deberías haberlo traído aquí.

Ella levantó levemente la barbilla.

—Voy a quedármelo.

—Si pretendes quedarte a vivir aquí con él hasta que se muera, de acuerdo. Cuando su madre aparezca, y te aseguro que lo hará, la mataré para defenderte. Pero no podrás llevártelo de aquí. La mayoría de los hombres sienten una gran aversión por los lobos, incluso por los pequeños.

—¿Es un lobo?

—¿De verdad creías que se trataba de un perro?

—¡Pero si solo es un cachorro!

—Y su madre debe de estar buscándolo. ¡Mierda! ¿Desde cuándo los lobos se han instalado en mi colina? ¿Has visto algún otro mientras explorabas los alrededores durante estos días?

—No —contestó ella con desconsuelo.

Estaba destrozada, tanto que sintió que los ojos se le llenaban de lágrimas. Era evidente que no podía quedárselo y hacer que mataran a su madre.

—Vamos, tenemos que lavarlo para eliminar tu olor y dejarlo exactamente donde lo encontraste. Ve tú a lavarlo y yo iré a buscar un saco para transportarlo.

Violet sabía que Morgan tenía razón, pero le entristeció tener que devolver el cachorro, así que se prometió a sí misma que, cuando regresara a Inglaterra, compraría un perro, aunque supuso que primero debería comentárselo a Elliott. Quizá él ya tenía un montón de perros. Quizá no le gustaban. En ese caso, tendría que reconsiderar que fuera su primera opción como marido.

Morgan montó en César para aquel corto trayecto y le ofreció la mano a Violet para que montara detrás de él. No perdió tiempo ensillando al caballo. De todos modos, gracias a Carla, Violet ya se había acostumbrado a montar sin silla. Cuando llegaron a la guarida, Morgan desmontó y depositó con cuidado al cachorro en el suelo tirando del extremo inferior del saco. El lobezno enseguida se abalanzó sobre una de sus botas, pero Morgan no se dio cuenta porque había levantado la vista hacia Violet.

—Tienes que permanecer lejos de este lugar —le advirtió.

—¡Pero si no he terminado de explorar esta zona! Cuando vi el agujero, creí que por fin había tenido suerte, pero el cachorrillo me distrajo y me olvidé de inspeccionar la guarida.

Morgan dio una ojeada al interior de la cueva.

—No es muy profunda y parece recién excavada. Seguramente, para el alumbramiento. Es posible que, si la madre te vio rondar por aquí durante los días pasados, esté en el proceso de trasladar a la camada. Esa podría ser la causa de que solo haya un cachorro, ya que las lobas suelen dar a luz a cuatro o cinco lobeznos. Si este ya no está por aquí más tarde —se interrumpió para sacudir la bota y apartar al cachorro—, significará que la loba se ha trasladado definitivamente a otro lugar con la camada. Suelen evitar a las personas. Volveré para comprobarlo antes de la cena.

Ya de vuelta en el campamento, Morgan desmontó a Violet del caballo, pero, aunque ella ya estaba de pie sobre el suelo, él no apartó las manos de su cintura. Violet levantó la mirada para averiguar el porqué y vio que él la examinaba con sus ojos azules.

Violet esperó sin poder respirar y al final él dijo:

—Te encontrarás mejor después de haber comido. Puedes comer mientras pescas.

Violet se quedó mirándolo fijamente mientras él entraba en la cabaña. ¿Qué diantres acababa de suceder? ¿Pescar? Lo siguió y le preguntó:

—¿Cuándo he decidido yo ir de pesca?

—Necesitas distraerte para olvidarte del cachorro del que has tenido que separarte. Ir de pesca te ayudará. Charley iba a pescar dos veces a la semana para contribuir al suministro de comida y no veo por qué no habrías de hacerlo tú también. Te aconsejaría que sostuvieras la caña en una mano y el revólver en la otra, pero te lo haré más fácil e iré contigo. La caña de tu padre está detrás de la cabaña, al lado de una caja de cebos. Tu padre ató varias piedras pequeñas de escoria al anzuelo porque esta brilla dentro del agua. Supongo que primero tendré que enseñarte a pescar, ¿no?

—No, mi padre nos enseñó a mí y a mis hermanos cuando éramos niños. Cuando empezaba la primavera y hasta el final del verano nos llevaba de pesca al menos una vez al mes.

—No me digas que hurgabas en la tierra en busca de lombrices porque no te creeré.

Ella le sonrió.

—Mis hermanos y yo íbamos de noche a buscar las lombrices. Yo levantaba las piedras para encontrarlas, pero llamaba a uno de mis hermanos para que las cogiera. Al día siguiente, ellos no esperaban a que les pidiera que las empalaran en el anzuelo por mí. Se supone que las chicas no debemos hacer ciertas cosas y tocar lombrices es una de ellas —declaró con actitud remilgada.

Morgan rio entre dientes y ella se fue a buscar la caña de pescar. El estado de ánimo de Morgan había mejorado, lo que resultaba prometedor. ¿Le había perdonado que lo amenazara con matarlo? Si lo había hecho, le resultaría un poco más fácil pedirle que les prestara el dinero para cancelar el préstamo y se asociara con ellos. Quizá no esperaría a la noche para hacerlo.

24

—¿Sabes qué ha pasado con el reloj de bolsillo de mi padre? ¿Sabes si lo perdió o se le rompió? He buscado en su maleta, pero allí no está.

Violet estaba sentada en la orilla del río, a varios kilómetros de la montaña de Morgan. Él estaba tumbado en la hierba cerca de ella y el sombrero le cubría la mayor parte de la cara. Violet sujetaba la caña de pescar con una mano y el parasol con la otra. Había hecho bien en cogerlo, ya que en aquella zona del río no había árboles que proporcionaran sombra ni en una ni en otra dirección. Pero le costaba apartar la mirada del fornido y largo cuerpo de Morgan. Al menos ahora llevaba puesta una camisa y había empezado a adoptar esa costumbre cuando no estaba en la mina.

Al ver que no le respondía, se preguntó si estaba dormido, de modo que elevó un poco la voz y añadió:

—Te lo habría preguntado antes, pero siempre me olvidaba de hacerlo. Tiene un valor sentimental, de no ser así, no te preguntaría por él. Mi madre se lo regaló y tiene una inscripción: «Para que no te olvides de volver a casa.» Mi padre decía que se trataba de una broma entre ellos porque solía llegar tarde a cenar.

—Vi que lo utilizaba apenas dos días antes de que sufriera el ataque al corazón, así que no lo perdió. Si no lo has encontrado entre sus pertenencias, es probable que lo llevara encima cuando lo llevé a la ciudad y debieron de enterrarlo con él.

—De hecho, eso es... reconfortante. A él le habría gustado.

Morgan se incorporó.

—No te pondrás a llorar otra vez, ¿no?

Ella lo miró de reojo y esbozó una débil sonrisa, pero él seguía llevando el sombrero tan inclinado hacia delante que lo único que realmente pudo ver fue su ridícula barba.

—¿Por qué no te afeitas? —le preguntó—. En la cabaña tienes utensilios para hacerlo.

—Sería una pérdida de tiempo —replicó él.

Volvió a tumbarse y se tapó de nuevo toda la cara con el sombrero.

—¿No tendrás un espejo en el que puedas ver el aspecto tan..., tan greñudo que tienes?

—De modo que quieres que me afeite por ti, no por mí.

Ella se sonrojó.

—Solo te lo he preguntado por curiosidad. ¿Llevabas el ganado a pastar con esta barba o te afeitabas porque asustabas a las vacas y salían huyendo?

—¡Demonios, no! Mi madre me habría arrancado la piel a tiras si hubiera entrado en casa con este aspecto. —Ella empezó a reírse, pero él añadió—: Además, desde que estoy aquí me he afeitado..., dos veces, creo.

Esta vez, Violet sí que se rio.

—¿Es uno de tus disfraces para ir a la ciudad? —le preguntó—. Montañero, ermitaño, vaquero..., ¿cualquier cosa con tal de no aparentar ser un minero?

—Algo así.

Una hora más tarde, como todavía no había pescado nada, Violet se levantó para lanzar el anzuelo más lejos.

—Si estás dormido, no podrás protegerme —se quejó mientras volvía a sentarse.

—¿Estaba roncando?

—No.

—Entonces puedes suponer que no estaba durmiendo. —Se incorporó para abrir la cesta que había entre los dos—. Come, pero no sueltes la caña, es la única que tenemos.

Ella tomó el bocadillo que él le tendía.

—¿Estás seguro de que en este río hay peces?

—Lucios y truchas. Charley siempre regresaba con el cesto lleno.

Violet soltó un gruñido. Si esperaba que pescara tantos peces, se pasarían allí todo el día. Sin embargo, él no parecía impaciente en volver a la mina y ella no podía regresar a la ladera sur hasta que la loba hubiera trasladado a todos los lobeznos. Pero, lo que era más importante era que estaban hablando sin rencor y sin acusaciones. Le sorprendió lo agradable que era estar así con él.

—Si mi padre pescaba a menudo en este río, podría haber escondido el dinero por aquí —reflexionó ella en voz alta.

—Sí, pero dudo que lo hiciera. La gente que viaja por esta zona sigue el río hacia el norte o hacia el sur, y Charley lo sabía. Yo creo que debió de buscar un lugar menos frecuentado y donde fuera menos probable que alguien se tropezara con su escondrijo. —Entonces le ofreció un puñado de frutos silvestres que sacó del cesto y le preguntó—: ¿Por qué te enviaron a Inglaterra?

—Haces que suene como si me mandaran allí como castigo, pero te aseguro que no fue así. Tía Elizabeth es la hermana de mi madre y está casada con un lord inglés. Cuando fue a visitarnos a Filadelfia, le horrorizó ver que, y lo digo con sus propias palabras, «vivía como una salvaje». A mí, simplemente, me gustaba estar al aire libre, aunque admito que me había saltado algunos estudios. Pero también reprendió a mi padre por permitir que actuara como una adulta cuando ni siquiera tenía diez años. Le preocupaba que me estuviera perdiendo la infancia y creo que mi padre se sintió un poco acobardado por ella. Tía Elizabeth puede resultar bastante temible, de modo que mi padre no se opuso cuando ella le propuso llevarme a Inglaterra, donde contaría con las directrices de una mujer y una educación apropiada.

—¿No te parece extraño que Charley no me hablara de ti?

—Quizá a ti te parezca extraño, pero puede que no lo fuera para él. Probablemente creía que a mí no me afectaría la pérdida de la herencia porque yo estaba en Inglaterra al cuidado de mis tíos. O quizá no le pareció apropiado hablarle de su hija a un oso greñudo.

—¿Así que un oso?

—En la ciudad oí a más de una persona compararte con un oso.

—¿Y tú también me ves así?

—Bueno, digamos que, cuando el río suena...

Él se echó a reír y ella sonrió.

Cuando acabaron de comer, él volvió a tumbarse en la hierba y ella se levantó para tomarse más en serio lo de la pesca. Al estar de pie y en el borde de la orilla, pudo lanzar el sedal todavía más lejos. Diez minutos más tarde, consiguió pescar el primer pez y lo lanzó sobre el pecho de Morgan. Él se incorporó repentinamente y ella se rio.

—Ahí va uno —declaró con una sonrisa burlona—. Solo me falta otro.

—O tres más si quieres ser amable y pescar un par para

Tex. Le encantó la carne de puma que tú rechazaste y me pidió que te diera las gracias por hacerle ascos a la carne.

Violet soltó una risita.

—No, no es verdad.

Durante los últimos días, Texas había correspondido al favor de Morgan con dos conejos y un pavo que había lanzado por el acantilado para que Morgan los encontrara cuando saliera de la mina. Violet le preguntó cómo era posible que no oyera los disparos que realizó Texas cuando cazó aquellos animales.

—De hecho, cuando ninguno de sus colegas está por aquí para burlarse de él, Tex prefiere cazar con arco y flechas.

Morgan le quitó el anzuelo al pescado para ayudar a Violet y ella regresó al borde de la orilla, que era donde había tenido suerte. Luego, lanzó de nuevo el sedal y volvió la vista hacia Morgan.

—¿Por qué dejaste el rancho para trabajar de minero? ¿Tu familia necesita el dinero?

—No, tenemos un rancho grande, pero mientras crecía, más de una vez pensé que Nashart debería tener una tienda donde se vendieran todos los artículos elegantes del Este que mi madre, Mary, tenía que pedir por encargo y esperar semanas o incluso meses a recibirlos. Son incontables las veces que nos pidió a mí y a mis hermanos que fuéramos a la ciudad para ver si habían llegado sus pedidos. Y también son incontables las veces en las que se sintió decepcionada cuando tuvimos que decirle que todavía no habían llegado. Así que, finalmente, decidí que le construiría esa tienda en la ciudad. Pero no podía contárselo a mi familia. Los Callahan son rancheros, siempre lo han sido y siempre lo serán, y mi padre se habría opuesto rotundamente a mi proyecto, aunque a mi madre le entusiasmaría.

—¿Así que viniste aquí para conseguir el dinero para realizar tu proyecto y, de este modo, evitar discutir con tu padre?

—Bueno, la discusión no podré evitarla. ¡Y será una buena! Pero como no tendré que pedirle el dinero a mi padre, no dependeré de él para construir la tienda.

—No te imagino como propietario de un gran comercio —bromeó ella—. ¡Espantarás a los clientes!

Él resopló, pero ella sonrió. En cualquier caso, sus razones para llevar a cabo aquel proyecto eran encomiables. Lo hacía por su madre. Para hacerla feliz. Para llevar ropa y muebles elegantes a los habitantes de aquel territorio remoto y salvaje. Si no le cayera tan mal, podría caerle bien... ¡Un momento, eso no tenía sentido!

—¿Qué harás con la mina cuando vuelvas a casa?

—He pensado que, cuando esté listo para irme, podría contratar a un gerente y transformarla en una gran compañía productora de plata. Pero también he pensado que podría volarla por los aires.

Ella resopló.

—¿Y enterrar toda esa riqueza? También podrías venderla.

—Esa es la cuestión... Podría haberla vendido... si Sullivan no me hubiera cabreado, pero ahora no pienso hacerlo.

No lo había dicho gruñendo, lo que era prometedor. De una forma inesperada, esto le ofreció a ella la oportunidad perfecta para hablar de negocios con él.

—Tienes otra alternativa: si constituyes una nueva sociedad con nosotros, mis hermanos y yo podríamos continuar explotando la mina.

—¿Tú vas a excavar con un pico?

Seguramente resultaría tan poco efectiva como su padre, pero levantó la barbilla con tozudez.

—Si tengo que hacerlo, lo haré. De hecho, ya debería ser tu socia. Las leyes sucesorias deberían aplicarse en este caso y yo ya debería ser la copropietaria de la mina. ¿Acaso tengo que recordarte que los términos del acuerdo que realizaste con mi padre todavía no se han cumplido? ¿No me dijiste que te asociaste con él para ayudarlo a él y a su familia a superar el apuro económico en el que se encontraban? Está claro que tenemos que revisar y renegociar ese acuerdo.

—¿Ah, sí?

Morgan se tumbó y volvió a cubrirse la cara con el sombrero y ella se reprendió a sí misma por abordar la cuestión de una forma inadecuada. Con aquel hombre, las exigencias no funcionaban, ¿todavía no lo había aprendido?

—Déjame que vuelva a empezar...

—Es posible..., cuando hayas pescado otro pez.

Ella frunció el ceño. ¿Le ponía condiciones o lo había pillado desprevenido y necesitaba unos minutos para pescar él también... una excusa para decirle que no? Claro que, según él, no necesitaba ninguna excusa. No tenía que negociar nada con ella porque, como le había dicho anteriormente, ya no era socio de ningún miembro de su familia. Además, cuando volviera a la ciudad, podía invalidar fácilmente el título de propiedad de su padre. Quizá solo quería asegurarse de que ella pescaba los peces suficientes para la cena antes de decirle que no porque suponía que, al hacerlo, ella se marcharía de allí muy enojada. ¡Aquel hombre la sacaba de quicio!

Volvió a fijar la atención en el agua justo a tiempo de ver que dos peces pasaban nadando por aquella zona, pero sin hacer el menor caso de los cebos. Retrocedió un paso para arrastrar el sedal y acercar el anzuelo a los peces y pocos minutos después notó el segundo tirón.

Se trataba de un pez todavía más grande que el anterior,

pero esta vez contuvo el impulso de lanzarlo sobre el pecho de Morgan. Simplemente lo sostuvo cerca de él.

—¿Le quitas el anzuelo, por favor? —le preguntó.

Él se incorporó y sonrió.

—¡Vaya, este sí que es grande! Otro más y ya estará.

Ella volvió a lanzar el sedal y, sin apartar la vista del agua, inhaló hondo.

—Necesito un préstamo de tres mil dólares —declaró—. El siguiente plazo del préstamo que pidió mi padre con la garantía de la casa familiar vencerá pronto y, aunque mis hermanos pudieran pagarlo, cosa que no es cierta, ni siquiera supondrá una reducción significativa en el importe que todavía tenemos que devolver. Teniendo en cuenta que yo tardé casi una semana en llegar a Butte, no hay tiempo suficiente para que mis hermanos vengan a trabajar en la mina. Pero si tú pudieras enviarles el dinero para liquidar la totalidad de la deuda, podrían venir enseguida y trabajar en la mina para devolverte el dinero.

—¿Así que quieres que te conceda un préstamo para devolver otro préstamo?

—Sí..., por favor —respondió ella dulcemente—. Tú accediste a ayudarnos en esta cuestión.

—¿Cuándo hice eso?

—Cuando te asociaste con mi padre. Él estaba desesperado por liquidar ese préstamo y ganar una fortuna a fin de que recuperáramos la vida a la que estábamos acostumbrados. Lo dijiste tú mismo. Y esta es la razón de que decidieras ayudarlo. La razón todavía está vigente, porque el préstamo todavía pesa sobre nosotros. El objetivo de tu acuerdo todavía no se ha alcanzado.

—No hay tanta prisa, Violet.

Ella se volvió y lo miró fijamente.

—¿Cómo puedes decir eso? ¡A mis hermanos casi no les queda tiempo!

—No, eso no es cierto. El día antes de que Charley sufriera el accidente, envié un segundo cargamento de plata de su mina a mis compradores, los hermanos plateros, y después de llevarlo al médico, envié un telegrama a mis compradores y les indiqué que depositaran el dinero de Charley en mi cuenta hasta que se recuperara. Las dos veces que fui a comprobar cómo estaba durante aquel mes, él seguía inconsciente. Luego Tex fue a la ciudad a jugar al póquer y, al volver, me comunicó la triste noticia de que había fallecido. Eso fue, aproximadamente, un mes después del accidente. Charley nunca supo que había conseguido otros mil ochocientos dólares.

—¿Tienes tú ese dinero?

—Ya no. La última vez que fui a Butte, se lo envié a tus hermanos. Eso fue el mismo día que supe de tu existencia. Tus hermanos deben de haber recibido ese dinero a lo largo de la semana.

¡Qué alivio! De ser así, Daniel, o quizá sus dos hermanos, podían estar ya camino de Butte.

—¿Por qué no me contaste eso antes?

—Lo hice la noche que me convenciste de que eras Violet Mitchell, cuando estábamos en la mina. Te dije que tus hermanos recibirían noticias mías pronto.

—No, no me lo dijiste.

—Es cierto que te lo dije, pero supongo que estabas demasiado concentrada examinando las pertenencias de tu padre para oírme. En fin, supongo que ahora podría invertir la proporción de setenta treinta a treinta setenta, pero solo hasta que tú y tus hermanos podáis cancelar la deuda.

Violet no se lo podía creer. ¿En serio le había dicho que sí dos veces? Pero entonces gimió. No, solo una. Aquel «solo hasta que...» no le permitiría conseguir su dote ni el dinero suficiente para que sus hermanos vivieran cómodamente.

—O podrías establecer una verdadera sociedad con ellos al cincuenta por ciento —declaró disgustada—. Los dos son hombres fuertes y, si los dos trabajaran en la mina, podrían obtener el doble de plata que tú.

—¿Me estás ofreciendo más de lo que te acabo de ofrecer? ¿Por qué?

—Porque se trata de una mina rentable y puede producir más plata de la que necesitaríamos para devolverte el préstamo. Podría asegurar el futuro de mis hermanos.

—Y proporcionarte una dote. —De repente, su voz reflejó enojo, algo que ella no deseaba hasta que hubiera accedido a asociarse con ellos. Entonces él añadió—: No tienes por qué sostener una zanahoria delante de un hombre para que se case contigo. Seguro que encontrarás un hombre que quiera casarse contigo simplemente por ser como eres.

La opinión halagadora que tenía de ella hizo que Violet se sonrojara.

—Entre los miembros de la aristocracia inglesa es diferente. Se espera que la mujer aporte una dote. Se trata de una tradición. Un lord no puede casarse con una mujer pobre. Sería un escándalo.

—Pero tú eres norteamericana.

—Pero también era una heredera, y eso allí lo cambia todo.

—¿Entonces, si cuando te miran no ven dinero, miran a otra mujer? ¿Realmente quieres un hombre que actúe así?

Morgan estaba buscando problemas a sus planes de futuro. ¿Por qué lo hacía, teniendo en cuenta que no eran de su incumbencia? Claro que, en cierto sentido, sí que lo eran. Sus planes dependían de que él aceptara la totalidad de su propuesta y todavía no la había aceptado.

Violet retomó, rápidamente, aquella cuestión.

—Lo que te decía es que, si mantienes la asociación con la familia Mitchell incluso después de que te devolvamos el dinero que espero que nos prestes, todos saldremos ganando. Y ten en cuenta esto: tú podrías marcharte, regresar a tu casa y seguir obteniendo el cincuenta por ciento de las ganancias sin tener que contratar a nadie más para que venga a trabajar aquí. Te juro que adoptaremos todas las precauciones que tú tomas para seguir manteniendo en secreto la localización de la mina.

—Déjame pensar en ello.

¡Eso no era un no! Ella asintió con regocijo. Pero su regocijo se desvaneció cuando transcurrió una hora sin que él se pronunciara respecto a aquella cuestión. El siguiente pez que pescó era demasiado pequeño para tenerlo en cuenta, pero después pescó otro grande y entonces regresaron al campamento.

Tener que esperar la respuesta de Morgan constituía un tormento. No podía presionarlo porque a él no le gustaba que lo presionara. Tampoco podía fastidiarlo porque, definitivamente, eso tampoco le gustaba. Tenía que ser paciente, aunque eso no formaba parte de su naturaleza. Pero demasiadas cosas dependían de que ella no quebrantara la paz que había entre ellos.

Cuando regresaron al campamento, Morgan no le llevó a Texas el pez que Violet había pescado para él, pero ella sabía que Texas dormía por las tardes y que, cuando Morgan le gritaba que tenía algo para él, Texas descolgaba una cesta por el acantilado. Al fin y al cabo, rodear el acantilado para subir a la cima suponía recorrer un largo trayecto.

—Si hoy vas a seguir buscando el dinero de tu padre, mantente alejada de la ladera sur —le recordó Morgan mientras la ayudaba a bajar de César—. Pero si decides esperar a mañana para seguir buscando, esta tarde podrías cepillar a los animales. Eso si el lobezno ya no está. Antes de cenar iré a comprobarlo.

Los mil trescientos dólares todavía le serían de gran utilidad, aunque, si él aceptaba su propuesta, no era tan urgente encontrarlos. Pero Morgan no le dio una respuesta. En lugar de eso, estuvo excavando en la mina el resto del día.

25

Violet intentó tener presente lo agradable que había sido aquella salida de pesca. Y siguió recordándose a sí misma que Morgan no se había negado a su propuesta de asociación. ¿Pero cuánto condenado tiempo necesitaba para reflexionar sobre ello? Mirara como lo mirara, tenía que llegar a la conclusión de que el acuerdo que ella le ofrecía sería muy lucrativo para él.

Violet no sacó a relucir el tema aquella noche mientras comían el pescado. Morgan le contó que el lobezno ya no estaba, de modo que, al día siguiente, ella continuó con su rutina y estuvo buscando el dinero de su padre por la ladera sur mientras se recordaba a sí misma que debía tener paciencia. Durante la cena, el talante de Morgan no parecía ser lo bastante bueno para que ella le preguntara si había tomado una decisión, de modo que le sugirió jugar otra vez al póquer. Aparte de volver a criticar su forma de ir de farol, no dijo gran cosa y, cuando terminaron de jugar, se fue directamente a dormir.

A la mañana siguiente, mientras, como de costumbre, tomaba el café en el porche, Violet decidió esforzarse más para poner a Morgan de buen humor y enseñarle lo útil que podía ser como socia. Cuando él salió de la cabaña para ir a trabajar en la mina, le dijo que se tomaba el día libre y que no iría a buscar el dinero de su padre.

—Te aburrirás —le advirtió él simplemente.

—No. Cepillaré a los animales y quizá incluso prepare la cena.

—¿Así que sabes cocinar?

Ella no había llegado tan lejos al pensar en lo que iba a hacer esa tarde.

—Bueno, no puede ser tan difícil, ¿no?

—Si estás decidida a incendiar la cabaña, puedes intentar preparar una receta del libro de cocina de mi madre. En caso contrario puedes, simplemente, pelar unas cuantas patatas y zanahorias y yo haré el resto.

Le estaba tomando el pelo, al menos en lo relativo a incendiar la cabaña, pero esa era una buena señal, de modo que Violet sonrió.

—Quizá tengas razón. Al fin y al cabo, tú eres un cocinero excelente.

¿El cumplido hizo que se sonrojara un poco? Violet sonrió para sus adentros y lo observó mientras entraba en la mina. Al cabo de unos minutos, como todas las mañanas, Morgan sacó a César a la explanada y, cuando volvió a entrar en la mina, ella se puso en marcha.

Fue a buscar un cubo y la rasqueta de las caballerías y, para empezar, se dispuso a cepillar a los animales. Se los llevó uno tras otro al riachuelo para mojarlos y cepillarlos a conciencia. Las mulas colaboraron, pero César no. Al final, Violet se fue a buscar unas zanahorias. Al ver que quedaban muchas en la caja, partió una en pedazos, los introdujo en su bolsillo y, cada vez que el espléndido caballo intentó alejarse de ella, le dio uno de los pedazos. Funcionó. Consideró brevemente la posibilidad de trenzar sus colas, pero supuso que cepillar adecuadamente a siete animales le ocuparía toda la mañana, lo que quedó confirmado cuando Morgan regresó para preparar la comida. Ella quería que el resto de su plan constituyera una sorpresa y lo sería, ya que no empezaría hasta que él estuviera de vuelta en la mina.

Cuando Morgan volvió al trabajo, Violet intentó llamar la atención de Texas sin montar mucho jaleo. Esperaba que todavía no se hubiera echado a dormir. Cuando él asomó la cabeza por la cima del acantilado, ella lo llamó.

—¿Quieres venir a cenar? Y trae la armónica. Me encantaría escuchar música esta noche.

—Y llevaré los conejos —repuso él.

«¡Oh, no, los compañeros de juego de Bo!» Pero Texas añadió:

—Acabo de cazar un par al norte de aquí.

Satisfecha al saber que Texas cenaría con ellos, Violet regresó a la cabaña para hacer lo que nunca había hecho: limpiarla. Afortunadamente, se trataba de una cabaña pequeña. La barrió por dentro y también el porche y aireó las camas. Incluso cortó algunas de las bonitas flores de Morgan y las colocó sobre la mesa en un jarrón vacío que encontró. Después peló los vegetales y los dejó en un cuenco. Por último, hizo las camas con esmero y fue a darse un baño con la esperanza de disponer del tiempo suficiente para dedicar un tiempo extra a su aspecto. No podía peinarse como de costumbre, pero sacó sus horquillas y se enrolló la trenza en un moño a la altura de la nuca. El último detalle fue rodear su cuello con una cinta rosa que hacía juego con su bonita blusa del mismo color.

Morgan fue el primero de los dos hombres en llegar para recoger su toalla de baño. Se detuvo en la puerta con cara de sorpresa.

—¿Has limpiado?

—Dijiste que me aburriría —le recordó ella—, de modo que me he asegurado de no hacerlo. Además, he invitado a Texas a cenar con nosotros. Él traerá la carne.

—¿Pero en serio que has limpiado?

Ella no se sonrojó, pero le lanzó la toalla y señaló en dirección al riachuelo. Él se marchó riéndose, lo que confirmó que había vuelto a tomarle el pelo exagerando lo sorprendido que estaba. Texas llegó poco después con dos conejos despellejados.

—Para variar, este lugar se ve agradable —observó—. ¿Así que tú...? No es que nunca..., pero...

Estaba tan sonrojado que ella lo interrumpió.

—Lo comprendo, gracias. Hoy no he salido del campamento y tenía que mantenerme ocupada.

—Empezaré a preparar la carne —declaró él, y se dispuso a encender la chimenea.

—¿Puedo ayudarte?

—Por lo visto, ya lo has hecho —repuso él cuando vio el cuenco con los vegetales pelados—. Trocearé los conejos para que se asen antes. Probablemente, Morgan querrá preparar una salsa para aderezarlo todo. A ese chico le encanta su salsa.

Ella salió al porche para esperar a Morgan. Cuando vio que se aproximaba, se dio cuenta de que solo llevaba la toalla en las manos porque ya se había puesto la camisa. Esta estaba húmeda en algunas zonas porque se había lavado el pelo y la barba. ¿Acaso se había esforzado porque había visto que ella iba un poco más elegante? Sería agradable oírselo decir, pero dudaba que él quisiera hacerle un cumplido.

Cuando Morgan llegó junto a ella, Violet le susurró:

—Texas ha empezado a cocinar. Espero que lo haga tan bien como tú.

—Él cocina mejor que yo. Aprendió de Jakes, el cocinero de los barracones del rancho.

—Aun así, espera que tú prepares la salsa.

Morgan sonrió abiertamente.

—Le encanta mi salsa.

Violet casi se echó a reír y se preguntó a cuál de los dos le encantaba realmente la salsa.

Más tarde, mientras comían la sabrosa comida, Texas le preguntó cómo pasaba los días en Londres. El hecho de que hubiera limpiado la cabaña podía haberle causado una impresión equivocada acerca de la rutina diaria de una dama inglesa, de modo que le explicó:

—Paseo por el parque con mis primas, leo, visito a otras damas acomodadas con mi tía... Este verano, incluso antes del inicio de la temporada, que consiste en una sucesión continua de fiestas y bailes a los que yo ansiaba asistir, tuvieron lugar unos cuantos eventos sociales.

—¿Tenías sirvientes?

—¡Oh, pues claro! En la casa de mi tío hay más de una docena de sirvientes: los lacayos, las sirvientas de los dormitorios y las de la planta inferior, la cocinera y sus ayudantas, las doncellas personales de las damas y el ayuda de cámara de mi tío.

Texas parecía no creerla.

—¿Todos en una sola casa?

Ella sonrió.

—Se trata de una casa grande.

—¿Y los hombres con los que te relacionas allí, en qué trabajan?

Morgan respondió a la pregunta de Texas formulándole una a ella.

—Allí los ricos no trabajan, ¿no es cierto?

—Los lords no trabajan, se consideraría un escándalo.

Pero como aquí, en Norteamérica, los comerciantes ricos sí que trabajan. —Se interrumpió y luego señaló—: Tú eres rico y, aun así, quieres seguir trabajando. Se trata de una cuestión de preferencias, ¿no crees?

—Y del país en el que vives. En el nuestro..., bueno, también es el tuyo, la gente no mira despectivamente a un hombre por trabajar, aunque sea lo bastante rico para no necesitarlo.

Aquello podía desembocar en una discusión, que era lo último que ella quería, de modo que sonrió y dijo:

—Tienes razón. —Luego se dirigió a Texas—. Espero que, cuando acabes de comer, nos toques alguna de las canciones que has compuesto. Quizá una con un ritmo de vals para que Morgan y yo podamos bailar.

—Cuando acabe de comer, saldrá por la puerta, ¿no es así, Tex? —intervino Morgan.

Texas miró a Morgan, luego a Violet, después otra vez a Morgan y, a continuación, bajó la vista hacia su plato, que todavía contenía algo de comida.

—No lo sé, pero si os ponéis a bailar, quizá no pueda tocar de la risa. ¿Vais a bailar un vals?

Empezó a reírse antes de tiempo, pero Violet miró a Morgan y le sonrió.

—Será divertido. Si no sabes bailar el vals, te enseñaré. —Se levantó y le tendió una mano—. Vamos, mientras Texas termina de comer, te enseñaré los pasos.

Durante un instante, creyó que él no se movería de la silla, pero entonces Morgan se levantó y ella recordó lo alto que era y el espléndido cuerpo que tenía. Se obligó a concentrarse en el baile. Colocó la mano derecha de Morgan en su cintura y ella apoyó su mano derecha en la izquierda de él. Luego posó su mano izquierda en el brazo de él.

—El vals es un baile animado y elegante con un compás

de tres tiempos. Sigue mis pasos. Un, dos, tres..., ahora hacia atrás, un, dos tres. Durante el baile, nos desplazaremos rítmicamente y realizando círculos por la pista de..., digo, por el suelo de la cabaña. Ahora, otra vez.

Texas ya había empezado a tocar con la armónica una melodía preciosa que ella no conocía, pero cuando Violet le enseñó a Morgan la secuencia de pasos en la que tenían que levantar el talón y bailar brevemente de puntillas, Texas volvió a echarse a reír y la música se detuvo.

—Deberías enseñarme a mí. Al fin y al cabo, soy yo quien va a casarse pronto y tendré que bailar en la boda —sugirió Texas.

—Ya te enseñaré yo cuando haya aprendido. Ya le estoy cogiendo el tranquillo. Sigue tocando la armónica —le contestó Morgan mientras su mano apretaba un poco más la de Violet.

La música volvió a sonar y Violet se echó a reír. Pero lo cierto era que Morgan ya empezaba a desenvolverse bien bailando el vals. Le gustó la sensación de tener su mano en la cintura y, a pesar de su corpulencia, era sorprendentemente ligero en los desplazamientos. Morgan le sonrió, la llevó hasta el porche realizando círculos, la levantó en el aire para bajar los escalones y siguió bailando con ella en la explanada y bajo las estrellas, donde disponían de más espacio y no tenían que preocuparse por si chocaban contra la mesa. Mientras bailaban al compás de la música, sus ojos azules la miraron con intensidad. Ella estaba embelesada. Era, casi, como había imaginado que sería su primer baile..., bueno, el escenario no, pero sí la emoción de bailar con un hombre alto, excitante y robusto que centraba toda su atención en ella.

—¿Entonces es así como se baila en los bailes que mencionaste antes? —le preguntó Morgan—. Es muy diferente de los ruidosos bailes del Oeste, aunque en ambos hay que desplazarse en círculos.

—Quizá luego podrías enseñarme algún baile del Oeste.

—Quizá lo haga. Pero cuéntame más cosas sobre vuestros bailes. ¿Qué hace una dama si alguien le pide un baile y a ella no le gusta ese tipo? ¿Las normas de etiqueta que me comentaste exigen que acepte todas las ofertas?

—No, ella puede simplemente decir que su cuadernillo de baile está lleno.

—¿Y qué hace si su compañero de baile la estrecha demasiado contra el pecho?

Morgan tiró de ella hacia él para demostrárselo. Violet se sobresaltó al sentir que sus pechos rozaban el pecho de él. Le lanzó una mirada de advertencia y le dijo:

—Una dama le daría unos golpes en el hombro con el abanico y le recordaría que actuara con decoro.

Fingió que le daba unos golpecitos en el hombro con un abanico, pero él no aflojó los brazos para que ella pudiera separarse. En lugar de eso, inclinó la cabeza y le dijo junto a la oreja:

—¿Y qué hace una dama si su compañero de baile hace esto?

Un ligero estremecimiento recorrió la espalda de Violet y, de repente, él la besó. Cuando la condujo al exterior de la cabaña, ella ya se imaginó que la besaría, pues se acordaba de todas las advertencias que había oído acerca de los caballeros que proponían un paseo por la terraza para robarle un beso a una dama. Lo que no había imaginado era que ella desearía tanto aquel beso en concreto..., pero sí que lo deseaba, de modo que respondió con toda la pasión contenida que sentía por Morgan. Él la levantó en volandas sujetándola con fuerza por la cintura y siguió bailando con ella mientras la mantenía apretada contra su cuerpo. En aquellos momentos, bailaban más despacio, pero a ella le pareció que seguían dando vueltas. El beso se transformó en otro más intenso que la excitó más profundamente. Ella ya le había soltado la mano a Morgan y le había rodeado el cuello con los brazos y ahora él deslizaba lentamente su mano libre a lo largo de su espalda excitándola todavía más. Entonces él subió sus dedos hasta la nuca de Violet y se la acarició.

Ella estaba suspirando de placer cuando, de repente, soltó un respingo porque Morgan tropezó con la valla de las flores y perdió el equilibrio. Pero antes de que se desplomaran sobre el parterre de flores, Morgan volteó rápidamente sus cuerpos para amortiguar la caída de Violet. Ella se quedó sin respiración y, en un abrir y cerrar de ojos, se encontró tumbada encima de él mientras era plenamente consciente del cuerpo fuerte y masculino que tenía debajo. De una forma impulsiva, volvió la cabeza para besarlo..., ¡pero no podía ser tan atrevida!, de modo que, rápidamente, rodó sobre sí misma para echarse a un lado, pero él también rodó hacia ella. Violet creyó que Morgan pretendía ponerse encima de ella, de modo que siguió rodando sobre sí misma y acabó en el arroyo.

Se levantó escupiendo y enjugándose el agua de la cara y de los ojos y rompió a reír. No podía parar y todavía menos cuando vio que él también se echaba a reír. Nunca se había reído tanto en la vida.

Cuando él le tomó la mano para sacarla del agua, ella esbozó una sonrisa.

—Por cierto, la dama le habría dado un tortazo en la cara.

—¿La mía corre peligro?

Su contestación provocó nuevos ataques de risa.

26

A la mañana siguiente, Violet se despertó temprano. Le sorprendió ver que estaba sola en la cabaña, de modo que se vistió deprisa, abrió la puerta para dejar entrar más luz y todavía se sorprendió más al ver que Morgan estaba durmiendo de nuevo en el porche. Dormir allí no debía de resultar cómodo. Además, ahora disponían de la manta de separación. Claro que, después de lo que pasó la noche anterior, quizá se trataba de una buena idea. Su ofensiva de seducción finalmente se había vuelto en su contra y él había acabado seduciéndola a ella.

La noche había sido sumamente divertida; una noche que seguramente no olvidaría jamás. Sin duda él también debía de estar de buen humor.

—¿Era tu intención dormir hasta tan tarde? —le preguntó lo bastante alto como para despertarlo.

Él se agitó, gruñó entre dientes, se levantó y entró en la cabaña para preparar el desayuno. Ella no consideró que su gruñido fuera un retroceso, sino, simplemente, una expresión de fastidio por no ser el primero en levantarse, como era habitual. Violet esperaba que, en cualquier momento, él le comunicara que aceptaba su propuesta de asociación. Porque era consciente de que ella seguía esperando su respuesta, ¿no?

Pero mientras desayunaban él no mencionó el tema y, cuando se dirigió a la puerta, ella no pudo contenerse más.

—¿Qué respondes a lo que te propuse el otro día?

Él se volvió, se apoyó de manera casual en el marco de la puerta y le preguntó.

—¿Todavía quieres que te preste tres mil dólares o quieres que reste los mil ochocientos a esa cantidad y te preste solo mil doscientos?

¡Iba a prestarle el dinero! Se emocionó y no pudo evitar mirarlo con una expresión radiante en la cara.

—Mis hermanos tienen otros acreedores a quienes tienen que pagar. Uno de ellos incluso hizo que arrestaran a Daniel en la estación del ferrocarril el día que iba a venir conmigo al Oeste. No quiero correr el riesgo de que el dinero no les alcance para todo y que no puedan liquidar el préstamo de la casa en su totalidad. Prefiero que les prestes tres mil dólares.

—Entonces se los enviaré.

—¿Cuándo?

—Pronto.

—Pero...

—Nada de peros. Ya te he dicho que me encargaré de que lo reciban. ¿Sabes qué? Eres muy buena siendo amable cuando quieres algo, pero eres malísima para dar las gracias cuando lo consigues. Deberías pensar en eso antes de volver a gritarme.

Y se fue. Ella corrió hasta la puerta.

—¡Gracias! —gritó.

—No te mereces un «de nada», Mitchell —refunfuñó él.

Violet suspiró y contempló cómo se quitaba la camisa antes de desaparecer en el interior de la mina. ¿Qué diantres había ocurrido? Había hecho que ella pareciera una desagradecida cuando no lo era en absoluto. Entonces se dio cuenta de que él todavía no le había respondido del todo. Les prestaba el dinero a sus hermanos y a ella, lo que implicaba que estaba de acuerdo en permitirles desplazarse hasta allí y trabajar en la mina para devolverle el préstamo. Pero no había dicho nada acerca de formar una sociedad real con ellos. En cualquier caso, como en aquel momento por lo visto había vuelto a hacerlo enfadar, no podía insistirle en esa cuestión.

Aquel día había pensado llevarse a Carla, pero decidió no hacerlo. No podía llevársela sin pedírselo a Morgan y ya le había pedido demasiadas cosas. Simplemente, caminaría más deprisa. Estaba decidida a llegar al siguiente barranco de la ladera sur, en caso de que fuera posible llegar hasta allí en un solo día.

Varios cientos de metros después de la guarida de los lobos, que ahora estaba vacía, las pendientes eran demasiado empinadas para que le resultara fácil recorrerlas. Pero podía explorar la parte inferior de la vertiente en la que se encontraba. Todavía no lo había hecho porque, como el camino que conducía al campamento de Morgan, estaba muy poblada de árboles y su último intento de búsqueda en una zona de pinos le había resultado muy frustrante. Entonces se le ocurrió que su padre podía haber considerado que un bosque era un escondite ideal. Seguramente, las hojas de los pinos ocultarían cualquier agujero que excavara en el suelo y ni siquiera él podría volver a encontrarlo a no ser que realizara una marca en el árbol más cercano.

Emocionada por su nueva idea, aunque desalentada por lo grande que era el bosque, cogió un puñado de piedras, las amontonó, y desde allí empezó a descender en línea recta por la pendiente. A una distancia de unos cincuenta metros, recogió piñas del suelo y también las amontonó. Luego caminó otros cincuenta metros hacia el norte y, de este modo, delimitó una parcela cuadrada donde buscar. Después volvió a subir hasta el extremo superior del bosque, pero entonces empezó a notar cansancio en las piernas, de modo que desechó la idea de seguir delimitando parcelas y decidió explorar solo aquella zona hasta la parte inferior del bosque, descansar, y luego regresar al campamento a comer.

Esa fue otra buena idea..., o lo habría sido si no hubiera visto que un hombre se dirigía hacia ella entre los árboles conduciendo de las riendas a un caballo. Vestía un sombrero de ala ancha, un cinto con una pistola y un chaleco encima de una camisa azul. ¿Se trataba de un vaquero? No parecía un minero. Se ocultó detrás del pino más cercano antes de que él pudiera verla, pero el tronco era menos ancho que su falda.

—¿Se ha perdido, señorita? —le gritó él.

¿Qué le había dicho Morgan? ¿Que disparara a todos los desconocidos con los que se encontrara? Pero aquel hombre estaba solo, no como los dos usurpadores de minas de los que Morgan le había hablado. Además, podía tratarse de un representante de la ley que estuviera buscando a aquellos dos ladrones. En cualquier caso, no podía dispararle a alguien sin una razón. Morgan debería saber que no lo haría. Aun así, levantó el Colt hasta la altura de sus ojos, apoyó el brazo en la otra mano y salió de detrás del árbol para apuntar con el arma al desconocido.

Él debía de encontrarse a unos diez metros de distancia, lo bastante cerca para que Violet viera que tenía el pelo castaño oscuro, rizado y largo hasta los hombros. Sus ojos eran negros y llevaba bigote. Él siguió acercándose a ella.

—¡Quédese ahí! —le advirtió Violet con nerviosismo—. Dos compañeros míos están cerca de aquí.

Él se detuvo.

—Tenga cuidado con ese revólver. No querrá dispararse a sí misma.

—Si lo hago, el disparo se oirá a lo lejos. Y si, en lugar de dispararme a mí le disparo a usted, el disparo también se oirá. En cualquier caso, en pocos minutos dispondré de ayuda. Así que, ¿por qué no vuelve a bajar la montaña? De ese modo nadie resultará herido.

—Es usted muy divertida, pero no está siendo muy amable. Si su campamento está cerca, me iría bien comer algo.

Violet no bajó el Colt y siguió apuntando directamente al pecho de aquel hombre. Se preguntó si, al haberse alejado tanto hacia el sur, Morgan la oiría si gritaba. Pero, si gritaba, aquel hombre podía desenfundar su pistola. ¡Oh, cielos! ¿Un tiroteo allí, en medio del bosque? Su puso a temblar de miedo y sujetó el Colt con más firmeza para que él no lo notara.

—No puedo llevarlo hasta allí —le contestó.

—¿Porque en realidad está sola?

—No, no lo estoy, pero a mi compañero no le gustan los visitantes. Suele dispararles nada más verlos.

Él se echó a reír.

—Creo que sé a quién se refiere. ¿De modo que sigue aquí después de tanto tiempo?

—¿Quién?

—El minero. No me sorprende que se buscara una joven bonita para que le hiciera compañía... ¡Vaya, sí que has tardado!

Violet no entendió a qué se refería hasta que una mano enguantada le cubrió la boca y alguien le arrebató el Colt de la mano. ¡Eran dos! Y ahora era demasiado tarde para gritar.

27

—Hacía tiempo que no te veía con este aspecto —señaló Texas después de que Morgan subiera la ladera del acantilado hasta su campamento. Entonces sacó otra taza de entre sus cosas—. ¿Intentas que sienta añoranza?

Morgan tocó sus mejillas recién afeitadas y se sentó en una de las cajas que Texas utilizaba como sillas.

—Como no creo que sigamos por aquí durante mucho tiempo, he pensado que había llegado la hora de recuperar ese hábito.

—¿Qué opinará ella sobre tu nuevo aspecto?

—¿Qué tiene que ver ella con esto?

Texas sonrió.

—Después de ayer por la noche yo diría que todo —declaró con un tono de voz divertido—. Lo que está claro es que no te reconocerá. Incluso podrías ganarte uno o dos gritos, de modo que, primero, asegúrate de que no esté sosteniendo esa pistola que le diste.

Morgan resopló y se sirvió un café. No sabía por qué había esperado a que Violet se fuera del campamento para afeitarse la barba y buena parte del bigote. Tampoco sabía por qué lo había hecho. ¿Solo porque ella le llamó greñudo el otro día en el río? No era una buena idea que ya se estuviera arrepintiendo por creer que ella supondría que lo había hecho por ella y le tomaría el pelo.

Intentó apartar de su mente a aquella irritante fémina, bebió un sorbo de café y contempló la vista panorámica de la cordillera que se extendía hacia el sur.

—Si labrar unas escaleras hasta la base del acantilado no supusiera un trabajo enorme, quizá me habría construido la cabaña aquí arriba. Disfrutas de una vista absolutamente espectacular.

—¡Como si estuvieras fuera de la mina el tiempo suficiente para disfrutar de la vista!

—Sí, bueno, por eso probablemente no la construí aquí. Tengo que hacer una cosa y te agradecería que la hicieras tú a ser posible hoy. Aquel préstamo por el que Charley estaba tan preocupado, en lugar de amortizarse, ha ido aumentando debido a los intereses bancarios. Violet me ha convencido para que les preste el dinero que necesitan para liquidarlo.

—¿Y lo que te ha ofrecido ella a cambio es demasiado tentador para que puedas negarte?

Morgan rio entre dientes.

—Las damas no hacen tratos de ese tipo. En lugar de eso, utilizó la lógica y me recordó que, si ayudé a Charley, fue con esa finalidad. Se trató de un buen razonamiento. Y me ha prometido que sus hermanos me devolverán el dinero trabajando en la mina.

—¿Te lo ha prometido sin preguntárselo antes a ellos?

—Tengo la impresión de que eso no constituirá un problema. ¿Te has dado cuenta de lo mandona que es?

—La verdad es que no.

—Pues bien, ella no pregunta, exige. Probablemente se

trate de un hábito que desarrolló cuando hacía de madre de sus hermanos.

Su comentario provocó que Texas le preguntara:

—¿Y esos muchachos son lo bastante mayores para trabajar en una mina?

—Son mayores que ella.

Texas se echó a reír.

—¡Pues sí que es mandona!

Morgan le tendió a su amigo un pedazo de papel. Texas le echó una ojeada y dijo:

—¡Eso es muy generoso por tu parte!

—Hasta ese punto me caía bien Charley.

Ni siquiera estaba seguro de cómo conectó tanto con Charley y tan rápidamente. No fue porque le recordara a su padre, ya que no se parecían en nada. Le admiró su coraje y su determinación de hacer lo mejor para sus hijos costara lo que costase. Y era muy persuasivo. En esto le recordaba a su hermano Hunter, quien era capaz de conseguir cualquier cosa gracias a sus dotes de persuasión. Además, simplemente disfrutaba de su compañía.

—Ahí tienes las instrucciones y las dos direcciones —le explicó Morgan—. Envía el primer telegrama a los Melling, los hermanos plateros con los que yo trato. Pídeles que transfieran tres mil dólares de mi cuenta a la de los Mitchell y fírmalo en mi nombre. El segundo telegrama envíalo a los hermanos de Violet. Explícales que los hermanos Melling les enviarán el dinero para devolver el préstamo y diles que vengan a Butte en cuanto hayan cancelado la deuda. Ese telegrama fírmalo con el nombre de Violet.

—¿Quieres que acompañe a la damisela a la ciudad para que espere allí la llegada de sus hermanos?

—No, ya la acompañaré yo a Butte la semana que viene. Ese es, como mínimo, el tiempo que tardarán sus hermanos en llegar. Cuando les haya enseñado cómo funciona el horno, recogeré mis trastos y volveré a casa.

—¡Demonios, bien! —exclamó Texas con una gran sonrisa.

—Sí, ya es hora —contestó Morgan, y le devolvió la sonrisa.

Texas se levantó para ensillar su caballo.

—Cuando haya terminado tus encargos, me quedaré en Butte y pasaré la noche allí, así que no me esperes hasta mañana.

—Me lo imaginaba —declaró Morgan, y volvió a bajar la colina para preparar la comida.

Todavía no había señales de Violet, pero le había asegurado que regresaría a mediodía para comer y que retomaría la búsqueda luego. Morgan confiaba en que encontraría el dinero de Charley antes de que llegara el momento de irse. Eso la haría feliz y tendría algo a lo que agarrarse cuando él le explicara por qué no se asociaría con sus hermanos permanentemente. Morgan no ansiaba tener esa conversación.

Como Charley, los hermanos de Violet eran unos caballeros que se habían criado en el Este y no querrían excavar en una mina durante mucho tiempo. Se cansarían, se sentirían insatisfechos y querrían contratar a otros hombres y conducirlos hasta allí para que hicieran el trabajo por ellos. Pero mientras Shawn Sullivan estuviera por allí, esa forma de actuar los pondría en peligro. Sin embargo, si les permitía trabajar en la mina durante un tiempo limitado, quizá unos dos meses, las ganancias podían durarles toda la vida. En apenas dos meses, podrían irse como hombres ricos antes de que se hubieran cansado de trabajar en la mina o, lo que era peor, antes de que se volvieran descuidados y permitieran que Sullivan averiguara dónde estaba la mina.

Morgan terminó de preparar la comida y se sentó en el

porche a esperar a Violet. A juzgar por la luz del sol, que se filtraba entre los tablones del tejado del porche, hacía más o menos una hora que Violet debería de haber llegado. Bo estaba tumbado en el umbral de la puerta, como si también él la estuviera esperando.

—Si entra por la puerta de la valla justo cuando esté ensillando a César para ir a buscarla, quedaré en ridículo —reflexionó en voz alta mientras pasaba por encima de Bo para ir a buscar su rifle. Cuando regresó, se apoyó en el marco de la puerta y miró al perro—. Pensará que estaba preocupado por ella y eso no puedo permitirlo. ¿Me espero diez minutos más? Si estás de acuerdo, agita la cola, y si no lo estás, agítala... Sí, justo lo que yo pensaba. Eres demasiado complaciente, Bo.

—¡Ah, los de la cabaña!

Morgan se enderezó inmediatamente y levantó el rifle. Sus ojos examinaron la zona, hasta que vio un sombrero cerca del suelo al otro lado de la valla, junto a la puerta. Como había estado oteando en aquella dirección esperando ver llegar a Violet, quienquiera que estuviera allí debía de haber llegado sigilosamente desde el riachuelo. Y sin caballo. Sin duda lo había dejado atado más abajo en la ladera, fuera de la vista.

—¿Cuántos sois? —gritó Morgan.

—Solo yo. He venido a hablar.

—Nos conocemos, ¿no?

—Podría decirse que sí.

—Creía que tú y tu amigo habíais abandonado esta zona.

—Así es, pero de vez en cuando venimos a controlarte. Pero hoy ha sido nuestro día de suerte. Tenemos a tu mujer. Danos la mina y te la devolveremos.

La respuesta de Morgan fue disparar al sombrero, que salió volando hacia atrás, pero debajo no había ninguna cabeza. Oyó una risa que, probablemente, procedía de detrás de uno de los árboles de allí abajo.

Morgan apuntó con el rifle al espacio situado entre los dos árboles más cercanos.

—Ella es la propietaria de la otra mina que hay aquí y a ella ya la tenéis, así que, casaos uno de los dos con ella y tema resuelto.

Si eran lo bastante estúpidos para ir a buscar a un predicador, podría tenderles fácilmente una emboscada por el camino.

—Es una yegua muy bonita. Mi hermano podría acceder a ello.

—Pero no está aquí para decirlo, ¿no? Claro que si os ponéis a excavar en la mina que hay al lado de la mía os pegaré un tiro en el culo.

Realizó dos disparos y alcanzó a los dos árboles más cercanos, lo que provocó que aquel hombre gritara con nerviosismo.

—¡No puedes matarme, imbécil! La tenemos retenida donde nunca podrás encontrarla y, si no regreso, morirá.

—Deberíais haberos ido el año pasado. Ahora me habéis cabreado.

Morgan realizó dos disparos más.

—¡Para! Si no regreso con un trato, mi hermano la matará de verdad.

Morgan inhaló hondo para aplacar la furia que sentía, pero no le funcionó. Lo intentó tres veces más, pero la rabia que experimentaba no desaparecía. Aunque no se reflejó en su voz cuando dijo:

—De acuerdo, voy a bajar el rifle. Si quieres que lleguemos a un acuerdo, muéstrate.

El hombre que salió de detrás de uno de los árboles era rubio y muy corpulento. ¡Estupendo, constituía un buen blanco! Sostenía una pistola en una de sus manos, pero había extendido los brazos a los lados, de modo que el arma no apuntaba hacia la cabaña.

—Tengo planeado irme del campamento muy pronto —declaró Morgan—. Te doy dos mil dólares por la mujer. Tardaríais un año en conseguir ese dinero trabajando en la mina sin un horno de fundición.

Eso no se acercaba a la verdad ni de lejos, pero tenía la sensación de que aquellos mineros de pacotilla no tenían ni idea.

—Tú tienes uno.

Morgan asintió con la cabeza.

—Sí, pero el horno se irá conmigo y, cuando me vaya, volaré las dos minas. Deberías aceptar mi oferta. Mientras hablamos, va perdiendo valor. Mil dólares por la mujer. En realidad —levantó el rifle y disparó—, iré a buscarla yo mismo.

El hombre tenía una bala en la pierna y había caído al suelo. A Morgan le resultaría fácil acabar con él, pero no quería matarlo, así que le permitió arrastrarse hasta detrás del árbol para protegerse. Entonces Morgan entró en la cabaña, esperó unos cinco minutos y luego gritó:

—Sabes que me resultaría fácil acabar contigo. Te aconsejo que lances la pistola por encima de la valla antes de que acabe de comer y que me lleves adonde está la mujer. Piénsalo detenidamente. Tú y tu hermano lleváis siendo para mí un grano en el culo demasiado tiempo.

—No quieres recuperarla, ¿no? —gruñó el hombre con enojo.

Morgan ansiaba recuperarla, pero contestó:

—Prefiero mataros a ti y a tu hermano, así que la única forma de que salgas con vida de esto es que me lleves hasta ella. Tienes diez minutos para decidirte.

No confiaba en que el hombre se rindiera, solo quería proporcionarle el tiempo suficiente para que llegara a su caballo y saliera huyendo. Entonces seguiría el rastro de la sangre y encontraría a Violet.

28

Violet acababa de comprobar personalmente que aprender de las experiencias con posterioridad no servía para nada. Ahora se daba cuenta de que debería haber disparado el revólver inmediatamente cuando tuvo la oportunidad, aunque solo fuera para realizar un disparo de advertencia. Morgan habría oído el disparo, habría acudido para averiguar qué pasaba y ahora su corazón no estaría palpitando de miedo de una forma desbocada.

Pero, a aquellas alturas, Morgan ya debía de saber que la habían capturado. El hombre que la había amordazado se había ido para contárselo. El otro hombre la había conducido colina abajo y, luego, a lo largo de la base de la cordillera en dirección sur hasta que llegaron a un campamento de aspecto temporal. Por lo visto, creían que convencerían a Morgan para que abandonara la mina a cambio de que la soltaran. Pero se llevarían una sorpresa desagradable.

Ojalá no supiera quiénes eran aquellos hombres, pero lo sabía. Eran los dos usurpadores de minas que intentaron matar a Morgan el año anterior y a los que él había buscado sin éxito. Lo había deducido de lo que habían hablado entre ellos.

Cuando sus pies tocaron el suelo, el hombre de pelo rizado le quitó la mordaza.

—¿Cómo te llamas, guapa? —le preguntó. Al no obtener ninguna respuesta, sonrió, señaló su pelo y le contó—: Mi familia me llama Curly, pero mis enemigos no son tan simpáticos. Mi verdadero nombre es muy conocido. Dime el tuyo y yo te diré el mío.

Ella hizo caso omiso de su gracia, pero quería hablar con él para que no creyera que le tenía miedo.

—En realidad no vivís en esta cordillera, ¿no?

Por culpa de la mordaza tenía la boca tan seca que su voz sonó áspera.

—¿Vivir al aire libre? ¿Para qué? Llevamos viviendo cómodamente en Helena desde hace varios años. Vivir a la intemperie y sin las comodidades básicas es para solitarios como tu amigo. Aunque al final se construyera una vivienda. ¿Lo hizo por ti?

No parecía que supieran de la existencia de Texas. Y, desde luego, no conocían mucho a Morgan.

—No, no la construyó por mí —contestó Violet—. De hecho, no le caigo bien y para él soy como una espina clavada en el costado que acabáis de arrancarle. Estoy segura de que no era esa vuestra intención, pero le habéis hecho un favor.

Los ojos de color marrón oscuro de aquel hombre se deslizaron por el cuerpo de Violet de una forma insultante y, luego, soltó una carcajada.

—En cualquier caso saldremos ganando, porque no me importaría tenerte a mi disposición durante un rato. ¿Eso te gustaría?

A Violet se le revolvió el estómago de asco. Apartó la vista para que no pudiera ver el miedo reflejado en sus ojos. No le habían atado los pies, pero sí que tenía las manos atadas por delante del cuerpo. De todas maneras, no pensaba salir huyendo. Eso le proporcionaría a aquel hombre una excusa para ponerle las manos encima. Supuso que no intentaría abusar de ella, al menos hasta que obtuvieran la respuesta de Morgan. ¿Renunciaría él a la mina por ella? ¡Qué pregunta más estúpida! Desde luego que no. Pero supuso que se enfurecería cuando oyera la exigencia de los usurpadores de minas. Eso sería como propinarle un puñetazo a un oso...

El hombre le tendió una cantimplora.

—Siéntate. Llegar a un acuerdo con el minero puede llevar tiempo.

Con lo sedienta que estaba, le resultó frustrante que le diera la cantimplora sin haberla destapado antes. Además, no se ofreció a desatarle las manos para que pudiera destaparla ella sola. ¿Acaso quería que le pidiera ayuda? ¿O quería demostrarle que estaba por completo a su merced? Él se había vuelto de espaldas a ella y estaba observando el camino que había más abajo, de modo que Violet se sentó y colocó la cantimplora en su regazo para poder destaparla y llevársela a la boca con ambas manos. Entonces escupió sonoramente el contenido. ¿Le había dado whisky?

Él oyó que Violet escupía.

—¡Mierda, te he dado la cantimplora equivocada! No era mi intención.

¡Como si ella fuera a creérselo! Pero él fue a buscar otra cantimplora. En esa ocasión, Violet olió el contenido antes de beber. Luego vio que el hombre se dirigía de nuevo hacia su caballo y regresaba con tres tiras de cecina para ella. Violet no tenía hambre, aunque debería tenerla, ya que era bien entrada la tarde, sin embargo tenía el estómago revuelto. Era el miedo. Pero pensó que lo estaba ocultando muy bien. No estaba segura de si tenía miedo solo por ella o también por Morgan.

Era posible que Morgan disparara antes incluso de saber que la habían hecho prisionera. Tenía un letrero en la entrada en el que especificaba claramente que era eso lo que pensaba hacer. Entonces no podría encontrarla. Pero la buscaría. Era un hombre digno y no permanecería indiferente y pasivo si supiera que una mujer estaba en peligro. Además, le había demostrado de múltiples formas que se preocupaba por su bienestar..., y también que se sentía atraído por ella. Pero ¿y si resultaba herido en un tiroteo con el usurpador de minas? Eso ya podría haber sucedido. ¿Si se producían disparos en la mina se oirían a la considerable distancia a la que se encontraban? Llegó a la conclusión de que tenía que escapar por sí misma.

Se fijó en el caballo, que seguía ensillado. Si lograra montar en él antes de que el usurpador de minas la alcanzara, podría escapar. Pero todavía no podía intentarlo, ya que ambos se encontraban a la misma distancia del animal.

—¿También tengo que atarte los pies?

Violet lo miró y se dio cuenta de que la había estado observando mientras ella calculaba sus posibilidades de huida. Intentó distraerlo.

—Si vivís en Helena, ¿por qué venís a estas montañas?

—No lo habríamos hecho si, el año pasado, cuando íbamos camino de Billings, no hubiéramos visto al minero dirigirse hacia aquí. Fue idea de mi hermano desviarnos de nuestra ruta para averiguar en qué estaba metido.

—Y robarle la mina, ¿no?

Él sonrió.

—En aquel momento, nos pareció una buena idea, pero no tuvimos éxito. Para ser un minero, se desenvuelve muy bien con un arma. En varias ocasiones, nos hemos acercado para comprobar si había abandonado la zona definitivamente porque, tomemos la ruta que tomemos para ir furtivamente a Wyoming a visitar a nuestra madre, pasamos por estas montañas. El año pasado, vimos que su campamento estaba vacío y creímos que por fin habíamos tenido suerte, pero se notaba que no lo había abandonado definitivamente, de modo que nos escondimos hasta la noche para averiguar si solo había ido a cazar. Al ver que no regresaba, llenamos nuestras bolsas con mineral en bruto de su mina. Se trató de una muy buena retribución por un día de trabajo y fue entonces cuando mi hermano decidió que, algún día, debíamos apoderarnos de la mina. Pero el minero la protegió con una maldita puerta de acero y ahora no nos resulta tan fácil disponer de su plata. Hemos estado esperando pacientemente a que surgiera otra oportunidad y hoy, cuando nos dirigíamos a Butte, sin duda nuestra paciencia se ha visto recompensada.

—¿A Butte?

—Sí, la ciudad que hay un poco más allá —declaró mientras señalaba con el pulgar hacia atrás.

—¿Butte está al noreste de aquí?

—¿No has estado nunca allí? Solo está a medio día a caballo de aquí.

¡Santo cielo! ¿Morgan realmente había tomado una ruta tan larga para llevarla hasta su campamento que había desperdiciado un día entero? Sí, por supuesto que lo había hecho, porque entonces estaba convencido de que ella trabajaba para su enemigo.

¡Qué irónico que tuviera que agradecerle a un usurpador de minas saber dónde se encontraban exactamente! Estaban en aquella bonita montaña que vio en la distancia y junto a la que pasaron cuando Morgan se la llevó de Butte. Entonces reflexionó sobre todo lo que el usurpador de minas acababa de contarle.

—Si queréis trabajar en una mina, ¿por qué no excaváis una para vosotros?

—Porque esta ya está excavada, tiene las vigas montadas, cuenta con un horno de fundición, ahora incluso tiene una casa y hay agua muy cerca. Y no nos importa matar al minero para conseguirla.

Violet soltó un respingo y él rio entre dientes.

—¿Quién se va a enterar si nos quedamos con su mina? —añadió.

—Yo lo sabré.

—Si estás muerta, no. Los agentes de la ley no nos buscan por esta zona y tenemos la intención de que esto siga así. Solo tenemos que ser extremadamente cuidadosos cuando visitamos a nuestra madre en Wyoming, para que no vuelvan a colgarnos. A mi hermano no le gustó que lo expulsaran de Laramie y mató al intratable ayudante del sheriff que lo hizo, pero unos cuantos testigos lo vieron y una patrulla formada por cuatro hombres nos encontró rápidamente. Nos colgaron en mitad de la nada y del único árbol que había por allí. Pero nuestra madre se enteró de lo que había ocurrido y siguió a la patrulla. Llegó a tiempo de matarlos a todos y de cortar a tiros las sogas. Creímos que Bert había muerto porque no respiraba. Eso alteró mucho a nuestra madre y se puso a arrearle puñetazos en el pecho. ¡Y vaya si eso lo despertó!

—¿Así que tú nunca has hecho nada para merecer que te ahorquen? —le preguntó Violet—. ¿Solo tu hermano... y tu madre?

Él soltó una carcajada.

—Yo no he dicho eso. Antes de encontrar otro lugar donde vivir, teníamos que comer y tener algo de dinero en los bolsillos. Pero si eres complaciente, no te mataré. ¿Lo serás?

—¡Creí que era con el minero, con quien estabais negociando!

Él se encogió de hombros.

—Si funciona desde luego que negociaremos con él, pero tú misma dijiste que no funcionaría. ¿O acaso nos mentiste acerca de que no le caías bien? Nos mentiste, ¿no? ¡Claro que le gustas, con lo guapa que eres!

Violet apartó la mirada y cerró los ojos. Tenía que llegar al caballo antes que él. Pero entonces oyó que se acercaba otro caballo. Miró alrededor y vio que el hermano de aquel hombre cabalgaba hasta ellos y desmontaba..., o al menos lo intentaba, porque a medio camino del suelo, se cayó y gimió. Por una de sus piernas resbalaba sangre.

—¿Estás sangrando, Bert? —le preguntó Curly, aunque sonó más como una acusación.

—Me ha disparado. ¡Es la segunda jodida vez que me dispara! Lo quiero muerto.

—¡Idiota, has dejado un rastro de sangre que lo conducirá hasta aquí!

—No lo encontrará. —Bert sonrió burlonamente—. He cabalgado por en medio del riachuelo hasta abandonar las montañas y, luego, he atravesado los llanos directamente hasta aquí.

—¿Ese jodidamente estrecho riachuelo que fluye cerca de su campamento? Seguro que, de todas maneras, tu caballo ha dejado algún rastro en las orillas.

—Estupendo, entonces esperamos a que aparezca, lo matamos de un tiro y a ella también.

—Yo no pienso matarla —declaró Curly mientras le lanzaba otra mirada a Violet—. Es demasiado guapa.

—No podemos dejar testigos. Ya es bastante desgracia que no podamos volver a vivir en Wyoming nunca más por culpa de todos esos letreros de «Se busca» que han colgado por todas partes. En este territorio no nos conocen y lo mantendremos así.

Cuando vio que Curly asentía a regañadientes con la cabeza, Violet ya no pudo ocultar sus temblores. Bert se levantó con esfuerzo, desenfundó su pistola y luego hizo lo mismo con el Colt de Violet, que llevaba en la cintura del pantalón. Pero era evidente que la pérdida de sangre lo había debilitado. Ni siquiera se había detenido el tiempo suficiente para hacerse un torniquete y detener la hemorragia. Parecía mareado e incluso se tambaleó. Quizá pudiera abalanzarse sobre él, derribarlo y arrebatarle uno de los revólveres. ¡Pero ella nunca había hecho algo tan arriesgado o agresivo en la vida! Además, sin duda no le resultaría fácil, porque tenía las muñecas atadas. Tendría que arrebatarle la pistola antes de que él cayera al suelo y le disparara por atacarlo. Así que, arrebatar, empuñar, disparar. ¿Qué otra elección tenía?

La bala atravesó el cuello de Bert y las salpicaduras de su sangre salieron disparadas en todas direcciones. Bert soltó los revólveres y se llevó las manos al cuello para tapar la herida. Entonces cayó de bruces al suelo.

Violet se puso a gritar con histeria porque tenía sangre en la cara, las manos y el vestido, y había un hombre muerto a pocos metros de ella. No podía dejar de gritar, ni siquiera cuando el hermano que no estaba muerto tiró de ella, la agarró firmemente delante de él y presionó el cañón de su pistola contra su mejilla. Entonces Curly giró lentamente en círculo, como si intentara localizar al tirador. No sabía de dónde había procedido el disparo que había acabado con la vida de su hermano.

—¡Muéstrate o la mato! —gritó. Luego susurró al oído de Violet—: Cierra la maldita boca. Con tus gritos no puede oírme. ¡Cállate o te aplasto la cabeza!

Mientras se desvanecía, Violet oyó vagamente otro disparo.

29

La llevaban en brazos y supuso que se trataba de Morgan, pero cuando abrió los ojos gritó y forcejeó porque no reconoció a aquel hombre.

—No esperaba que reaccionaras precisamente de esta forma cuando vieras que me había afeitado. Sigo siendo yo, Morgan, ya sabes.

A pesar de que aquella no era su cara, se trataba de su voz. Violet dejó de forcejear y levantó la vista hacia él mientras intentaba asimilar su cambio de aspecto. Realmente, no era fácil hacerlo.

—Te ves tan distinto... —declaró mientras se agarraba a él—. Y me has rescatado. Sabía que lo harías. ¡Estaba tan asustada!

Él la apretó contra su pecho.

—Ahora estás a salvo.

—¿Los dos están...?

—Sí. Tanto si lo fingiste como si no, al desvanecerte te quitaste de en medio y pude realizar un tiro limpio contra el tipo que quedaba. Si lo planeaste, fuiste muy lista, y si no, te desvaneciste en el momento oportuno.

Ella no estaba segura de saber cómo se fingía un desvanecimiento, pero ahora había dos asesinos menos por ahí, de modo que debería alegrarse. Y también debería darle las gracias a Morgan por haberla salvado. Si no lo hubiera hecho, en aquel momento ella estaría muerta.

Cuando llegaron junto a César, Morgan la dejó en el suelo y la envolvió en una manta. Probablemente porque todavía estaba temblando. Luego ató los dos caballos que había conducido hasta allí a la silla de César.

—¿Qué estás haciendo? —le preguntó Violet con voz vacilante—. ¿También quieres llevarte los cadáveres?

—No. Texas se ocupará de ellos cuando regrese de Butte. Los dos están buscados por la ley en Wyoming, vivos o muertos, de modo que podremos cobrar una recompensa.

—¿Cómo lo sabes?

Morgan la levantó en brazos, la sentó sobre César y luego montó detrás de ella.

—Porque eran lo bastante estúpidos para llevar encima sus propios letreros de busca y captura.

¿Así que Texas no estaba en el campamento para poder ayudarlo? ¿Morgan había acudido solo a rescatarla? ¡Claro que no había necesitado a nadie más y solo había tenido que realizar dos disparos para acabar con aquellos hombres! Era más peligroso de lo que ella creía, como el pistolero que vio en Butte. ¿En el Oeste todo el mundo era así? ¿Estaban todos dispuestos a matar en caso necesario? ¿O a hacerlo sin ninguna razón como hacían aquellos dos delincuentes? No podía permanecer durante más tiempo en aquel territorio salvaje. Tenía que irse, con o sin el acuerdo de sociedad, y regresar al mundo civilizado, a su mundo, donde los hombres no caían muertos a sus pies.

Antes de emprender la marcha, Morgan la había sentado de lado sobre su regazo y la sujetaba con firmeza con los brazos.

—Todavía estás temblando —comentó él al cabo de unos minutos—. ¿Te han hecho daño?

—No, solo me amordazaron y me maniataron, pero me habrían...

No logró reunir el coraje suficiente para decirlo.

—No pienses en ello. Ahora estás a salvo. Nadie te va a hacer daño y pronto estaremos en casa.

¿En casa? Ella nunca llamaría a aquel territorio salvaje y violento su casa. Pero se sentía segura en los brazos de Morgan.

Cuando remontaron la colina que conducía a su campamento, casi había anochecido. Morgan la llevó al interior de la cabaña y la dejó en la cama.

—¿Aquí estaremos seguros? ¿Y si aparecen más delincuentes? Texas no está para montar guardia.

—Sabes que conmigo estás segura, Violet. Y Bo siempre está cerca de ti. Además, tienes esto. —Dejó el Colt que le había quitado al usurpador de minas sobre la caja que había junto a la cama de Violet—. En caso necesario, no dudes en disparar. Aunque solo sea para llamarme.

Violet sonrió débilmente. Ya sabía que eso era lo que debería haber hecho por la tarde. La próxima vez... ¡Dios, no podía haber una próxima vez! No pensaba volver a poner el pie fuera del campamento a menos que el oso fuera con ella.

Morgan se arrodilló, le quitó las botas y luego se fue. Ella no se movió, simplemente se quedó mirando la sección del suelo que había entre sus pies desnudos. Incluso después de que Morgan regresara y empezara a limpiarle la sangre de la cara y las manos con agua fría, ella siguió mirando hacia el suelo y dejó que borrara de su cuerpo los signos de lo que había ocurrido. ¿Pero quién borraría el miedo y el terror que seguían acechando en su mente?

Morgan encendió unos cuantos quinqués y la chimenea.

—Tienes que comer —declaró.

Ella no le contestó. Al cabo de un momento él volvía a estar frente a ella.

—Quizá en lugar de comer lo que necesitas es esto.

Ella vio que sostenía en la mano un vaso lleno de un líquido dorado. Sin duda se trataba de lo que él solía beber, whisky o ron.

—No, gracias.

Él le levantó la barbilla y la miró más de cerca.

—¿Cómo te encuentras?

—No puedo dejar de pensar en aquellos hombres muertos y en toda aquella sangre.

—Hoy has sido muy valiente. Dudo que muchas debutantes londinenses fueran capaces de ayudar a someter a dos delincuentes americanos como has hecho tú.

Intentaba hacerla reír, pero su sonrisa, que ahora resultaba tan fácil de ver, solo resaltaba el hecho de que aquel no era su Morgan. Su voz y sus ojos le resultaban familiares, pero el resto de su cara no. Era excesivamente guapo. ¿Por qué había tenido que afeitarse? De algún modo, el oso le resultaba más seguro.

—Eran hombres malvados, Violet —añadió Morgan—. Ahora ya no podrán hacer daño a nadie más.

¡Pero ella los había visto morir! Empezó a temblar de una forma incontrolable. Y a llorar con grandes y desgarradores sollozos. Y no podía poner fin a ninguno de los dos síntomas. ¡Llegó a estar tan segura de que iba a morir aquel día!

—Según mi madre, a veces, un buen llanto ayuda. Siento que hayas pasado por esto, pero te prometo que mejorarás.

Violet se cubrió la cara con las manos y notó que él se sentaba a su lado y la tumbaba sobre su regazo para intentar calmarla. Se acordó de que su tía había dicho algo parecido en cuanto a que las lágrimas eran beneficiosas, de modo que no intentó contener el llanto, pero sí que intentó dejar de pensar. Finalmente, las lágrimas fueron remitiendo hasta convertirse en sollozos. Todavía no se sentía mejor, aunque quizá ahora le resultaba más fácil apartar a un lado esos recuerdos. Pensar en el nuevo Morgan la ayudaba. Seguía transmitiéndole seguridad y protegiéndola. A pesar de ser demasiado guapo, Violet sintió que, en el fondo, seguía siendo el oso.

—¿Ahora quieres un poco de whisky?

—No. Creo que tu madre tenía razón en lo de soltar un buen llanto —declaró con una sonrisa para demostrarle que la riada había acabado.

Morgan le enjugó las mejillas con dulzura.

—Creo que deberíamos deshacernos de esa ropa sucia y cepillarte el pelo.

Ella lo miró con curiosidad.

—Te gusta cepillarme el pelo, ¿no?

Él sonrió con timidez.

—Con el pelo tan bonito que tienes, no puedo evitarlo.

Fue amable por su parte decir que su ropa estaba sucia en lugar de mencionar las salpicaduras de sangre. Violet realmente quería deshacerse de ella, así que lo ayudó a quitársela.

—Tendría que quemarla —comentó Violet.

—No nos conviene que la habitación se llene de humo. Me encargaré de ella más tarde.

Encontró el cepillo de pelo de Violet y la ayudó a sentarse entre sus piernas en el borde de la cama. Luego le deshizo la trenza y empezó a realizar aquellas pasadas de cepillo largas y ligeras que resultaban tan agradables.

—Piensa en mi jardín de flores —comentó él con voz suave—. Si me quedara aquí más tiempo, ¿qué me recomendarías que le añadiera? Había pensado plantar violetas, pero quizá sería más conveniente plantar rosas. ¿Son populares en Inglaterra?

Violet se echó a reír. Era consciente de que intentaba que se sintiera mejor y lo estaba consiguiendo.

—Todo el mundo sabe que las rosas inglesas son las más bonitas.

Se volvió a medias para mirarlo y, aunque su bonita cara la dejó momentáneamente paralizada otra vez, de repente le pareció muy importante que supiera lo agradecida que estaba.

—Gracias por rescatarme y cuidar de mí.

Se inclinó para besar su recién afeitada y suave mejilla, pero no llegó a hacerlo y se quedó mirándolo. ¡Había hecho tanto por ella aquel día! Pero, de repente, ella quiso más y, antes de que pudiera contenerse, declaró:

—Bésame.

Él no titubeó. Al principio, apoyó sus labios en los de ella con suavidad, y luego, apasionadamente. ¿Acaso había deseado hacerlo y se había contenido por consideración a ella? Violet solo tardó unos segundos en rodearle el cuello con un brazo y devolverle el beso con la misma pasión.

Aquellos sentimientos cargados de sensualidad formaban parte de otro mundo. Para ella eran nuevos e inexplorados y estaban muy lejos de lo que acababa de vivir y de lo que intentaba escapar. Excitada por el roce de la mano de Morgan en su mejilla y luego en su cuello y en su pecho, Violet profundizó en el beso. La otra mano de Morgan subió muy despacio por su pierna y Violet sintió su calor directamente en la piel. Entonces fue consciente de que solo llevaba puesta la ropa interior. Pero el sentido del decoro no se interpuso, ni siquiera levemente, en lo que sentía. Solo estaba Morgan y lo que le hacía.

Él la tumbó en la cama y se echó a su lado, pero medio encima de ella, porque no había mucho espacio..., o porque quiso. A Violet le gustó aquella posición, le gustó sentir tanta parte de él presionada contra su cuerpo. El cuerpo de Morgan, que era largo y fuerte, era su escudo frente al peligro. Era su caballero protector, pero aquella noche era mucho más que eso. Aquel día le había salvado la vida, la había rescatado del peligro y la oscuridad. Y ahora le estaba mostrando el lado más dulce de la vida, la ternura, y unos placeres exquisitos que ella ni siquiera había imaginado.

Quería darle las gracias, pero todavía ansiaba más no distraerlo, sobre todo porque él seguía besándola y deslizando la mano hacia arriba y abajo de su cuerpo de una forma realmente excitante. Morgan colocó uno de los brazos de Violet por encima de su hombro y se inclinó para besarle un pecho. Al mismo tiempo, deslizó un brazo por debajo de ella, entre sus piernas, para acercar su cuerpo todavía más al de él. A Violet le resultó insólito y aun así emocionante sentir el calor de su boca en su pezón y el roce de su fuerte brazo entre sus piernas, lo que encendió pequeñas hogueras que se desplazaron por su cuerpo velozmente. Morgan siguió besando sus pechos y ella gimió entrecortadamente.

Cuando Morgan se puso de rodillas para quitarse la camisa, Violet se vio privada de su calor y estuvo a punto de soltar un grito, pero de nuevo se quedó paralizada por su nuevo aspecto y por lo guapo que era. ¡Santo Dios, era realmente atractivo! ¡Y todos aquellos músculos que se flexionaron cuando lanzó la camisa a lo lejos, y que volvieron a flexionarse cuando se quitó el cinto de la pistola y empezó a desabrocharse el cinturón del pantalón! Su tía tenía razón cuando mantuvieron «esa charla» y le advirtió: «A algunos hombres no les gusta estar desnudos en la cama, pero a otros, sí. Aspira a casarte con uno que sí que le guste». En su momento, Violet no entendió del todo a qué se refería, pero ahora sí..., porque aquel hombre era una fiesta para la vista, Adonis en carne y hueso. ¡Solo mirarlo hacía que el pulso se le acelerara!

Él ya le había desabrochado la blusa, aquellos lazos de seda que solo le servían de adorno porque le resultaba más cómodo sacársela por la cabeza. Pero como ahora la tenía abierta, dejando expuestos sus pechos, ni siquiera pensó en protestar cuando él le quitó también los calzones. Así disponía de más tiempo para contemplarlo, para sentirse fascinada por su desnudez.

Violet acogió lo desconocido sin reservas, aunque sintió una aprensión momentánea cuando él se sacó los pantalones y vio el tamaño de su virilidad. Quizá habría sido mejor que hubiera controlado su curiosidad. Cerró los ojos. No tenía por qué saberlo todo. Pero cuando él deslizó su cuerpo sobre el de ella, su piel entró en contacto con la suya y la besó apasionadamente, aquellos pensamientos se desvanecieron y abrió los ojos. Realmente quería saberlo todo, quería experimentar toda la sensualidad que él compartiera con ella.

Violet lo rodeó con los brazos y deslizó los dedos entre su pelo. Su cabellera negra seguía siendo larga, pero ya no estaba enmarañada e incluso era suave al tacto. Pero su cara sin barba seguía fascinándola. Apoyó una mano en su mejilla y notó que ya tenía una barba incipiente. Sonrió. Probablemente, ella tampoco se afeitaría si el resultado apenas durara un día.

Morgan tomó la mano de Violet en la suya, llevó las puntas de sus dedos hasta sus labios y, luego, le besó el pulso por debajo de la muñeca. Después, se quedó mirándola con sus encantadores ojos de color azul claro, que estaban encendidos de pasión y de... ¿preocupación?

—Hoy has pasado por mucho —declaró él—. No era mi

intención que las cosas fueran tan deprisa, pero ¡te deseo tanto! No quiero parar, pero si prefieres esperar hasta que te encuentres mejor, pararé.

¿Parar?

—No, yo quiero esto. Te quiero a ti. Por favor, no pares.

Él soltó un gemido y la besó con intensidad. Entonces ella lo notó, desapareció en un abrir y cerrar de ojos, su virginidad. Y notó a Morgan en su interior, ajeno e inmóvil, a la espera. Ella había soltado un grito ahogado y había cerrado los ojos, pero luego los abrió, vio que él sonreía y entonces sintió que su increíble miembro se deslizaba hacia su interior. Sublime. Había más que explorar, más que sentir. Él se movió a un ritmo constante dentro de ella y luego aceleró el ritmo provocándole múltiples jadeos. Entonces Violet abrió mucho los ojos y notó que algo más se aproximaba, algo que iba ganando ímpetu pero que, al mismo tiempo, resultaba elusivo, hasta que se sintió abrumada por una explosión repentina de placer puro y maravilloso.

Soltó un grito y se agarró con fuerza a los hombros de Morgan. Le costaba creer que algo así existiera siquiera. Y aquella explosión de placer dejó tras de sí un rastro de sentimientos inesperados: ternura, cariño, gratitud y la necesidad urgente de abrazarlo, simplemente abrazarlo.

30

Violet contuvo el impulso de seguir abrazando al hombre que estaba encima de ella. En aquel momento sentía cierto pudor por haberse comportado con él tan apasionadamente. Morgan había experimentado las mismas e increíbles sensaciones que ella, de hecho lo había exteriorizado ruidosamente, pero en aquel momento estaba quieto. Sin embargo, ella no pudo evitar acariciar suavemente su hombro y su musculoso brazo. Morgan tenía la cara entre el hombro y el cuello de Violet, su respiración seguía siendo laboriosa y evitaba que la mayor parte de su peso descansara sobre el pecho de Violet con los brazos. Ella se preguntó si dormirían en aquella posición. A ella no le importaría, pero la cama era muy estrecha. ¿Podrían dormir en ella dos personas con cierto grado de comodidad? Además, cuando Morgan se durmiera, sus brazos se relajarían y ella acabaría aplastada. Entonces tendría que despertarlo y podrían acabar volviendo a hacer el amor...

Frunció el ceño. Por muy agradable..., no, por muy increíble que hubiera sido, probablemente no deberían hacerlo otra vez. Estar tan cerca de Morgan, sentirse rodeada por él, hacía que se sintiera muy segura y confortable..., pero estaba hambrienta, muy hambrienta, sonoramente hambrienta.

Morgan oyó los rugidos de su estómago y soltó una risita.

—El estofado que preparé para la comida ya debe de estar caliente.

La besó en el cuello, luego en la mejilla, se incorporó y se dirigió hacia la chimenea. Desnudo. Violet se sonrojó.

Se levantó rápidamente, cogió la maleta y salió corriendo al porche para vestirse.

—¡Ponte algo encima! —le gritó a Morgan.

—Estos días he estado durmiendo con los pantalones puestos por ti, Violet, pero no suelo dormir así.

—¡Agradezco y agradeceré esa consideración!

Esperaba que él entendiera por dónde iba. Solo porque hubiera estado desnuda en la cama con él no significaba que fuera a comer o a dormir toda la noche de esa manera. Después de vestirse, se sujetó el pelo en una simple cola porque estaba demasiado hambrienta para entretenerse trenzándoselo. Luego volvió a entrar deprisa en la cabaña. Morgan se había puesto los pantalones y también la camisa, aunque no se la había abotonado. Ella se sentía terriblemente avergonzada por lo que habían hecho en aquella habitación.

Morgan dejó el recipiente del estofado delante de Violet.

—¿Por qué te has sujetado el pelo? —le preguntó.

—Para que no me moleste.

—Pues a mí no me molesta nunca. Me gusta más cuando lo llevas suelto.

Ella empezó a comentarle lo de los enredos, pero él la interrumpió.

—Podemos hablar sobre eso más tarde.

Entonces le dio un pedazo de pan mientras le sonreía. Se sentó frente a ella y Violet quiso apartar la mirada, pero no pudo. Morgan era demasiado guapo, endiabladamente guapo, y seguramente no era mucho mayor que ella.

—¿Cuántos años tienes? —le preguntó.

—Veintitrés. Soy el segundo de cuatro hermanos. Hunter es un año mayor que yo y el más encantador de la familia. Nuestro hermano John tiene veintiún años y bastante mal carácter. Y Cole, el benjamín, solo tiene diecinueve y no logra decidir a quién de nosotros quiere parecerse.

—¿Y cómo te describirías a ti mismo?

—Tú ya me conoces. ¿Cómo me describirías tú?

—Para mí, a pesar de que ya no lo pareces, sigues siendo un oso —repuso ella—. Pero supongo que si tuviera que describirte en una palabra yo diría que eres decidido.

—Buena elección —contestó él, y sonrió.

No debería hacer eso. Su sonrisa lo hacía todavía más guapo y Violet se quedó casi paralizada. Por suerte, con tanto pelo antes le resultaba imposible vislumbrarla. ¿Pero cómo iba a arreglárselas ahora que le costaba apartar la vista de él?

Tomó la decisión de no volver a mirarlo y fijó la vista en el estofado.

—¿Cómo fue para ti crecer con tres hermanos?

—Divertido..., en general. La vieja disputa que tenemos con los Warren, que son los rancheros vecinos y tienen tres hijos de edades parecidas a las nuestras, provocó todo tipo de altercados.

—¿A qué tipo de disputa te refieres, a las que acaban con muertes?

Morgan soltó un respingo.

—No..., al menos no actualmente, aunque podría haber ocurrido si, en el pasado, las dos familias no hubieran acordado una tregua. La señora Warren ofreció la mano de su hija, que entonces no era más que una niña, para concertar una boda con uno de nosotros. La boda de la paz tendrá lugar en algún momento de este verano. De hecho, ya podría haberse celebrado... o cancelado, en el caso de que Hunter se haya desdicho. Lo cierto es que no le pareció nada bien que nuestros padres se comprometieran en su nombre solo porque es el mayor, sin preguntarle si quería o no casarse y con una mujer que no conoce. Por alguna razón que desconozco, la hija de los Warren creció en el Este. Nunca supimos por qué. Pero si esa boda no se celebra, puede haber un baño de sangre.

—¿De modo que, cuando regreses a tu casa no sabes con lo que te vas a encontrar?

—Es probable que sí que lo sepa. Mi madre me escribe y me mantiene informado de lo que ocurre en casa. Seguramente hay varias cartas para mí en la ciudad que no recogí la última vez que estuve allí.

Por ella, porque él se hizo una idea equivocada de quién era, se enfureció y tomó la decisión arbitraria de secuestrarla en lugar de, simplemente, llamar a la puerta de su habitación del hotel y preguntarle por qué lo estaba buscando. Pero no pensaba abrir esa caja de gusanos, como lo llamaba él, de modo que solo dijo, con actitud estirada:

—Los enfrentamientos entre familias son arcaicos. En el mundo civilizado ya no ocurren.

Él soltó una carcajada.

—¿Te apuestas algo a que sí? Quizá en el lugar del que procedes no los llamen así, pero siempre habrá vecinos que no se lleven bien, resentimientos que vayan en aumento o deseos de venganza que afecten a toda una familia. Estos últimos son los más habituales, y las emociones que inician esos enfrentamientos pueden producirse en cualquier lugar y en cualquier país. En tu mundo civilizado quizá incluso los llamen guerras.

Ella se sonrojó levemente.

—Reconozco que tienes razón —dijo.

—¡Vaya, eso es una novedad!

Violet realizó una mueca y se levantó para salir de la cabaña. No pensaba avergonzarse explicándole por qué tenía que salir. Él la siguió, pero cuando ella volvió la vista hacia atrás vio que se dirigía al cercado de los animales para ver cómo estaban. Ahora que tenían dos caballos más, Violet decidió que podía ofrecerse a ayudarlo. Al fin y al cabo, ella sabía cómo ensillarlos y desensillarlos, aunque nunca había tenido una razón para contárselo a Morgan. ¿Ahora que los usurpadores de minas ya no constituían una amenaza seguiría encerrando a César en la mina? Probablemente, sí.

Como casi había anochecido y se sentía somnolienta después de la abundante cena, al regresar a la cabaña prestó más atención en dónde ponía los pies. La luna todavía no había salido, pero las franjas de luz del atardecer le permitieron ver con la suficiente claridad. Deseaba darse un baño, lo ansiaba, pero se contuvo al pensar en lo fría que debía de estar el agua del riachuelo a aquellas horas, y la idea de acostarse con el pelo mojado le resultaba igualmente aborrecible, de modo que el baño tendría que esperar a la mañana siguiente.

Cuando entró en la cabaña, Morgan estaba retirando los platos de la mesa y estaba de espaldas a ella. Era, aproximadamente, la hora a la que solían acostarse, de modo que dijo:

—Buenas noches.

Él se volvió y ella se sintió traspuesta otra vez por el nuevo Morgan, por aquella versión demasiado guapa de él. Se quedó allí, paralizada como una boba encandilada, lo que le dio tiempo a él a acercarse y rodearla con los brazos antes de que ella pudiera siquiera pensar en la posibilidad de apartarse de su camino.

Morgan la abrazó con suavidad y la besó levemente.

—Dulces sueños, espinosa Violet —le dijo con una sonrisa.

Pero no la soltó y ella sintió el impulso de abrazarlo también. Sin embargo, Violet se contuvo y se volvió de espaldas a él, aunque ya no se sentía cansada en absoluto. Entonces dejó de contenerse, se volvió de nuevo, le rodeó el cuello con los brazos y susurró:

—Morgan...

Y lo condujo a su cama.

31

Cuando se despertó, Violet estaba sola en la cama... y desnuda. Tenía la piel de la cara ligeramente irritada. Se acordó de que, durante la noche, Morgan la había besado y ella también lo había besado a él. Entonces, a la fría luz de la mañana, rememoró todo lo demás que había ocurrido la noche anterior y se sintió avergonzada por lo que había hecho.

Al menos, después de levantarse de la cama, Morgan había vuelto a colgar la manta de separación. ¿Para evitar que se sintiera avergonzada? Nada podía evitarlo. Cogió rápidamente la ropa que había encima de las cajas de embalaje situadas al pie de la cama y se vistió. Esperaba que Morgan hubiera salido de la cabaña. Pero no lo había hecho. Violet salió de detrás de la manta de separación y vio que Morgan estaba totalmente vestido, sentado a la mesa y tomando un café. Violet se detuvo.

—¿Hemos dormido juntos toda la noche? —le preguntó, y se sonrojó intensamente.

Morgan arqueó una ceja.

—¿La parte de dormir es la única que recuerdas?

—No hablaremos de eso —replicó Violet mientras se sentaba a la mesa.

—Si tú lo dices...

—Lo digo. Y tampoco volverá a pasar.

—Creí que no íbamos a hablar sobre eso.

—Simplemente no quiero crear expectativas.

—Considéralas no creadas. —Pero entonces añadió—: Ya sabes que conmigo no tienes por qué ser incorregiblemente correcta. ¿He utilizado bien la expresión?

—No exactamente, pero he captado el sentido. Sin embargo, hable con quien hable, yo siempre seré correcta.

—¿Siempre? —replicó él, y sonrió.

Cielo santo, ¿iba a aludir constantemente a lo que habían hecho durante la noche? El día anterior la había salvado dos veces, primero de sufrir daños físicos y, luego, del miedo y de los aterradores recuerdos de lo que había ocurrido. Además, los dos delincuentes merecían morir porque habían matado a otras personas injustificadamente y sin remordimientos. Al matar a aquellos dos hombres, Morgan probablemente había salvado la vida de muchas personas a las que ellos habrían matado. Ahora ella se sentía capaz de sobrellevar aquella experiencia angustiosa de una forma más pragmática, pero no estaba segura de poder contener la atracción que sentía por Morgan.

—¿Cómo te encuentras esta mañana? Ayer estabas bastante alterada.

—Me encuentro mejor —le aseguró ella.

—De todas maneras, hoy deberías descansar. Podrías aplazar la búsqueda del dinero de tu padre o, al menos, esperar hasta que Texas regrese. Él no suele dormir el día entero y podría acompañarte.

—Estaré bien. Además, tengo la pistola.

—Ayer la pistola no te sirvió de mucha ayuda —declaró él con énfasis.

—Me equivoqué al no utilizarla, pero aprendo de mis errores. Si veo algo que camine a dos patas, dispararé sin titubear.

—De acuerdo. A mediodía come cuando quieras, porque seguramente volveré tarde. Antes de que vayamos a Butte la semana que viene para reunirnos con tus hermanos, quiero avanzar mucho en la mina.

—¿Mis hermanos?

—Le pedí a Texas que fuera a la ciudad a transferirles el dinero que me pediste. Lo recibirán dentro de un par de días.

¿Así que había conseguido su objetivo? Conservarían la casa familiar. Debería estar dando saltos de alegría, pero en aquel momento muchas otras cosas ocupaban su mente: la forma en que Morgan la miraba; el hecho de que hubiera vuelto a afeitarse aquella mañana; que, durante la noche, hubiera extendido el pelo de ella sobre la almohada y hubiera hundido la cara en él, y la ternura con la que la había abrazado a lo largo de la noche.

Desayunó, pero cuando él se fue, ella siguió sentada a la mesa mientras se recreaba en sus lamentaciones. Por mucho que Morgan le gustara, ella había arruinado su propia vida. Había actuado de una forma irresponsable y había entregado su virginidad a un hombre con el que nunca se casaría. ¡Incluso podía haberse quedado embarazada! Se imaginaba hasta qué punto tía Elizabeth y Sophie se sentirían avergonzadas por lo que había hecho. Pero después del aterrador encuentro con los usurpadores de minas, ¿quién podía culparla de buscar consuelo en los brazos de un hombre tan atractivo, fuerte y decente como Morgan Callahan?

Por otro lado, él también había aprendido a apreciarla. Y la deseaba tanto como ella lo deseaba a él. Si seguían viviendo juntos en la cabaña durante otra semana, no podrían resistirse a la atracción que sentían el uno por el otro. Y no sería correcto que sucumbieran a aquella atracción porque ella nunca se casaría con él.

Contempló la tosca cabaña. Su ropa manchada de sangre seguía en el suelo y había varias armas esparcidas por distintos lugares. Aquella no era vida para ella. Sabía lo que tenía que hacer. Tenía que regresar al lugar al que pertenecía, donde la muerte no acechaba en cada esquina. Y tenía que hacerlo en aquel mismo momento. No podía esperar ni un día más. Lo que habían hecho la noche anterior no podía volver a suceder. Los riesgos eran demasiado graves: hijos, un matrimonio no deseado..., o lo que sería peor, que él ni siquiera se ofreciera a casarse con ella. En cualquiera de esos casos, su vida estaría arruinada. ¡Y de ningún modo quería correr el riesgo de quedarse embarazada! Se negaba a renunciar a sus sueños por la fascinación inmoral que sentía por un oso.

Sintió la necesidad apremiante de actuar porque, teniendo en cuenta la facilidad con la que había sucumbido e incluso iniciado lo que había ocurrido la noche anterior, estaba convencida de que nunca tendría la fuerza de voluntad suficiente para resistirse a Morgan, y mucho menos con el aspecto que tenía ahora. ¡Además, el apelativo que había utilizado para referirse a ella, «espinosa Violet», y el tono en que lo había dicho eran sumamente cariñosos! Al recordarlo, se le llenaron los ojos de lágrimas.

Las tres primeras horas transcurrieron rápidamente. El caballo del usurpador de minas era sorprendentemente fuerte y dócil, pero ella sabía que no debía presionarlo. Conforme se alejaba del campamento, estaba más y más convencida de que había hecho lo correcto al irse sin despedirse. Morgan no estaba preparado para acompañarla a la ciudad y habría intentado convencerla de que no fuera sola, de modo que no le había dejado otra opción. Así que reunió unos cuantos artículos indispensables, una cantimplora con agua, una manta, su maleta, el parasol y la comida que él había preparado y ensilló el caballo. Si seguía las indicaciones del delincuente, estaría en Butte a última hora de la tarde. Entonces se daría un baño y dormiría en una cama de verdad. Gracias a Dios, aquella extraña aventura estaba a punto de terminar. Incluso había conseguido su objetivo inicial: había reclamado la propiedad de la mina de su padre y había asegurado el futuro de sus hermanos y el suyo propio. El telegrama que Morgan había enviado a sus hermanos constituiría la confirmación escrita de su nueva sociedad. Regresaría a Londres, dejaría que sus hermanos se ocuparan del resto y Morgan tendría más de lo que más le importaba, la plata.

Siguió el río en dirección norte durante un rato hasta que llegó a un tramo más estrecho y lo cruzó. Se detuvo solo el tiempo necesario para volver a llenar la cantimplora y continuó en dirección norte hasta que encontró el camino, que estaba justo donde ella esperaba... ahora. No quería imaginarse lo perdida que estaría si se hubiera dirigido hacia el sur, que es lo que habría hecho si Curly no le hubiera explicado dónde estaba Butte en relación con la montaña de Morgan.

Unas nubes negras aparecieron sobre su cabeza antes de que las viera llegar. Llevaba en aquel entorno salvaje con Morgan más de una semana sin que hubiera caído ni una sola gota de lluvia. ¡No podía echarse a llover precisamente aquel día! Siguió cabalgando durante diez minutos antes de que empezara a llover. ¡Condenada lluvia! Pero no permitió que unas cuantas gotas la detuvieran hasta que, media hora más tarde, las gotas se convirtieron en una lluvia torrencial. Entonces se cobijó debajo de una cornisa rocosa. Estaba mojada y furiosa por el retraso que eso supondría, pero esperaba que dejara de llover pronto. Todavía era temprano y podía llegar a Butte antes del anochecer.

Comió confiando en que la lluvia cesara, pero se hizo de noche y seguía lloviendo torrencialmente. Ya no estaba tan convencida de que irse del campamento hubiera sido la decisión más acertada. En lo único en lo que podía pensar era en los animales salvajes que merodeaban por allí. Empezó a desear que Morgan estuviera allí, pero se reprendió por ello. No dejaba de decirse a sí misma que había tomado la decisión correcta, pero en aquel momento estaba agotada, mojada y hambrienta. Se sentó con la pistola en la mano, intentó mantenerse despierta y prestó atención por si oía ruidos producidos por pumas, osos o serpientes.

Al día siguiente, el caballo la empujó suavemente con el morro y la despertó. Se alegró al ver que el sol brillaba. Le dolían los músculos, pero consiguió montar en el caballo y seguir cabalgando. Una hora más tarde, oyó sonidos de cascos detrás de ella y sintió pánico. Morgan la había alcanzado. ¿Estaría furioso? Pero cuando volvió la vista hacia atrás, vio a un grupo de hombres. ¿Acaso Morgan había enviado a una cuadrilla de hombres a buscarla? No, por supuesto que no. No podía haber llegado antes que ella a Butte y reunir una cuadrilla, y mucho menos con el aguacero que cayó el día anterior.

Siguió cabalgando con la confianza de que, simplemente, la adelantarían, ya que cabalgaban más deprisa que ella, pero en lugar de eso, después de adelantarla se detuvieron delante de ella.

—Disculpe, señorita, ¿adónde se dirige? —le preguntó uno de ellos amablemente—. ¿Se ha perdido? ¿Necesita ayuda?

Vestían ropa limpia y eran respetuosos. El que había hablado, incluso la saludó tocando con la mano el ala de su sombrero. Al estar lejos de Morgan, Violet volvió a comportarse de una forma formal y correcta.

—Me dirijo a Butte. Sé que no está lejos de aquí —contestó—. ¿Con quién estoy hablando?

—Habíamos salido a inspeccionar la zona para un grupo de mineros, pero ya vamos de regreso a Butte. Estaremos encantados de acompañarla y asegurarnos de que llega sana y salva.

Ella asintió en señal de consentimiento. Le complacía haberse tropezado con unos hombres decentes que lo único que pretendían era ayudarla. Mientras cabalgaban, se colocaron alrededor de ella. Uno se puso delante, otros dos la flanquearon y dos más se colocaron detrás de ella. Violet no tardó en empezar a toser debido al polvo que levantaba el caballo que iba delante.

—Tome, utilícelo para protegerse la cara.

Ella dirigió la vista al lado. Uno de los hombres le ofrecía un pañuelo.

—Gracias —declaró, y alargó el brazo para cogerlo.

—Deténgase un momento y yo se lo ataré —añadió él—. Tiene usted las manos ocupadas sujetando las riendas y ese bonito parasol.

Él tenía razón, de modo que Violet tiró de las riendas mientras él se inclinaba hacia ella. Cuando le tapó la nariz con el pañuelo, ella percibió un olor extraño que hizo que se sintiera mareada. Un instante más tarde, notó que se desvanecía.

32

—Quizá deberías llamar al doctor para asegurarte de que está bien. ¿Es realmente la mujer que estabas buscando? No parece encontrarse nada bien.

La voz que había hecho estas observaciones pertenecía a una mujer. Nadie le contestó, pero unos pasos se alejaron. Violet se esforzó en abrir los ojos. La única persona que podía haberla estado buscando era Morgan. ¿Era él quien acababa de salir de la habitación? A no ser que los agentes de la ley se hubieran dado cuenta de su repentina desaparición de Butte. La mujer podía haberse dirigido al sheriff o a su ayudante.

Violet estaba en una habitación agradable, tumbada en una cama de gran tamaño, y tenía la cabeza apoyada en una almohada y ligeramente levantada. La mujer que estaba de pie junto a la cama era de edad madura, pelirroja, llevaba el pelo recogido con tirantez, tenía los ojos azules y llevaba puesto un vestido de día muy elegante.

—¡Por fin te has despertado!

Violet apenas podía concentrarse porque se sentía muy confusa.

—¿Dónde estoy?

—En la casa de mi hermano. Me llamo Kayleigh Sullivan. Ya conoces a mi hermano Shawn. Me contaron que cenaste con él y con mi sobrina en el hotel.

¿Era la tía de Katie? Violet se relajó un poco y sonrió levemente a la mujer.

—Soy Violet Mitchell.

—Lo sabemos, querida. ¿Te encuentras mejor?

—¿Qué me ha pasado?

—Estabas cabalgando con unos empleados de mi hermano cuando te desvaneciste. Tuviste suerte de tropezarte con ellos, así pudieron traerte a Butte sin que sufrieras daño alguno. ¿Y ahora quieres que ordene que te calienten la comida? Creo que te la trajimos demasiado pronto.

¡Comida!

—¡No! Fría está bien, y quemada también, de cualquier manera estará bien. De verdad.

Aunque su voz sonó desesperada, Violet no se sonrojó, solo intentó incorporarse. Estaba demasiado ansiosa por encontrar la comida antes de que se la llevaran. Pero soltó un gemido y se desplomó sobre la almohada. Le dolía la espalda, y también el trasero. ¿Se cayó del caballo cuando se desvaneció o todavía sufría los efectos de dormir sobre la roca debajo de la cornisa? No recordaba haberse caído, solo aquel olor extraño justo antes de desmayarse. Si se había roto algo, lloraría. Pensar que había llegado tan cerca de la ciudad sin sufrir ningún daño...

La mujer soltó un respingo y se inclinó hacia Violet.

—De momento creo que será mejor que te incorpores solo a medias, ¿te parece bien?

—Sí, y gracias —respondió Violet.

La mujer colocó la otra almohada que había en la cama encima de la de Violet para que pudiera incorporarse a medias. Luego dejó la bandeja sobre el regazo de Violet.

—Faltaría más, querida. ¿Durante cuánto tiempo has estado en los montes pasando hambre?

Violet acercó el cuenco solo hasta su barbilla. ¿Sopa? Ella no estaba enferma, sino hambrienta. Pero en la bandeja también había bollos con mantequilla y un cuenco pequeño con fresas.

—Desde ayer por la tarde —declaró, y empezó a tomar cucharadas de sopa.

—Nunca imaginé que tu mina estuviera tan lejos..., en fin, cuando te marchaste de la ciudad, dedujimos que te fuiste con el joven Callahan y que él te condujo hasta la mina. ¿Pero por qué no te ha traído de vuelta a la ciudad?

Violet consiguió no fruncir el ceño, pero le sorprendió enormemente que aquella mujer mencionara su mina. ¿Cómo sabía que tenía una mina y que había estado con Morgan? ¿Y por qué los hombres de Shawn Sullivan la habían llevado allí en lugar de a la consulta del doctor Cantry? A menos que, como la señora Sullivan había comentado, él hubiera organizado su búsqueda. ¿Se había encargado él de buscarla porque los agentes de la ley no lo habían intentado lo suficiente? ¿Y por qué no lo habían hecho? Claro que el señor Sullivan la conocía y sabía que era amiga de su hija.

Violet no estaba segura de si debía o no estar preocupada por todo aquello, ya que la opinión que tenía de Shawn Sullivan era muy diferente de la que tenía Morgan. Por otro lado, nada de lo que Morgan le había contado acerca de aquel hombre la había convencido, ya que no eran más que presunciones. Todo, hasta el menor detalle, eran suposiciones, simplemente se debían a su obsesión por mantener en secreto la localización de su mina. Incluso había admitido que el señor Sullivan insistía en comprarle la mina a un precio elevado. Solo eso debería convencerlo de que Sullivan quería quedarse con su mina legalmente. Aun así, le preguntó a aquella mujer:

—¿Por qué me estaba buscando su hermano?

—Shawn fue a tu hotel para invitarte a cenar otra vez y le dijeron que te habías ido de una forma bastante misteriosa. Él dedujo que habías encontrado a Callahan y que le habías convencido para que te acompañara a la mina de tu padre. Katie mencionó que eso era lo que pretendías hacer. Pero al ver que tardabas en regresar y teniendo en cuenta todo lo que sabemos acerca del impresentable de Callahan, Shawn se preocupó. Debe de haber sido horrible tener que tratar con alguien tan huraño y grosero. ¡He oído decir que ni siquiera se lava!

Violet contuvo una carcajada. ¡Si pudieran verlo ahora! Pero no se sentía cómoda hablando de él ni de las minas con una extraña, aunque Kayleigh fuera la tía de Katie y ella se sintiera segura en aquella casa, así que le preguntó:

—¿De quién es esta habitación?

—De Katie. No le importará que la utilices. Últimamente, apenas nos visita, claro que no puedo culparla por ello, porque a esta ciudad le está costando una eternidad deshacerse de sus primitivos orígenes.

—¿Katie se casó?

—Sí. Shawn se sintió descorazonado porque los negocios le impidieron asistir a la boda, pero recibimos un telegrama en el que Katie nos comunicaba que todo había salido a la perfección. Pero deja de comer tan deprisa o se te revolverá el estómago, querida. Te aseguro que, si no tienes suficiente con lo que hay en esta bandeja, te traeremos otra.

Violet asintió con la cabeza, pero no paró de comer. En aquel momento, Kayleigh miraba fijamente la falda de Violet y la cama en la que descansaba. Violet siguió su mirada y vio lo polvorienta que estaba su ropa.

—Tendremos que lavar ese cubrecamas —declaró Kayleigh mientras soltaba un respingo—. Intenté que lo retiraran antes de tumbarte en la cama, pero tenían tanta prisa que no me escucharon. He ordenado que calienten agua para que puedas darte un baño. Creo que incluso tienes sangre en el pelo. ¡Dios santo!, ¿cómo ha llegado esa sangre hasta ahí? ¿Has matado a Morgan? ¿Por eso has vuelto sola a la ciudad?

—¡Yo no he matado a nadie! —exclamó Violet indignada.

La simple idea de que le hiciera daño a Morgan era ridícula. ¡Pero aquella mujer ya le había formulado demasiadas preguntas seguidas! ¿Decía que tenía sangre en el pelo? No podía ser del tiroteo que se produjo dos días atrás con los usurpadores de minas, porque Morgan le había cepillado el pelo y la habría visto. La noche anterior debió de hacerse un rasguño mientras dormía bajo la cornisa, o quizá aquella mañana, si se había caído del caballo. ¿Por qué no lograba acordarse?

—Claro que no, querida —declaró Kayleigh—. Pero si no tienes ropa limpia en esa destrozada maleta, te traeré algo de ropa mía.

Su maleta no estaba destrozada, solo sucia, como ella, pero no le quedaba ropa limpia.

—Gracias, la verdad es que toda mi ropa necesita ser lavada.

—Enviaré al ama de llaves a buscarla, pero supongo que el doctor llegará pronto, de modo que será mejor posponer el baño hasta que haya terminado de examinarte. Deberías quedarte en la cama hasta que te examine. Si has sufrido alguna herida, debemos procurar que no empeore.

—Es usted muy amable.

—¿Cómo no habría de serlo? Eres una de nosotras.

¿Qué significaba eso? ¿Estaba siendo arrogante porque las dos eran unas damas y en Butte había muy pocas? Acababa de desdeñar a la ciudad como había hecho antes con Morgan. ¡Claro que a él todos los habitantes de Butte lo menospreciaban! Cuando Kayleigh por fin se fue, Violet pudo comer el resto de la comida en paz. Pero no fue suficiente.

La mujer había dejado la puerta abierta, de modo que el hombre que llegó con un maletín médico no tuvo que llamar y entró directamente.

—Usted no es el doctor Cantry —declaró Violet.

—No, no lo soy, y tampoco somos socios, aunque mantenemos una buena relación —contestó él—. Yo soy el doctor Wilson. Los propietarios de las minas me contrataron para atender a sus trabajadores, mientras que Cantry se ocupa de los habitantes de la ciudad. Pero cuando él tiene que salir de la ciudad, yo atiendo a sus pacientes y él me devuelve el favor cuando yo voy a visitar a mi hijo a Helena. Funciona bien.

—¿Entonces ahora él está fuera de la ciudad?

—Que yo sepa no, pero el señor Sullivan me ha mandado llamar. Ahora, señorita, relájese, por favor. No voy a pedirle que se desnude.

Ella nunca pensó que se lo pediría. Después de auscultarle el corazón, palpar suavemente las zonas doloridas de su espalda y limpiar el corte que tenía a un lado de la cabeza, le dio un diagnóstico alentador. El arañazo de la cabeza era superficial y cicatrizaría pronto. Los dolores se debían a haber pasado mucho tiempo a lomos del caballo, y atribuyó su desmayo al calor y a la falta de agua y comida. Le recomendó que descansara durante unos días y el cuerpo de Violet estuvo de acuerdo. Pero para poder descansar tranquilamente, antes tenía que enviar un telegrama a sus hermanos.

Al menos Morgan no la buscaría en aquella casa y no la encontraría salvo que saliera de allí. Podía pedirle a Kayleigh que enviara el telegrama en su nombre. Solo quería asegurarse de que sus hermanos no emprendieran el viaje a Montana, porque ella pronto estaría de vuelta en Filadelfia.

Tenía la intención de comprar un billete de ferrocarril de regreso a casa para el día siguiente o el otro. No podía imponer su presencia a los Sullivan durante más de uno o dos días y no quería registrarse en un hotel porque Morgan podría encontrarla. No quería que la secuestrara otra vez en mitad de la noche. Sin embargo, no podía dejar de pensar en él. Esperaba que comprendiera por qué se había ido y que no le molestara que lo hubiera hecho sin despedirse. Podía dejarle una nota en su hotel. Sabía que él no solía leerlas, pero si la estaba buscando, puede que lo hiciera. No quería que se preocupara o que siguiera buscándola cuando hubiera abandonado el territorio... ¡Condenado..., lo echaba de menos! ¡Tenía que dejar de hacerlo! Morgan no era el hombre adecuado para ella y no le gustaba ningún aspecto de su forma de vivir!

33

—Está usted muy sucia, criatura. ¿De verdad ha estado sola en los montes?

Una mujer distinta había entrado en la habitación. Llevaba un cesto colgando de un brazo y un vestido del otro. Era de mediana edad, tenía el pelo castaño y lo llevaba recogido en un sencillo moño. ¿Era el ama de llaves? La seguían dos muchachos con cubos de agua. Los llevaron detrás de un biombo que había en un rincón de la habitación y se fueron a buscar más. La mujer dejó el cesto en la mesita de noche. Contenía pastelitos de carne. «¡Dios la bendiga!», pensó Violet. Al menos alguien sabía que la sopa no sería suficiente.

—Sí —contestó Violet—. Es una locura, lo sé. Solo sentí pánico cuando unos delincuentes me secuestraron y luego murieron... a mis pies. Entonces me di cuenta de que era primordial para mí volver de inmediato a la civilización.

—¡Oh, pobre criatura! No me imagino lo que debe de ser presenciar tanta violencia.

La mujer sacudió la cabeza y se dirigió al armario para colgar el vestido que llevaba en el brazo.

Hablar de los delincuentes hizo que aquella horrible escena acudiera de nuevo a la mente de Violet, así que rápidamente utilizó el recurso que había utilizado durante el trayecto a Butte cuando aquellas imágenes la atormentaban: pensó en Morgan y en cuando le hizo el amor, que era la verdadera razón de que hubiera huido del campamento. Realmente lamentaba no volver a verlo nunca más. Él la había protegido, la había tratado bien y era el hombre más valiente que había conocido nunca. Era inteligente, y también divertido, y le había proporcionado una experiencia romántica increíble. Sin embargo, tenía una faceta dura y peligrosa que le permitía vivir en aquel territorio violento y salvaje y ella no acababa de comprender ni de sentirse cómoda con ese aspecto de él. Pero ella debía de haber sufrido un verdadero ataque de pánico para emprender el camino de regreso a Butte sin preocuparse de su propia seguridad. Si lo miraba en perspectiva, había sido una estupidez.

—Yo soy la señora Hall —declaró la mujer mientras regresaba junto a Violet—. Abigail Hall, y soy el ama de llaves de la casa, aunque últimamente, alguien me ha llamado Abby y ese nombre me gusta. De modo que me parecerá bien si usted también quiere llamarme así, señorita Violet. ¿Necesita que la ayude a llegar a la bañera?

Violet sonrió.

—No estoy segura, pero si contiene agua caliente, puede estar segura de que, sea como sea, conseguiré sumergirme en ella. También tengo que enviar un telegrama hoy mismo y pensaba pedirle a la hermana del señor Sullivan que me hiciera el favor de enviarlo por mí.

—No la moleste con eso. La señora Sullivan puede ser... olvidadiza. Pero le traeré una hoja de papel y yo lo enviaré en su nombre. El doctor ha dicho que tiene usted que descansar.

—Gracias.

—El señor Sullivan espera que cene con él y con la señorita Kayleigh esta noche —le comunicó Abigail—. Pero si no se encuentra bien, puedo pedirles que aplacen la cena con usted hasta mañana. Aunque el señor Sullivan quiera hablar con usted urgentemente, yo creo que las recomendaciones del doctor deben tenerse en cuenta.

—¿Por qué tiene esa necesidad urgente de hablar conmigo?

—Ese hombre siempre tiene prisa, pero en su caso supongo que, ahora que ha encontrado la mina de su padre, el señor Sullivan querrá hacerle una oferta por ella. Puede que no contenga nada que valga la pena, pero si está cerca de la de Callahan, no le importará.

Violet frunció el ceño. Le preocupaba que tanto Kayleigh como Abigail supieran que había estado con Morgan y que había encontrado la mina de su padre porque ella no se lo había contado. Y, por lo que recordaba, tampoco se lo había comentado a los hombres de Sullivan. Aquello empezaba a resultarle un poco raro. Claro que ella no había desmentido sus presunciones, simplemente, no las había confirmado. Pero, si podía evitarlo, prefería no mentir, de modo que dijo:

—Yo no puedo vender ninguna de las dos minas.

—Bueno, pues ya está. Quizá por una vez el señor Sullivan acepte un no por respuesta.

Eso sonaba muy inquietante. ¡Tonterías! Estaba permitiendo que los desvaríos de Morgan en contra de Sullivan la influyeran. Pero Morgan no era un mentiroso. Quizá su obsesión por proteger su mina lo había predispuesto a malinterpretar el interés de Sullivan por comprarla. Morgan le había dicho que Sullivan había dejado en el hotel un montón de notas para él y que ni siquiera las había leído. Pero ella creía que no había nada malo en insistir de esa manera..., siempre que esa insistencia no se convirtiera en una coacción. En cualquier caso, ella no estaría en la ciudad el tiempo suficiente para que nadie la presionara a fin de que vendiera una mina que ni siquiera estaba segura de que pudiera vender conforme a la ley. Además, aunque pudiera venderla, no podía hacerle eso a Morgan.

Estuvo cerca de una hora en la bañera de porcelana y no le importó que el agua se volviera tibia porque llevaba anhelando darse un baño de verdad desde hacía más de una semana. Abigail le llevó la cena, lo que le confirmó que la cena con sus anfitriones se había aplazado. Sin embargo, el ama de llaves le advirtió que, si era necesario, la noche siguiente la llevarían en volandas para que asistiera a esa cena. ¡Ahí estaba de nuevo la impaciencia de Sullivan!

Desde luego, eso no sería necesario. De hecho, ya se encontraba mejor, y se sentía más ella misma. Sin embargo, el aplazamiento de la cena supuso un alivio para ella, porque, cuando rechazara la oferta de Sullivan por la mina, fuera cual fuera, seguramente tendría que abandonar la casa enseguida. No creía que él la echara, pero se sentiría incómoda permaneciendo allí. Lástima que no la hubiera invitado a desayunar en lugar de a cenar. En ese caso, después de negarse podría irse directamente a la estación del ferrocarril.

Se pasó la mayor parte del día siguiente en la cama. Quería descansar tanto como pudiera antes de emprender el viaje de vuelta a Filadelfia. Abigail le confirmó que había enviado el telegrama a sus hermanos.

Como había sacado toda su ropa de la maleta para que se la lavaran, pudo encontrar las horquillas para el pelo y recogérselo adecuadamente. Ya le habían devuelto la ropa limpia y planchada, de modo que pensó que estaba bastante presentable para la cena. Abigail la condujo al comedor.

El interior de la casa de Sullivan era tan imponente como la bonita fachada de ladrillo que tanto la impresionó el día que pasó por allí para ver dónde vivía. Recorrió pasillos bien iluminados y cubiertos con alfombras y pasó por delante de habitaciones perfectamente acondicionadas con muebles elegantes, telas bonitas y recipientes, jarrones y marcos de espejos de plata resplandeciente. No fue la primera en llegar al comedor.

Kayleigh, que estaba de pie junto a una silla en uno de los extremos de la larga mesa, le sonrió y le dio la bienvenida.

—¿Hoy te encuentras mejor, joven Mitchell?

—Todavía un poco dolorida —respondió Violet—. Pero sí, me encuentro mucho mejor y vuelvo a sentirme civilizada.

—El campamento de Callahan es muy primitivo, ¿no?

Violet no quiso confirmarle que había estado allí, de modo que le contestó:

—Todo fuera de la ciudad lo es.

Dio una ojeada alrededor, al mobiliario y a los lujosos artículos que había en la habitación pero que no podían comprarse en aquella ciudad: la vajilla de porcelana, la cubertería de plata, un candelabro de cristal y la larga mesa de patas elaboradamente torneadas. Todo aquello le recordó el sueño de Morgan de abastecer a los habitantes de aquel territorio de objetos elegantes. Esperaba que lograra su objetivo... En serio tenía que dejar de pensar en él.

—Siéntese, señorita Mitchell —declaró Shawn Sullivan cuando entró en la habitación.

Violet se volvió y vio al hombre que había conocido cuando cenó con Katie y su prometido. Sullivan tenía el pelo castaño, con algunos mechones grises, y Katie había heredado sus ojos verdes. Aquella noche vestía un traje formal de color gris oscuro y corte elegante. Sonreía y parecía ser tan sociable como lo fue cuando cenaron en el comedor del hotel. Aquel hombre no podía ser tan infame como Morgan lo había descrito. Se acercó a la mesa y retiró una silla para que Violet se sentara. Le adjudicó un asiento situado entre él y su hermana y ellos se sentaron en los extremos de la mesa.

—Ha sido usted muy amable ofreciéndome su hospitalidad, señor Sullivan.

—Por supuesto, por supuesto, ¿cómo no iba a hacerlo? Me alegro de que mis hombres la encontraran y pudieran ayudarla. Cuando Morgan Callahan fue visto en la ciudad y usted se marchó con él de una forma tan repentina, nos preocupamos. Katie me contó que esperaba que él la condujera hasta la mina de su padre, y la verdad es que me sorprendió que accediera a hacerlo. No debe de haber sido agradable tratar con alguien tan tozudo y tosco. Pero supongo que ahora mantiene usted una buena relación con él, ¿no?

Se trataba de una pregunta directa que tenía como objetivo confirmar sus suposiciones. En esta ocasión, no tenía sentido negarlo ni intentar eludir la pregunta porque, de hecho, ella le había contado a Katie sus intenciones. Además, no había preparado una respuesta alternativa que justificara dónde había estado todo aquel tiempo.

—Hasta cierto punto, sí —repuso Violet—. Al menos, cuando no me acusa de trabajar para usted.

Shawn soltó una carcajada.

—¿Eso hace?

No había nada divertido en la impotencia que el error de Morgan le hizo sentir, pero no quería ser grosera.

—Lo hizo durante unos días, sí. Pero ya lo aclaramos —declaró.

—Mis hombres no lo vieron cuando la encontraron a las afueras de la ciudad. ¿De verdad permitió que regresara sola?

Le estaba formulando demasiadas preguntas acerca de Morgan.

—¿Nos servirán la cena pronto? —preguntó ella con tono amable mientras esbozaba una sonrisa para mitigar la grosería que suponía eludir su pregunta.

Él le hizo una seña con la cabeza a un sirviente que permanecía en silencio junto a la puerta. Segundos después, les llevaron el primer plato. Violet esperaba que la comida le quitara a Sullivan a Morgan de la cabeza, porque su excesivo interés hacía que se sintiera sumamente incómoda. No quería revelar ninguna información que pudiera perjudicar a Morgan o la participación que ella y sus hermanos tenían en la mina. Si el objetivo de Sullivan era preguntarle dónde estaba la mina de Morgan, tendría que levantarse e irse.

Intentó distraerlo y le preguntó:

—¿Katie vivirá en Chicago con su marido? He pensado que podría visitarlos brevemente antes de regresar a Inglaterra.

—Sí, su marido tiene una casa propia en Chicago —le contestó Shawn, pero entonces la miró de una forma incisiva—. ¿Debería informar al sheriff de que Callahan la abandonó en las montañas para que muriera? ¿Es esto lo que intenta evitar contarnos?

Violet soltó un respingo.

—¡Él no hizo nada parecido! Simplemente no estaba listo para venir a la ciudad y yo sí, de modo que me fui de allí para regresar a Filadelfia. A partir de ahora, serán mis hermanos quienes se ocupen de la mina.

—Pero ellos no están aquí, ¿no?

—No, todavía están en el Este.

—¿Entonces piensa viajar a Filadelfia y volver aquí solo para conducirlos hasta la mina? —preguntó él con voz ligeramente incrédula—. Yo podría ordenar a uno de mis hombres que los guiara hasta allí.

Regresar a Montana no era una idea que le resultara

atractiva, pero cuando huyó de Morgan ya sabía que quizá tendría que hacerlo. Por otro lado, la opción de esperar a sus hermanos en Butte todavía le gustaba menos. En realidad, como ahora sabía en qué cordillera se encontraba exactamente la mina, podía darles indicaciones y dibujarles un mapa aproximado, pero no sabía cuál era el barranco por el que tendrían que subir. Claro que solo había unos cuantos barrancos, de modo que en cuestión de horas podrían encontrar el correcto. Esta posibilidad hizo que se sintiera realmente aliviada. ¡Por la mañana podría tomar el ferrocarril!

En cuanto a la oferta de Shawn, simplemente le recordó:

—Usted no sabe dónde está la mina, así que ¿cómo podría conducirlos hasta allí?

—Porque usted me mostrará el camino antes de irse. Así no tendrá que volver solo para guiar a sus hermanos hasta allí.

—Después de todo lo que has pasado, estoy segura de que no querrás volver a Butte nunca más —intervino Kayleigh.

La insistencia de Sullivan se estaba volviendo molesta. Pero no quería reconocer ante él que podía indicarles a sus hermanos el camino a las minas sin tener que acompañarlos. Además, tenía una solución al problema que él le planteaba sin tener que admitir que ese problema no existía.

—Eso es muy amable por su parte, pero Morgan podrá...

—Morgan tiene la costumbre de no dejarse ver cuando viene a la ciudad y tampoco lee los mensajes que la gente le deja —la interrumpió él—. Sus hermanos se quedarán atascados en la ciudad esperando a un hombre que nunca aparece.

Violet se sintió todavía más molesta porque lo que decía bien podía ser cierto. Quizá Morgan no quisiera leer las notas que sus hermanos le dejaran. Podía estar tan enfadado con ella que, a pesar de querer que Daniel y Evan trabajaran en la mina para devolverle los tres mil dólares que les había prestado, se negara a tratar con ellos. Pero, aunque no podía estar segura de cuál sería su reacción, lo que sin duda nunca le perdonaría sería que condujera a Shawn Sullivan hasta su mina. De eso estaba segura.

Deseó que Sullivan no pareciera ser tan sincero, lo que hacía que le resultara todavía más difícil rechazar su oferta de que uno de sus hombres guiara a sus hermanos. Pero no necesitaba su ayuda y tampoco creía que el bienestar de ella fuera lo que lo motivaba. Sin embargo, no podía permitir que él lo supiera.

—Lo único que quiero es volver a casa y olvidarme de esta experiencia tan terrible —insistió Violet.

—Por supuesto, y podrá hacerlo cuando me muestre el camino a mi nueva mina. Le pagaré cien mil dólares por ella. Así no regresará a su hogar con las manos vacías y nunca tendrá que volver al Oeste.

Su oferta dejó pasmada a Violet. Cualquier persona en su sano juicio la aceptaría inmediatamente. Pero Violet sospechaba que Sullivan le había ofrecido un precio tan alto porque la mina valía más que eso. O quizá creía que, al comprársela, obtendría otra gratis, la de Morgan. «¿Mi nueva mina?» ¿Tan convencido estaba de que ella no rechazaría su oferta? O quizá lo que quería era averiguar la localización de la mina; entonces ya no importaría si ella aceptaba o no su oferta. Tenía que evitar responder a su pregunta.

—Es usted muy generoso, pero no puedo tomar esa decisión sin antes consultarla con mis hermanos. Le aseguro que lo haré nada más llegar a casa. Probablemente ellos querrán aceptarla porque son caballeros, no mineros. Pero, sinceramente, no puedo tomar esa decisión yo sola.

—Entonces envíeles un telegrama por la mañana.

Violet se dio cuenta de que la estaba acosando, la estaba manipulando para acorralarla. Realmente, aquel hombre no aceptaba un no por respuesta.

—No —replicó ella sin rodeos—. Se trata de una cuestión demasiado importante para tratarla por medio de telegramas. Cuando llegue a casa, tomaremos la decisión, señor.

—Entonces saldremos a primera hora de la mañana. En cualquier caso, puede enseñarme el camino a la mina, así, cuando usted y sus hermanos acepten mi oferta, ninguno de ustedes tendrá que regresar a Butte. Estoy siendo magnánimo, señorita Mitchell. Téngalo presente.

Se levantó y salió de la habitación antes de que ella pudiera responder a su advertencia. ¿Acaso no estaba claro que había rechazado su ofrecimiento? ¿Es que no la había oído? Dijera lo que dijera Sullivan, lo único que haría ella por la mañana sería subir al ferrocarril.

34

¡Qué cena más horrible!, pensó Violet cuando se quedó sola en el comedor con la hermana de Sullivan, quien ni siquiera intentó ocultar que desaprobaba la respuesta de Violet a la oferta de su hermano. Aunque se sentía muy incómoda, Violet terminó de comer como si nada inapropiado hubiera ocurrido. El hambre que había pasado durante un día y medio impidió que abandonara la habitación y dejara la comida que tenía en el plato.

Al menos Kayleigh guardó silencio. Violet esperó hasta que los sirvientes retiraron los platos.

—No hay ninguna justificación para que me presione de esta manera —observó con cautela.

—Salvo que mi hermano ya ha esperado el tiempo suficiente.

¿Esperado para conseguir algo sobre lo que no tenía ningún derecho? ¿Y por qué le traspasaba el problema a ella? Pero no quería enfrentarse a Kayleigh, así que solo señaló:

—Tendrá nuestra respuesta dentro de una semana.

—Solo hay una respuesta a tanta generosidad, ¿o acaso

no eres consciente de que mi hermano te ha ofrecido demasiado dinero?

¿Tenía razón? Ella no podía saber si era demasiado o demasiado poco. Morgan le había dicho que la plata que había en su mina y en la de su padre formaban parte de una veta madre. Ella lo había visto con sus propios ojos en las paredes, en los suelos y en los techos de ambas minas. Pero nada de eso tenía importancia porque ella no era la propietaria absoluta de la mina y no creía que se pudiera vender una participación de una sociedad informal. En cualquier caso, ella no la vendería. Pero no pensaba explicar nada de eso a aquellas personas.

Se obligó a ser amable, le dio las gracias a Kayleigh por la cena y regresó a su habitación. ¿Debería irse aquella misma noche? Evidentemente, ya no era bienvenida en aquella casa. Pero conseguir habitación en un hotel tan tarde... No, una noche más allí no le haría daño a nadie y, si se iba lo bastante temprano por la mañana, quizá ni siquiera tuviera que volver a ver a los Sullivan.

En mitad de la noche, algo duro se clavó en su costado y la despertó. Su primer pensamiento fue que Morgan la había encontrado y que la secuestraba otra vez. Pero había dejado una lámpara encendida, aunque con intensidad baja, y cuando se volvió vio la persona que la apuntaba con la pistola.

—¿Abigail?

—¡Chsss! —susurró la mujer—. Nada de hablar. Sígame.

Violet se quedó paralizada e impactada. Durante los últimos dos días, aquella mujer le había parecido agradable, aunque no la conocía realmente y, además, trabajaba en una casa que ahora le era hostil. Pero ya no la apuntaba con la pistola. Violet miró hacia la ventana, que estaba abierta.

—No es necesario que haga eso. Estoy de su lado. Averiguará por qué dentro de un minuto.

Violet no la creyó. Si estuviera diciendo la verdad, no la habría apuntado con una pistola. Intentó ganar tiempo.

—Tengo que vestirme.

—¡Chsss! —siseó la mujer con más énfasis mientras volvía a apuntarla con la pistola—. Venga conmigo tal como está.

Violet se levantó de la cama con cautela mientras se preguntaba si podría arrebatarle la pistola sin que le disparara. Cuando llegaron a la puerta, Abigail le indicó que la abriera y luego la empujó hacia la derecha, en dirección contraria a la escalera que conducía a la planta principal. Abigail siguió empujándola. Después de doblar una esquina, Violet se encontró frente a otra escalera. Esta era más estrecha y subía en espiral. Debía de conducir a otra planta o a un altillo.

Si Abigail no la estuviera empujando ni presionara la pistola contra su espalda para que subiera las escaleras, Violet habría dado media vuelta enseguida. ¡Creía que Abigail era una mujer bondadosa! ¡Sí que juzgaba mal el carácter de los demás! Debía de estar obedeciendo órdenes de Sullivan, pero ¿por qué mandar a una mujer a hacer un trabajo tan desagradable como aquel?

Cuando llegaron a la puerta que había al final de las escaleras, Abigail le susurró:

—¡Ábrala!

La puerta daba acceso a un altillo de techo inclinado que estaba tenuemente iluminado por una lámpara. Muebles y cajas de todo tipo estaban apilados a un lado dejando espacio para un camastro. Cuando entraron en el altillo, la persona que estaba tumbada en el camastro se incorporó.

Violet se detuvo de golpe y fue incapaz de dar un paso más. Se sintió conmocionada, emocionada y extremadamente confusa.

—¿De..., de verdad eres tú? —susurró abrumada.

—Acércate, Vi.

¡Oh, Dios, era la voz de Charles, y su cara! Rompió a llorar con lágrimas de felicidad.

—¡Papá!

Corrió hacia la cama para abrazar a su padre y se agarró a él con fuerza temiendo que, si lo soltaba, desaparecería. ¡No estaba muerto! ¡No estaba muerto! ¡Por favor, que aquello no fuera un sueño!

—Déjame verte, cariño.

—Aún no. Todavía no quiero despertarme. Solo abrázame como solías hacerlo.

Él intentó enjugarle las lágrimas y Violet notó el roce de su mano. ¡No estaba soñando!

—¿Cómo es posible que estés vivo? ¡Pero si te enterraron!

—Enterraran a quien enterraran, no era yo.

Violet se echó hacia atrás para contemplar su cara, su preciosa cara. Era más huesuda y había envejecido, pero seguía siendo la cara de su querido padre.

—¡Estás vivo! Esto es..., no puedes imaginártelo.

—Yo también me alegro de verte, querida. ¿Pero qué estás haciendo aquí? No tendrías que haberte enterado de este desagradable asunto.

—Daniel me escribió a Londres y me pidió que regresara a casa para ocuparme de una emergencia. Me impactó encontrar a mis hermanos arruinados y descubrir que corríamos el riesgo de perder la casa.

—¿Pero, por qué? Les dejé dinero suficiente para hacer frente a las deudas.

—No, se lo gastaron todo intentando guardar las apariencias como tú les indicaste, de modo que vine a buscarte.

Él suspiró.

—El dinero debería de haber alcanzado para todo y no

habría habido ningún problema si no hubiera sufrido aquel accidente. ¿Dónde están ahora tus hermanos?

—Siguen en Filadelfia...

—Tengo tres hijos, dos de ellos son hombres jóvenes y fornidos y ¿es mi hija quien ha venido sola a este territorio salvaje a buscarme?

Parecía enojado con sus hijos, de modo que Violet añadió rápidamente:

—Ellos intentan salvar la situación y negociar con el banquero, quien está a punto de quedarse con la casa. Evan incluso está cortejando desesperadamente a una heredera, con quien espero que ya no tenga que casarse, porque no parecía estar muy enamorado de ella.

Charles sacudió la cabeza con tristeza.

—Es culpa mía. Cometí locuras con mi herencia. Soy yo quien debería haberme ocupado de mis hijos. ¡Lo siento muchísimo, cariño!

—Es igual —lo tranquilizó ella—. No me importa si no llego a debutar nunca en Londres, ¡estoy tan contenta de que estés vivo!

—¿Cuánto tiempo llevas en Montana?

—Varias semanas —contestó ella de una forma evasiva—. Cuando me contaron la terrible noticia de tu muerte, intenté encontrar tu mina para poder salvar la casa. Entonces conocí a Morgan...

—¿Qué opinas de él? —la interrumpió Charles.

—¡Será mejor que no me hagas hablar!

Charles se echó a reír y la abrazó con fuerza.

—Acostumbrarse a ese hombre requiere tiempo.

—Lo que está claro es que te aprecia. Nos ha prestado el dinero suficiente para devolver el préstamo del banco, de modo que no tienes que preocuparte más por eso. ¿Pero qué estás haciendo en este altillo?

—Lo trajeron cuando estaba inconsciente —contestó Abigail, quien estaba detrás de Violet.

¡El ama de llaves! Se había olvidado de que estaba en la habitación. Se volvió hacia ella.

—¿Por qué no me dijiste, simplemente, que mi padre estaba vivo?

—¿Y provocar que reaccionaras de esta forma tan ruidosa en la planta de abajo donde Kayleigh o el señor Sullivan podrían haberte oído? No deben saber que tu padre ha recobrado la consciencia o que tú sabes que está aquí. Si lo averiguan, no podré sacarlo de aquí y ponerlo a salvo. Siento haberte asustado con la pistola, pero era necesario que vinieras sin hacer ruido.

—No culpes a Abby —intervino Charles—. Ha sido muy generosa trayéndote aquí a escondidas.

—En cuanto a por qué está aquí tu padre —prosiguió Abigail—, lo raptaron cuando el doctor Cantry salió de la ciudad y el doctor de los mineros se hizo cargo de sus pacientes como es su costumbre. Los hombres del señor Sullivan sacaron a Charles de la consulta del doctor durante la noche y lo trajeron aquí. A la mañana siguiente, lo enterraron, supuestamente, y cuando el doctor Cantry regresó, simplemente le dijeron que había muerto. Desde entonces, tu padre ha estado aquí prisionero.

Violet sacudió la cabeza. Le costaba asimilar toda aquella información.

—Me pareció que Wilson era un médico de verdad.

—Y lo es —repuso Abigail con sarcasmo—, pero está controlado por los mineros ricos. Hará todo lo que le digan y, probablemente, sin hacer ninguna pregunta.

—Pero ¿por qué está prisionero mi padre?

—Sería mejor preguntar por qué estás tú en la casa de los Sullivan —replicó Charles.

Violet titubeó un momento mientras buscaba una explicación que fuera verídica pero que no contuviera información escandalosa.

—Cuando Morgan accedió a liquidar tu deuda, sentí la necesidad de volver a la civilización, pero no quería esperar una semana a que él pudiera acompañarme. Digamos que me escabullí de allí sin que él lo supiera. ¡No me digas nada! Sé que no se trató de una decisión sensata. Casi había llegado a Butte cuando me tropecé con los hombres de Sullivan. Entonces me desmayé y ellos me trajeron aquí.

—No, querida, oí la conversación que mantuvieron aquellos hombres con el señor Sullivan —intervino Abigail—. Supieron que eras tú cuando oyeron que hablabas con acento británico. Pusieron cloroformo en el pañuelo que te dieron para dejarte inconsciente y poder traerte aquí.

Violet se estremeció y percibió rabia en la cara de su padre.

—¿De modo que es por eso que el pañuelo olía raro? No recuerdo nada de lo que ocurrió después de que me lo dieran hasta que me desperté en esta casa.

—¡Despreciables! —exclamó Charles mientras sacudía la cabeza—. Yo hace casi seis semanas que estoy en este altillo. En realidad, me alegro de haber estado inconsciente la mayor parte de ese tiempo. Hace pocos días que recobré la consciencia. Sullivan todavía no lo sabe y queremos que siga siendo un secreto. —Miró a Abigail con una sonrisa cariñosa y añadió—: Esta mujer ha sido mi ángel guardián. Es la única persona en esta mansión que se rige por una moral justa e inquebrantable.

Abigail se sonrojó.

—Kayleigh me amenazó con hacer que me encarcelaran alegando que les había robado si le contaba a alguien que tenían a Charles aquí escondido, pero me niego a participar en las fechorías de los Sullivan. ¡Lo que le están haciendo a este buen hombre es inadmisible!

—Gracias por cuidar tan bien de él —declaró Violet de corazón. Entonces volvió a mirar a su padre y le recordó—: Todavía no me has contado por qué te han hecho prisionero.

—Abigail oyó a Sullivan darles órdenes a sus hombres. Por lo visto, está esperando a que recupere el sentido para que le diga dónde está la mina. —De repente, Charles se enfureció—. Pero, haga lo que haga, no se lo diré. No pienso traicionar a mi socio. ¡Y el dinero que obtuve de la mina es para mis hijos!

Violet se horrorizó al imaginar lo que Sullivan y sus hombres le harían a su padre para obtener esa información y miró con desesperación al ama de llaves.

—¿Por qué Sullivan llega a estos extremos para apoderarse de las minas de Morgan y de mi padre cuando él ya tiene una? ¿La que él tiene en Butte se está agotando?

—Todavía no, pero solo es cuestión de tiempo. Él ambiciona dinero y poder y ninguna cantidad de esas dos cosas será nunca suficiente. Además, no quiere que nadie ponga en peligro su estatus como el último de los reyes de la plata. Se enfureció cuando averiguó que Callahan se estaba haciendo merecedor de ese título. Como es tan rico y poderoso, nadie se atreve nunca a decirle que no. Salvo Morgan Callahan. Todo esto hizo que el señor Sullivan se enfureciera y se volviera más osado que nunca. Es uno de esos hombres a los que no les importa pisotear a los demás con tal de conseguir lo que quieren.

Violet le había dicho que no a Sullivan, lo que hizo que ahora se sintiera muy intranquila.

—¿Puedes traer aquí al sheriff?

Abigail suspiró.

—¡Ojalá fuera tan sencillo! El sheriff Gibson es un buen

hombre, pero si yo, una simple ama de llaves, le dijera que mi jefe, uno de los mineros más ricos y poderosos del territorio, tiene a Charles prisionero en este altillo, no me creería. Se trata de una acusación difícil de creer, y el sheriff nunca insultaría al señor Sullivan pidiéndole que le permitiera registrar su casa sin una justificación razonable. Además, ¿quién sabe lo que el señor Sullivan me haría si averiguara que he ido a acusarle ante el sheriff? Me temo que preferiría matar a Charles antes que permitir que lo encontraran aquí y que eso lo incriminara.

—¿Y qué me dices de la tumba vacía? Eso constituiría una prueba, ¿no es cierto?

—Sí, pero no está vacía. De hecho, disponían de un cadáver, el de un minero que acababa de morir y que todavía no había sido enterrado. Se suponía que Charles no estaría aquí durante tanto tiempo. El señor Sullivan prefería tratar con él cuando recuperara el sentido a tener que hacerlo con Callahan. Su plan alternativo consistía en intercambiar a tu padre por la mina de Callahan, pero este nunca leyó los mensajes que Sullivan le dejó en el hotel.

—¿Notas exigiéndole un rescate? ¡Esa es nuestra prueba! Abigail negó con la cabeza.

—Vi una de esas notas en su escritorio antes de que la mandara y no mencionaba ningún rescate. Es demasiado listo para implicarse de esa forma. Expondrá sus exigencias en persona y sin testigos.

—Pero eso no funcionará. Nada hará que Morgan renuncie a su mina.

—Creo que lo has juzgado mal —comentó Charles con preocupación—. Aunque no tenía por qué ayudarme, siempre fue bondadoso conmigo, Violet. Y, aunque tampoco tenía por qué hacerlo, fue muy generoso con la plata que extrajo de la mina.

—¿Pero entregar su mina como rescate? Él está obsesionado con esa condenada mina.

—Aunque se negara a entregársela a Sullivan, si hubiera sabido que me tiene aquí prisionero, me habría liberado. De eso no tengo la menor duda.

Violet se sonrojó porque, realmente, ella tampoco dudaba de que Morgan habría liberado a su padre. Al fin y al cabo, la había rescatado a ella, ¿no? Y había arriesgado su vida para hacerlo. Además, después de todo, tenía razón respecto a Shawn Sullivan. Aquel hombre realmente se valía de cualquier medio para conseguir lo que quería, incluidos el secuestro y el asesinato. Violet tuvo miedo de lo que podría ocurrirle a su padre si Morgan no accedía de inmediato a las exigencias de Sullivan. Y empezó a sentirse... atrapada.

—Deberíamos irnos ahora, mientras están durmiendo.

—No podemos —replicó Abigail—. Cuando Sullivan está en la casa, sus hombres la vigilan. Ni siquiera podríamos escabullirnos por una ventana sin que nos vieran. Además, tu padre no está en condiciones de escapar. Todavía está muy débil.

—Pues yo no puedo irme sin él —recalcó Violet.

—No lo has entendido, querida. Tú eres tan prisionera como él. Simplemente no te lo han dejado claro porque no has intentado irte.

—Abby no está dramatizando la situación, Violet —intervino Charles—. El otro día, Sullivan y su hermana subieron al altillo. Creyeron que yo seguía inconsciente y hablaron de deshacerse de mí. Se les está acabando la paciencia esperando a que yo recupere el sentido. Me sorprende no haberme delatado mientras ellos estaban aquí hablando de matarme dentro de unas cuantas semanas.

—Y ahora que te tienen a ti, niña, lo harán antes —le advirtió Abigail—. Si no accedes a cooperar y conducirlos a la mina, utilizarán a tu padre para presionarte. Pero, cuando hayan conseguido lo que quieren, tampoco te dejarán marchar, de modo que hay que resolver la situación antes de que eso ocurra.

—Pero ¿cómo?

Violet estaba aterrorizada por lo que podía ocurrirles a ella y a su padre.

—Tiene planeado salir contigo y sus hombres por la mañana. Está convencido de que puedes conducirlo al campamento de Callahan porque has estado allí. ¿Es eso cierto?

—Sí, ahora sí, pero cuando Morgan me llevó a la mina, tomó una ruta indirecta que requirió un día entero más de camino y, durante las últimas seis horas, me tapó los ojos para que no pudiera conducir a nadie hasta allí.

Charles sonrió.

—Eso es perfecto. Aunque esté a solo medio día de viaje desde la ciudad, puedes alegar con sinceridad que tardaste casi dos días en llegar allí. Intenta llevarlos por el camino que está más hacia el este tanto como puedas, así el sheriff podrá encontraros fácilmente.

Violet miró alternativamente a su padre y a Abigail.

—¿Ya habíais planeado todo esto?

Abigail asintió con la cabeza.

—Y, para que funcione, tendrás que ir con Sullivan voluntariamente. Si tiene que obligarte contándote que tu padre está vivo y amenazarte con matarlo si no lo conduces a la mina, dejará demasiados hombres vigilando la casa y no podré ayudar a Charles a escapar.

—Pero, en cualquier caso, Sullivan tiene muchos sirvientes y ellos podrían impedírtelo, ¿no? —preguntó Violet.

—Los sirvientes no me lo impedirán, pero Kayleigh sí que lo intentará. Sin embargo, por una cosa u otra, sale de la casa todos los días. Normalmente, antes de mediodía. Nos escaparemos cuando ella se vaya e iremos directamente a la oficina del sheriff. Además, contaré los hombres que acompañan a Sullivan para que el sheriff reúna a más hombres que él. Así que, simplemente, coopera con él hasta donde puedas. Incluso puedes hacerlo a regañadientes si crees que así resultarás más convincente... Sí, esta noche estuve escuchando junto a la puerta del comedor y oí que te mostrabas reacia a guiarlo hasta la mina. Deberías conducirlos tan lejos de la ciudad como puedas antes de admitir que no estás segura de la localización de las minas. Como mínimo, necesitamos medio día para escapar e ir a la oficina del sheriff, y él podría necesitar unas cuantas horas más para reunir una patrulla lo bastante numerosa.

Violet asintió con la cabeza mientras intentaba no revelar lo preocupada y asustada que estaba. Deseó que Morgan estuviera allí para hacerse cargo de la situación en lugar de ella.

Su padre debió de percibir su intranquilidad, porque dijo:

—Siento ponerte en esta situación tan peligrosa, Violet. Estoy orgulloso de la mujer valiente y capaz en la que te has convertido. Tengo fe en que te mantendrás serena y engañarás a Sullivan y a sus hombres hasta que el sheriff pueda apresarlos.

Violet sonrió débilmente e intentó tranquilizar a su padre.

—Se diría que mañana por la noche voy a volver a dormir a la intemperie —bromeó.

—Solo necesitas ganar tiempo hasta que el sheriff os alcance —insistió Charles—. ¿Podrás hacerlo?

—Por supuesto —respondió Violet.

Bueno, ¿qué otra cosa podía hacer?

35

Habían transcurrido cuatro días y Morgan creía que, después de tanto tiempo, ya habría encontrado a Violet. La había buscado en todos los hoteles y alojamientos de Butte. Todos los días había preguntado en la estación del ferrocarril por si había comprado un billete. Se había pasado medio día vigilando la casa de Shawn Sullivan, aunque esto había constituido una pérdida de tiempo. Y todos esos días había regresado a las montañas y la había buscado hacia el norte, el sur e incluso durante un día entero hacia el este.

La rabia lo mantenía en marcha y le impedía renunciar a encontrarla. La rabia lo había acompañado desde que descubrió que se había ido mientras él estaba trabajando en la mina. ¡El único día que no había salido para comer, mierda! Y se había ido justo después de que hubieran hecho el amor, después de que él hubiera sentido hacia ella una proximidad que no había sentido con ninguna otra mujer. Y fue ella quien lo inició todo al pedirle que la besara y que no se detuviera. ¿Acaso ya tenía planeado irse y fue esa su manera de darle las gracias? Sin embargo, recordó lo alterada que estaba después de que los usurpadores de minas la secuestraran y de presenciar su muerte.

Al fin y al cabo, era una dama joven que estaba fuera de su entorno habitual. Además, aquella noche estaba asustada y necesitaba que alguien la reconfortara y la protegiera y, aunque se sintiera atraída por él, quizá se arrepintió de lo que había hecho. ¡Pues claro que se había arrepentido! Ella estaba acostumbrada a tratar con caballeros ricos y sofisticados. Incluso le había contado que pretendía casarse con uno de ellos. Nunca elegiría a un minero y hombre de las montañas como él. Esta era otra de las cosas que lo enfurecía, que no creyera que fuera suficiente para ella.

Pero imaginara lo que imaginase para justificar que se hubiera ido de aquella manera, su rabia no disminuía. Era evidente que se había ido nada más conseguir lo que quería de él, o sea, el dinero para liquidar la hipoteca de la casa familiar y una asociación minera que duraría hasta que le devolvieran el dinero. ¿Se habría quedado si él hubiera accedido a establecer con ellos una sociedad permanente? Era posible, pero ahora nunca lo sabría.

Ni siquiera lograba imaginar qué dirección había tomado. Por eso todavía no la había encontrado. La lluvia había borrado las huellas de los cascos de su caballo y él había hecho un buen trabajo despistándola acerca de la localización de las minas. Incluso se había desplazado hasta Dillon, que era la última ciudad situada en la línea del ferrocarril antes de llegar a Butte, para averiguar si había comprado allí el billete. Si se había dirigido hacia el oeste, se habría tropezado con las vías del ferrocarril y seguramente se acordaría de haber pasado por esa ciudad cuando llegó a Butte. En ese caso, podría haber pensado que estaba cerca de Dillon y haberse dirigido hacia el sur para llegar a esa ciudad. Pero tampoco la encontró allí y su rabia se convirtió en miedo. Cuatro malditos días. ¿Podía estar perdida en las montañas y seguir con vida a pesar del calor y de carecer de comida?

La noche anterior, Morgan regresó tarde a la cabaña. Quería descansar durante unas horas y comprobar si Texas le había dejado alguna nota. Su amigo también estaba buscando a Violet, aunque su última nota no fue más esperanzadora que las anteriores. Al final, Morgan se quedó dormido hasta mediodía. Había desperdiciado unas horas diurnas valiosas, pero no le sorprendió porque había dormido muy poco desde que Violet lo abandonó. ¿Lo abandonó? Eso sonaba muy personal cuando no debería ser así.

Aquel día había planeado volver a buscarla por Butte y, después, por Helena, pero como era tan tarde, seguramente dejaría Helena para el día siguiente. Violet podía haber ido allí para esconderse hasta que llegaran sus hermanos.

Morgan cabalgó en dirección norte, hacia el camino que conducía a Butte y que estaba situado más hacia el este. A mitad de trayecto, vio una nube de polvo. No era tan grande como las que, debido a su velocidad, producían las diligencias, pero sí lo bastante para indicar que se trataba de más de dos jinetes. Se detuvo y sacó el catalejo de Charley. Ocho caballos avanzaban a un trote lento, y casi inmediatamente localizó a Violet sobre uno de ellos. ¿Cómo iba a pasar por alto aquel ridículo parasol?

Se sintió sumamente aliviado... hasta que vio quién cabalgaba a su lado. Entonces la rabia volvió a surgir en su interior, y con más intensidad que nunca, porque desde el principio había tenido razón: realmente estaba confabulada con Shawn Sullivan. ¿Acaso la noche que se conocieron en el hotel él le ofreció una fortuna por su mina? Pero primero ella tenía que averiguar dónde estaba. Lo había hecho y ahora guiaba a Sullivan hasta las minas para el gran día de cobro. A Sullivan no le importaba que ella no tuviera derecho a vender la mina de Charley y, en cualquier caso, le pagaría aunque solo fuera por conocer la localización.

¡Y casi habían llegado! Lo verían cuando abandonaran el camino para cabalgar en dirección sur. ¡Estaba tan furioso que ni siquiera podía pensar en qué hacer para mantenerlos alejados de su montaña! Estaban demasiado cerca y, además, ella los estaba guiando directamente al campamento. Realmente se había equivocado con ella. Le había hecho el regalo de disfrutar de su cuerpo para disculparse por eso. Desde el principio sabía que iba a traicionarlo.

Retrocedió hacia la montaña para esconderse en el primer bosquecillo, que se encontraba más o menos a dos kilómetros del campamento de Texas, y volvió a sacar el catalejo. La cuadrilla de Sullivan todavía no estaba a la vista. Esperó. Todavía no estaba seguro de cómo iba a manejar la situación. ¿Debía efectuar el primer disparo? Al fin y al cabo él estaría a cubierto y ellos no. ¿O debía hacer saltar por los aires ambas minas antes de que llegaran allí? Ese le pareció un buen plan. Luego regresaría a la ciudad antes que ellos y, como remate, invalidaría el título de propiedad de Charley. Una revancha excelente. Entonces ¿por qué ese plan le revolvía las tripas?

Volvió a otear el horizonte con el catalejo y frunció el ceño al ver que seguía sin haber rastro alguno de la nube de polvo. Regresó con cautela hacia el camino, pero siguió sin verla. ¿Pero qué demonios pasaba? Continuó avanzando y, cuando finalmente llegó al camino, vio la estela de la nube... más allá de su montaña.

Se echó a reír. Violet no sabía dónde estaban las minas. ¿Había encontrado el camino de regreso a Butte por pura suerte? O quizá había encontrado a alguien que la había orientado.

Empezó a seguirlos, pero se mantuvo lo bastante alejado para ver la nube de polvo únicamente con el catalejo. Cuando acamparan para pasar la noche y estuvieran durmiendo, cogería a Violet y se escabulliría con ella. No pensaba dejarla por allí con Sullivan y arriesgarse a que, al final, encontrara las minas. La llevaría directamente a la oficina de reclamación de propiedades de Butte y la obligaría a mirar mientras él invalidaba la reclamación de Charley. En lo que a él se refería, así recibiría su merecido castigo.

36

Violet llevaba la pistola en la maleta. Nadie la había registrado para ver si allí guardaba un arma. Probablemente porque era una mujer. Le habían dicho que dejara la maleta en la casa porque no la necesitaría, pero ella rehusó hacerlo, de modo que uno de los hombres de Sullivan la ató a la silla de su montura. Tener un arma propia al alcance de la mano fue lo único que evitó que sintiera pánico durante aquel largo día que estuvo cabalgando rodeada de hombres de duro aspecto.

Definitivamente, no eran mineros que trabajaran para Shawn. Todos llevaban un arma colgando del cinto y un rifle en la silla de montar. Iban vestidos con chalecos, porque iba a ser otro día caluroso y se habían quitado los abrigos. Probablemente eran los hombres que, según le había contado Morgan, habían forzado sus cajas en la estación del ferrocarril y que habían golpeado a su padre en un callejón. Se trataba de irlandeses procedentes del Este, probablemente de Chicago, que era la ciudad de origen de Shawn, y era evidente que, como a su jefe, no les importaba quebrantar la ley.

Kayleigh la había despertado aquella mañana a las seis y

le había dicho que se vistiera para viajar, como si ella ya hubiera accedido a realizar aquel viaje, de modo que le contestó:

—Me parece una idea excelente por si, llegado el caso, mis hermanos estuvieran de acuerdo en vender la mina.

—¿Cómo?

—Así, si su hermano sabe dónde está la mina, ninguno de nosotros tendremos que volver aquí.

—Por supuesto. —Kayleigh sonrió—. Es muy inteligente por tu parte haberte dado cuenta de eso finalmente, jovencita.

Sullivan tuvo que ocuparse de una emergencia que se produjo en su mina, de modo que no emprendieron la marcha hasta las nueve de la mañana. Al salir, Violet les comentó que tardarían un día y medio en llegar a la mina. Esperaba que, al tener que comprar más provisiones, se retrasaran todavía más, pero por lo visto ya se habían preparado para estar ausentes durante varios días.

Una vez más, Violet se pasó el día cabalgando con un calor sofocante. Además, no podía evitar estar preocupada. El plan le pareció bien cuando estuvo hablando de él con Abigail y su padre la noche anterior, pero ¿y si Abigail estaba colaborando con Sullivan y solo fingía estar del lado de ella y de su padre? ¿Ayudaría realmente a su padre a escapar de la casa aquella mañana? ¿Acudiría el sheriff a rescatarla?

Al menos se alegró cuando pasaron de largo de la montaña de Morgan. Se aseguró de no mirar siquiera en aquella dirección. Pero aquella noche, cuando acamparon, Shawn Sullivan no ocultó su impaciencia.

Se acercó a la hoguera frente a la que Violet estaba sentada. Sus hombres habían encendido tres cerca del camino y, si el sheriff no se detenía a pasar la noche como habían hecho ellos, percibiría su resplandor.

Sullivan parecía frustrado y cansado, pero habló con un tono de voz severo.

—Si nos ha mentido acerca de la duración del trayecto...

—No les he mentido —lo interrumpió ella—. Tardamos un día y medio más unas cuantas horas que estuvimos cabalgando de noche. Lo último que vi antes de que Morgan me tapara los ojos fueron tres montañas que estaban bastante lejos en distintas direcciones, una al norte, otra al sur y otra al este. Se parecía al lugar en el que nos encontramos ahora. Después de eso, no sé a cuál de ellas nos dirigimos.

—Sin embargo, consiguió regresar a Butte sola. ¿No recuerda la ruta que tomó?

—Lo que hice fue perderme durante un día y medio hasta que, afortunadamente, me tropecé con sus exploradores. Lo único que puedo suponer es que las minas están al norte de este camino, porque, en determinado momento antes de taparme los ojos, sí que viramos hacia el norte.

Sullivan se marchó y ella se puso a temblar otra vez. No sabía qué haría si el sheriff no llegaba pronto, al menos antes del amanecer. Solo podría mantenerlos en aquel camino durante aproximadamente tres horas más, porque ya le había contado a Sullivan que giraron hacia el norte. Tendría que elegir un lugar donde hacerlo mientras las tres montañas estuvieran a la vista. Si el sheriff había interrumpido la búsqueda durante la noche, ¿encontrarían sus huellas fuera del camino por la mañana? ¡Diantres!, ¿dónde estaba? Ya debería haber llegado.

Le habían permitido dormir sola junto a una de las hogueras, a cierta distancia de los hombres, pero no podía dormir y percibía todos los sonidos de alrededor por leves que fueran: una tos, un ronquido, los crujidos de las hogueras, unos grillos que cantaban demasiado fuerte..., todo menos el sonido que más deseaba oír, la llegada de la patrulla del sheriff. Volvió a sentir deseos de llorar, pero se contuvo. Deseaba escapar y reflexionó un poco sobre esa posibilidad. Pero si lo hacía pondría al descubierto su plan y revelaría que no estaba cooperando realmente, de modo que se obligó a sí misma a tener fe en Abigail y el sheriff. ¡Llegados a aquel punto no podía perder los nervios!

Una mano le cubrió la boca. No lo oyó llegar, pero lo vio con claridad a la luz de la hoguera. Se trataba de Morgan, que estaba inclinado sobre ella. ¡Otra vez había ido a rescatarla! Realmente se preocupaba por ella. Violet intentó incorporarse, pero entonces la mano le apretó más la boca. ¿Acaso creía que lo delataría?

Antes de que se diera cuenta de lo que ocurría, él la levantó, la echó sobre su hombro y se alejó en silencio del campamento de Sullivan. Luego echó a correr. Ella rebotaba dolorosamente contra su hombro y su espalda y jadeaba para poder respirar. ¿Cuánto tiempo podría correr llevándola de aquella forma? Cuando por fin la dejó en el suelo, Violet se inclinó para llevar aire a sus pulmones. Morgan estaba de pie junto a ella y César estaba atado en las proximidades. Violet se enderezó.

—Gracias por rescatarme otra vez —susurró—. Esto no es lo que parece. No estaba llevando a Sullivan a tu...

—Cállate.

Parecía tan furioso que ella no pudo quedarse callada.

—¡No te he traicionado!

Él la agarró por los hombros.

—No quiero oír tus mentiras.

Su boca presionó bruscamente la de ella en un beso rudo, apasionado y profundamente gratificante. Violet deslizó las manos alrededor de su cuello y apretó su cuerpo contra el de él mientras respondía a su beso con el mismo fervor que él le mostraba. ¡Se sentía tan contenta de que hubiera ido a buscarla, tan emocionada por la intensidad de su deseo y la forma en que le acariciaba el trasero mientras la presionaba contra su cuerpo! Pero... ¿le había dicho que mentía? Tenía que lograr que la comprendiera.

Colocó las manos en los hombros de Morgan, lo empujó y él dejó de besarla. Cuando levantó la mirada hacia su rostro, se sobresaltó al ver el intenso enojo que reflejaban sus ojos. Solo lo había visto tan enojado una vez anteriormente, la noche que lo apuntó con el rifle.

—Estás equivocado...

—No, eres tú la que estás equivocada. Deberías haberme confesado quién eras realmente antes. Podríamos habernos divertido mucho más en el camastro antes de que me vendieras a Sullivan.

—¡Eso no es cierto! —Forcejeó para distanciarse de él, pero Morgan seguía agarrándola—. Estoy aquí para ayudar...

Los dos se quedaron helados al oír el martillo de varias pistolas.

—¡Suelta a la dama o recibirás más de una bala en tu espalda!

Violet soltó un respingo. ¡Santo cielo, tres hombres los apuntaban con sus pistolas! Se trataba de los hombres de Sullivan.

Morgan la soltó. Uno de los hombres le arrebató inmediatamente su Colt y otro se acercó a Violet.

—¿Está usted bien, señorita? —le preguntó.

Ella solo asintió con la cabeza. El tercer hombre agarró las riendas de César y enseguida tomaron el camino de regreso al campamento de Sullivan. Dos de los hombres flanquearon a Morgan mientras lo apuntaban con sus pistolas.

Mientras caminaban, Violet no sabía si temblaba de frío o de miedo por lo que les pudiera pasar a Morgan y a ella. Y cuando vio el resplandor de las tres hogueras no se sintió mejor. Sullivan estaba junto a una de ellas y uno de los hombres que los escoltaban se adelantó para hablar con él.

—Bueno, bueno, Callahan, por fin volvemos a encontrarnos. —Sullivan sonreía—. Pero apareces en mitad de la noche e intentas secuestrar a la señorita Mitchell para hacerle quién sabe qué. Tendré que entregarte al sheriff. Deberían encarcelarte por intentar algo tan vil.

—No, Sullivan, simplemente odio ver a la hija de mi socio muerto en compañía de una escoria como tú. Ella no sabe nada. Déjala ir. Ahora puedes tratar conmigo.

Sullivan soltó una carcajada.

—Demasiado tarde. Ya no te necesito. La señorita Mitchell me mostrará la localización de la mina de su padre. Y también la tuya porque, por lo que tengo entendido, están pegadas la una a la otra. De hecho, le he ofrecido cien mil dólares por su mina y ella convencerá a sus hermanos para que me la vendan.

Morgan resopló.

—Puede que parezca una dama, pero es una víbora y una mentirosa. Ella no es la propietaria de la mina porque la reclamación de propiedad de su padre es inválida. No puede vendértela ni a ti ni a nadie. Además, ni siquiera sabe dónde está. Te está haciendo perder el tiempo.

—Creo que eres tú quien miente.

Sullivan se volvió expectante hacia Violet y ella se sintió horrorizada al tener que mentir y actuar como la víbora que Morgan había dicho que era para preservar su plan de rescate.

—Sí que soy la propietaria de la mina y sé exactamente dónde se encuentra —insistió—. ¡Es él quien le está mintiendo!

Morgan le lanzó una mirada iracunda y se volvió de nuevo hacia su enemigo.

—No permitas que te engañe, Sullivan. Puede que haya

pasado algún tiempo en mi campamento volviéndome loco, pero no conoce la localización exacta.

Sullivan sonrió.

—Pero tú sí. —Entonces les ordenó a sus hombres—: Atadlo y será mejor que lo inmovilicéis como si estuviera en una celda. Como se escape, os despido a todos. —Volvió a sonreírle a Morgan y añadió, como si pudiera elegir—: ¿Por qué no pasas la noche con nosotros y mañana por la mañana nos enseñas dónde están las minas?

—Os he visto llegar y nunca permitiré que pongáis las manos en esas minas. He colocado cargas de dinamita en esa zona. Si os acercáis y ponéis el pie en el lugar equivocado, la mitad de la montaña os caerá encima.

Al oírlo, los hombres de Sullivan parecieron sentirse ligeramente preocupados, pero Sullivan no.

—Bonito farol, Callahan. Pero me llevarás allí y pondrás el pie en el lugar correcto si no quieres que la señorita Mitchell sufra un accidente mortal. A nadie le sorprendería que una dama de buena crianza se cayera del caballo y se rompiera el cuello mientras cabalga por estas pendientes rocosas.

Violet empalideció y a Morgan lo amordazaron antes de que pudiera replicar. Ella lo miró, pero él no pareció darse cuenta porque lanzaba miradas furibundas a Sullivan mientras este se alejaba. Uno de los hombres le propinó una fuerte patada a Morgan en el costado.

—No tenemos por qué esperar a mañana —le dijo con desprecio.

—¿Qué crees que estás haciendo, O'Donnell? —preguntó Shawn mientras regresaba al grupo.

El hombre de Sullivan retrocedió, pero no mostró arrepentimiento.

—Estaba pensando en conseguir las respuestas que usted quiere.

—Ahora que la tenemos a ella, no es necesario darle una paliza. En cualquier caso, aunque hable, ahora no podemos partir, de modo que tiene toda la noche por delante para decidir si la muchacha vive o no. Esa es toda la tortura que necesita. La señorita Mitchell o su mina.

¡Cielo santo, menuda elección le habían impuesto a Morgan ahora que estaba tan enfadado con ella! Violet hizo la única cosa razonable que se le ocurrió dadas las circunstancias. Se puso a gritar con todas sus fuerzas y estaba dispuesta a no parar. Corrió por el campamento esquivando a los hombres de Sullivan, quienes definitivamente sí que querían que parara. Pero sus gritos llegarían lejos, sobre todo en la quietud de la noche. Si el sheriff estaba lo bastante cerca para salvarlos, los oiría. De no ser así, Morgan y ella morirían al día siguiente.

37

Dos de los hombres de Sullivan atraparon a Violet, la amordazaron y la ataron. Luego la tumbaron sobre un jergón y le echaron una manta encima. Ella estiró el cuello para ver a Morgan, quien estaba tumbado detrás de ella, pero le resultaba muy difícil por la postura en la que estaba y, de todas maneras, él no quería mirarla. Lamentó no poder convencerlo de que no lo había traicionado. Evidentemente, no la creyó cuando se lo dijo y ahora quizá no dispusiera de otra oportunidad para hacerlo.

Cuando se despertó, ya había amanecido. El sol todavía no asomaba por las cimas de las montañas situadas al este, pero la luz matutina iluminaba el cielo. Solo había una hoguera encendida y sobre ella habían colocado una rejilla y una cafetera cuyo contenido estaba hirviendo. Violet rodó sobre sí misma hasta que consiguió sentarse y lanzó una mirada hacia Morgan, pero no pudo ver si él ya había abierto los ojos. Sintió un hormigueo desagradable en las manos, ya que las tenía atadas a la espalda.

Uno de los hombres de Sullivan sirvió dos tazas de café, una para él y otra para Sullivan, pero a ella no le ofreció ninguna, de modo que quizá no le desataran las manos aquel día. ¿Por qué molestarse en desatarla cuando probablemente sufriría un «accidente» y estaría enterrada en una tumba poco profunda antes de que acabara el día?

El estruendo de los cascos de unos caballos la sobresaltó y Sullivan pareció alarmado cuando al menos veinte jinetes rodearon su campamento. Agarró a uno de sus hombres por el brazo y lo empujó hacia Violet.

—¡Desátala inmediatamente y quítale la mordaza!

Pero cuando el hombre dio un paso hacia Violet, una bala impactó en el suelo a mitad de camino entre ellos y el hombre cambió de idea. Los rifles de los recién llegados apuntaban ya a Sullivan y a sus hombres.

Mientras la patrulla desmontaba y empezaba a esposar a los hombres de Sullivan y a confiscarles las armas, Sullivan se dirigió con actitud confiada hacia un hombre corpulento y de pecho fornido. Parecía mayor que los otros y seguía a lomos de su caballo.

—Es usted justo el hombre al que quería ver, sheriff Gibson. Callahan, que está ahí —señaló hacia Morgan, quien seguía atado y amordazado—, apareció ayer por la noche y secuestró a la señorita Mitchell. Si mis hombres no la hubieran rescatado, ¡quién sabe lo que le habría hecho! ¡Arreste a ese sinvergüenza inmediatamente!

El sheriff echó hacia atrás su sombrero de ala ancha y esbozó una sonrisa, pero no se trataba de una sonrisa afable.

—Ahórrese los esfuerzos para el juez, señor Sullivan. Imagínese mi sorpresa, si es que puede, cuando ayer un hombre muerto entró en mi oficina. ¡Y menuda historia tenía que contarme Charles Mitchell! ¡Ah, y lo que es todavía mejor, su ama de llaves confirmó todas sus palabras!

Mientras uno de los hombres de la patrulla ayudaba a levantarse a Violet, la desataba y le quitaba la mordaza, ella vio que Sullivan ya no parecía tan seguro de sí mismo. De hecho, tenía el ceño fruncido.

—Yo solo liberé al doctor Cantry de su carga al permitir que Mitchell se recuperara en mi casa. Debería darme las gracias en lugar de acusarme de haber actuado mal.

El sheriff Gibson soltó una carcajada.

—¿Ah sí? Supongo que no sabe que recuperó la consciencia antes de lo que usted creía y oyó que usted y su hermana hablaban sobre cuándo y cómo lo matarían. —Sullivan enrojeció—. De modo que esta es la situación, señor Sullivan —continuó Gibson—: El secuestro y la retención de ciudadanos dignos y respetuosos con la ley no son cosas que le parezcan bien al juez de circuito. Y tampoco le gusta que alguien simule la muerte de un hombre y cause a su familia un dolor indescriptible mientras lo mantiene confinado en un altillo. Además, acabo de pillarlo cometiendo más delitos y aportando pruebas en su contra. Está claro que pretendía robar dos minas y, por lo que veo, tiene atados de pies y manos a los propietarios de dichas minas. Esto, definitivamente, tampoco le gustará al juez, sobre todo porque, como usted ya sabe, él también es propietario de una mina. Pero yo le doy las gracias, señor Sullivan. Hace ya mucho tiempo que ansío comunicarle que está bajo arresto y eso es lo que le comunico ahora.

—¡Está cometiendo un error, sheriff Gibson! —exclamó Sullivan enfurecido—. Le advierto que...

El sheriff lo interrumpió secamente.

—Como ya le he dicho, reserve sus esfuerzos para el juez. Ya sabe usted que por aquí se ahorca a los ladrones de caballos y no tardarán mucho en ahorcar, también, a los ladrones de minas. Será mejor que rece para que el juez no haya llegado a ese punto todavía. Y no piense que no incluiré mis anteriores sospechas a los nuevos hechos..., como lo que ocurrió con las dos minas colindantes a la suya, minas que, milagrosamente, consiguió comprar justo antes de que los propietarios sufrieran unos extraños accidentes. En aquellas dos ocasiones, usted se preocupó de no dejar ningún rastro, pero esta vez no ha sido tan cuidadoso, ¿no es cierto?

—Yo no he matado a nadie.

—A nadie que se sepa, pero ahora tengo no uno sino dos testimonios firmados de que pretendía cometer un asesinato. Y sospecho que tendré dos más antes de que nos vayamos de aquí. —Se detuvo para mirar a Morgan, a quien habían soltado de las ataduras, y le preguntó—: ¿Ha amenazado con matarle de una manera explícita?

—Declaró, con total claridad, que mataría a la señorita Mitchell si no le mostraba el camino a mi mina.

El sheriff miró a Violet.

—¿Usted oyó al señor Sullivan decir eso?

—Así es, y puedo repetir sus palabras con exactitud —le aseguró Violet.

Gibson sonrió burlonamente.

—Entonces sospecho que he hecho bien en traer algo de papel. Así ustedes dos podrán dejar testimonio escrito de lo que ha ocurrido y no tendrán que esperar a que se reúna el tribunal. Por estos lugares, los testimonios escritos tienen la misma validez que los verbales. —Entonces volvió a fijar la mirada en Sullivan—. El juez podría considerar que estas acusaciones son suficientes para merecer la horca. Piense en eso de regreso a la ciudad.

—¡Cuando mi abogado acabe con usted, no volverá a trabajar en este territorio, Gibson! —gruñó Sullivan.

—¡Que alguien lo amordace!

La respuesta del sheriff provocó unas cuantas carcajadas entre los hombres de su patrulla.

Violet se frotó las muñecas y dio un paso hacia Morgan,

pero la desagradable mirada que él le lanzó la detuvo en seco. Le dolió que no quisiera hablar con ella o compartir la alegría de aquel momento de liberación. Se acordó de la forma enfadada y posesiva en que la besó la noche anterior y también de la preciosa y apasionada noche que compartieron cuando él estaba tan cariñoso e irresistible, y también recordó los numerosos cuidados que le había prodigado. Nunca olvidaría nada de eso, pero también era conveniente que se mantuvieran a distancia porque ella se marcharía pronto. Aun así, esperaba tener la oportunidad de explicarle por qué había huido.

—¿Se encuentra usted bien, señorita Mitchell? —le preguntó el sheriff mientras se acercaba a ella.

—Ahora sí, y gracias a usted, sheriff. ¡Tenía tanto miedo de que no llegara a tiempo!

—Les alcanzamos ayer por la noche, pero no quise detener a Sullivan mientras era oscuro porque podría haber sido muy caótico y podrían haber muerto hombres innecesariamente. Además, usted no corría un gran peligro. Aposté a un par de hombres para que vigilaran el campamento porque no quería que esta pandilla se fuera sin que yo lo supiera. Fue usted muy valiente siguiéndole la corriente a Sullivan y conduciéndolo a una búsqueda inútil para que la señorita Hall pudiera liberar a su padre. Ahora los dos están a salvo en mi oficina y con el ayudante Barnes. Reconozco que usted y la señorita Hall son las heroínas del día. Sin su ayuda, la crueldad y alevosía de Sullivan no habrían salido a la luz ni habrían quedado expuestas de una forma tan completa.

Violet se sonrojó un poco y miró hacia Morgan para ver si había oído las alabanzas del sheriff y por fin había comprendido que ella no lo había traicionado. El sheriff y ella estaban al alcance del oído de Morgan, pero este no miraba en aquella dirección.

El sheriff Gibson había seguido la mirada de Violet.

—Al principio, sin la barba, no te había reconocido, Callahan —le dijo a Morgan—. ¿No te parece que esta joven dama es increíble?

Morgan siguió sin mirarla.

—Es la debutante más valiente que he conocido —contestó él.

Violet cayó en la cuenta de que, en realidad, Morgan no había conocido a más debutantes y que, por lo tanto, no estaba corroborando la afirmación del sheriff, y se sonrojó todavía más.

Cuando los prisioneros estuvieron maniatados y la patrulla estuvo lista para partir, Gibson les dijo a Violet y a Morgan:

—No voy a regresar a Butte con vosotros. Tomaré la mitad de la patrulla y a los prisioneros y me dirigiré a Helena, que es donde el juez de circuito celebra juicios esta semana. No quiero esperar a que el juicio se celebre en Butte. Eso sería como pedir a gritos un motín y estoy seguro de que, si los mineros de Sullivan se enteraran de que está arrestado y que, si lo condenaran, ellos podrían perder sus empleos, se amotinarían.

—¿Y qué le pasará a Kayleigh, la hermana de Sullivan? —preguntó Violet—. Ella sabía que mi padre estaba prisionero en la casa y participaba en el complot para robarnos la mina.

—Fui a la casa para ver por mí mismo dónde habían retenido a su padre y a hacer frente a la señorita Sullivan por su participación en los hechos. Ella se echó a llorar y alegó que tuvo que hacer todo lo que su hermano le ordenaba porque depende totalmente de él, de modo que no tenía otra alternativa. No sé si eso es cierto, pero no soy partidario de arrestar a mujeres, de modo que le ordené que tomara el primer tren que saliera de la ciudad. El juez decidirá si esa familia tiene derecho a conservar las propiedades que posee aquí.

Violet enseguida pensó en Katie. No creía que la hija de Sullivan tuviera que ser castigada por los pecados del padre.

—Aparte de Kayleigh, quien sabía exactamente lo que estaba haciendo su hermano y parece tan codiciosa como él, dudo que el resto de la familia sepa lo cruel que es ese hombre.

—Esa familia es endiabladamente rica. Yo no me preocuparía por el resto de los miembros.

Morgan no parecía contento de que alguno de los Sullivan escapara a la justicia y Violet supuso que se debía a que aquel día había estado cerca de morir. Pero quizá la causa de su expresión malhumorada era ella, ya que seguía tratándola con frialdad a pesar de que la noche anterior le aseguró que no lo había traicionado y a pesar de que acababa de oír el papel que ella había jugado en su salvación. Porque lo había oído, ¿no? ¿Cómo podría no haberlo oído?

Nueve hombres los escoltaron hasta Butte, pero como ahora no necesitaban protección, los jinetes cabalgaron muy separados. Sin saber cómo, al cabo de unas horas, Violet acabó cabalgando al lado de Morgan. Fue justo cuando dejaron atrás su montaña, de modo que era el momento perfecto para romper el hielo con él. Lo miró y le preguntó:

—¿No vas a...?

No dijo «tu mina», solo señaló hacia atrás con la barbilla. Él sacudió la cabeza.

—¿Y no ver a Charley vivito y coleando?

—Tardará un tiempo en recuperarse. La terrible experiencia que ha vivido lo ha dejado muy débil. Pero no te puedes imaginar lo feliz que me sentí cuando lo encontré vivo.

—Debió de ser una sorpresa increíble.

—Te confieso que, al verlo, temí que se tratara de un fantasma. Pero, por supuesto, esa posibilidad era ridícula. Y sí, desde luego, fue una sorpresa increíble que después de todo esté vivo.

—Tuviste suerte de que alguien en esa casa supiera lo que Sullivan tramaba y no estuviera de acuerdo.

—Sí, sin la ayuda de Abigail Hall las cosas habrían sido muy diferentes.

Morgan todavía se mostraba inaccesible y le recordó al oso que conoció al principio. Lamentaba haberlo juzgado tan mal, claro que, durante aquellos primeros días, él no fue la mejor de las compañías..., pero ella tampoco sacó lo mejor de sí misma. Sin embargo, él la socorrió una y otra vez: de los animales salvajes, de los dolores musculares —bueno, al menos lo intentó—, de los delincuentes. Incluso le enseñó a disparar para que pudiera protegerse a sí misma. ¡Y bailó con ella bajo las estrellas! Y ella le recompensó marchándose sin despedirse. Tenía miedo de haber herido sus sentimientos o su orgullo. Además, incluso después de eso él la había estado buscando. ¿Todos los días desde que se fue del campamento? ¡No era extraño que estuviera tan enfadado!

Ella había intentado hablar con él con normalidad, como si no pareciera que fueran otra vez unos completos desconocidos, pero, en cualquier caso, tenía que darle una explicación.

—Quizá no lo hayas pensado, pero el violento encuentro con aquellos dos delincuentes me afectó terriblemente. Cuando, al día siguiente, te fuiste a trabajar como si no hubiera ocurrido nada, el horror de lo que había vivido volvió a despertarse en mí y sentí pánico. Simplemente tenía que regresar de inmediato a la civilización, pero tú me habías dicho que no me traerías de vuelta hasta la semana siguiente.

—Podrías habérmelo contado en lugar de marcharte sola y sin saber dónde estabas exactamente.

—Pero sí que lo sabía. Antes de que me rescataras, uno de los delincuentes mencionó Butte y me dio unas indicaciones aproximadas de cómo llegar a la ciudad. Me dijo que estaba a solo medio día de camino a caballo, de modo que pensé que podría llegar antes de que anocheciera. —No pensaba explicarle que no lo consiguió, pero entonces admitió—: De todos modos, sí, tienes razón, se trató de una temeridad. Los hombres de Sullivan me encontraron antes de que llegara a la ciudad y caí de bruces en su complot. Sin embargo, nunca participé en ninguna de las maquinaciones ilegales de Shawn Sullivan.

—No importa. Fue tu elección —contestó él, y espoleó al caballo poniendo fin a la conversación.

¿Qué diantres significaba lo que había dicho? Pero ella temía saberlo. Morgan no se refería al hecho de que ella no confiara en que él cambiara sus planes y la acompañara a la ciudad si le decía que no soportaba quedarse ni un minuto más en el campamento. La elección a la que él se refería era la de irse en lugar de intentar establecer una relación con él. Teniendo en cuenta todo lo que aquel hombre le hacía sentir, no estaba segura de haber elegido acertadamente.

38

Llegaron a Butte al atardecer. Violet se fue directamente a la oficina del sheriff y Morgan la siguió. El ayudante Barnes, que estaba sentado detrás del escritorio, enseguida se levantó.

—Esperaba su llegada porque uno de los hombres de la patrulla se adelantó para darnos la buena noticia. Por lo que he oído, debo felicitarla porque ha sido usted toda una heroína, señorita Mitchell. —Luego miró a Morgan y se echó a reír—. ¿Qué te ha pasado? ¿Has perdido la barba en algún sitio?

Y se rio todavía con más ganas.

—Eso no hace ninguna gracia, Barnes —repuso Morgan mientras le lanzaba una mirada airada—. ¿Dónde está Charley Mitchell?

Cuando el ayudante les dijo en qué hotel estaba Charles, Morgan salió enseguida de la oficina y esta vez fue Violet quien lo siguió. ¡Y sin intercambiar ni una palabra entre ellos! A Violet le fastidiaba que su padre se alojara en el hotel del que la habían echado, el hotel de Morgan, pero debía de haber elegido aquel porque cuando fue a la ciudad con Morgan seguramente se alojaron allí.

No estaba contenta de volver a aquel hotel. Incluso le lanzó una mirada de odio al recepcionista retándolo a no responderle cuando le preguntó el número de la habitación de su padre y le pidió una para ella. De hecho, el muy estúpido miró primero a Morgan para obtener su permiso. Morgan se lo dio asintiendo con la cabeza.

Aquel ridículo gesto hizo que el enojo de Violet aumentara. Mientras Morgan pedía los mensajes que había recibido, ella subió las escaleras y llamó a la puerta de la habitación de su padre. Tuvo que llamar varias veces antes de que él contestara. Cuando entró, vio que estaba tumbado en la cama. Por lo visto, acababa de despertarse de dormir una siesta. Su enojo fue reemplazado por una explosión de felicidad. ¡Nunca dejaría de sentir alegría por el hecho de que estuviera vivo! Le sonrió ampliamente.

—Ya está, papá, han arrestado a Shawn Sullivan y lo han llevado a Helena para que sea juzgado por un tribunal.

—¡Esa es una gran noticia! —exclamó Abigail, que estaba sentada en una silla junto a la ventana.

—¡Abigail, no te había visto!

Charles se rio levemente.

—No paro de decirle que deje de observarme mientras duermo.

El ama de llaves se sonrojó, se levantó y se dirigió a Violet.

—Solo quería asegurarme de que no necesitaba nada mientras esperábamos tu regreso. Estoy muy contenta de que hayas vuelto sana y salva.

—Todo salió como habíamos planeado. —Violet abrazó a la madura ama de llaves—. Muchas gracias por todo lo que has hecho para ayudarnos. No podríamos haberlo conseguido sin ti.

—Yo me alegro de que todo acabara bien, pero ahora que

estás aquí me iría bien dormir un poco. Me estaba durmiendo en la silla. Nos veremos más tarde, querida.

Violet asintió y se volvió de nuevo hacia su padre mientras esbozaba otra sonrisa amplia.

—Ahora podemos volver a casa y...

—¡Eh, Charley, no eres más que piel y huesos! —la interrumpió Morgan, quien había entrado en la habitación cuando Abigail salió.

—Yo no diría tanto, pero sí que es así como me siento —admitió Charles con una sonrisa, y se incorporó—. Me alegro de verte, socio.

—No tanto como yo me alegro de verte a ti —contestó Morgan mientras reía levemente—. Siento que tuvieras que vivir ese infierno, pero como te habrá dicho tu hija, todo ha acabado.

—Me pasé la mayor parte del tiempo inconsciente y tú no sabías lo que estaba pasando, de modo que al menos esa parte nos la ahorramos.

—No te olvides del dolor del duelo —intervino Violet, pero enseguida se arrepintió de haberlo dicho. Entonces se sentó junto a su padre, en el borde de la cama—. Lo siento. Tardaré un tiempo en superar el dolor emocional que Sullivan me causó. ¿Les has enviado un telegrama a Daniel y a Evan informándoles de que estás vivo?

Charles extendió un brazo y Violet se acercó para que pudiera rodearla con él.

—Todavía no. Lo haré mañana por la mañana.

—No, ya lo haré yo. Tú no debes levantarte de la cama hasta que te hayas recuperado.

—No estoy enfermo, querida, solo débil. Llamaron al doctor Cantry para que me examinara y se pasó la mayor parte de la visita disculpándose por lo que había ocurrido. No hace falta decir que no volverá a pedirle ningún favor al doctor Wilson. De hecho, ese tipo ha abandonado la ciudad. El ayudante del sheriff lo ha comprobado. Y lo único que me ha prescrito el doctor Cantry es comida y más comida hasta que recupere las fuerzas, pero todavía no consigo comer en grandes cantidades.

—Abigail no regresó a la casa de los Sullivan, ¿no? —preguntó Violet.

—No, le hemos reservado una habitación aquí, en el hotel —le explicó Charles—. Ya no trabaja para esa familia y me ha comentado que quizá regrese a Chicago a vivir con su hermano. Creo que la echaré de menos. Ha estado cuidando de mí durante todo este tiempo y, cuando recobré la consciencia, me mimó como si fuera una gallina clueca.

Violet sonrió.

—Yo también soy buena mimando.

—Tú eres buena mangoneando, cariño —la corrigió Charles con dulzura—. ¡Incluso en las cartas!

Ella soltó una carcajada.

—Llamémoslo mimos, ¿de acuerdo? Pero no tienes por qué separarte de Abigail Hall. Actualmente, en nuestra casa en Filadelfia no tenemos un ama de llaves, así que podrías ofrecerle el puesto a ella. Además, podría ayudarte a comprar los muebles. Yo no les encargaría esa tarea a mis hermanos.

—¿Qué les ha ocurrido a...? —empezó Charles, pero se detuvo y suspiró—. ¡Maldito corazón! Si por su culpa no me hubiera golpeado la cabeza aquel día, con la ayuda de Morgan habría devuelto el préstamo al cabo de una semana. Se suponía que la situación nunca llegaría hasta el extremo de que tus hermanos tuvieran que hacerte venir desde Londres. ¡Pero me siento tan feliz de que estés aquí!

—Además ahora, gracias a Morgan, la situación ya no es tan extrema —comentó ella.

Charles sonrió a Morgan.

—Por lo que me han contado has vuelto a ser sumamente generoso y les has prestado a mis hijos el dinero suficiente para resolver sus preocupaciones más inmediatas. Tendremos que hablar sobre cómo devolverte ese dinero...

—Eso ya lo he hecho yo, papá —lo interrumpió Violet—. Morgan y yo hemos establecido un nuevo acuerdo por el que Evan y Daniel vendrán al Oeste a trabajar en la mina hasta que ganen el dinero suficiente para devolverle el préstamo a Morgan. Y luego, quizá... —Miró a Morgan inquisitivamente—, quizá Morgan acceda a establecer una sociedad al cincuenta por ciento con los chicos para que sigan trabajando en la mina.

—Además tu hija necesita una dote para su lord inglés —comentó Morgan con desdén.

Charles pareció intrigado y Violet se sonrojó.

—Hablaremos de Inglaterra más tarde —le dijo a su padre.

—Los acuerdos a los que llegamos fueron tomados antes de saber que Charley estaba vivo —intervino Morgan—. Él y yo estableceremos un acuerdo mutuamente satisfactorio cuando estemos solos.

—Morgan tiene razón, cariño, ya no tienes que preocuparte por los asuntos económicos.

Ella se sintió un poco ofendida.

—¿Quieres que me vaya para que podáis hablar sobre eso ahora? —le preguntó.

—No, por supuesto que no —repuso Charles, y la abrazó con más fuerza—. Morgan y yo ya encontraremos tiempo para hablar sobre eso más tarde. Todavía no nos vamos a ir a ningún sitio y, desde luego, no pienso irme de Montana hasta conocer el veredicto del juicio de Sullivan.

—Como mínimo eso podría tomar varios días —señaló Morgan.

—Ya lo he pensado —repuso Charles—. Y como tardará unos días, tengo la intención de regresar mañana a las minas.

—¿Mañana? —exclamaron Violet y Morgan casi al mismo tiempo.

Pero Violet añadió:

—Eso está totalmente fuera de lugar. Es demasiado pronto para que montes a caballo.

—¡Eso son tonterías, cariño! Quizá tenga que cabalgar despacio, pero te aseguro que ya puedo montar a caballo.

Violet dedujo que su padre quería recuperar el dinero que había escondido, pero aunque se moría de ganas de saber dónde lo había enterrado, le preocupaba más su salud.

—Te prometo que, si siento la más leve punzada, me detendré. Además, luego podré descansar unos días en el campamento y, cuando regresemos, seguramente el sheriff ya habrá vuelto a la ciudad. La verdad es que quiero recoger unas cuantas cosas que tengo allí antes de volver a casa. Sobre todo, quiero recuperar el reloj de bolsillo. Me lo dejé en la cabaña. Ya sabes que es muy importante para mí. Se trata de un símbolo del amor y del feliz matrimonio que disfruté con tu madre y quiero regalártelo a ti para que seas bendecida con un matrimonio tan feliz como el mío. No me iré de este territorio sin él.

Sus palabras emocionaron a Violet, quien odió tener que darle la mala noticia.

—No está allí. Cuando me acordé del reloj lo busqué en tu maleta y no estaba.

—No es allí donde lo dejé. Todas las mañanas me afeitaba y guardaba los útiles en una bolsa que hay en una estantería. Por la noche, dejaba el reloj en la bolsa y así, por la mañana, me acordaba de volver a ponerlo en mi bolsillo. Si no lo hacía así, me olvidaba de cogerlo. Tengo la mala costumbre de olvidarme de los pequeños objetos que tienen un valor sentimental para mí, si no los tengo delante de mis narices.

—Me había olvidado de aquella bolsa —reconoció Morgan.

—No tenías por qué acordarte de ella porque cuando yo me aseaba por la mañana tú ya estabas en la mina. Pero el día que sufrí el accidente no me afeité. Ya había notado algunas punzadas en el pecho y no tuve ganas de afeitarme. Hacia el mediodía, ya me encontraba mejor y me fui directamente a la mina. Ya conoces el resto. Y también quiero volver allí para desempolvar el dinero. Por lo visto, cuando vuelva a casa tendré que amueblarla otra vez y ese dinero me resultará muy útil.

¿Desempolvarlo, no desenterrarlo?

—¿Dónde lo escondiste? Lo busqué por todas partes —comentó Violet.

Él sonrió alegremente.

—Ya lo verás.

Ojalá no tuviera que verlo. Habría preferido convencerlo para que no regresara a la mina. Morgan podía recoger el dinero y las pertenencias de su padre y enviárselas a Filadelfia. Si es que quería hacerlo..., si dejaba de estar enfadado con ella el tiempo suficiente para hacerles ese favor. Esperaba que Morgan se ofreciera a enviarles todo aquello, pero no lo hizo.

—Mañana pediré prestado un carro y haré que le pongan un colchón dentro. Si insistes en ir a las minas, al menos podrás hacerlo cuidando de tu salud.

—Ya sabes que un carro hará que el viaje sea más lento —señaló Charles.

—Sí, lo sé —respondió Morgan mientras se dirigía a la puerta.

Violet se había quedado boquiabierta, de modo que cerró la boca y, sin poder evitarlo, dijo en tono malhumorado:

—Siempre se sale con la suya, ¿no es cierto?

—Conmigo siempre ha sido así, pero en general es para bien, de modo que no me molesta en absoluto.

Violet deseó poder decir lo mismo.

39

Cuando iban camino de las minas, cruzaron el río al que Morgan la había llevado a pescar y Violet sintió nostalgia. Tuvo la sensación de que había transcurrido mucho tiempo desde entonces, pero solo había transcurrido una semana y pocos días. Se trató de un día divertido e idílico. Se rieron, hablaron..., y, para variar, hablaron de verdad, sin el menor rastro de susceptibilidad entre ellos. Violet incluso sonrió cuando se acordó de cuando lanzó el pez sobre el pecho de Morgan y de cómo reaccionó él. ¿Sería apropiado sugerir que fueran a pescar de nuevo al día siguiente? ¿Accedería él a acompañarla? ¿Se acordaba siquiera de lo bien que se lo pasaron aquel día?

Violet suspiró. Él se negaría a ir, desde luego, y ella se sentiría avergonzada por habérselo preguntado. El muro de piedra que él había levantado seguía separándolos y la frialdad con la que la trataba le impedía fantasear con que su relación fuera algo más que la de simples socios de negocios.

Poco después de que llegaran a la cabaña, Texas apareció. Saludó calurosamente a Charles, pero a Violet solo le lanzó una mirada mientras soltaba un gruñido. Violet se sonrojó.

—Él también te ha estado buscando —le explicó Morgan antes de que él y Texas salieran de la cabaña.

—¿Ha pasado algo que debería saber? —le preguntó Charles a Violet.

—¿Aparte de que Morgan y yo volvemos a ser enemigos o que, por lo visto, eso es lo que él cree? —repuso ella secamente, pero enseguida deseó haberse guardado ese comentario para sí misma.

—Eso suena... extremo.

—No lo es —replicó ella—. Era extremo al principio, cuando él no se creía que yo era tu hija. Luego, cuando me creyó, nos llevamos bien, pero ahora volvemos a llevarnos mal.

—¿Por qué?

—No me lo ha dicho expresamente, pero supongo que es porque me fui del campamento sin decírselo y se sintió obligado a buscarme..., además, no esperaba encontrarme en compañía de su peor enemigo.

—Eso no fue culpa tuya.

—No, no lo fue.

—Comprendo que esté enfadado porque te marcharas y te pusieras en peligro, pero ¿quién puede criticar los resultados de tu decisión, aunque fuera impulsiva? Gracias a ella me habéis rescatado y ahora Sullivan está en la cárcel.

No podía contarle a su padre las demás implicaciones de su decisión impulsiva, de modo que simplemente sonrió y dijo:

—En cuanto a que a Morgan le haya dado un berrinche por ello, no creo que tenga gran importancia. Al fin y al cabo es tu amigo y no tiene por qué serlo mío, ¿no?

—Si fuerais amigos, el ambiente sería más agradable, pero supongo que no tiene por qué ser así.

Morgan volvió a entrar, pero solo se quedó el tiempo suficiente para tenderle a Violet un montón de billetes.

—Esta es la mitad de la recompensa que le dieron a Texas por entregar los cadáveres de los dos delincuentes. Yo no la quiero. Puedes utilizarla para tu dote.

Hizo que la última palabra sonara como un insulto. No era la primera vez que esa palabra parecía molestarle. Mientras él volvía a salir de la cabaña, Violet lanzó una mirada furiosa a su espalda.

—El ambiente... —empezó Charles.

—Sí, lo sé, es totalmente helado —lo interrumpió Violet.

—¿A qué cadáveres se refería?

Violet gimió y se sentó a la mesa junto a su padre para contarle lo de los delincuentes, los lobos e incluso que estuvo a punto de disparar a Morgan por haberlo matado..., ya puestos era mejor desahogarse. Pero, por supuesto, había una cosa que no podía contarle: que había perdido su virginidad.

Cuando acabó su relato, él dijo la última cosa que ella se esperaba:

—¿Está enamorado de ti?

—¡Pues claro que no!

De todas formas, su corazón dio un brinco.

—Eso explicaría su «berrinche», como tú lo has llamado.

—Y también lo explicarían miles de cosas más —exageró ella—. Créeme, si se tratara de amor, yo lo reconocería.

—Los habitantes del Oeste son diferentes de las personas con las que tú has crecido. Son callados, reservados. Cuando un hombre lleva una pistola, tiene que controlar muy bien sus emociones, de modo que lo que siente quizá no resulte evidente para los demás.

Violet le sonrió.

—Comprendo adónde quieres llegar, pero Morgan ha sido todo menos reservado. De todas formas hablaré con él e intentaré conseguir una tregua al menos durante el tiempo que estemos aquí.

Pero primero tenía que reunir el coraje necesario para hablar con él, porque no sería fácil. De hecho, seguramente resultaría muy incómodo. Quizá lo intentara al día siguiente. Mientras tanto, al menos se mostraba amable con su padre.

Dejó a un lado esa cuestión para aplacar su propia curiosidad.

—¿Entonces, dónde escondiste el dinero? Lo estuve buscando durante días antes de que Morgan nos prestara el dinero para liquidar la deuda del banco.

Charles sonrió, se levantó y la condujo al exterior. Después de bajar las escaleras del porche, la guio a la parte trasera de la cabaña y un poco más allá, hasta unos tres metros pasada la poza. Ella lo observó mientras él hurgaba con cuidado en el montón de escoria y sacaba una bolsa pequeña. Violet se rio. ¡Evidentemente, tenía que estar en el único lugar que ella había decidido que no merecía la pena buscar! Charles le enseñó la diminuta marca que había hecho en la pared del acantilado a unos cuarenta centímetros por encima del montón de escoria para señalizar dónde había escondido el dinero. La marca era lo bastante pequeña para que uno no la viera a menos que la estuviera buscando.

Aquella tarde, después de una copiosa cena, Violet se dio un baño rápido en el riachuelo. Cuando regresó, había una tienda de campaña instalada en la explanada, delante de la cabaña. Morgan ya les había dicho que ella y Charles podían dormir en la cabaña durante las dos noches que pasarían allí. Bo parecía entusiasmado con aquel arreglo y, cuando Violet pasó por allí, él ya estaba tumbado frente a la tienda y agitaba alegremente la cola. Pero Morgan todavía no estaba en la tienda, como descubrió Violet cuando entró en la cabaña y vio que estaba sentado a la mesa con su padre. Morgan se levantó inmediatamente.

—Entonces, nos vemos por la mañana.

No se lo dijo a ella. De hecho, ni siquiera la miró al salir. Ella lo miró con nostalgia porque echaba de menos al Morgan que, al menos, le hablaba. Su padre también se levantó y abrazó a Violet para desearle buenas noches.

—No te imaginas lo contento que estoy de que estés de nuevo en casa —declaró Charles.

Violet sabía que se refería a América, de modo que no mencionó que todavía no estaban en casa, o que no se quedaría allí cuando llegaran. Esa era otra conversación que no ansiaba mantener. Todas las veces que había intentado hablar de esa cuestión durante el trayecto en el carro, su padre había cambiado de tema, de modo que tenía la sensación de que él había adivinado que quería regresar a Inglaterra y evitaba hablar sobre ello.

A la mañana siguiente, Violet se despertó antes que su padre y sacó su taza de café al porche como solía hacer cuando estaba en el campamento. Morgan había entrado en la cabaña y había preparado el café mientras ellos todavía estaban dormidos. Y también dejó sobre la mesa un cesto con bollos y un surtido de frutas.

Violet miró hacia la entrada de la mina de Morgan. La puerta de acero estaba abierta, lo que indicaba que él estaba en el interior. Una vez más, consideró la posibilidad de preguntarle si quería acompañarla a pescar en algún momento del día. Constituiría la oportunidad perfecta para limar asperezas, por así decirlo. ¿Debería esperar a que se uniera a ellos para comer y preguntárselo entonces?

Violet vio que Bo salía de la tienda y se alejaba trotando en dirección al riachuelo. Se dispuso a llamarlo, pero se detuvo cuando vio que llegaba a su objetivo. ¿Así que Morgan no estaba trabajando en la mina sino sentado en el parterre de las flores?

Se acordó de cuando se cayeron sobre las flores la noche que estuvieron bailando. Entonces bajó del porche y fue a sentarse junto a Morgan a la orilla del riachuelo. Se llevó con ella la taza de café. Morgan había hecho lo mismo. ¿Quizá porque sabía que ella saldría al porche cuando se levantara y no quería estar allí con ella? En cualquier caso, Violet se sentó a su lado.

—Creí que estabas trabajando en la mina como de costumbre —comentó Violet.

Él la miró brevemente.

—Siempre supe que, cuando estuviera preparado para volver a casa, la mina dejaría de importarme. Pero no me esperaba conocer a Charley y apreciarlo tanto, de modo que, ayer por la noche, tu padre y yo llegamos a un nuevo acuerdo. La única razón de que te lo cuente es porque anula el que tú y yo habíamos acordado.

—¡Te aseguré que te devolveríamos el dinero que nos has prestado!

—Tranquilízate, ahora ya no somos mineros rivales. Puede que tengamos ciertas desavenencias, pero tu padre y yo no las tenemos, y prefiero informarte sobre esto yo mismo. No volveré a trabajar en la mina. Ahora que Sullivan está fuera de juego ya puedo contratar a trabajadores para que extraigan el resto de la plata de las dos minas. O puedo establecer una verdadera sociedad, incluso una al cincuenta por ciento, con tu familia. Uno de tus hermanos o los dos podrían supervisar la explotación hasta que pueda contratar a un capataz experimentado que la dirija. La localización de las minas ya no tiene que mantenerse en secreto.

Entonces, como si se tratara de una idea de último momento, le preguntó:

—¿Por qué te fuiste realmente?

Ella había estado esperando que la mirara, pero ni siquiera lo hizo cuando le formuló esa pregunta, de modo que, como hacía él, bajó la vista hacia el riachuelo.

—Lo que te conté no era una mentira, pero hay algo más. Sí que es verdad que estaba angustiada por toda aquella violencia, pero también estaba impactada por lo que ocurrió después y me sentía sumamente avergonzada. Sencillamente, no podía quedarme aquí ni un minuto más, pero tú todavía no estabas preparado para acompañarme a Butte. Ni siquiera me llevaste allí para realizar la transferencia del dinero y cancelar la deuda con el banco, sino que enviaste a Texas, de modo que decidí actuar por mi cuenta.

—¿Eso es todo?

¡Entonces sí que la miró! Violet sintió deseos de gemir.

—Si insistes en saberlo, estabas comportándote de una forma demasiado familiar.

—¿Yo me estaba comportando de una forma demasiado familiar?

Violet se sonrojó al recordar que fue ella quien empezó.

—Después, sí.

—¿Habrías preferido que te ignorara después de haber hecho el amor? ¿En serio? ¿Eso no te habría puesto furiosa?

¡Condenado infierno, claro que sí!, pensó ella, y le lanzó una mirada penetrante.

—Voy a decírtelo claramente una sola vez y después no volveremos a hablar de este asunto. Lo que hicimos no podía volver a ocurrir nunca más y tenía miedo de que, si me quedaba, tú querrías más.

¡Ya estaba! Esa era casi toda la verdad.

—Es probable —declaró él a regañadientes.

—¿Entonces me comprendes?

—No.

Violet volvió la cabeza para que no viera que estaba rechinando los dientes. No pensaba decirle cuánto lo deseaba y que incluso en aquel mismo momento tenía que esforzarse para no acariciar su cuerpo. Sería totalmente inapropiado reconocer hasta qué punto la tentaba a volver a pecar.

Pero mentir también era un pecado, de modo que carraspeó y dijo en voz baja:

—También tenía miedo de que yo quisiera más.

Morgan se volvió hacia ella y esbozó la más maravillosa de las sonrisas, una sonrisa llena de felicidad, placer y... ¿una invitación?

—¿Entonces, por qué no puede volver a suceder?

Violet volvió a rechinar los dientes.

—Porque este no es mi mundo. Yo no pertenezco a este lugar. Voy a regresar a Londres, donde hay civilización, cortesía, sirvientes, aparatos sanitarios en el interior de las casas, gente elegantemente vestida...

No pudo terminar porque se dio cuenta de hasta qué punto echaría de menos a Morgan cuando se fuera de Montana y empezó a atragantarse. Él terminó la lista por ella.

—Fiestas lujosas, bailes, todos esos condes y duques y, por supuesto, Elliott. Lo comprendo. —Sacudió la cabeza como si entonces lo comprendiera todo a la perfección y le sonrió—. ¿Quieres que hoy vayamos a pescar?

Al oír su invitación, Violet se sobresaltó de alegría.

—¡Sí! —Luego sonrió con timidez—. Esperaba que me lo propusieras.

40

Los dos últimos días en el campamento fueron idílicos para Morgan... cuando dejó a un lado su enojo. Le sorprendió la facilidad con la que Violet consiguió aplacar en él ese sentimiento. Lo cierto era que no le gustaba estar enfadado con ella. Y sus razones para huir de él eran válidas, ya que él no tenía la intención de acompañarla a la ciudad hasta que hubiera transcurrido, al menos, otra semana. La excusa que le dio fue que ese era su programa habitual de trabajo, y se alegró de tener una excusa, porque la simple verdad era que le gustaba que estuviera allí y todavía no quería renunciar a ella.

Esta también era la razón de que, cuando tuvo la larga charla con Charley acerca de la nueva sociedad, lo convenciera para que fuera a Nashart con él y acabara de recuperarse allí. Aunque todavía no se lo habían dicho a Violet. Claro que su propuesta podía volverse en contra de él. Quizá Violet cogiera el ferrocarril en Butte para regresar a Filadelfia y luego tomara un barco hasta Inglaterra para encontrarse con aquel maldito lord con el que quería casarse en lugar de quedarse con su padre. ¿Podía ser tan insensible? No. Susceptible sí, pero no insensible. Y quizá insistiera en llevarse a Charley con ella a Filadelfia.

Pero, aunque ya no estaba enfadado, todavía le molestaban algunas cosas. Para empezar, la maldita dote de Violet y lo que esta significaba. Después de la intimidad que habían compartido, él creía que no aceptaría el dinero que le ofreció para la dote. Fue estúpido por su parte ponerla a prueba de aquella manera. Sin embargo, a pesar de lo que habían hecho y de que ella le había confesado que tenía miedo de querer más —y cada vez que se acordaba de eso no podía evitar sonreír—, era evidente que ella seguía queriendo casarse con su lord inglés.

También le molestaba lo seria que se puso cuando le dijo: «Lo que hicimos no puede volver a ocurrir nunca más». Ella le había cerrado la puerta incluso antes de que él intentara volver a abrirla. Pero, a diferencia de lo que le ocurría con el enojo, él podía guardarse para sí mismo las cosas que le molestaban y así lo hizo. Además, ella todavía no se había ido...

Llegaron tarde a la ciudad porque dejaron el campamento a mediodía. Morgan no tenía gran cosa que llevarse, solo sus enseres personales y a Bo, ya que dejó todos los suministros, incluidas las mulas, para que los hermanos de Violet los utilizaran. Después de reservar las habitaciones en el hotel, fue a comprobar si el sheriff había regresado a la ciudad y tenía noticias de Sullivan. Pero el sheriff no había llegado, de modo que le envió un telegrama a Helena y otro a los gemelos Mitchell en el que les comunicaba que se reunieran con su padre en Nashart.

Y por fin recogió su correo. Había tres cartas de su madre y una de su padre. Leyó primero las de Mary y en el orden en que llegaron y la última le hizo reír. Él creía que su hermano quería librarse de aquel matrimonio concertado y ahora se enteraba de que hacía más de un mes que se había celebrado. Y Degan Grant estuvo en la boda para impedir que se produjeran enfrentamientos entre las dos familias. A Morgan lo invitaban a la boda en la segunda carta, aunque Mary intentó que fuera una sorpresa y simplemente le escribió: «Te interesaría volver a casa durante unos días alrededor del veintitrés». Pero de eso ya hacía un mes. El contenido de la carta de su padre no constituyó una sorpresa para Morgan, pero también le hizo reír. Zachary no había podido impedirle que se fuera de casa, pero ahora intentó tentarlo con la noticia de que habían encontrado cobre en su propiedad... ¡y mucho! Lo que le hizo reír fue su siguiente frase: «¡Si tienes que trabajar en la minería, hazlo en casa!». Su padre se alegraría de que ya no quisiera trabajar más en una mina, pero no lo estaría tanto cuando le contara su siguiente proyecto empresarial. Y Morgan seguía sin anhelar mantener aquella conversación.

El día siguiente transcurrió mientras esperaban noticias del sheriff en relación con la sentencia de Sullivan. Violet se quejó por la demora, pero Morgan oyó que le decía a su padre que estaba de acuerdo con ellos en que no podían irse sin conocer el resultado del juicio.

Morgan los dejó solos con la esperanza de que, si disponían de tiempo para estar juntos, Charley acabaría contándole a Violet que se iba a Nashart. Entonces se enteró del rumor que estaba en boca de todos en la ciudad: Degan Grant se estaba casando en la misma Butte. Morgan tenía que verlo por sí mismo y lo único que tuvo que hacer fue seguir a la multitud. Por lo visto, la mitad de los habitantes de la ciudad quería presenciar la boda del pistolero.

Llegó tarde a la ceremonia, pero oyó las exclamaciones y deseos de felicidad que procedían de la parte trasera de la iglesia. Enseguida vislumbró a los Grant. El aspecto de Degan proclamaba a gritos que era un pistolero. Incluso había llevado la pistola al altar. Su mujer era menuda y tan inusual como él. Tenía los ojos negros y el pelo de color rubio ceniza. Y lo llevaba más corto de lo que Morgan había visto nunca en una mujer. Mientras se acercaba a ellos, Degan se fijó en él y exclamó:

—¡Vaya, que me aspen!

La guapa rubia le susurró algo a su reciente marido que Morgan no oyó, pero cuando llegó junto a ellos, les tendió la mano y se presentó.

—Soy Morgan Callahan.

—Lo había supuesto —repuso Degan mientras le sacudía la mano.

—Sí, a Hunter y a mí nos comentan a menudo lo mucho que nos parecemos. Felicidades por la boda, pero, por favor, no me digas que estás aquí por mí.

—No, no lo estoy, pero ¿por qué piensas eso?

—Algunos mineros de por aquí me contaron que trabajas para mi padre y él odia que prefiera trabajar de minero que en el rancho familiar.

—Eso es algo entre tú y Zachary..., y no es por eso por lo que me contrató.

—¿De modo que es cierto? ¿Entonces contribuiste a que mi hermano se casara con la joven Warren?

—Yo diría que eso lo consiguió Hunter él solito —replicó Degan.

—Me sorprende. Realmente odiaba que le hubieran impuesto ese matrimonio concertado. Yo creía que no se celebraría a menos que lo arrastraran pateando y forcejeando hasta el altar.

—Créeme, nada podría haber evitado que Hunter celebrara esa boda. Lo comprenderás cuando conozcas a su mujer.

Morgan sonrió.

—Siento haberme perdido la diversión, pero ahora ya

soy rico e iré a visitarlos en cuanto resuelva un conflicto que tengo con una minera rival. ¡Y no, no te estoy proponiendo contratarte para que lo resuelvas por mí! Pero ya que me he perdido la boda de mi hermano, quizá pueda besar a esta novia.

—Ni lo sueñes.

Degan rodeó la cintura de su mujer con un brazo y Morgan soltó una carcajada.

—¡No soy como Hunter, quien seduce a todas las mujeres a primera vista! —replicó—. Pero tampoco voy a discutir con el famoso Degan Grant. ¡Disfrutad de un feliz matrimonio!

Se volvió y regresó a la oficina de telégrafos. Todavía no había llegado ninguna respuesta del sheriff, pero Morgan aprovechó la ocasión para enviar un telegrama a su familia. No les contó que regresaba a casa porque quería que eso fuera una sorpresa, pero les contó que por fin se había hecho rico. También mencionó vagamente a Violet. Ella seguía constituyendo una espina para él y todavía no sabía cómo arrancarla de su vida..., o si era eso lo que deseaba hacer. También les informó de que Degan Grant se había casado. Esta noticia seguramente les encantaría.

Por si llegaban noticias del sheriff antes de que acabara el día, Morgan se dirigió a la oficina de la diligencia y compró billetes para el día siguiente, pero le advirtió al oficinista que esperaba que le devolvieran el dinero si al final decidían quedarse en Butte más tiempo. Mientras regresaba al hotel, un muchacho se acercó a él y le tendió un telegrama. Morgan lo leyó, lo introdujo en su bolsillo y se fue a encontrarse con los Mitchell.

Antes de subir a las habitaciones, inspeccionó el comedor para asegurarse de que no estaban allí. Pero sí que lo estaban. Fue increíble cómo en una habitación llena de gente sus ojos se fijaron inmediatamente en Violet. Gracias al parasol, seguía teniendo las mejillas de porcelana, y aquella noche llevaba su dorado cabello peinado en un bonito recogido. No había vuelto a ponerse aquel ridículo sombrero y Morgan supuso que le debía uno nuevo.

¡Era tan increíblemente guapa, su violeta con espinas! No estaba seguro de que pudiera dejar que se marchara de aquella región. Tampoco estaba seguro de que pudiera impedírselo. Ni de que debiera intentarlo. En aquella región, ella era como un pez fuera del agua. No pertenecía al Oeste. Pertenecía a una casa elegante llena de sirvientes elegantes y a un elegante lord inglés...

Gruñó entre dientes y se volvió para irse.

41

—¡Santo cielo, no nos ha visto! —le dijo Violet a su padre.

Se levantó y llamó a Morgan antes de que saliera de la habitación.

—¿Todavía no tienes hambre? —le preguntó cuando él llegó a la mesa.

—Podría comer —replicó Morgan. Llamó a un camarero que pasaba junto a la mesa y le pidió—: Un filete. Y bien grande. —Luego se sentó y se dirigió a Violet—: ¡Nunca adivinarás quién acaba de casarse!

—Tienes razón porque no conozco a nadie en esta ciudad.

—Seguro que te acuerdas de él. He oído decir que mantuvo un duelo no lejos de aquí mientras tú estabas en la ciudad. Se trata de Degan Grant, un pistolero famoso. La mitad de la ciudad ha corrido a presenciar su boda, que ha tenido lugar hoy.

Violet se estremeció levemente. Charles se dio cuenta, colocó una mano encima de la de ella y la invitó a explicar lo que le sucedía.

—La primera semana que estuve aquí vi cómo ese pistolero mataba a un hombre. Fue algo absolutamente bárbaro. Los duelos son ilegales en todo el mundo menos aquí.

—Antes todo era mucho más salvaje —explicó Morgan—. Ahora los tiroteos no son tan habituales como solían serlo diez o quince años atrás. Se podría decir que el Oeste está madurando.

¡Qué idea tan extremadamente absurda! Si fuera cierta, sería del todo improbable que ella hubiera presenciado un tiroteo en las calles de Butte y que se viera involucrada en otro cerca de las minas en el mes que llevaba en el Oeste, sin embargo, así había ocurrido. Pero no quiso discutir sobre esa cuestión con Morgan. Durante los últimos días, la relación con él había sido buena y no quería estropearla.

Además, estaba consiguiendo ignorar lo sumamente guapo que era ahora..., bueno, tanto como ignorarlo no, porque eso era imposible, pero al menos tener controladas las impúdicas reacciones que le provocaba. La presencia de su padre le ayudaba en ese sentido. Incluso fue con ellos a pescar aquel día en las minas, de modo que no estuvo a solas con Morgan, aunque su padre se pasó la mayor parte del tiempo durmiendo en la hierba. Pero Morgan consiguió que aquel día también fuera muy divertido. Cada pez al que le sacaba el anzuelo para ayudarla, se lo lanzaba, hasta que ella también se puso a lanzárselos de vuelta. Y, en determinado momento, incluso lo estuvo persiguiendo para lanzarle uno de los peces. Además, Morgan le contó muchas cosas acerca de su hogar, sus amigos, su familia, y cómo era crecer en un rancho y con una familia tan numerosa. Ahora ella tendría algunos buenos recuerdos de Montana mezclados con los malos cuando se fuera. Cuando... se fuera. ¡Santo Dios, los ojos se le llenaron de lágrimas! ¿Pero, qué diantres?

—En Nashart no los hay —añadió Morgan mientras lanzaba una mirada penetrante a Charles—. Es una ciudad pacífica.

Violet pestañeó rápidamente antes de levantar la vista y estuvo a punto de preguntar: «¿Qué es lo que no hay?», pero entonces se acordó de la discusión que no había querido entablar con Morgan. Él seguía hablando de los pistoleros y los duelos o la falta de ellos.

—Por eso ansío acabar de recuperarme allí —contestó Charles.

Violet frunció el ceño.

—¿En Nashart?

—Podemos llegar a Billings en menos de dos días, porque la diligencia va a toda velocidad tanto de día como de noche. Solo se detiene para cambiar de caballos y de cocheros y para que los pasajeros tomen un bocado. Después hay que viajar otro día en ferrocarril hasta Nashart. Texas nos llevará los caballos, porque cabalgando tardaríamos de dos a tres días más. También ha accedido a guiar a tus hermanos hasta las minas, pero insiste en casarse antes con Emma.

Violet intentó no mostrar los sentimientos encontrados que experimentó al oír aquella noticia inesperada. ¡Otro retraso en su vuelta a Inglaterra! Pero eso le permitiría pasar más tiempo con su padre... y no tendría que despedirse de Morgan todavía. Deseó que eso no la complaciera tanto.

—Creía que las diligencias iban siempre llenas —logró comentar con voz neutra.

—Normalmente, sí, por eso he comprado todos los billetes de la que sale mañana a primera hora, para que Charley pueda ir tumbado. En el ferrocarril eso no es posible y quiero que mejore tanto como tú.

Desde luego, tenía razón. Si ella y su padre viajaban a Filadelfia, aunque tomaran el ferrocarril rápido, tendrían que cambiar tres veces de tren y Morgan no estaría allí para ayudarlos en caso de que su padre necesitara asistencia. Por otro lado, si descansaba más o menos otra semana, Charles podría efectuar el largo viaje a casa sin dificultad. Pero todavía no estaba lo bastante recuperado.

Entonces otra idea cruzó por su mente.

—¿No vamos a esperar a recibir noticias del sheriff Gibson?

—Justo acabo de recibir un telegrama de él. No se ha celebrado un juicio con un jurado, lo que es habitual cuando actúa un juez de circuito. Sobre todo si un agente de la ley está presente para testificar sobre el delito. A Sullivan lo han condenado a quince años por los secuestros y por los asesinatos que había planeado y que habría cometido si no lo hubieran detenido, y a otros diez por haber maquinado y cometido esos delitos con el objetivo de robar una mina. Gibson tenía razón, al juez no le gustó nada que su objetivo fuera robar una mina.

—No es suficiente —declaró Violet secamente—. No cuando sus intenciones eran tan claras. Si se hubiera salido con la suya, nos habría matado a los tres para encubrir el robo de las minas. ¡Además, falsificó tu muerte, papá! El dolor que nos causó a Evan, a Daniel y a mí es imperdonable.

—Desde luego —corroboró Charles—. Pero veinticinco años para un hombre de su edad, prácticamente equivale a una cadena perpetua. Verdaderamente, es más de lo que yo esperaba, de modo que estoy satisfecho con el veredicto.

—Yo también —declaró Morgan—. Una sentencia como esta constituye una clara advertencia a los mineros y empresarios sin escrúpulos de la región. —Luego le preguntó a Violet—: ¿Entonces estamos de acuerdo? ¿Tomamos la diligencia mañana por la mañana?

¿Acaso lo había dudado?

—Morgan ha telegrafiado a los chicos en mi nombre para

indicarles que se reúnan con nosotros en Nashart —añadió su padre.

Al oírlo, ella se levantó de la silla rápidamente.

—Entonces tengo que decirles que lleven a Nashart uno de mis baúles. Sufro de una terrible falta de ropa porque nunca pensé que me quedaría por aquí tanto tiempo. No me esperéis para cenar.

Violet salió corriendo del comedor.

Charles sonrió.

—Ha sido más fácil de lo que esperaba. ¿Estás seguro de que tiene prisa por volver a Inglaterra?

—Me ha comentado varias veces que tiene la intención de casarse con un lord inglés en Londres. ¿De verdad no te lo ha dicho todavía?

—No me sorprende que no lo haya hecho. Debe de considerarlo una cuestión delicada porque sabe que me decepcionará. Cuando, hace nueve años, permití que se fuera a Londres con su tía Elizabeth, nunca imaginé que se quedaría a vivir allí para siempre. Hasta que tú me contaste sus planes de casarse en Inglaterra, creía que había vuelto a Filadelfia para quedarse.

—¿Podrías impedirle que se fuera?

—No si es eso lo que realmente quiere. Esta hija mía es famosa por... hincar los talones. ¿Es así como lo llamáis por aquí?

Morgan soltó una risita.

—¿Para decir que es tozuda? Sí, ¡y vaya si lo es! Yo ya lo sabía, pero es tu única hija y, ahora mismo, su lugar está aquí contigo, al menos hasta que te hayas recuperado por completo.

—Estoy convencido de que se asegurará de eso antes de

ir a ninguna parte. Creo que ha intentado contarme sus planes de futuro en varias ocasiones, pero la interrumpí antes de que lo hiciera. No quiero que se vaya ni presionarla para que se quede, pero le debo una conversación completa y honesta sobre lo que quiere hacer. —Entonces miró a Morgan con curiosidad—. ¿Sabes qué? He visto lo felices y relajados que estáis cuando creéis que nadie os está mirando. Teniendo en cuenta que no os conocéis desde hace mucho tiempo, os entendéis excepcionalmente bien. Se diría que ya has establecido un vínculo con Violet, así que dime, ¿crees que la única razón por la que debería quedarse es acompañarme mientras me recupero? ¿Solo esperas que se quede por mí?

Morgan se mostró levemente avergonzado y realizó una mueca.

—No puedo negar que disfruto de su compañía... cuando no nos estamos peleando. ¡Mierda, incluso entonces! Desde luego, no me importaría explorar esa relación más a fondo. Así que, no, yo tampoco me alegraré cuando se vaya.

—¿Ella lo sabe?

42

Aquella noche, mientras se preparaba para acostarse, Violet no pudo dejar de sonreír. Se dio cuenta de que, como su padre, ansiaba conocer la «pacífica» ciudad de Morgan. ¿Realmente era tan diferente de la ajetreada, superpoblada y peligrosa Butte? Además así, cuando regresara a Inglaterra, podría entretener a sus primas con la descripción de una auténtica ciudad ganadera norteamericana.

Aquel inesperado desvío hasta Nashart fue como si le hubieran quitado un peso de encima. Las dudas que había experimentado acerca del largo viaje en ferrocarril con su padre no solo se debían a su salud, sino también a tener que despedirse de Morgan, lo que casi la había hecho llorar aquella noche en el comedor.

De todas maneras, aunque ya no pareciera un oso, no podía casarse con un hombre como él. Antes de irse de Londres, había elegido al marido perfecto. Llevaba como mínimo seis años planeando casarse con alguien como lord Elliott Palmer, desde que empezó a hablar y a soñar con el amor y el matrimonio con sus primas. Morgan, simplemente, no cumplía sus expectativas. Morgan era excitación, pasión y placeres pecaminosos, mientras que Elliott era refinado, sofisticado y representaba todo lo que era correcto. Sencillamente, no había comparación..., además, estaba convencida de que Elliott también debía de ser excitante. Simplemente, no había tenido tiempo de averiguarlo.

Se estaba metiendo en la cama cuando alguien llamó a la puerta. Tiró del cubrecama y se cubrió con él como si fuera una bata. Debía de tratarse de su padre, porque los empleados del hotel no llamarían a aquellas horas, así que, en lugar de abrir la puerta solo una rendija, la abrió de par en par.

Morgan debió de considerar que eso significaba que le daba permiso para entrar en la habitación, porque eso fue lo que hizo. Violet se quedó donde estaba, con una mano en el pomo de la puerta, mientras que con la otra se aseguraba de que el cubrecama cubriera su camisón. El hecho de que precisamente en aquel momento estuviera pensando en él no la ayudó a mantener la serenidad.

—Tu padre me ha hecho ver que quizá no sepas que siento debilidad por ti —declaró Morgan incluso antes de volverse hacia ella.

¿Debilidad? ¡Qué palabra tan sosa! ¿La apoyaba? ¿Le gustaba? ¿O simplemente la deseaba? Pero Violet ya había decidido que debía de tratarse de la última opción, porque ella sentía lo mismo hacia él. Pero solo porque se desearan...

Morgan se volvió, sus ojos se encontraron y Violet inhaló aire. ¡Ahí estaba otra vez, aquella irresistible atracción que ardía entre ellos! Se obligó a sí misma a no moverse. Por mucho que lo deseara, no correría hacia él. Pero no tuvo que hacerlo, porque en un abrir y cerrar de ojos, Morgan estaba junto a ella, con las manos sobre sus hombros y presionando su cuerpo contra el de ella, y luego su boca. Violet sintió que su espalda chocaba con la pared y una parte de la puerta. Esta seguía abierta, pero ahora se cerró de golpe. Mientras la besaba, Morgan deslizó un brazo alrededor de la cintura de Violet, la levantó en el aire y colocó su pierna derecha sobre la cadera de él. Violet levantó la otra pierna y, sin titubear, rodeó las caderas de Morgan con ambas piernas y su cuello con los brazos.

No recordaba cuántas veces había imaginado aquel encuentro desde la noche memorable que compartieron en la cabaña. Pero ahora que estaba sucediendo de verdad, se dio cuenta de que sus fantasías carecían de la pasión intensa, la explosión de sentimientos, el deseo, la necesidad y el fuego que en aquel momento la desbordaban. Incluso experimentó una ligera frustración por el hecho de que no hicieran el amor más deprisa, pero al mismo tiempo sintió un gran placer por estar haciéndolo a pesar de haberle advertido a Morgan que no podía volver a suceder y que sería totalmente inapropiado que volvieran a hacerlo.

Morgan le subió el camisón hasta la cintura. Como antes estaba sola en la habitación, no llevaba puesto nada debajo. Sorprendentemente, la fricción del tejido áspero de los pantalones de Morgan en la zona situada entre sus piernas mientras seguía presionada contra la pared le produjo el primer orgasmo. Violet sintió que se derretía, su cabeza cayó hacia atrás y, mientras exhalaba pequeños jadeos, notó los ardientes labios de Morgan en el cuello. Él la llevó en volandas hasta la cama y los dos cayeron unidos y sin soltarse sobre esta.

Morgan volvió a besarla con intensidad, lo que hizo que Violet no prestara atención al hecho de que se desabrochara el cinturón, se quitara los pantalones y le subiera el camisón. Hasta que él dejó de besarla y deslizó la fina prenda de algodón por encima de su cabeza. La melena de Violet quedó extendida sobre sus hombros. Morgan volvió a presionar sus labios contra los de ella y, en un abrir y cerrar de ojos, estaba en su interior, empujando exquisitamente y provocándole un jadeo tras otro. Luego, cuando el segundo orgasmo creció en su interior y se extendió por todo su cuerpo, Violet se quedó sin respiración. En esta ocasión, él también tuvo un orgasmo y, al compartirlo, Violet experimentó una sensación sublime.

No quería moverse, aunque probablemente debería hacerlo, pero no quería. La vivificante calidez que sentía en su interior merecía ser saboreada. Morgan giró sobre sí mismo hasta colocarse al lado de Violet y los tapó a ambos con la sábana. Después, levantó con cuidado el largo cabello de Violet, lo extendió sobre la almohada para que se sintiera más cómoda y, a continuación, se tumbó junto a ella. Pero entonces la rodeó con el brazo, como si pretendiera pasar la noche allí. Violet abrió mucho los ojos y rodó sobre sí misma para bajar de la cama. En realidad, que se cayó de ella describiría mejor lo que ocurrió, aunque no llegó a caer al suelo porque se enderezó a tiempo. Pero entonces se dio cuenta de que no llevaba nada puesto, de modo que se echó al suelo y tiró de la sábana. Cuando finalmente se levantó, medio tapada por la sábana, vio que Morgan estaba tumbado de lado, con la cabeza apoyada en una mano y totalmente desnudo porque ella acababa de arrebatarle la sábana.

¡Había vuelto a hacerlo! Había pasado por alto cualquier consideración de decoro y rectitud. Volvió a sentirse horrorizada por su comportamiento. Entonces se volvió para no ver a Morgan y exclamó:

—¡Vístete!

Oyó unos sonidos vagos que le indicaron que, al menos, Morgan se estaba poniendo algo encima.

—Sé que se suponía que esto no debía volver a ocurrir, pero se trataba de un impulso mutuo y los dos lo anhelábamos. Piensa en eso antes de volver corriendo a Inglaterra —declaró Morgan.

Lo único que ella extrajo de sus palabras fue que él quería tratarla como si fuera su esposa sin pedirle que lo fuera. ¡Evidentemente, ella se negaría a ser su esposa, pero al menos podría habérselo pedido!

Oyó que Morgan se alejaba, así que se volvió. Entonces vio que solo se había puesto los pantalones y que llevaba la camisa y las botas en la mano. Tenía que hacerle comprender por qué no podían seguir haciendo aquello antes de que llegara a la puerta.

—Una dama siempre va con una acompañante que le hace de carabina precisamente por eso..., para que cosas como esta no ocurran —declaró Violet con un tono de voz frío que imitaba al que utilizaba su tía cuando les daba una reprimenda—. Debido a unas circunstancias inesperadas, principalmente al hecho de que mi doncella renunciara a su puesto nada más llegar a Norteamérica y a que detuvieron a mi hermano en la estación del ferrocarril en Filadelfia, me vi obligada a viajar sola. Creí que podría desenvolverme sola y lo estaba consiguiendo... hasta que te conocí.

Él se volvió, esbozó una sonrisa y no pareció que se sintiera arrepentido en lo más mínimo.

—Yo podría serlo. ¿Quieres que lo sea?

Ella había perdido la virginidad y no estaba segura de a qué se refería Morgan, a menos que...

—¡Tú no puedes ser mi carabina porque es precisamente de ti de quien me tiene que proteger!

—Sí que puedo. Si es necesario, me daré una paliza.

Estaba bromeando y, sin poder evitarlo, Violet soltó una carcajada. ¡Santo Dios, sexo exquisito y luego la hacía reír! Después de todo, había algo bueno que decir de aquel hombre. Aun así, señaló la puerta con un dedo.

—¿Nada de abrazos y achuchones? —preguntó él arqueando una ceja.

—Vete.

—¿Ni siquiera un beso de buenas noches?

Ella puso los ojos en blanco.

—¡Lárgate! —insistió.

Pero cuando la puerta se cerró tras él, Violet no pudo evitar sonreír. ¡Oso incorregible!

43

Morgan le había dicho que se llevara una almohada. Se lo gritó desde el otro lado de la puerta de la habitación a primera hora de la mañana. Ella le contestó que no fuera absurdo, sin embargo, cuando aquella noche tuvo que dormir sentada en la diligencia, resbaló una y otra vez hacia él. En todas las ocasiones se despertó y se disculpó, pero entonces se dio cuenta de por qué él le había aconsejado que se llevara una almohada.

La cuarta vez que resbaló hacia él, Morgan apoyó la cabeza de Violet en su hombro.

—Si no paras de chocar conmigo, no podré dormir, así que no te muevas.

Ella habría discutido su propuesta si él no la hubiera presentado como si le estuviera haciendo un favor a él. Pero cuando se despertó por la mañana, tenía la cabeza y una de las manos apoyadas en su pecho en lugar de su hombro. Él le había rodeado la espalda con un brazo y la mantenía reclinada sobre él con firmeza. Violet se incorporó lentamente por si él seguía durmiendo. Entonces vio que su padre la observaba. Todavía no estaba despierta del todo, si no, se habría sonrojado.

—¿Has podido descansar? —le susurró Violet desde el asiento de enfrente.

—Yo diría que más que vosotros —contestó Charles con un volumen de voz normal. Y añadió—: Él está despierto.

Entonces Violet se sintió realmente avergonzada, pero Morgan se enderezó en su asiento y dijo:

—Esta noche, en Billings, dispondremos de camas, y mañana os acomodaré en el rancho.

¿El rancho? Violet no había pensado que, en Nashart, se alojarían con su familia, aunque debería haberlo supuesto cuando su padre dijo que ansiaba alojarse allí. Por otro lado, podía resultar agradable. Morgan le había contado tantas cosas sobre su familia que a ella le parecía que ya los conocía. Se preguntó cómo se comportaría Morgan cuando estuviera con ellos.

Aquella noche, en el hotel de Billings, Morgan no llamó a la puerta de su habitación. Violet estuvo prestando atención por si lo oía. Claro que, de ningún modo le habría abierto la puerta. Quizá, cuando se autonombró su carabina lo dijo en serio, pero la idea era tan ridícula que la hizo sonreír.

Después de viajar en la diligencia durante dos días y una noche, el trayecto en ferrocarril del tercer día le resultó bastante cómodo. Bo también pareció preferirlo. Llegaron a la estación de Nashart a última hora de la tarde.

—¡Demonios, menuda sorpresa! —exclamó Morgan cuando miró por la ventanilla y vio la multitud que esperaba en el andén.

Se levantó inmediatamente y bajó del vagón a toda prisa. Violet oyó gritos y risotadas, silbidos y exclamaciones de emoción y, cuando miró por la ventanilla, vio que Morgan recibía una avalancha de abrazos calurosos, palmadas en la espalda y también algunos besos.

Por lo visto, toda su familia había acudido a recibirlo. La pareja de mayor edad estaba formada, evidentemente, por sus padres, y los tres jóvenes debían de ser sus hermanos, pero la atractiva joven de pelo cobrizo que lo saludó tan calurosamente e incluso lo besó en la mejilla, ¿quién diantres era?

Violet se levantó y se puso su deslucida chaqueta. En el tren hacía demasiado calor para llevarla puesta, pero como la familia de Morgan estaba ahí fuera, quería tener el mejor aspecto posible. Se alegró de haberse puesto su elegante conjunto rosa de viaje y, con el parasol en la mano, le ofreció un brazo a su padre para que se apoyara en él.

—¿Cómo crees que averiguaron que venía en este tren? —le preguntó mientras se dirigían a la salida.

—Probablemente se lo contó Texas —supuso Charles—. Debió de avisar a su prometida de que regresaba a casa definitivamente y quizá Emma se lo contó a los demás.

—¡Qué lástima! Me habría gustado ver sus caras de sorpresa, pero en lugar de ellos ha sido Morgan quien se ha llevado la sorpresa.

Violet fue la primera en bajar del tren y luego se volvió para ayudar a su padre. Entonces deseó no haber oído lo que alguien susurró a su espalda.

—¿Crees que se ha traído a la espina a casa con él?

Violet no se sonrojó, pero frunció los labios en señal de desaprobación por el ridículo nombre con el que Morgan la había llamado en varias ocasiones. Y evidentemente se lo había mencionado a su familia en alguna carta, ya que alguien acababa de referirse a ella con ese estúpido apelativo. Se volvió para ver quién había hecho aquel comentario y vio que todos la estaban mirando.

Morgan aprovechó el momento para hacer las presentaciones.

—Mamá, papá, quiero presentaros a mi socio, Charles Mitchell, y a su hija, la señorita Violet Mitchell.

Mary Callahan dio un paso adelante para estrecharles la mano.

—Yo soy Mary y mi marido se llama Zachary. Cualquier amigo de Morgan es amigo nuestro y estaremos encantados de que os alojéis con nosotros en el rancho.

—Es usted muy amable, señora Callahan —declaró Violet.

Pero Zachary quería más información.

—¿Qué tipo de soci...?

—Disculpa, papá, pero primero quiero acabar con las presentaciones —lo interrumpió Morgan.

Ignoró el ceño fruncido de su padre y siguió presentándolos. Zachary Callahan debía de tener cincuenta y tantos años. Su pelo era negro azabache, tenía los ojos de color marrón oscuro y varias arrugas de reír en las comisuras, lo que apuntaba a que tenía buen carácter. No parecía el tipo de hombre que pudiera intimidar al oso, sin embargo, Violet sabía que Morgan temía la pelea que esperaba que se produjera cuando le contara sus planes.

En cuanto a los hijos de Zachary, John, el que según Morgan era irascible, tenía el pelo negro, los ojos marrones y un aspecto peculiar que podría definirse como sombrío. Cole, el más joven, tenía el pelo y los ojos marrones y era varios centímetros más bajo que sus hermanos. Tenía un aspecto agradable y juvenil, como si fuera una versión joven de todos ellos. Todos tenían rasgos en común, pero Hunter y Morgan eran los que más se parecían entre ellos. Si no supiera que se llevaban un año, habría creído que eran gemelos.

Mary Callahan era el miembro de la familia más sorprendente. Era menuda, pero no daba la impresión de ser una mujer delicada. Llevaba su largo pelo recogido en una única trenza que colgaba por encima de su hombro y tenía los ojos azules y la mirada intensa. Como los de Morgan..., y los de Hunter. Iba vestida con una falda confeccionada con un tejido áspero que podía ser cuero de vaca. Cuando se movió para decirle algo a su marido, Violet vio que no se trataba de una falda, sino de unos pantalones muy anchos. ¡Era un vaquero! Incluso sostenía un sombrero de ala ancha en una de sus manos y llevaba un pañuelo rojo alrededor del cuello. También llevaba puestas unas botas desgastadas y, lo que era más fascinante de todo, un cinto con una pistolera que colgaba de sus caderas.

En cuanto a la belleza de pelo cobrizo y ojos verde esmeralda que le había provocado un breve ataque de celos, resultó ser Tiffany, la reciente esposa de Hunter, quien había acabado con la antigua enemistad que reinaba entre las dos familias. Ahora que sabía que estaba casada, Violet se alegró de conocerla. Tenían aproximadamente la misma edad y podían llegar a ser amigas. ¡Sería tan agradable tener una amiga allí, alguien con quien compartir confidencias como hacía con Sophie!

—Eres de Inglaterra, ¿no? —le preguntó Tiffany.

—De Londres —contestó Violet.

—Tienes un acento encantador. Me muero de ganas de que me cuentes las novedades sobre la moda y los eventos sociales.

—Mi mujer era una sofisticada mujer del Este y ahora es una sofisticada mujer del Oeste. Estará encantada de hablar sin parar contigo sobre moda —intervino Hunter.

Una vez finalizadas las presentaciones, Zachary exigió rápidamente la respuesta a su anterior pregunta.

—¿El señor Mitchell es tu socio en qué?

Morgan volvió a ignorar su pregunta y preguntó a su vez:

—¿Cómo diablos supisteis que venía en este tren?

Zachary arqueó una ceja. No se le escapaba la actitud evasiva de su hijo, pero lo dejó pasar y respondió:

—Bueno, la razón es bastante divertida. Esta mañana recibimos un telegrama de Abe Danton, quien el año pasado se mudó a Billings. Consideró que nos hacía un favor contándonos que Hunter acababa de subir al tren y que llegaría pronto a casa. Hunter se rio un montón porque estaba con sus hermanos frente a la casa esperándonos a tu madre y a mí para ir a los prados.

Morgan resopló.

—Hunter y yo no nos parecemos tanto —comentó.

Hunter le dio un codazo.

—De lejos, sí. Y deja de quejarte. Deberías estar agradecido de compartir mi abrumadoramente fantástico aspecto.

—¿Abrumadoramente fantástico...?

—Eso me dice mi mujer. Lástima que nuestros hermanos, los enanos, en lugar de parecerse a nosotros se parezcan a las mulas que tenemos en los pastos del sur.

—¡Eh, tío! —masculló Cole.

Sin pensárselo dos veces, John se abalanzó sobre Hunter para propinarle un puñetazo, pero por lo visto Hunter esperaba esa reacción de él, porque se apartó a un lado. El puñetazo fue a dar en el hombro de Morgan, quien enseguida intentó inmovilizar a John, pero este consiguió agarrarlo y ambos cayeron al suelo, a los pies de Violet.

Ella dio un salto hacia atrás para evitar que la arrastraran en la caída y luego blandió el parasol hacia ellos y los regañó.

—¡Los niños tienen mejores modales que vosotros!

Zachary asintió con la cabeza, Mary la miró sorprendida y John enrojeció violentamente mientras se levantaba del suelo. Charles rodeó la cintura de Violet con un brazo en actitud protectora, pero Hunter se estaba partiendo de risa.

Debía de ser contagioso, porque el resto de los Callahan también se echó a reír.

Mary no lo encontró divertido y los regañó con severidad.

—Violet tiene razón, no sois mejores que los potros salvajes. Mantén los puños en los bolsillos, John. Y tú deja de burlarte de tus hermanos, Hunter. Todos mis hijos son guapos.

Hunter esbozó una sonrisa burlona.

—Solo una madre diría algo así.

—Bueno, pues si nadie más lo va a decir, lo diré yo —declaró Zachary mientras miraba fijamente a Morgan—: Ya era hora de que recuperaras la cordura y volvieras a casa, hijo.

Violet notó que Morgan se ponía tenso, aunque nadie más pareció darse cuenta.

—Yo nunca perdí la cordura, papá, pero si quieres que mantengamos esta discusión aquí y ahora...

—De ningún modo haréis algo así —intervino Mary—. Estamos encantados de que estés de nuevo en casa, Morg. Todos lo estamos. Ahora vayamos al rancho para que podáis acomodaros. Luego podrás contarnos tu hazaña y explicarnos cómo es que tienes un socio y por qué demonios llamas a esta bella dama una espina.

Morgan sonrió ampliamente.

—De hecho, se llama como una flor.

—Las violetas no tienen espinas, muchacho —señaló Zachary.

—¿Ah, no?

Mary resopló. Violet notó que empezaba a sonrojarse y supo que los demás se darían cuenta porque, después de aquellos ridículos comentarios, todos la estaban mirando fijamente. Entonces, al ver que Morgan seguía sonriendo por el ofensivo calificativo que le había aplicado, presionó la punta del parasol contra su pecho.

—Puede que yo tenga espinas, pero usted, señor, tiene los modales y el temperamento de un condenado oso —declaró de la forma más educada posible.

Los Callahan se quedaron atónitos y, finalmente, Mary rompió el silencio.

—Bueno, ¿nos vamos ya?

Mientras conducía a Violet hasta una carreta, Mary le susurró:

—¿Por qué dices que mi hijo se comporta como un condenado oso?

44

Violet achacó la culpa de su forma de reaccionar en la estación a lo inusual que era la familia de Morgan. No se esperaba que su madre fuera un vaquero..., bueno, una vaquera, aun así... Y no se esperaba que su padre fuera tan irascible, aunque, teniendo en cuenta lo que Morgan le había contado, no debería haberle extrañado. Tampoco se esperaba que uno de sus hermanos fuera propenso a dar puñetazos. Sin embargo, era evidente que, a pesar del tenso momento que había vivido con su padre, Morgan se alegraba de estar de vuelta en casa. Ese era el Morgan que a ella le gustaba: relajado, de risa fácil, tolerante sin llegar a ser insensible... o, como mínimo, difícil de provocar, lo que sin duda constituía una cualidad positiva en un hombre tan musculoso como él.

Mary insistió en que Violet viajara con ella en el banco delantero de la carreta y Tiffany y Charles viajaron en el banco trasero. Habían llevado un caballo para Morgan, de modo que él y el resto de los hombres cabalgaron a ambos lados de la carreta, pero lo bastante lejos de esta para no oír la incómoda conversación que mantuvieron Mary y Violet.

Violet intentó tranquilizar a Mary explicándole, en un

tono de voz bajo, que había exagerado cuando llamó oso a Morgan. De todos modos, admitió que, cuando se conocieron, él lucía una barba muy enmarañada y que la utilizaba para hacerse pasar por un trampero de las montañas y ocultar el hecho de que estaba explotando una mina. Esto condujo la conversación a un tema totalmente distinto, como era el hecho de que Morgan mantuviera en secreto la localización de la mina. Finalmente, Violet decidió dejar a un lado ese tema porque era Morgan y no ella quien debería hablarle a su madre acerca de la mina. Entonces, simplemente realizó comentarios acerca de la belleza de los parajes por los que pasaban: prados cubiertos de hierba verde y magníficas montañas de cimas nevadas en la distancia.

No tardaron en llegar al rancho de los Callahan y, por el camino, Tiffany les indicó dónde vivía. Se trataba de una bonita casa rodeada de árboles y situada frente a un lago encantador. Luego vislumbraron el rancho, que estaba más adelante. Constaba de tantas construcciones que parecía un pueblo. El tamaño del rancho impresionó a Violet, quien se sintió aliviada de que no fuera tan primitivo como lo había imaginado.

Morgan soltó un grito de alegría.

—¡Qué bien estar de vuelta en el Triple C!

Y emprendió una carrera con sus hermanos hasta la casa.

El edificio principal constaba de dos plantas y estaba construido con tablones de madera de corte pulido. La casa era grande y amplia, y en la parte delantera había un porche cubierto. A decir verdad, no tenía nada de rústica. Una vez dentro, a Violet le encantó la decoración, que era una mezcla de los estilos del Este y del Oeste. Un equilibrio que resultaba muy acogedor.

Allí había crecido Morgan. La habitación de delante podía haber sido su sala de juegos. ¡Era tan grande y abierta!

No había paredes de separación entre el vestíbulo, el pasillo y el salón. Se imaginó a Morgan y a sus hermanos jugando por allí, corriendo por la casa y montando a caballo en el exterior. Se trataba de un lugar maravilloso para criar a unos niños.

Mary la condujo directamente a la planta superior, al enorme dormitorio que le habían asignado.

—En la planta de abajo, más allá de la cocina, hay un lavabo con una bomba de agua propia. Si quieres, puedes ser la primera en utilizarlo y tomar un baño antes de la cena.

Violet sonrió. ¡Vaya, después de todo, la casa era un poco rústica, pues solo había un lavabo compartido en la planta inferior! Pero se las arreglaría. Al fin y al cabo no estaba allí para ser crítica. De hecho, la casa le gustaba y probablemente disfrutaría de su estancia allí durante una o dos semanas.

Después del baño, se puso la única falda y la única blusa que no estaban manchadas y se fue a buscar a su padre. Lo encontró dormido en una cama. En la mesita de noche había una bandeja con un plato vacío. Sonrió. Sin duda debía de estar cansado después del largo viaje. ¡Qué considerado por parte de los Callahan haberle llevado la cena al dormitorio!

Bajó a la planta baja y encontró a la mayoría de los Callahan en el amplio salón. Estaban de pie mientras charlaban y reían, y todos, incluso Mary, sostenían sendas bebidas en la mano. Los vio de una forma imprecisa porque su mirada se dirigió directamente a Morgan y se quedó clavada en él. Todavía no se había afeitado y una barba incipiente oscurecía sus mejillas, pero llevaba puesta una corbata de cordón y una camisa azul claro a juego con el color de sus ojos. ¡Y seguía siendo condenadamente guapo! Solo con estar en la misma habitación que él se sintió un poco aturdida.

Entonces los dos Callahan que faltaban entraron por la

puerta principal. Se trataba de Hunter y Tiffany, su mujer, quien llevaba puesto un deslumbrante vestido de noche. Violet sintió deseos de gemir y deseó que sus hermanos llegaran pronto para disponer de más ropa entre la que elegir.

Al ver a su nuera, Mary arqueó una ceja.

—Espero que no hayas venido cabalgando con ese traje.

—Pues sí —contestó Tiffany, y señaló a Hunter con el dedo pulgar—. En su caballo y sobre su regazo.

Su explicación despertó unas cuantas risas.

—No tenías por qué arreglarte tanto, jovencita, esta noche no pienso sacar la porcelana fina —bromeó Mary.

Tiffany sonrió.

—No me juzgues. ¿Cuántas oportunidades tengo de vestirme así? Además, vuestros invitados son tan del Este como yo y valorarán que aquí en Nashart no todos seamos unos vaqueros.

Violet desde luego lo valoró. Entonces Mary los apremió a trasladarse al comedor. Violet acabó sentada justo enfrente de Morgan..., pero no por propia elección, simplemente ocurrió porque Tiffany insistió en que se sentara a su lado. Los comensales enseguida empezaron a pasarse fuentes de distintas formas y tamaños, de modo que Violet pensó que, al fin y al cabo, no le resultaría muy difícil mantener la vista alejada de Morgan y así poder comer.

Había mucho ruido porque muchas personas hablaban al mismo tiempo, pero cuando empezaron a comer, el ruido disminuyó y la voz de Mary destacó en el ambiente.

—Espero que hayas traído tus enseres de afeitarte —le indicó a Morgan.

Violet sonrió. ¿Así que Morgan y sus hermanos habían heredado su tendencia a la ironía de su madre? Morgan miró a Violet y luego se volvió, riéndose, hacia su madre.

—El origen de esto es el comentario que hizo Violet

acerca de que yo tenía aspecto de oso, ¿no? ¿Ya te lo ha explicado?

—¿De modo que apenas se percibía un pedazo de piel en tu cara, Morgan? ¿En serio?

—Pues no lo sé. No tenía ningún espejo y, además, no me importaba. No estaba allí para tener buen aspecto.

Hunter se estaba riendo, pero aun así preguntó:

—¿Así que te has hecho rico de verdad?

Morgan asintió con la cabeza.

—Conseguí lo que me había propuesto..., bueno, la mitad.

—¿Y la otra mitad?

—No es de tu incumbencia, hermano.

¿De modo que todavía no le había contado a nadie sus planes de dedicarse al comercio, ni siquiera a sus hermanos? ¿Acaso quería que su padre fuera el primero en saberlo? La noticia de que no había vuelto a casa para unirse a ellos en la explotación ganadera del rancho podía crear cierta incomodidad entre ellos. Violet esperaba que no fuera así.

Entonces oyó que Tiffany le preguntaba:

—¿Ya te han contado cómo nos conocimos Hunter y yo?

Violet se volvió hacia ella.

—¿Para poner fin a una enemistad?

Tiffany resopló.

—Esa vieja y estúpida trifulca debería haber acabado mucho antes de que yo naciera, pero nadie se decidió a ponerle fin y al final eligieron al pobre Hunter para que se sacrificara uniendo a las dos familias por medio del matrimonio.

—Solo lo consideré un sacrificio hasta que te conocí, pelirroja —aclaró Hunter.

—A eso quería llegar, a cómo nos conocimos.

Tiffany le explicó a Violet que adoptó la identidad del ama de llaves que su padre, un ranchero vecino, había contratado, pero que acabó trabajando en la casa de los Callahan porque estos quisieron hacerle una jugarreta a su padre, aunque en realidad ellos también necesitaban un ama de llaves.

—Yo le había prometido a mi madre que me quedaría en Nashart al menos un mes para ver si Hunter me atraía, de modo que aquella era la situación perfecta para que yo lo conociera sin que él supiera quién era yo en realidad. Después podría decirle honestamente a mi madre que lo había conocido pero que no había cumplido mis expectativas. El problema fue que sin duda sí que las cumplió... Cuando lo conoces, resulta ligeramente irresistible.

—¿Solo ligeramente? —se quejó Hunter.

—Sabes exactamente cómo eres, querido —contestó Tiffany, y le lanzó un beso. Luego se volvió hacia Violet con una sonrisa—. Ahora cuéntame cómo conociste tú a Morgan.

—Me secuestró en la habitación de un hotel y me llevó a rastras a tierras salvajes.

Se produjo un silencio y luego empezaron las risas. Violet nunca lo habría contado si no estuviera segura de que creerían que estaba bromeando y así fue. Sonrió para confirmar que se trataba de una broma y, luego, miró a Morgan en busca de ayuda.

—Cuéntaselo tú.

Pensó que él les contaría una versión modificada, pero no se dio cuenta de que él esbozó una sonrisa pícara.

—Creía que se trataba de una timadora que trabajaba para el vil propietario de una compañía minera que intentaba robarme la mina.

Entonces nadie se rio y Zachary le preguntó a Morgan:

—¿La secuestraste, hijo mío?

Violet se sintió avergonzada e intervino para salvarlos a ambos.

—Solo se trató de un malentendido y enseguida lo aclaramos. —Después de explicar las terribles circunstancias a las que tuvo que enfrentarse cuando llegó a Butte y que necesitaba un guía que la condujera hasta la mina de su padre, simplemente añadió—: Así que me alegré de que me llevara a las montañas.

—Caí directamente en tu trampa, ¿no es cierto? —comentó Morgan sonriendo.

—Tú querías información y yo también —le recordó Violet con franqueza. Luego se dirigió a Tiffany—: Los primeros días fueron duros, pero como ya he dicho, lo solucionamos.

—Y durante todo ese tiempo, él parecía un oso —añadió Mary mientras miraba con desaprobación a Morgan.

—Bueno..., sí —repuso Violet.

—¿Un oso pardo o un oso de peluche? —preguntó Tiffany.

—Un oso pardo. Y, de hecho, bastante aterrador.

—Ya está bien de hablar de mí —gruñó Morgan.

—Todavía no hemos terminado —replicó Mary—. Tienes que ponernos al día de lo que has hecho durante todo un año, Morgan. No se puede decir que escribieras muy a menudo y, cuando nos escribiste, apenas nos contaste nada digno de mención.

—Porque no había nada que contar. Estuve trabajando en la mina durante un año y nada más. Era mi única obsesión porque, cuanto antes alcanzara mi objetivo, antes podría volver a casa.

—Creíamos que volverías antes —intervino Cole—. Pensábamos que contratarías a una cuadrilla de hombres para que trabajaran por ti en la mina.

—Esa era mi intención, hasta que me enteré de lo implacable que es la competencia en aquella región. Un minero en particular estaba dispuesto a matar para conseguir mi mina, de modo que tuve que mantener en secreto su localización. Esto implicaba no contratar a nadie y tuve que trabajar en la mina yo solo. La aparición de la hija de Charley fue lo único que interrumpió esa rutina. Me recordó cosas que echaba de menos..., como la familia. Y ya hemos resuelto lo de la amenaza que suponía el otro minero, así que Charley y yo contrataremos a un encargado para que dirija las minas y a sendas cuadrillas de hombres para que trabajen en ellas.

—¿De modo que no volverás allí? —le preguntó Mary.

—Iré de vez en cuando para asegurarme de que todo funciona adecuadamente y de que el encargado hace bien su trabajo, pero no me quedaré a vivir allí.

Su madre lo miró mientras esbozaba una sonrisa radiante y luego le pidió a la criada que les sirviera el postre. Hubo más risas y más bromas, pero, afortunadamente, ninguna pregunta personal más.

Cuando se levantaron de la mesa, Morgan se acercó a Violet, la agarró del brazo y le susurró:

—Ven conmigo. Quiero enseñarte un par de cosas.

Violet se sorprendió cuando él la llevó a través de la cocina hasta la parte posterior de la casa. Una vez en el exterior, la condujo hacia un grupo de construcciones. Ella siempre se imaginó a Morgan contemplando el ganado del rancho de su familia desde el porche de su casa, pero lo único que podría verse desde allí sería una vista despejada de la puesta del sol al cabo de, aproximadamente, una hora.

—¿Qué son esos edificios? —le preguntó Violet.

—Hay una cuadra, y un establo. A mi madre le gusta decir que, además de un rancho, somos casi una granja, pero mi padre se opone con vehemencia a ese término. Sin embargo, sí que tenemos numerosos animales de granja: gallinas, cerdos, unas cuantas vacas lecheras... Los suficientes para autoabastecernos en cuanto a comida. Además, por supuesto, también obtenemos carne de los animales del rancho. Y también tenemos un huerto que puso en marcha uno de nuestros antiguos cocineros. Creo que, en la actualidad, lo único que vamos a comprar a la ciudad es el grano para hacer el pan. El edificio alargado es el barracón de los trabajadores, y también hay un lavadero y varios cobertizos que utilizamos como almacenes.

Morgan la condujo al interior del establo, donde Violet vio balas de heno, un carro, la carreta de Mary y dos vacas lecheras, cada una en un compartimento. Había más compartimentos, pero estaban vacíos. Sobre todo se trataba de un espacio despejado con un altillo donde había más balas de heno apiladas. También vio a un gato, quien los observó desde el altillo mientras se dirigían al fondo del establo.

Luego vio a Bo, que estaba sentado sobre las patas traseras y que apenas los miró de reojo. Entonces Violet supo por qué. Bo se mantenía a distancia mientras observaba atentamente a otro perro que estaba acurrucado en un rincón. O, mejor dicho, observaba a los cachorros que jugueteaban alrededor de la perra.

—¡Oh! —exclamó Violet sin ser capaz de apartar la vista de los cachorros.

—No son lobos —le explicó Morgan con una risita contenida—. Cole me ha dicho que tienen alrededor de dos meses de vida y que ya pueden separarse de la madre. Elige uno. Si lo quieres, es tuyo.

Violet no pudo evitar rodearle el cuello con los brazos y abrazarlo, pero se arrodilló enseguida sin darle tiempo a devolverle el abrazo. Había cuatro cachorros de distintos colores..., no, había cinco, porque el más pequeño estaba mamando. La madre era de tamaño medio, tenía el pelo dorado y las orejas puntiagudas, y Violet no supo discernir de qué mezcla de razas provenía. Empezó a cogerlos en brazos. Solo uno tenía todo el pelo dorado como su madre; otro era casi todo dorado pero con manchas negras; otro era dorado y marrón; el cuarto era marrón y blanco, y el benjamín era todo negro. Pero cuando se separó de la madre, Violet vio que el pelo de su cara era dorado y que el negro empezaba en la frente. Lo tomó en brazos y se enamoró de él.

—¡Este! —exclamó.

—¿Es un macho?

Violet no lo sabía, así que lo sostuvo en alto.

—Compruébalo tú.

—No, no es un macho —repuso Morgan.

Violet sonrió.

—Mejor todavía. ¿Te das cuenta de que no podías haberme hecho un regalo más maravilloso?

Morgan sonrió abiertamente.

—Sí, tenía esa impresión.

—Puede entrar en la casa, ¿no? —preguntó Violet mientras salía del establo con el cachorrillo en brazos.

—Yo diría que entrará tanto si está permitido como si no lo está —repuso Morgan mientras la seguía.

Entonces Violet se detuvo de golpe.

—¡Oh, Dios mío!

Estaba viendo el inicio de una puesta de sol increíble.

—Esta es la otra cosa que quería enseñarte. Vayamos al porche delantero, desde donde podrás disfrutar de una vista despejada.

Violet asintió. Se dirigieron al balancín que había visto en el porche cuando llegaron. Colgaba del techo y había espacio para dos personas. Violet tomó asiento y Morgan se sentó a su lado. Luego él se dio impulso con sus largas piernas e hizo que el balancín se meciera suavemente. En el campamento, la vista del cielo quedaba obstaculizada por los árboles, pero allí, en aquel porche, Violet pudo disfrutar de la belleza del amplio cielo de Montana.

Acarició al perrito que tenía sobre el regazo y Morgan le rodeó los hombros con el brazo. Probablemente creyó que ella no se daría cuenta porque estaba atónita contemplando los ardientes colores del cielo. Pero Violet sí que se dio cuenta. Se daba cuenta de todo lo que tenía relación con él.

—Seguro que nunca has visto una puesta de sol como esta en Londres —comentó Morgan.

Violet se echó a reír.

—¡No, hay demasiada niebla y humo por la combustión del carbón!

En Londres había otras cosas que sí eran bonitas, pero no las mencionó porque nada podía compararse con aquella vista y lo feliz que se sentía allí sentada y compartiéndola con él.

Aquella noche, se acostó con el cachorrillo acurrucado en el hueco de su brazo y el recuerdo de aquel instante encantador en el porche.

45

A la mañana siguiente, mientras bajaba a la planta baja para sacar al perrito al exterior, Violet oyó hablar a Zachary.

—¿Adónde demonios ha ido Morgan?

Cuando llegó al final de las escaleras, Violet pudo ver la mayor parte del salón y a las dos personas que había en él. Zachary no se lo había preguntado a ella, pero cuando apareció a la vista, los padres de Morgan la miraron, de modo que se encogió de hombros y dijo:

—Yo hoy no lo he visto.

—¿Cuando os escabullisteis ayer por la noche no te comentó qué planes tenía para hoy? —le preguntó Zachary.

A Violet no le gustó lo que pretendía insinuar con su pregunta, pero no se sonrojó. En lugar de eso, levantó en el aire a Tiny, que era el nombre que le había puesto al precioso regalo de Morgan.

—Me llevó al establo para que eligiera uno de los cachorros.

—Al menos no se trata de un cerdo —refunfuñó Zachary, y salió por la puerta principal.

Al ver la expresión confusa de Violet, Mary soltó una risita.

—Tiffany adoptó a un cerdo como mascota y lo tuvo en casa mientras vivió con nosotros. Sigue con lo que estabas haciendo y saca al cachorro afuera para empezar a educarlo. Utiliza el jardín lateral. A su madre le gusta esa zona, así que el perrito reconocerá su olor y sabrá lo que tiene que hacer. Y de momento no dejes que duerma en tu cama, si no te despertarás con las sábanas mojadas.

Violet abrió mucho los ojos. El cachorro la había despertado lamiéndole la mejilla y no se le había ocurrido examinar las sábanas.

Mary sonrió.

—Buscaré una caja y algunos periódicos viejos para que lo pongas a dormir ahí por la noche. El café está caliente y en la cocina hay algunas cosas para comer. Para nosotros el desayuno es una comida informal, así que coge un plato y siéntate donde quieras. Más tarde, si lo deseas, te llevaré a dar una vuelta por el rancho. Cuando estés preparada, avísame.

Violet sonrió.

—Gracias. Primero le llevaré el desayuno a mi padre.

Poco después, Mary la llevó a dar una vuelta por el rancho y a ver los pastos donde pastaba el ganado. Los prados no estaban cercados, de modo que a las vacas que se alejaban tenían que ir a buscarlas y reagruparlas con el resto de la manada. Además, como la manada era tan grande, tenían que trasladarla a menudo a pastos nuevos. Violet no se esperaba el enorme tamaño de la manada, que constaba de más de mil vacas. No era extraño que se requiriera la colaboración de toda la familia y un montón de vaqueros para manejarla.

Por la tarde, Tiffany la recogió para enseñarle su casa, que no estaba lejos. Violet se rio al ver la cantidad de sirvientes que trabajaban allí y Tiffany le susurró:

—Todos proceden de Nueva York y no es fácil conservarlos. Ya he oído algunas quejas sobre lo aislados que se sienten aquí. Echan de menos el jaleo y la agitación de las calles de la gran ciudad, pero todavía llevan poco tiempo y espero que, a la larga, se enamoren de Montana como me ocurrió a mí.

A Violet le impresionó la casa. La construcción era de madera, pero el interior estaba amueblado y decorado tan elegantemente como cualquier casa de Filadelfia, o para el caso, de Londres.

—Hunter y yo aprovechamos la luna de miel para viajar al Este y comprar todo el mobiliario. La casa la acabaron de construir mucho antes de que llegaran los muebles, pero la espera valió la pena.

Violet podría haberle dicho que las esperas como aquella pronto formarían parte del pasado, pero una vez más no dijo nada acerca de la tienda que Morgan tenía planeado abrir. Deseó que se lo contara pronto a su familia, ya que imaginarse cuál sería su reacción hacía que se sintiera incómoda.

Después se sentaron en el salón con una jarra de café y unas pastas.

—¿Hay algo que debamos saber respecto a ti y Morgan? —le preguntó Tiffany sin rodeos.

—No —contestó Violet un poco demasiado deprisa—. Ayudó a mi padre cuando más lo necesitaba, de modo que me siento agradecida con él.

—Probablemente, se trata de algo que hace de una forma natural —supuso Tiffany—. He oído decir que, de todos los hermanos, es el que tiene más amigos. Hunter atrae a las mujeres como la miel a las abejas, o eso hacía antes, mientras que Morgan atrae amistades duraderas. Por lo que Hunter cuenta, Morgan hace que cada uno de sus amigos sienta que es su mejor amigo. Supongo que, en este sentido, es carismático.

—Mi padre también es así. Eso explicaría por qué se hicieron amigos tan deprisa.

Tiffany asintió con la cabeza.

—Morgan ya se había ido antes de que yo llegara, de modo que ansiaba conocerlo, pero percibo cierta tensión en él y..., bueno, deduje que era por ti.

—No, pero la tensión se desvanecerá dentro de unos días... ¡o empeorará! Lo siento, realmente no puedo contarte nada más sobre esta cuestión.

Tiffany se echó a reír.

—¡Qué misteriosa! ¡Me encanta!

Cuando Violet regresó al rancho, vio que su padre estaba sentado en el porche y se rio.

—No piensas quedarte en la cama, ¿no?

—Se supone que no debo hacerlo. El doctor me dijo que debía hacer reposo y que este consistía en no hacer ningún tipo de esfuerzo aparte de comer más de lo que admite mi estómago. Pero también me dijo que debo ir incorporando, poco a poco, algo de ejercicio en mi día a día. Y caminar por el interior de una casa le pareció totalmente aceptable.

—No sabía que el doctor Cantry había sido tan específico en sus recomendaciones. Probablemente, también deberíamos visitar al médico local en algún momento de esta semana o averiguar si él vendría al rancho.

—Si Mary nos presta su carreta, puedo ir hasta la ciudad. Pero siéntate. —Esperó a que ella se sentara y, luego, le cogió la mano—. Ya va siendo hora de que hablemos de tu futuro. Te confieso que he estado evitando el tema porque me encanta que estés aquí y no quiero que te vayas otra vez. Creo que cometí un error al permitir que te quedaras en Inglaterra tanto tiempo porque ahora pareces considerarla tu casa y, por lo visto, quieres casarte y crear una familia en ese país. Pero quiero que recuerdes que junto a mí y a tus hermanos también tienes un hogar, Vi. Sin embargo, decidas lo que decidas, aceptaré tus deseos porque te quiero y quiero que seas feliz.

—Sé que me quieres, papá.

—Estés donde estés, pronto volverás a ser una heredera y dispondrás de una dote que podrá rivalizar con la de la hija de un duque. Solo quiero que tengas presente que también hay maridos potenciales en este país. No tienes por qué elegir solo entre los hombres disponibles de Inglaterra.

—Creía saber lo que quería, pero ahora no estoy tan segura —reconoció ella.

—¡No hay ninguna prisa! Tómate tu tiempo y reflexiona sobre lo que realmente quieres. Solo quiero que sepas que, decidas lo que decidas, yo estaré de tu lado.

Violet esbozó una sonrisa amplia.

—Bueno, si te apetece caminar, lo que realmente quiero ahora es presentarte a mi nuevo cachorro.

46

Cuando Morgan regresó al rancho, Violet seguía sentada en el porche y Tiny estaba durmiendo en su regazo. Su padre había subido a su habitación para dormir un poco antes de cenar, de modo que nadie pudo ver el descaro con el que Violet miró a Morgan desde que apareció a la vista. Aquel día se había vestido con cierta elegancia. Llevaba puesto un abrigo al estilo del Este, una corbata de cordón e incluso unas botas lustrosas, aunque el cinto con la pistola arruinaba el conjunto. ¿Había ido a visitar a sus amigos? ¿A una mujer?

La segunda posibilidad le molestó un poco, así que, cuando él se sentó a su lado, Violet no estaba sonriendo. Pero él sí que sonreía. Fuera lo que fuese que hubiera hecho aquel día, aparentemente hacía que se sintiera feliz.

Pero su primera pregunta fue respecto a ella.

—¿Cómo te va por aquí? ¿Te sientes lo bastante cómoda?

—Sí, tu familia es muy amable..., bueno, menos tu padre. Él parece un poco cascarrabias.

—Solo se pone así cuando tiene algo pendiente y no puede resolverlo. ¿Siguen todos en los prados?

—Creo que sí —contestó Violet—. Tu madre me llevó a dar una vuelta por allí. Me sorprendió ver tantas vacas juntas.

—Ganado —la corrigió él mientras hurgaba en el bolsillo. Entonces le tendió una tira de cuero seco de vaca. Ella habría tirado al suelo aquella cosa tan horrible si él no hubiera señalado al cachorro con la cabeza—. Dáselo y quizá no la emprenda con tus zapatos.

Ella se echó a reír.

—¿Los cachorros de perro se comen los zapatos?

—Los perros los roen a cualquier edad. Un día, yo casi me morí de risa cuando vi que Bo salía trotando con una de mis botas. De joven, cuando vivía aquí, siempre había uno o dos perros en el rancho, pero nunca entraban en la casa, donde habrían tenido acceso a nuestras botas.

Violet dejó a Tiny en el suelo para que pudiera olisquear la tira de cuero. Tiny enseguida la agarró y se tumbó en el suelo para mordisquearla.

—¿No le perjudicará comérsela?

—No se la comerá, solo la roerá. Cuando esté pastosa, tírala.

Violet asintió con la cabeza sin dejar de observar al cachorro, pero Tiny enseguida perdió el interés por la tira de cuero y se alejó mientras olisqueaba los tablones del suelo del porche. Violet supuso lo que ocurriría a continuación, de modo que tomó rápidamente al cachorro en brazos y se lo llevó al jardín lateral de la casa mientras oía que Morgan se reía.

Al cabo de un rato, regresó y volvió a sentarse al lado de Morgan.

—Tu padre te estaba buscando —declaró.

—No me sorprende. He estado explorando la ciudad para decidir dónde construiré la tienda. Mientras estaba fuera, Nashart ha crecido. En la calle principal hay un cruce en el que ahora hay tiendas y negocios en las cuatro esquinas, pero cerca de allí hay una calle perpendicular a la calle principal por uno de sus lados y he comprado el terreno que hay al otro lado. Me ha costado un poco convencer al alcalde para que me venda una parcela que, en el futuro, quedará dividida en dos mitades por la continuación de la otra calle, pero como todavía no han planificado la construcción de la nueva calle, solo se trataba de regatear el precio de venta. Es un lugar perfecto, o lo será cuando haya hecho realidad mi sueño. No necesito toda la parcela, pero así podré controlar lo que se construye en ella. Ahora ya puedo mantener esa conversación con mi padre.

Violet arqueó una ceja.

—¿Estabas esperando a comprar la parcela para explicarle tus planes a tu padre? ¿Por qué?

—Porque si hubiera sabido de antemano cuáles eran mis intenciones, podría habérmelo impedido. El alcalde Quade y él son compañeros de póquer y podría haber tirado fácilmente de algunos hilos para evitar que Quade me vendiera una parcela en la ciudad. De hecho, Quade me preguntó varias veces si Zachary estaba de acuerdo en que yo comprara un solar tan grande.

—¿Y qué le contestaste?

Morgan sonrió.

—No le contesté. Distraje el interés que sentía por lo que opinaba mi padre hablándole de lo feliz que se sentirá mi madre con el nuevo negocio.

Violet soltó una risita.

—¿De modo que diste a entender que, como a tu madre le gustaría, a tu padre seguro que también?

—Algo parecido. Pero también le aseguré que los negocios que se construyan en esa calle serán distintos a los que ya existen en la ciudad, lo que atraerá a mucha más gente a Nashart..., y en concreto, a muchas más mujeres. —Se rio—.

Esto es lo que lo convenció y lo que hizo que me ofreciera un buen precio. En Nashart siempre ha habido escasez de mujeres solteras y el alcalde está viudo.

—Parece que tu sueño se está haciendo realidad, pero te confieso que me cuesta creer que un vaquero que luego se convirtió en un minero sea feliz trabajando en una tienda.

—Esto es solo el principio. Tendré que viajar mucho para comprar todas las cosas que quiero vender en la tienda. Empezaré con las grandes ciudades del Este y, a la larga, quizá viaje también a Europa.

¡De modo que sus planes iban más allá de pasarse los días en una tienda en Nashart!

—Eso suena emocionante. Francia es famosa por la elaboración de muebles artesanales, e Inglaterra...

Se detuvo porque no quería recordarle sus planes de futuro, pero la palabra «Inglaterra» por sí misma ya lo había hecho.

—Quizá te visite en Londres durante uno de mis viajes de negocios —comentó él—. Pero, mientras tanto, ¿quieres que mañana te lleve a dar una vuelta por la ciudad? Podría enseñarte dónde pienso construir la tienda. Podríamos pasar el día en la ciudad y comer allí.

¿Pasar el día entero con él... y solos? Pero ya le había dejado clara cuál era su postura, de modo que le contestó:

—Le preguntaré a mi padre si se siente con ánimos para ir.

—No creo que sea bueno para él volver a desplazarse tan pronto por ahí con el ajetreo que eso supone. Además, tendrás a toda la ciudad de carabina. La verdad es que allí no dispongo de un dormitorio al que llevarte y seducirte..., aunque podría conseguir uno...

Violet se dio cuenta de que no estaba bromeando porque percibió el deseo en sus ojos. La idea de volver a acostarse con él hizo que se le acelerara el pulso. No, no sería tan insensata. Pero sí que quería visitar la ciudad con él.

—Supongo que será una buena ocasión para que pongas a prueba tus dotes como carabina —bromeó ella.

Él soltó una carcajada. Entonces Violet señaló una nube de polvo que se acercaba.

—Como es probable que te veas forzado a mantener esa temida charla con tu padre, creo que llevaré de nuevo a Tiny a dar una vuelta por el jardín lateral y, luego, a visitar a sus hermanos de camada. —Y añadió mientras bajaba las escaleras del porche—: Buena suerte.

—¡Si levantamos mucho la voz, tápate los oídos! —exclamó él mientras reía entre dientes.

Violet no creyó que Morgan estuviera bromeando. De hecho, ella suponía que Morgan y su padre se hablarían a gritos, de modo que se dirigió a la parte trasera de la casa para no oírlos. Pero ellos hablaron lo bastante alto para que ella percibiera el tono enojado de su voz, aunque no las palabras exactas, hasta que oyó una voz que gritaba:

—¡Y una mierda que lo has hecho! Ningún hijo mío va a...

—Ya está hecho, papá. Para eso he estado trabajando durante todo este año. ¡Y ya soy lo bastante mayor para tomar mis propias y condenadas decisiones!

Violet abrió mucho los ojos cuando lo oyó utilizar la palabra «condenadas», que era tan típicamente británica, y sonrió.

—¡No en mi casa! —gritó Zachary.

Entonces se oyó un portazo y, después, reinó el silencio. Aquello era realmente duro. ¿Acababan de echar a Morgan de su casa? Seguramente le iría bien recibir algún tipo de apoyo. Se dirigió de nuevo hacia el porche, pero avanzó más lentamente cuando vio que quien estaba allí no era Morgan, sino su padre. Zachary clavó en ella su mirada enfurecida y Violet se quedó helada.

—¿Has sido tú quien lo ha convencido para que haga esto, muchacha?

Ella volvió a avanzar poco a poco.

—No hace mucho que conozco a su hijo y sus decisiones no tienen nada que ver conmigo. Sin embargo, sí sé que pretende iniciar un nuevo negocio. Lo hace por su madre, su mujer. Me contó que, en muchas ocasiones, tanto él como sus hermanos fueron a la ciudad y tuvieron que regresar y decirle a la señora Callahan que los pedidos que estaba esperando no habían llegado. Eso hacía que se sintiera muy decepcionada y Morgan quiere asegurarse de que no vuelva a ocurrir. Por eso se marchó en busca de oro y plata, porque sabía que usted no financiaría su proyecto. ¿O acaso sí que lo habría hecho?

Zachary se sentó en una silla y suspiró.

—Te pasas la vida construyendo algo para dejárselo a tus hijos y luego ellos no lo quieren —refunfuñó—. Probablemente, no habría apoyado su idea... a no ser que me la hubiera explicado como acabas de hacerlo tú. ¿Así que lo hace por su madre? Quiero tanto a esa mujer que no soy capaz de argumentar en contra de eso.

—Quizá debería decírselo a Morgan.

—Quizá deberías ocuparte de tus propios asuntos, jovencita.

¡Qué tipo tan intratable!, pensó Violet. Si lo conociera mejor, le habría respondido con dureza, pero no dijo nada y se marchó para que reflexionara sobre lo que debería o no debería haberle dicho a su hijo.

Subió a la planta superior para ver si su padre estaba despierto. Teniendo en cuenta el ruido que surgía de una habitación que estaba un poco más allá de la de ella, seguramente no dormía. Dejó a Tiny en su habitación y fue a investigar el origen del ruido. Se detuvo frente a la puerta de la otra habitación, que estaba abierta, y vio que Morgan cerraba bruscamente un cajón y echaba un montón de ropa sobre la cama, donde estaban sus alforjas y una maleta abierta.

—Probablemente no necesites hacer las maletas —observó ella.

Morgan le lanzó una mirada, pero continuó con lo que estaba haciendo.

—Nada me hará cambiar de opinión, y mucho menos ese bobo vejestorio —declaró con voz enojada, aunque el enojo no iba dirigido a ella—. Lo quiero, pero sigue tratándome como si fuera un niño. ¡Demonios, ya hace cinco años que crucé ese puente, pero creo que mi padre no se dio cuenta!

Violet sonrió.

—Estoy segura de que se dio cuenta, pero los padres siempre tratarán a sus hijos como si fueran niños e intentarán hacer lo que es mejor para ellos. No siempre tienen razón, pero creo que tu padre ha cambiado de opinión y, probablemente, tampoco tendrás que bajar a cenar con un escudo y una espada.

Él la observó durante un instante. Luego se rio, se acercó a ella y la abrazó.

—¿Así que ahora eres mi amuleto de la suerte? ¿Qué demonios le has dicho?

Al estar tan cerca de él, Violet no pudo articular ni una palabra. Lo único que quería hacer era besarlo. ¡Estuvo a punto de rodearlo con los brazos y besarlo!

Pero consiguió retroceder hasta el pasillo.

—Solo lo que tú deberías haberle dicho desde el principio: que la razón de querer abrir esa tienda es tu madre. Eso es todo lo que él necesitaba saber. Ya sabes que siente debilidad por ella.

Violet se dirigió a toda prisa a la habitación de su padre para no tener tiempo de cambiar de idea respecto a besar a Morgan. Cielo santo, ¿cómo podía casarse con lord como-se-llame cuando aquel hombre la atraía más allá de toda lógica? Porque el lord inglés representaba todo lo que ella siempre había soñado; sin embargo, en aquel momento era Morgan quien ocupaba todos sus sueños. ¡Sentía como si estuviera con ella todas las condenadas noches!

47

Morgan detuvo la carreta delante de la casa para esperar a Violet. Su madre estaba apoyada en una de las columnas del porche y estaba bebiendo un café. Iba vestida para ir a los prados, pero seguía en la casa, lo que no sorprendió a Morgan ya que, desde que la noche anterior él anunció su proyecto de abrir una tienda, no habían hablado en privado.

Durante la cena, ella se sintió feliz, y después de superar la sorpresa que le produjo el proyecto de la tienda, se rio mucho. Los hermanos de Morgan estuvieron bromeando y ahora lo llamaban «tendero».

—¡Tendrás que dejar de llevar pistola, si no tus clientes pensarán que has ido allí para cometer un robo! —se burló Hunter.

Su padre estuvo callado la mayor parte del tiempo, pero sonrió en varias ocasiones, cada vez que Mary expresó su alegría. Aquella mañana, en el porche, la madre de Morgan le preguntó:

—¿Lo vas a hacer de verdad?

—Saca tus viejos catálogos y señala todo lo que, alguna vez, llamó tu atención, lo que encargaste y no recibiste y lo que deseaste comprar pero no llegaste a hacerlo, y después déjalos en mi habitación. Sí, lo voy a hacer de verdad. «Cómprelo y téngalo en su casa ese mismo día», este será mi eslogan..., al menos en Nashart. Incluso puede que a la tienda le ponga el nombre de «El Este viene al Oeste».

—Me encanta tu idea, Morg —le aseguró su madre—. No creas, ni por un segundo, que no me gusta, pero también me encantaba tenerte en el rancho con nosotros.

—No me iré de la región, mamá. Incluso puede que algún día vuelva a vivir en el rancho, pero de momento esto es lo único que realmente quiero hacer. Puede que no venda ni un solo artículo en Nashart, pero será divertido hacer realidad ese proyecto y muy satisfactorio para mí verte comprar en mi tienda.

—¿Y qué me dices de la señorita Mitchell?

—Hoy la llevaré a la ciudad y le enseñaré el solar..., eso si deja de acicalarse y baja de una vez.

—No me refería a eso. ¿Te gusta?

Morgan sonrió.

—¿A quién no?

—¿Se lo has dicho?

—Ella ya ha decidido casarse con un lord inglés. Va a regresar a Londres y me he asegurado de que disponga de una dote para que pueda celebrar ese matrimonio.

Mary se echó a reír.

—Así no se consigue a la chica. Tienes que ofrecerle una alternativa. Pero primero asegúrate de que sabe que dispone de una alternativa. ¿Tengo que explicarte cómo decírselo?

—¿Crees que no sé cómo hacerlo? —refunfuñó Morgan.

—¿Se lo has dicho a alguien alguna vez?

—No, pero no creo que sea muy difícil.

—Lo es cuando no estás seguro de cuál va a ser la respuesta —replicó ella.

—No es eso lo que me retiene. Precisamente porque la quiero tengo que dejarla marchar. Ella no pertenece a este lugar, mamá.

—Tiffany tampoco, pero ahora nada podría hacer que se marchara de aquí. Tú no lo percibes porque creciste aquí, pero Montana tiene su encanto. Podrías pedirle a la señorita Mitchell que te ayudara a diseñar la tienda. Eso podría hacer que retrasara su partida y le daría tiempo para que empezara a gustarle esta región. De hecho, ¿quién mejor que una joven dama de la sociedad londinense para aconsejarte sobre lo que está de moda, lo que les gusta a las mujeres y qué aspecto tienen las tiendas elegantes de las grandes ciudades?

Morgan se rio. Nada más oír la expresión «retrasar su partida», la sugerencia de su madre lo convenció, pero también le pareció acertado lo que dijo acerca de pedirle a Violet que le aconsejara sobre la decoración de la tienda y qué artículos comprar.

—No voy a abrir una tienda de ropa —repuso en tono burlón.

—¡Al menos vende sombreros!

Morgan puso los ojos en blanco porque ahora tendría que venderlos. Haría cualquier cosa con tal de hacer feliz a su madre. Al fin y al cabo, ese había sido siempre su objetivo.

Después de recorrer todas las calles de Nashart para que Violet pudiera ver lo que la ciudad podía ofrecer, Morgan la llevó a visitar el solar que había comprado. Se trataba de una extensión larga de terreno polvoriento, con algo de hierba y unos cuantos árboles, que lindaba con la calle principal. Entonces ella vio los montones de madera.

—¿Ya estás preparado para empezar a construir?

—Compré toda la madera que había almacenada en la ciudad y he encargado mucha más —le explicó él—. También he pensado en ofrecerle al propietario del establo que hay en la parte del terreno que da a la calle principal y a los propietarios de los tres edificios colindantes al suyo la posibilidad de trasladarse a mi calle para que la entrada de mi tienda dé directamente a la calle principal. ¿Qué opinas?

—A pesar de que dispongas de toda una calle para construir, si consigues que acepten tu propuesta, sería ideal que tu tienda diera directamente a la calle principal.

Morgan sonrió ampliamente.

—Bueno, como ahora soy el propietario del terreno, sí que podré conseguirlo.

—De todas formas, el tamaño del edificio de tu tienda dependerá de lo que quieras vender. ¿Lo has decidido ya?

—Para empezar, muebles y objetos de plata. Los hermanos Melling, que son los que me compran la plata de la mina, elaboran todo tipo de artículos: joyas, candelabros, objetos de adorno, cubertería, marcos de cuadros y de espejos..., así que no tardaré en ir a Nueva York a visitarlos. ¡Ah, y también venderé sombreros!

Violet estaba encantada.

—¿De verdad?

—Mi madre me lo pidió esta mañana.

—Bueno, eso sin duda atraerá a las mujeres de la ciudad. Y también una sección de objetos de plata que incluya joyería, y sería una buena idea que colocaras esa sección en la parte delantera de la tienda. El mobiliario ocupará la mayor parte del espacio, porque supongo que querrás exponer propuestas completas para cada habitación y al menos dos para cada una de ellas, como el dormitorio, el comedor y el salón. ¿Construirás una segunda planta?

—Sí, estaba pensando en acondicionarla como vivienda para mí.

—Pero, a la larga, quizá la necesites para la tienda... En ese caso, ¿estarías dispuesto a subir dos tramos de escaleras hasta una tercera planta para ir a tu vivienda al final del día?

—Sea como sea, quiero tener mi propia vivienda en la ciudad.

—¿Por qué? El rancho de tu familia no está lejos de aquí.

—¿Y si doy el sí?

—¿Dar el sí a qué?

Morgan se rio y Violet sonrió. Ella sabía que en Montana esa expresión significaba «casarse», y cuando abandonaron el solar para ir a comer, eso fue lo único en lo que Violet pudo pensar. Morgan ya estaba haciendo planes para cuando se casara..., pero no con ella. Había tenido muchas oportunidades para hablar de ese tema con ella. Las veces que habían hecho el amor eran unos ejemplos excelentes de cuándo debería haber flexionado su condenada rodilla para que ella pudiera contestarle que no. ¡Maldición!

—¿A qué viene esa expresión de amargura? —le preguntó él cuando ella apartó la carta del restaurante de delante de su cara—. ¿Ningún plato de la carta te apetece?

Ella dejó a un lado sus pensamientos de frustración y esbozó una sonrisa.

—No, solo estaba pensando que hablas de una tienda más grande de las que he visto nunca.

—Dispongo del espacio suficiente para ello, así que, ¿por qué no utilizarlo?

—Sí, claro. En las grandes ciudades no hay mucho terreno disponible y las tiendas tienen que apretujarse en el escaso espacio que hay. Sin embargo, con una tienda tan grande, necesitarás muchos empleados.

—Ya he preguntado por ahí y en la ciudad solo hay dos

hombres desempleados que querrían trabajar para mí, pero ninguno de ellos quiere dedicarse al comercio.

—En las grandes ciudades hay agencias de colocación que podrían contratar a empleados para ti, pero si traes gente aquí, tendrás que proporcionarles un lugar donde vivir. Quizá podrías construir unas cuantas habitaciones en la parte trasera de la tienda. O una pensión para tus empleados adyacente a la tienda.

—Esa es otra buena idea que no se me había ocurrido.

—¿Y qué me dices de un almacén donde guardar las mercancías? ¿O acaso vas a hacer esperar a tus clientes, como le pasó a tu madre, cada vez que tengas que reponer las existencias?

—¡Eres increíble! —exclamó él con una sonrisa amplia—. No había llegado tan lejos en mis planes.

—Pues piensa en ello. Además, si compras en grandes cantidades, te ofrecerán descuentos, y eso incrementará tus beneficios. Porque pensabas ganar dinero con esto, ¿no?

Morgan rio entre dientes.

—Ese no era el objetivo, pero supongo que sería un buen incentivo.

—¿Y qué hay del resto de la calle? Tienes espacio para una pensión, un almacén y una casa para ti, pero piensa que puedes construir en los dos lados de la calle.

—Compré la parcela completa porque el alcalde no estaba dispuesto a impedir que se construyeran cantinas en esa zona. De todos modos, seguramente se trata de una buena inversión. Puedo alquilar el terreno sobrante a otros comerciantes o simplemente esperar, ver qué necesita la ciudad y establecer yo mismo esos negocios.

Violet se echó a reír.

—¡De modo que no solo eres un emprendedor, sino que estás en vías de convertirte en un magnate de los negocios!

—No, solo estoy pensando con antelación. Sobre todo porque quiero asegurarme de que los negocios de la calle no atraigan ningún tipo de alboroto.

Violet arqueó una ceja.

—Por lo que recuerdo, dijiste que la ciudad era pacífica.

—De todas maneras, los sábados por la noche los vaqueros suelen armar mucho jaleo.

—¡Ah, te refieres a eso! —Pero sus pensamientos se habían precipitado hacia el futuro y sugirió—: ¡Una heladería! No he visto ninguna en la ciudad. ¡Y una librería o una biblioteca!

Ahora fue Morgan quien se rio.

—Permíteme que acabe de idear mi tienda antes de empezar a pensar en abrir otras. En cualquier caso, podrías elaborar una lista, y también considerar la posibilidad de quedarte por aquí para ayudarme a encajarlo todo.

A Violet su sugerencia casi le pasó inadvertida. Además, cuando la dijo ni siquiera la estaba mirando. Pero ella sí que deseaba estar allí para ver su sueño hecho realidad..., si no tuviera que volver con lord..., ¿cómo diantres se llamaba? Cuando miraba a Morgan, no lograba recordar su nombre. Entonces se dio cuenta de lo que Morgan quería decir.

—¿Me estás ofreciendo un empleo?

—No, más bien estaba pensando en una asociación.

A Violet se le iluminaron los ojos. ¿Respecto a la tienda o respecto a su vida, como su esposa? Respecto a la tienda, claro. Los hombres no proponían matrimonio de aquella forma. Claro que una asociación de negocios requeriría que ella se quedara allí y entonces se sentiría atraída por él indefinidamente...

Supuso que Morgan le concedería tiempo para pensar en ello, lo que era bueno, porque no quería que su respuesta apagara su entusiasmo. El proyecto de la tienda era excitante, pero lo realmente excitante era Morgan, el hombre con el que ella quería asociarse en todos los sentidos. ¡Sinceramente, contar solo con la mitad de la asociación que ella quería tener con él nunca la satisfaría!

Estuvo a punto de decirle que no inmediatamente, pero aunque no lo hizo, algún día tendría que decírselo.

48

—Pero ¿qué probabilidades hay? —exclamó Morgan cuando salieron del restaurante.

Violet lo miró dispuesta a preguntarle a qué se refería, pero él no la estaba mirando. Estaba mirando calle abajo. Entonces, cuando vio que sus hermanos corrían hacia ellos, gritó de alegría. Morgan tenía razón, ¿qué probabilidades había de que hubiera dos hermanos gemelos en la ciudad y que no fueran los hermanos Mitchell? Violet se echó a reír y corrió a abrazarlos.

—¿Por qué no nos comunicasteis que llegabais hoy? —les preguntó.

—Sí que lo hicimos —respondió uno de ellos, ¿Daniel?—. Nada más comprar los billetes, averigüé cuándo llegaba aquí el tren y os envié un telegrama a Butte, pero ya debíais de haber salido de la ciudad.

—¡No importa, el caso es que estáis aquí! Debéis de estar ansiosos por ver a papá. Nos alojamos en el rancho Triple C con la familia de su socio y... —Se volvió para asegurarse de que Morgan estaba detrás de ella—. Este es su socio, Morgan Callahan. Presentaos vosotros mismos, ni siquiera voy a intentarlo.

Su hermano se echó a reír y se presentó. Efectivamente, se trataba de Daniel.

—Voy a ponértelo fácil —le dijo a su hermana—. Mientras estaba detenido me creció el pelo y decidí no volver a cortármelo. De momento, y hasta que vuelvas a acostumbrarte a nosotros, me dejaré el pelo largo y lo llevaré recogido en una cola.

Evan estrechó la mano de Morgan.

—Señor Callahan, no podemos agradecerle lo suficiente que nos haya enviado el dinero, primero para salvarnos del apuro de devolver los plazos del préstamo y, después, para liquidar definitivamente la deuda. Tendrías que haber visto la cara que puso el señor Perry, Vi. Parecía realmente decepcionado.

—Yo quería lanzarle el dinero a la cara, pero Evan no me lo permitió —añadió Daniel—. No puede imaginarse el alivio que supuso para nosotros liquidar el préstamo. Gracias, señor Callahan.

—Charley era..., es mi amigo —repuso Morgan, y luego sonrió—. Vuestra hermana solo tuvo que recordármelo dándome un poco la lata.

Violet resopló.

—¡Yo no doy la lata!

—¿Charley? —preguntó Evan.

Violet soltó un respingo.

—Así es como Morgan llama a papá. —Pero no quería distraer su atención de sus hermanos—. ¿Dónde y por qué te detuvieron exactamente, Daniel?

—Mi sastre hizo que me encarcelaran por no pagar sus facturas.

—Gracias a la primera cantidad de dinero que recibimos, pudimos pararle los pies a Perry y pagar la deuda de Dan para que lo soltaran. Pero aquel mes fue un auténtico infierno, Vi. El dolor por la pérdida de papá, la enorme preocupación que sentimos por ti cuando dejamos de recibir noticias tuyas y, mientras tanto, el paso del tiempo nos acercaba, cada vez más, a la posible pérdida de la casa.

—Pues os alegrará saber que el responsable de haber simulado la muerte de papá y causarnos tanto dolor está a punto de entrar en prisión. Pero prefiero dejar que papá os cuente esa historia más tarde. Seguro que estáis ansiosos por verlo, así que ¿nos vamos?

Violet les indicó la carreta que estaba aparcada delante del restaurante.

Morgan la ayudó a subir al estante del conductor para que se sentara de nuevo junto a él, lo que obligó a Violet a volverse hacia atrás para seguir conversando con sus hermanos.

—Papá consiguió lo que se había propuesto y, gracias a la generosidad de Morgan, ha podido reunir una nueva fortuna. Vosotros no tendréis que excavar en la mina, pero sí que uno o los dos tendría que supervisar a los mineros que realizarán el trabajo. Al menos hasta que contratemos a un capataz y hasta que hayamos ganado lo suficiente para devolverle a Morgan el dinero que nos ha prestado. Pero papá y Morgan pueden explicaros eso después con más detalle. El caso es que podéis dejar de preocuparos, y eso significa que ya no tendrás que casarte con la rica heredera, Evan. A menos que lo desees, claro.

—¡No! —exclamó Evan, y se echó a reír—. Simplemente se trataba de una opción, pero una opción realmente desagradable. Ella es extremadamente rica, pero ni siquiera finge ser amable.

—Evan, por educación, no explica que ella es arrogante e insufrible. Además, cuando te dijo que era guapa, estaba siendo sumamente condescendiente, porque no lo es —intervino Daniel—. Cuando volviste a casa, decidimos que era mejor no explicarte nada de esto porque ya teníamos bastantes noticias malas que contarte.

—Gracias por ahorrarme esa parte, pero la próxima vez, contádmelo todo. Pero bueno, seguro que no habrá una próxima vez.

—Estoy encantado de estar aquí —confesó Evan—. Nunca imaginé que conocería esta parte del país.

—Yo siento lo mismo —exclamó Daniel entusiasmado—, así que me presento voluntario para supervisar los trabajos de la mina.

—Quizá tengamos que pelearnos por ello, hermano —objetó Evan.

—Minas —les corrigió Violet—. Hay dos, una al lado de la otra, y hemos establecido una sociedad a partes iguales con Morgan para su explotación. Ya decidiremos más tarde cuál de vosotros va allí o si vais los dos.

Cuando estaban a medio camino del rancho, Evan declaró:

—¡Vi, acabo de acordarme de que tendrás que enviar a alguien con un carro para recoger tus baúles!

—¿Baúles? Yo solo os pedí que me mandarais uno.

—Sí, pero no especificaste cuál, de modo que, para asegurarnos de que traíamos el que tú querías, los hemos traído todos.

—Yo me encargaré de eso —le dijo Morgan a Violet, y añadió en un susurro—: Eres feliz cuando estás con ellos, ¿no?

—¡Claro que sí, son mis hermanos!

Morgan sonrió.

—Otra buena razón para que no vuelvas corriendo a Inglaterra.

¿Se trataba de una manera sutil de pedirle que respondiera a su ofrecimiento de asociarse con él? Pero él quería que lo ayudara a gestionar su tienda allí, en Nashart, mientras que sus hermanos estarían cerca de Butte..., claro que en ese caso no estarían separados por un océano. ¿Acaso Morgan estaba actuando de una forma encubierta, o solo estaba endulzando su propuesta?

Intentaría aplazar la respuesta hasta que estuviera a punto de irse, de ese modo podría continuar ayudándolo hasta entonces. Quería fantasear un poco más sobre lo maravilloso que sería trabajar permanentemente con aquel hombre. Pero, de momento, tenía que ignorar el único impedimento que percibía: lo inadecuado que sería asociarse con un hombre siendo una mujer soltera. Sencillamente, no era apropiado. Estaba convencida de que su padre se lo prohibiría.

La discusión que estaban entablando sus hermanos sobre si debían o no alquilar una carreta mientras estuvieran en Nashart atrajo su atención.

—¡Parad! —les ordenó—. Aquí no hay carretas de al... —Se interrumpió y le lanzó a Morgan una mirada de excitación—. ¡Un constructor de carretas! Ese podría ser otro de los negocios para tu calle. O podrías comprar unas cuantas y tenerlas entre tus existencias.

Morgan sonrió ampliamente.

—Me gusta verte así, abierta, dicharachera..., mandona.

Ella se echó a reír.

—Yo no soy mandona.

—¡Sí que lo es! —exclamaron los dos hermanos al unísono.

49

La estancia en Nashart estaba resultando de lo más agradable. A Violet le encantaba aconsejar a Morgan acerca de su tienda de artículos de moda: de hecho, fue casi de lo único que hablaron durante aquella semana. Además, pronto todos ganarían una cantidad increíble de dinero gracias a las minas. Daniel y Evan se habían marchado unos días antes para explotar temporalmente las minas porque a los dos les atraía la idea. Morgan se pasó horas dándoles instrucciones sobre todo lo que necesitaban saber para empezar a trabajar.

Aunque, cuando llegó la madera que había encargado, Morgan podría haber construido la tienda en pocos días con la ayuda de sus amigos de Nashart, Violet le recordó que, para vender los elegantes artículos que pretendía comercializar, la construcción tenía que ser de categoría. Entonces Morgan envió unos cuantos telegramas a los hermanos Melling de Nueva York y les pidió que, además del capataz experimentado para las minas, le buscaran un arquitecto para la tienda.

Texas se casó el mismo día que llegó a la ciudad. Ansiaba tanto convertir a Emma en su esposa que no pudo esperar a organizar una boda tradicional, de modo que los integrantes de la familia de Emma fueron los únicos que asistieron a la ceremonia. Dos días después, Texas se marchó con Daniel y Evan para guiarlos hasta las minas…, pero Emma se fue con ellos. Se habían acabado las separaciones para ellos. Esta idea entristeció a Violet, porque le recordó que pronto se separaría de su familia una vez más, lo que dio lugar a una discusión… en su interior.

Pero sus hermanos expresaron una simple verdad que la ayudó a poner fin a esa controversia.

Los dos se enfadaron con ella cuando les contó sus planes, pero entonces Daniel dijo:

—Papá puede tardar meses en recuperar su fortaleza habitual. ¿En serio nos vas a dejar antes de que se haya recuperado?

—Podría regresar más adelante con mi marido.

—¿Un lord inglés en Norteamérica? ¿En serio tienes que casarte con él, Vi? Nueve años ha sido un tiempo demasiado largo para que estuvieras fuera de casa. ¿Y ahora quieres estarlo para siempre?

Violet empezó a llorar y la emoción se impuso. Fue aquella expresión: «para siempre». Últimamente, ella ya había estado considerando la posibilidad de no volver a Inglaterra, pero en aquel momento la decisión se convirtió en definitiva.

Y ahora…, ahora iba a casarse. Bueno, quizá. No estaba segura de cómo había sucedido, pero sí que lo estaba de que todo empezó con Mary Callahan, quien entró en el comedor cuando ella y Morgan estaban terminando de comer. Él tenía asuntos que resolver en la ciudad y acababa de levantarse de la mesa para irse. Camino de la puerta, le dio un beso a su madre. Mary se quedó mirándolo unos instantes y, luego, se volvió hacia Violet.

—Siente debilidad por ti.

Morgan utilizó la misma palabra en Butte, pero ella dudó de su significado, de modo que le preguntó a Mary:

—¿Qué significa exactamente esa expresión por aquí? ¿Algo más que sentir simpatía por alguien?

—¡Cielos, sí, mucho más! Y es evidente. ¿Cómo puede ser que no te hayas dado cuenta?

De hecho, ella sí que se había dado cuenta: cuando él la miraba, la tocaba, hacía cosas por ella..., pero no se lo había dicho nunca. Claro que Morgan era un hombre de acción, no un conversador desenvuelto. Además, como había podido comprobar cuando jugaban al póquer, no solía mostrar sus cartas.

Con una amplia sonrisa en la cara, Violet corrió escaleras arriba para hablar con su padre.

—¿Qué te parecería que me quedara a vivir aquí y me casara con tu socio? —le preguntó cuando entró en la habitación.

Charley dejó a un lado el libro que estaba leyendo, miró fijamente a su hija durante unos instantes y, luego, se echó a reír.

—Eso me haría inmensamente feliz. Morgan ya es como un hijo para mí y debo confesarte que lo veía venir... Bueno, esperaba que sucediera. Y supongo que también debería confesarte que no necesitaba quedarme aquí para recuperarme, cariño, simplemente os estaba dando tiempo a ti y a Morgan para que os dierais cuenta de que queréis estar juntos. Puedes decirle a Morgan que ambos tenéis mi bendición.

Violet se sintió feliz y se sentó en una silla junto a la cama de su padre para confesarle, ella también, unas cuantas cosas: que su viejo sueño de casarse con un lord inglés había empalidecido al compararlo con la perspectiva de ser socia de

Morgan en el proyecto de la tienda, porque, sí, le había pedido que fuera su socia; que el amor era muy confuso, pero que la atracción no lo era. ¡Sí, incluso le confesó eso a su padre! Y también admitió que hacía ya algún tiempo que sabía que quería casarse con Morgan, pero que ahora que sabía lo que él sentía por ella no quería esperar más y quería casarse aquel mismo día.

Más tarde, Violet bajó a la planta principal para ver si Morgan había vuelto al rancho. No lo había hecho, de modo que se fue a la ciudad a lomos de un caballo para buscarlo. Podía esperar a que Morgan le pidiera que se casara con él, pero no sabía cuánto tardaría. Pedírselo ella en lugar de esperar constituía una decisión de una importancia capital, y si se detenía a reflexionar sobre ello no lo haría. De modo que primero pasó por la iglesia y, después, se fue a buscar a Morgan. Cuando por fin lo vio salir de la oficina de telégrafos, Violet se sentía sumamente impaciente.

Espoleó al caballo y se dirigió hacia él al galope. Cuando llegó junto a él, tiró de las riendas bruscamente y le dijo sin preámbulos:

—¡Cásate conmigo al anochecer! El predicador ya lo sabe. Mi padre lo sabe. A tus padres puedes decírselo tú.

Y se alejó con la misma precipitación con la que había llegado mientras las mejillas le ardían por el intenso rubor que experimentaba.

El problema era que en Nashart volvía a sentirse ella misma, sobre todo después de haber pasado una semana con sus hermanos, de modo que había actuado de una forma ligeramente mandona. No tenía otra excusa para justificar lo que acababa de hacer, que era ordenarle que se casara con ella en lugar de pedírselo como era su intención. ¡Se sentía fatal! ¿Cómo podría volver a mirarlo a la cara? ¿Cómo podía no hacerlo?

Aquellos pensamientos corrían por su mente mientras cabalgaba de regreso al rancho, pero cuando estaba a poca distancia de la casa de Tiffany y Hunter aminoró la marcha. Podía esconderse allí durante un rato. Sin embargo, cuando Tiffany le abrió la puerta exclamó sin rodeos:

—¡Le he ordenado que se case conmigo hoy mismo!

—¿Qué te ha respondido él?

—¡No le he dado la oportunidad de decirme nada!

—¿Entonces te has adelantado a él?

—¿Que he hecho qué?

Tiffany no pudo contestarle porque no podía parar de reír, pero al final lo consiguió.

—Solo era cuestión de tiempo, querida. Todos suponíamos que sucedería pronto. Seguramente, Morgan se siente muy aliviado de que te hayas adelantado a él y se lo hayas pedido tú primero. Al fin y al cabo, ¿por qué esperar cuando los dos sabéis que eso es lo que deseáis? No te preocupes por nada. Te llevaré a la iglesia a tiempo. ¿Le has concretado la hora?

—Le he dicho que al anochecer.

Tiffany soltó una risita.

—¡Has utilizado una expresión muy típica del Oeste! Seguro que le has hecho reír.

Eso si no lo había dejado en estado de *shock* y en aquellos momentos estaba escapando a galope del territorio...

Pero a última hora de la tarde de aquel día, mientras el sol se ponía, ella estaba en la iglesia vestida con uno de sus trajes de noche. Uno que era blanco, con ribetes de satén lila, y que era más discreto que sus vestidos de fiesta. Tiffany fue a buscarlo al rancho por ella, porque Violet tenía miedo de ir allí por si se tropezaba con Morgan. Tiffany también le prestó el velo de su vestido de novia y llevó a Violet a la iglesia un poco antes para que no se encontrara con ningún miembro de la familia de Morgan. Además, le prohibió a Hunter que entrara en la casa mientras ellas se estaban arreglando. ¡Tiffany Callahan estaba resultando ser una amiga maravillosa!

El padre de Violet y la familia de Morgan empezaron a llegar a la iglesia seguidos de la mayoría de los habitantes de la ciudad. El rumor se había extendido rápidamente. Violet deseó que los Faulkner hubieran podido estar allí. ¡Qué carta tan larga tendría que escribirles a Sophie y a la tía Elizabeth! Cuando llegaron a la iglesia, los hermanos de Morgan intentaron hablar con ella, pero Mary los hizo callar, lo que constituyó una buena idea, porque Violet estaba tan nerviosa que la menor palabra equivocada podría haber hecho que saliera corriendo. Morgan todavía no había llegado y esperarlo en el altar fue la parte más angustiosa para Violet. Tradicionalmente, era el novio el que esperaba a la novia, pero nada en aquella boda era tradicional, incluida la posibilidad de que el novio no se presentara, aunque su familia debía de creer que lo haría, si no no estaría allí. Esta era la razón de que ella no hubiera salido huyendo todavía.

Entonces Morgan avanzó por el pasillo hacia ella; su oso, increíblemente guapo con su elegante traje negro y con su mejor sonrisa. ¡Quería casarse con ella! Violet se sintió tan aliviada que creyó que iba a desmayarse. Cuando llegó a su lado, le cogió la mano y se la llevó a los labios.

—Sí, por cierto —le susurró.

Hunter aprovechó aquel momento para gritar en broma:

—¿Quién sostiene el rifle?

—¡Yo! —exclamaron Violet y Morgan al unísono.

Violet sonrió a Morgan por compartir la responsabilidad con ella.

—Siento la forma en que te planteé la cuestión.

—Yo no lo siento, porque yo no te lo habría pedido. Te

quiero demasiado y no habría hecho nada para retenerte aquí si lo que tú querías realmente era irte.

Al oírlo, Violet lo rodeó con los brazos, pero alguien gritó:

—¡Primero casaos!

Violet y Morgan se rieron, se volvieron hacia el predicador y se dieron el sí. Definitivamente, ahora podía pensar en estar casada con Morgan de esa forma. Diría que sí a su forma de vida y no intentaría atraerlo a la de ella. Bueno, las buenas intenciones...

Antes de que el predicador le diera permiso, Morgan la besó. Y ella se perdió en aquel beso, se deleitó en las dulces y ardientes sensaciones que le provocó y habría permanecido así para siempre si Morgan no la hubiera tomado de la mano y la hubiera sacado corriendo de la iglesia en medio del bullicio de las felicitaciones. Morgan la ayudó a subir a la carreta que estaba aparcada frente a la puerta de la iglesia y la condujo fuera de la ciudad..., pero no al rancho.

—Como es tradicional, todos querrán besar a la novia —le advirtió Morgan—. Asegúrate de abofetear a los hombres que alarguen demasiado el beso o tendré que ponerme a dar puñetazos.

Pero él acababa de fugarse con ella, de modo que Violet se echó a reír. Estaba tan contenta, que tuvo la sensación de que aquella noche se reiría mucho. Miró hacia atrás y vio que todos los habitantes de la ciudad los seguían en carros, carretas o a caballo. Entonces oyó una música y, cuando volvió a mirar hacia delante, vio que una serie de luces colgaban de unas cuerdas en el campo al que se dirigían. Y también había una gran plataforma de madera y muchos bancos y mesas con comida.

—Los habitantes de la ciudad vienen aquí para reunirse, bailar y celebrar las ocasiones especiales —le explicó Morgan—. Y el día de hoy no podría ser más especial. Nos iremos cuando lo desees o cuando uno de los dos haya bebido demasiado. He reservado una habitación en el hotel porque de ningún modo pasaremos la noche de bodas con mi familia durmiendo en el resto de las habitaciones del pasillo.

Violet sonrió y le acarició la cara.

—Buena idea, pero ninguno de los dos se va a emborrachar. Puedes sociabilizar un poco, pero esta noche te quiero sobrio.

—¿Ya me estás mangoneando, señora Callahan?

Violet resopló.

—Lo siento, es la costumbre. Además, siempre me avergonzaré de haberte pedido que te cases conmigo.

—Por lo que yo recuerdo, no me lo pediste. Pero permíteme que enmiende esa cuestión. ¿Me concedes el honor de ser mi esposa?

—¡Demasiado tarde, ya lo soy!

—Sí, pero ahora no eres la única que lo ha pedido.

Se trató de un detalle encantador por su parte, pero ella ya conocía esa faceta de él, y también sabía que era amable, considerado y generoso cuando uno lo conocía..., incluso antes de conocerlo, y la relación con su padre era un ejemplo perfecto. No le sorprendía haberse enamorado de aquel hombre, lo que le sorprendía era no haberse dado cuenta antes de que se había enamorado de él.

Bailaron, bebieron un poco y, luego, los hombres se pusieron en fila para besarla. Y Violet conoció a la familia de Tiffany, los Warren, quienes antiguamente eran enemigos de los Callahan, pero que ahora eran grandes amigos de ellos.

El brindis de su padre le llenó los ojos de lágrimas.

—Por el novio y la novia, a quienes les deseo la misma

felicidad que yo tuve en mi matrimonio y la bendición de unos hijos que me convertirán en abuelo. —Se interrumpió para guiñarle el ojo a Violet—. También deseo que disfruten de la alegría de valorarse el uno al otro. Por Violet, mi única hija, quien hace que me sienta orgulloso y feliz: sé que crees que este será el día más feliz de tu vida, pero el amor tiene el don de proporcionarnos muchos momentos tan felices como este. Disfruta de todos ellos... e intenta no mangonear demasiado a tu marido. —Esperó a que las risas disminuyeran antes de continuar—. Por Morgan: sinceramente, no podría haber encontrado un hombre mejor al que entregar a mi hija en matrimonio. Yo ya te consideraba un hijo, así que el hecho de que ahora seas un miembro más de la familia no podría hacerme más feliz. Permite que tu mujer te mangonee un poco, no puede evitarlo.

Se produjeron más risas, sobre todo cuando Morgan exclamó:

—¡Antes he dado el sí y ahora lo repito!

—¡Por los novios! —terminó Charles, y levantó su copa.

Se trató de una noche tan alegre que Violet se entristeció cuando vio que llegaba a su fin, pero ansiaba tener a su nuevo marido solo para ella, de modo que tomó la iniciativa y le sugirió que se fueran discretamente, y así lo hicieron.

Camino del hotel, mientras iban sentados en la carreta, Violet levantó la mano para admirar su anillo de bodas y se preguntó cómo lo había conseguido Morgan en tan poco tiempo. Durante aquella semana, ella había visitado todas las tiendas de Nashart y, por lo que había visto, en ninguna vendían anillos.

—¿Has pedido prestados los anillos para la ceremonia? —le preguntó a Morgan.

—No, los encargué antes de salir de Butte, el día que accediste a venir a Nashart. Tenía la esperanza de que, cuando llegaras, no quisieras irte nunca más. —La miró y añadió—: Creo que no debería vender joyas en la tienda. Si hacen que te sientas así, en lugar de venderlas, acabaré regalándotelas todas.

—¿Que me sienta cómo?

—Encantada.

—Pero yo no te permitiré que me las regales todas. Ahora soy tu socia y mi opinión cuenta.

—¿Así que eres mi socia?

—Por supuesto. Ya lo había decidido, pero esta asociación —dio unos golpecitos al anillo— tenía que producirse antes. Lo que quiero decir es que, antes de poder asociarme profesionalmente con un hombre, tenía que estar casada, ya me entiendes. De no ser así, habría sido socialmente inaceptable. Por eso era apropiado que primero te pidiera en matrimonio.

Morgan se rio.

—Me alegro de que quisieras actuar de un modo apropiado.

Violet se sonrojó.

—Esa no fue mi única motivación. Lo que siento por ti hizo que estar juntos constituyera mi prioridad.

Morgan soltó las riendas y atrajo a Violet hasta su regazo. Ella soltó un grito, pero entonces se dio cuenta de que estaban delante del hotel y que lo único que hacía Morgan era ayudarla a bajar de la carreta. Pero cuando Morgan estuvo de pie en el suelo, no la soltó, sino que la llevó en brazos al interior del hotel y la subió a la primera planta. Violet pensó en lo diferente que se sintió cuando él la sacó del hotel de Butte envuelta en una manta y no pudo evitar sonreír. Morgan la dejó en el suelo y cerró la puerta de la habitación. La cama estaba a la vista y Violet se preguntó por qué no se estaban besando todavía. La última vez que estuvieron solos en la habitación de un hotel, el ambiente fue explosivo. Pero en aquel momento Morgan le estaba quitando, poco a poco, las horquillas del pelo. La besó con dulzura en el cuello y, a continuación, le quitó más horquillas. Mientras tanto, la iba empujando suavemente hacia la cama.

—No voy a decir que siento debilidad por ti, aunque la siento —declaró ella mientras notaba que su temperatura corporal aumentaba—. Prefiero decir que te amo, porque es verdad, ya lo sabes. —Esto hizo que él le diera un beso antes de seguir empujándola lentamente hacia la cama—. Cuando te dejé, me sentí fatal —añadió ella mientras se sonrojaba ligeramente—. Supongo que ahora puedo decírtelo.

—Te ofrecí ser mi socia para disponer de más tiempo para conquistarte —le confesó él a su vez—. Si hubieras aceptado, puedes estar segura de que te habría pedido que te casaras conmigo en aquel mismo momento.

Violet soltó una risita ahogada.

—Has hecho que me resultara muy difícil actuar de una forma apropiada y mantener las manos alejadas de ti.

Morgan apoyó sus manos en las mejillas de Violet, le dio un beso largo y lujurioso y luego dijo junto a sus labios:

—Ya basta de resistencias, de modo que, si tienes ganas de poseerme, hazlo. Por primera vez, disponemos de toda la noche para nosotros.

Su sugerencia de que lo poseyera hizo sonreír a Violet, a quien, definitivamente, le gustó saber que disponía de toda la noche para hacerlo.

—Eso suena a que te dormirás acurrucado junto a mí —bromeó Violet.

Morgan esbozó una sonrisa amplia.

—Eso haré todas las noches a partir de ahora. ¡Diantres, mujer, me haces condenadamente feliz!

Violet se echó a reír y él la besó más intensamente. Quizá, después de todo, conseguiría que se adaptara a su forma de hacer las cosas, aunque solo fuera en las expresiones que utilizara. El tiempo lo diría. Pero aquella noche, lo único que realmente importaba era que el oso era su esposo y, ¡diantres, él también la hacía a ella condenadamente feliz!

megustaleer

Descubre tu próxima lectura

Apúntate y recibirás recomendaciones de lecturas personalizadas.

www.megustaleer.club

Ebooks

@megustaleer

@megustaleer